Stefan Zweig

Praterfrühling

Erzählungen

Fischer Taschenbuch Verlag

Herausgegeben
und mit einer Nachbemerkung versehen
von Knut Beck

26.–27. Tausend: November 1996

Ungekürzte Ausgabe
Veröffentlicht im Fischer Taschenbuch Verlag GmbH,
Frankfurt am Main, März 1990

Lizenzausgabe mit freundlicher Genehmigung
der S. Fischer Verlag GmbH, Frankfurt am Main
Copyright für diese Ausgabe
© 1987 S. Fischer Verlag GmbH, Frankfurt am Main
Druck und Bindung: Clausen & Bosse, Leck
Printed in Germany
ISBN 3-596-29242-5

Gedruckt auf chlor- und säurefreiem Papier

Inhalt

Brennendes Geheimnis	7
Scharlach	86
Brief einer Unbekannten	153
Praterfrühling	200
Zwei Einsame	216
Widerstand der Wirklichkeit	221
War er es?	272
Ein Mensch, den man nicht vergißt	313
Unvermutete Bekanntschaft mit einem Handwerk	320
Nachbemerkung des Herausgebers	365
Bibliographischer Nachweis	375

Brennendes Geheimnis

Der Partner

Die Lokomotive schrie heiser auf: der Semmering war erreicht. Eine Minute rasteten die schwarzen Wagen im silbrigen Licht der Höhe, warfen ein paar bunte Menschen aus, schluckten andere ein, Stimmen gingen geärgert hin und her, dann schrie vorne wieder die heisere Maschine und riß die schwarze Kette rasselnd in die Höhle des Tunnels hinab. Rein ausgespannt, mit klaren, vom nassen Wind reingefegten Hintergründen lag wieder die hingebreitete Landschaft.

Einer der Angekommenen, jung, durch gute Kleidung und eine natürliche Elastizität des Schrittes sympathisch auffallend, nahm den andern rasch voraus einen Fiaker zum Hotel. Ohne Hast trappten die Pferde den ansteigenden Weg. Es lag Frühling in der Luft. Jene weißen, unruhigen Wolken flatterten am Himmel, die nur der Mai und der Juni hat, jene weißen, selbst noch jungen und flattrigen Gesellen, die spielend über die blaue Bahn rennen, um sich plötzlich hinter hohen Bergen zu verstecken, die sich umarmen und fliehen, sich bald wie Taschentücher zerknüllen, bald in Streifen zerfasern und schließlich im Schabernack den Bergen weiße Mützen aufsetzen. Unruhe war auch oben im Wind, der die mageren, noch vom Regen feuchten Bäume so unbändig schüttelte, daß sie leise in den Gelenken krachten und tausend Tropfen wie Funken von sich wegsprühten. Manchmal schien auch Duft vom Schnee kühl aus den Bergen herüberzukom-

– 7 –

men, dann spürte man im Atem etwas, das süß und scharf war zugleich. Alles in Luft und Erde war Bewegung und gärende Ungeduld. Leise schnaubend liefen die Pferde den jetzt niedersteigenden Weg, die Schellen klirrten ihnen weit voraus.

Im Hotel war der erste Weg des jungen Mannes zu der Liste der anwesenden Gäste, die er – bald enttäuscht – durchflog. ›Wozu bin ich eigentlich hier‹, begann es unruhig in ihm zu fragen. ›Allein hier auf dem Berg zu sein, ohne Gesellschaft, ist ärger als das Bureau. Offenbar bin ich zu früh gekommen oder zu spät. Ich habe nie Glück mit meinem Urlaub. Keinen einzigen bekannten Namen finde ich unter all den Leuten. Wenn wenigstens ein paar Frauen da wären, irgendein kleiner, im Notfall sogar argloser Flirt, um diese Woche nicht gar zu trostlos zu verbringen.‹ Der junge Mann, ein Baron von nicht sehr klangvollem österreichischem Beamtenadel, in der Statthalterei angestellt, hatte sich diesen kleinen Urlaub ohne jegliches Bedürfnis genommen, eigentlich nur, weil sich all seine Kollegen eine Frühjahrswoche durchgesetzt hatten und er die seine dem Dienst nicht schenken wollte. Er war, obwohl innerer Befähigung nicht entbehrend, eine durchaus gesellschaftliche Natur, als solche beliebt, in allen Kreisen gern gesehen und sich seiner Unfähigkeit zur Einsamkeit voll bewußt. In ihm war keine Neigung, sich selber allein gegenüberzustehen, und er vermied möglichst diese Begegnungen, weil er intimere Bekanntschaft mit sich selbst gar nicht wollte. Er wußte, daß er die Reibfläche von Menschen brauchte, um all seine Talente, die Wärme und den Übermut seines Herzens aufflammen zu lassen, und er allein frostig und sich selber nutzlos war, wie ein Zündholz in der Schachtel.

Verstimmt ging er in der leeren Hall auf und ab, bald unschlüssig in den Zeitungen blätternd, bald wieder im Musikzimmer am Klavier einen Walzer antastend, bei dem ihm aber der Rhythmus nicht recht in die Finger sprang. Schließlich setzte er sich verdrossen hin, sah hinaus, wie das Dunkel langsam niederfiel, der Nebel als Dampf grau aus den Fichten brach. Eine Stunde zerbröselte er so, nutzlos und nervös. Dann flüchtete er in den Speisesaal.

Dort waren erst ein paar Tische besetzt, die er alle mit eiligem Blick überflog. Vergeblich! Keine Bekannten, nur dort – er gab lässig einen Gruß zurück – ein Trainer, dort wieder ein Gesicht von der Ringstraße her, sonst nichts. Keine Frau, nichts, was ein auch flüchtiges Abenteuer versprach. Sein Mißmut wurde ungeduldiger. Er war einer jener jungen Menschen, deren hübschem Gesicht viel geglückt ist und in denen nun beständig alles für eine neue Begegnung, ein neues Erlebnis bereit ist, die immer gespannt sind, sich ins Unbekannte eines Abenteuers zu schnellen, die nichts überrascht, weil sie alles lauernd berechnet haben, die nichts Erotisches übersehen, weil schon ihr erster Blick jeder Frau in das Sinnliche greift, prüfend und ohne Unterschied, ob es die Gattin ihres Freundes ist oder das Stubenmädchen, das die Türe zu ihr öffnet. Wenn man solche Menschen mit einer gewissen leichtfertigen Verächtlichkeit Frauenjäger nennt, so geschieht es, ohne zu wissen, wieviel beobachtende Wahrheit in dem Worte versteinert ist, denn tatsächlich, alle leidenschaftlichen Instinkte der Jagd, das Aufspüren, die Erregtheit und die seelische Grausamkeit flackern in dem rastlosen Wachsein solcher Menschen. Sie sind beständig auf dem Anstand, immer bereit und entschlossen, die Spur eines Abenteuers bis hart an den Abgrund zu verfolgen. Sie sind immer geladen mit Leidenschaft, aber nicht der des Liebenden, sondern der des Spielers, der kalten, berechnenden und gefährlichen. Es gibt unter ihnen Beharrliche, denen weit über die Jugend hinaus das ganze Leben durch diese Erwartung zum ewigen Abenteuer wird, denen sich der einzelne Tag in hundert kleine, sinnliche Erlebnisse auflöst – ein Blick im Vorübergehen, ein weghuschendes Lächeln, ein im Gegenübersitzen gestreiftes Knie – und das Jahr wieder in hundert solcher Tage, für die das sinnliche Erlebnis ewig fließende, nährende und anfeuernde Quelle des Lebens ist.

Hier waren keine Partner zu einem Spiele, das übersah der Suchende sofort. Und keine Gereiztheit ist ärgerlicher als die des Spielers, der mit den Karten in der Hand im Bewußtsein seiner Überlegenheit vor dem grünen Tisch sitzt und vergeblich den Partner erwartet. Dar Baron rief nach einer Zeitung. Mürrisch ließ er die Blicke über die Zeilen rinnen, aber seine Gedanken waren lahm und stolperten wie betrunken den Worten nach.

Da hörte er hinter sich ein Kleid rauschen und eine Stimme, leicht ärgerlich und mit affektiertem Akzent sagen: »*Mais tais-toi donc, Edgar!*«

An seinem Tisch knisterte im Vorüberschreiten ein seidenes Kleid, hoch und üppig schattete eine Gestalt vorbei und hinter ihr in einem schwarzen Samtanzug ein kleiner, blasser Bub, der ihn neugierig mit dem Blick anstreifte. Die beiden setzten sich gegenüber an den reservierten Tisch, das Kind sichtbar um eine Korrektheit bemüht, die der schwarzen Unruhe in seinen Augen zu widersprechen schien. Die Dame – und nur auf sie hatte der junge Baron acht – war sehr soigniert und mit sichtbarer Eleganz gekleidet, ein Typus überdies, den er sehr liebte, eine jener leicht üppigen Jüdinnen im Alter knapp vor der Überreife, offenbar auch leidenschaftlich, aber erfahren, ihr Temperament hinter einer vornehmen Melancholie zu verbergen. Er vermochte zunächst noch nicht in ihre Augen zu sehen und bewunderte nur die schön geschwungene Linie der Augenbrauen, rein über einer zarten Nase gerundet, die ihre Rasse zwar verriet, aber doch durch edle Form das Profil scharf und interessant machte. Die

Haare waren, wie alles Weibliche an diesem vollen Körper, von einer auffallenden Üppigkeit, ihre Schönheit schien im sichern Selbstgefühl vieler Bewunderungen satt und prahlerisch geworden zu sein. Sie bestellte mit sehr leiser Stimme, wies den Buben, der mit der Gabel spielend klirrte, zurecht – all dies mit anscheinender Gleichgültigkeit gegen den vorsichtig anschleichenden Blick des Barons, den sie nicht zu bemerken schien, während es doch in Wirklichkeit nur seine rege Wachsamkeit war, die ihr diese gebändigte Sorgfalt aufzwang.

Das Dunkel im Gesichte des Barons war mit einem Male aufgehellt, unterirdisch belebend liefen die Nerven hin, strafften die Falten, rissen die Muskeln auf, daß seine Gestalt aufschnellte und Lichter in den Augen flackerten. Er war selber den Frauen nicht unähnlich, die erst die Gegenwart eines Mannes brauchen, um aus sich ihre ganze Gewalt herauszuholen. Erst ein sinnlicher Reiz spannte seine Energie zu voller Kraft. Der Jäger in ihm witterte hier eine Beute. Herausfordernd suchte sein Auge ihrem Blick zu begegnen, der ihn manchmal mit einer glitzernden Unbestimmtheit des Vorbeisehens kreuzte, nie aber blank eine klare Antwort bot. Auch um den Mund glaubte er manchmal ein Fließen wie von beginnendem Lächeln zu spüren, aber all dies war unsicher, und eben diese Unsicherheit erregte ihn. Das einzige, was ihm versprechend schien, war dieses stete Vorbeischauen, weil es Widerstand war und Befangenheit zugleich, und dann die merkwürdig sorgfältige, auf einen Zuschauer sichtlich eingestellte Art der Konversation mit dem Kinde. Eben das aufdringlich Vorgehaltene dieser Ruhe bedeutete, das fühlte er, ein erstes Beunruhigtsein. Auch er war erregt: das Spiel hatte begonnen. Er verzögerte sein Diner, hielt diese Frau eine halbe Stunde fast unablässig mit dem Blick fest, bis er jede Linie ihres Gesichtes nachgezeichnet, an jede Stelle ihres üppigen Körpers unsichtbar gerührt hatte. Draußen fiel drückend das Dunkel nieder, die Wälder seufzten in kindischer Furcht, als jetzt die großen Regenwolken graue Hände nach ihnen reckten, immer finstrer drängten die Schatten ins Zimmer hinein, immer mehr schienen die Menschen hier zusammengepreßt durch das Schweigen. Das Gespräch der Mutter mit ihrem Kinde wurde, das merkte er, unter der Drohung dieser Stille immer gezwungener, immer künstlicher, bald, fühlte er, würde es zu Ende sein. Da beschloß er eine Probe. Er stand als erster auf, ging langsam, mit einem langen Blick auf die Landschaft an ihr vorbeisehend, zur Türe. Dort zuckte er rasch, als hätte er etwas vergessen, mit dem Kopf herum. Und ertappte sie, wie sie ihm lebhaften Blickes nachsah.

Das reizte ihn. Er wartete in der Hall. Sie kam bald nach, den Buben an der Hand, blätterte im Vorübergehen unter den Zeitschriften, zeigte dem Kind ein paar Bilder. Aber als der Baron, wie zufällig, an den Tisch trat, anscheinend, um auch eine Zeitschrift zu suchen, in Wahrheit, um tiefer in das feuchte Glitzern ihrer Augen zu dringen, vielleicht sogar ein Gespräch zu beginnen, wandte sie sich weg, klopfte ihrem Sohn leicht auf die Schulter: »Viens, Edgar! Au lit!« und rauschte kühl an ihm vorbei. Ein wenig enttäuscht, sah ihr der Baron nach. Er hatte eigentlich auf ein Bekanntwerden noch an diesem Abend gerechnet, und diese schroffe Art enttäuschte ihn. Aber schließlich, in diesem Widerstand war Reiz, und gerade das Unsichere entzündete seine Begier. Immerhin: er hatte seinen Partner, und ein Spiel konnte beginnen.

Rasche Freundschaft

Als der Baron am nächsten Morgen in die Hall trat, sah er dort das Kind der schönen Unbekannten in eifrigem Gespräch mit den beiden Liftboys, denen es Bilder in einem Buch von Karl May zeigte. Seine Mama war nicht zugegen, offenbar noch mit der Toilette beschäftigt. Jetzt erst besah sich der Baron den Buben. Es war ein scheuer, unentwickelter nervöser Junge von etwa zwölf Jahren mit fahrigen Bewegungen und dunkel herumjagenden Augen. Er machte, wie Kinder in diesen Jahren so oft, den Eindruck von Verschrecktheit, gleichsam als ob er eben aus dem Schlaf gerissen und plötzlich in fremde Umgebung gestellt sei. Sein Gesicht war nicht unhübsch, aber noch ganz unentschieden, der Kampf des Männlichen mit dem Kindlichen schien eben erst einsetzen zu wollen, noch war alles darin nur wie geknetet und noch nicht geformt, nichts in reinen Linien ausgesprochen, nur blaß und unruhig gemengt. Überdies war er gerade in jenem unvorteilhaften Alter, wo Kinder nie in ihre Kleider passen, Ärmel und Hosen schlaff um die mageren Gelenke schlottern und noch keine Eitelkeit sie mahnt, auf ihr Äußeres zu wachen.

Der Junge machte hier, unschlüssig herumirrend, einen recht kläglichen Eindruck. Eigentlich stand er allen im Wege. Bald schob ihn der Portier beiseite, den er mit allerhand Fragen zu belästigen schien, bald störte er am Eingang; offenbar fehlte es ihm an freundschaftlichem Umgang. So suchte er in seinem kindlichen Schwatzbedürfnis sich an die Bediensteten des Hotels heranzumachen, die ihm, wenn sie gerade Zeit hatten, antworteten, das Gespräch aber sofort unterbrachen, wenn ein Erwachsener in Sicht kam oder etwas Vernünftiges getan werden mußte. Der Baron sah lächelnd und mit Interesse dem unglücklichen Buben zu, der auf alles mit Neugier schaute

– 13 –

und dem alles unfreundlich entwich. Einmal faßte er einen dieser neugierigen Blicke fest an, aber die schwarzen Augen krochen sofort ängstlich in sich hinein, sobald er sie auf der Suche ertappte, und duckten sich hinter gesenkten Lidern. Das amüsierte den Baron. Der Bub begann ihn zu interessieren, und er fragte sich, ob ihm dieses Kind, das offenbar nur aus Furcht so scheu war, nicht als raschester Vermittler einer Annäherung dienen könnte. Immerhin: er wollte es versuchen. Unauffällig folgte er dem Buben, der eben wieder zur Türe hinauspendelte und in seinem kindischen Zärtlichkeitsbedürfnis die rosa Nüstern eines Schimmels liebkoste, bis ihn – er hatte wirklich kein Glück – auch hier der Kutscher ziemlich barsch wegwies. Gekränkt und gelangweilt stand er jetzt wieder herum mit seinem leeren und ein wenig traurigen Blick. Da sprach ihn der Baron an.

»Na, junger Mann, wie gefällts dir da?« setzte er plötzlich ein, bemüht, die Ansprache möglichst jovial zu halten.

Das Kind wurde feuerrot und starrte ängstlich auf. Es zog die Hand irgendwie in Furcht an sich und wand sich hin und her vor Verlegenheit. Das geschah ihm zum erstenmal, daß ein fremder Herr mit ihm ein Gespräch begann.

»Ich danke, gut«, konnte er gerade noch herausstammeln. Das letzte Wort war schon mehr gewürgt als gesprochen.

»Das wundert mich«, sagte der Baron lachend, »es ist doch eigentlich ein fader Ort, besonders für einen jungen Mann, wie du einer bist. Was treibst du denn den ganzen Tag?«

Der Bub war noch immer zu sehr verwirrt, um rasch zu antworten. War es wirklich möglich, daß dieser fremde elegante Herr mit ihm, um den sich sonst keiner kümmerte, ein Gespräch suchte? Der Gedanke machte ihn

– 14 –

scheu und stolz zugleich. Mühsam raffte er sich zusammen.

»Ich lese, und dann, wir gehen viel spazieren. Manchmal fahren wir auch im Wagen, die Mama und ich. Ich soll mich hier erholen, ich war krank. Ich muß darum auch viel in der Sonne sitzen, hat der Arzt gesagt.«

Die letzten Worte sagte er schon ziemlich sicher. Kinder sind immer stolz auf eine Krankheit, weil sie wissen, daß Gefahr sie ihren Angehörigen doppelt wichtig macht.

»Ja, die Sonne ist schon gut für junge Herren, wie du einer bist, sie wird dich schon braun brennen. Aber du solltest doch nicht den ganzen Tag dasitzen. Ein Bursch wie du sollte herumlaufen, übermütig sein und auch ein bißchen Unfug anstellen. Mir scheint, du bist zu brav, du siehst auch so aus wie ein Stubenhocker mit deinem großen dicken Buch unterm Arm. Wenn ich denke, was ich in deinem Alter für ein Galgenstrick war, jeden Abend bin ich mit zerrissenen Hosen nach Hause gekommen. Nur nicht zu brav sein!«

Unwillkürlich mußte das Kind lächeln, und das nahm ihm die Angst. Es hätte gern etwas erwidert, aber all dies schien ihm zu frech, zu selbstbewußt vor diesem lieben fremden Herrn, der so freundlich mit ihm sprach. Vorlaut war er nie gewesen und immer leicht verlegen, und so kam er jetzt vor Glück und Scham in die ärgste Verwirrung. Er hätte so gern das Gespräch fortgesetzt, aber es fiel ihm nichts ein. Glücklicherweise kam gerade der große gelbe Bernhardiner des Hotels vorbei, schnüffelte sie beide an und ließ sich willig liebkosen.

»Hast du Hunde gern?« fragte der Baron.

»O sehr, meine Großmama hat einen in ihrer Villa in Baden, und wenn wir dort wohnen, ist er immer den ganzen Tag mit mir. Das ist aber nur im Sommer, wenn wir dort zu Besuch sind.«

»Wir haben zu Hause, auf unserem Gut, ich glaube, zwei Dutzend. Wenn du hier brav bist, kriegst du einen von mir geschenkt. Einen braunen mit weißen Ohren, einen ganz jungen. Willst du?« Das Kind errötete vor Vergnügen.

»O ja.«

Es fuhr ihm so heraus, heiß und gierig. Aber gleich hinterher stolperte, ängstlich und wie erschrocken, das Bedenken.

»Aber Mama wird es nicht erlauben. Sie sagt, sie duldet keinen Hund zu Hause. Sie machen zuviel Schererei.«

Der Baron lächelte. Endlich hielt das Gespräch bei der Mama.

»Ist die Mama so streng?«

Das Kind überlegte, blickte eine Sekunde zu ihm auf, gleichsam fragend, ob man diesem fremden Herrn schon vertrauen dürfe. Die Antwort blieb vorsichtig.

»Nein, streng ist die Mama nicht. Jetzt, weil ich krank war, erlaubt sie mir alles. Vielleicht erlaubt sie mir sogar einen Hund.«

»Soll ich sie darum bitten?«

»Ja, bitte tun Sie das«, jubelte der Bub. »Dann wird es die Mama sicher erlauben. Und wie sieht er aus? Weiße Ohren hat er, nicht wahr? Kann er apportieren?«

»Ja, er kann alles.« Der Baron mußte lächeln über die heißen Funken, die er so rasch aus den Augen des Kindes geschlagen hatte. Mit einem Male war die anfängliche Befangenheit gebrochen, und die von der Angst zurückgehaltene Leidenschaftlichkeit sprudelte über. In blitzschneller Verwandlung war das scheue verängstigte Kind von früher ein ausgelassener Bub. ›Wenn nur die Mutter auch so wäre‹, dachte unwillkürlich der Baron, ›so heiß hinter ihrer Angst!‹ Aber schon sprang der Bub mit zwanzig Fragen an ihm hinauf:

»Wie heißt der Hund?«

»Karo.«

»Karo«, jubelte das Kind. Es mußte irgendwie lachen und jubeln über jedes Wort, ganz betrunken von dem unerwarteten Geschehen, daß sich jemand seiner in Freundlichkeit angenommen hatte. Der Baron staunte selbst über seinen raschen Erfolg und beschloß, das heiße Eisen zu schmieden. Er lud den Knaben ein, mit ihm ein bißchen spazierenzugehen, und der arme Bub, seit Wochen ausgehungert nach einem geselligen Beisammensein, war von diesem Vorschlag entzückt. Unbedacht plauderte er alles aus, was ihm sein neuer Freund mit kleinen, wie zufälligen Fragen entlockte. Bald wußte der Baron alles über die Familie, vor allem, daß Edgar der einzige Sohn eines Wiener Advokaten sei, offenbar aus der vermögenden jüdischen Bourgeoisie. Und durch geschickte Umfragen erkundete er rasch, daß die Mutter sich über den Aufenthalt am Semmering durchaus nicht entzückt geäußert und den Mangel an sympathischer Gesellschaft beklagt habe, ja er glaubte sogar, aus der ausweichenden Art, mit der Edgar die Frage beantwortete, ob die Mama den Papa sehr gern habe, entnehmen zu können, daß hier nicht alles zum besten stünde. Beinahe schämte er sich, wie leicht es ihm wurde, dem arglosen Buben all diese kleinen Familiengeheimnisse zu entlocken, denn Edgar, ganz stolz, daß irgend etwas von dem, was er zu erzählen hatte, einen Erwachsenen interessieren konnte, drängte sein Vertrauen dem neuen Freunde geradezu auf. Sein kindisches Herz klopfte vor Stolz – der Baron hatte im Spazierengehen ihm seinen Arm um die Schulter gelegt –, in solcher Intimität öffentlich mit einem Erwachsenen gesehen zu werden, und allmählich vergaß er seine eigene Kindheit, schnatterte frei und ungezwungen wie zu einem Gleichaltrigen. Edgar war, wie sein Gespräch zeigte, sehr klug, etwas frühreif wie die meisten kränklichen Kinder, die viel mit Erwachsenen beisammen waren, und von einer merkwürdig überreizten Leidenschaft der Zuneigung oder Feindlichkeit. Zu nichts schien er ein ruhiges Verhältnis zu haben, von jedem Menschen oder Ding sprach er entweder in Verzückung oder mit einem Hasse, der so heftig war, daß er sein Gesicht unangenehm verzerrte und es fast bösartig und häßlich machte. Etwas Wildes und Sprunghaftes, vielleicht noch bedingt durch die kürzlich überstandene Krankheit, gab seinen Reden fanatisches Feuer, und es schien, daß seine Linkischkeit nur mühsam unterdrückte Angst vor der eigenen Leidenschaft war.

Der Baron gewann mit Leichtigkeit sein Vertrauen. Eine halbe Stunde bloß, und er hatte dieses heiße und unruhig zuckende Herz in der Hand. Es ist ja so unsäglich leicht, Kinder zu betrügen, diese Arglosen, um deren Liebe so selten geworben wird. Er brauchte sich selbst nur in die Vergangenheit zu vergessen, und so natürlich, so ungezwungen wurde ihm das kindliche Gespräch, daß auch der Bub ihn ganz als seinesgleichen empfand und nach wenigen Minuten jedes Distanzgefühl verlor. Er war nur selig von Glück, hier in diesem einsamen Ort plötzlich einen Freund gefunden zu haben, und welch einen Freund! Vergessen waren sie alle in Wien, die kleinen Jungen mit ihren dünnen Stimmen, ihrem unerfahrenen Geschwätz, wie weggeschwemmt waren ihre Bilder von dieser einen neuen Stunde! Seine ganze schwärmerische Leidenschaft gehörte jetzt diesem neuen, seinem großen Freunde, und sein Herz dehnte sich vor Stolz, als dieser ihn jetzt zum Abschied nochmals einlud, morgen vormittags wiederzukommen, und der neue Freund ihm nun zuwinkte von der Ferne, ganz wie ein Bruder. Diese Minute war vielleicht die schönste seines Lebens. Es ist so leicht, Kinder zu betrügen. – Der Baron lächelte dem Davonstürmenden nach. Der Vermittler war nun gewonnen. Der Bub würde jetzt, das wußte er, seine Mutter mit Erzählungen bis zur Erschöpfung quälen, jedes einzelne

Wort wiederholen – und dabei erinnerte er sich mit Vergnügen, wie geschickt er einige Komplimente an ihre Adresse eingeflochten, wie er immer nur von Edgars »schöner Mama« gesprochen hatte. Es war ausgemachte Sache für ihn, daß der mitteilsame Knabe nicht früher ruhen würde, ehe er seine Mama und ihn zusammengeführt hätte. Er selbst brauchte nun keinen Finger zu rühren, um die Distanz zwischen sich und der schönen Unbekannten zu verringern, konnte nun ruhig träumen und die Landschaft überschauen, denn er wußte, ein paar heiße Kinderhände bauten ihm die Brücke zu ihrem Herzen.

Terzett

Der Plan war, wie sich eine Stunde später erwies, vortrefflich und bis in die letzten Einzelheiten gelungen. Als der junge Baron, mit Absicht etwas verspätet, den Speisesaal betrat, zuckte Edgar vom Sessel auf, grüßte eifrig mit einem beglückten Lächeln und winkte ihm zu. Gleichzeitig zupfte er seine Mutter am Ärmel, sprach hastig und erregt auf sie ein, mit auffälligen Gesten gegen den Baron hindeutend. Sie verwies ihm geniert und errötend sein allzu reges Benehmen, konnte es aber doch nicht vermeiden, einmal hinüberzusehen, um dem Buben seinen Willen zu tun, was der Baron sofort zum Anlaß einer respektvollen Verbeugung nahm. Die Bekanntschaft war gemacht. Sie mußte danken, beugte aber von nun ab das Gesicht tiefer über den Teller und vermied sorgfältig während des ganzen Diners nochmals hinüberzublicken. Anders Edgar, der unablässig hinguckte, einmal sogar versuchte hinüberzusprechen, eine Unstatthaftigkeit, die ihm sofort von seiner Mutter energisch verwiesen wurde. Nach Tisch wurde ihm bedeutet, daß er schlafen zu gehen habe,

und ein emsiges Wispern begann zwischen ihm und seiner
Mama, dessen Endresultat war, daß es seinen heißen Bitten verstattet wurde, zum andern Tisch hinüberzugehen
und sich bei seinem Freund zu empfehlen. Der Baron
sagte ihm ein paar herzliche Worte, die wieder die Augen
des Kindes zum Flackern brachten, plauderte mit ihm ein
paar Minuten. Plötzlich aber, mit einer geschickten Wendung, drehte er sich, aufstehend, zum andern Tisch hinüber, beglückwünschte die etwas verwirrte Nachbarin zu
ihrem klugen, aufgeweckten Sohn, rühmte den Vormittag, den er so vortrefflich mit ihm verbracht hatte – Edgar
stand dabei, rot vor Freude und Stolz –, und erkundigte
sich schließlich nach seiner Gesundheit, so ausführlich
und mit so viel Einzelfragen, daß die Mutter zur Antwort
gezwungen war. Und so gerieten sie unaufhaltsam in ein
längeres Gespräch, dem der Bub beglückt und mit einer
Art Ehrfurcht lauschte. Der Baron stellte sich vor und
glaubte zu bemerken, daß sein klingender Name auf die
Eitle einen gewissen Eindruck machte. Jedenfalls war sie
von außerordentlicher Zuvorkommenheit gegen ihn,
wiewohl sie sich nichts vergab und sogar frühen Abschied
nahm, des Buben halber, wie sie entschuldigend beifügte.
  Der protestierte heftig, er sei nicht müde und gerne bereit, die ganze Nacht aufzubleiben. Aber schon hatte seine
Mutter dem Baron die Hand geboten, der sie respektvoll
küßte.
  Edgar schlief schlecht in dieser Nacht. Es war eine
Wirrnis in ihm von Glückseligkeit und kindischer Verzweiflung. Denn heute war etwas Neues in seinem Leben
geschehn. Zum ersten Male hatte er in die Schicksale von
Erwachsenen eingegriffen. Er vergaß, schon im Halb-
traum, seine eigene Kindheit und dünkte sich mit einem
Male groß. Bisher hatte er, einsam erzogen und oft kränk-
lich, wenig Freunde gehabt. Für all sein Zärtlichkeitsbedürfnis war niemand dagewesen als die Eltern, die sich

– 20 –

wenig um ihn kümmerten, und die Dienstboten. Und die Gewalt einer Liebe wird immer falsch bemessen, wenn man sie nur nach ihrem Anlaß wertet und nicht nach der Spannung, die ihr vorausgeht, jenem hohlen, dunkeln Raum von Enttäuschung und Einsamkeit, die vor allen großen Ereignissen des Herzens liegt. Ein überschweres, ein unverbrauchtes Gefühl hatte hier gewartet und stürzte nun mit ausgebreiteten Armen dem ersten entgegen, der es zu verdienen schien. Edgar lag im Dunkeln, beglückt und verwirrt, er wollte lachen und mußte weinen. Denn er liebte diesen Menschen, wie er nie einen Freund, nie Vater und Mutter und nicht einmal Gott geliebt hatte. Die ganze unreife Leidenschaft seiner früheren Jahre umklammerte das Bild dieses Menschen, dessen Namen er vor zwei Stunden noch nicht gekannt hatte.

Aber er war doch klug genug, um durch das Unerwartete und Eigenartige dieser neuen Freundschaft nicht bedrängt zu sein. Was ihn so sehr verwirrte, war das Gefühl seiner Unwertigkeit, seiner Nichtigkeit. ›Bin ich denn seiner würdig, ich, ein kleiner Bub, zwölf Jahre alt, der noch die Schule vor sich hat, der abends vor allen andern ins Bett geschickt wird?‹ quälte er sich ab. ›Was kann ich ihm sein, was kann ich ihm bieten?‹ Gerade dieses qualvoll empfundene Unvermögen, irgendwie sein Gefühl zeigen zu können, machte ihn unglücklich. Sonst, wenn er einen Kameraden liebgewonnen hatte, war es sein Erstes, die paar kleinen Kostbarkeiten seines Pultes, Briefmarken und Steine, den kindischen Besitz der Kindheit, mit ihm zu teilen, aber all diese Dinge, die ihm gestern noch von hoher Bedeutung und seltenem Reiz waren, schienen ihm mit einem Male entwertet, läppisch und verächtlich. Denn wie konnte er derlei diesem neuen Freunde bieten, dem er nicht einmal wagen durfte, das Du zu erwidern; wo war ein Weg, eine Möglichkeit, seine Gefühle zu verraten? Immer mehr und mehr empfand er die Qual, klein zu sein, etwas Halbes, Unreifes, ein Kind von zwölf Jahren, und noch nie hatte er so stürmisch das Kindsein verflucht, so herzlich sich gesehnt, anders aufzuwachen, so wie er sich träumte: groß und stark, ein Mann, ein Erwachsener wie die andern.

In diese unruhigen Gedanken flochten sich rasch die ersten farbigen Träume von dieser neuen Welt des Mannseins. Edgar schlief endlich mit einem Lächeln ein, aber doch, die Erinnerung der morgigen Verabredung unterhöhlte seinen Schlaf. Er schreckte schon um sieben Uhr mit der Angst auf, zu spät zu kommen. Hastig zog er sich an, begrüßte die erstaunte Mutter, die ihn sonst nur mit Mühe aus dem Bett bringen konnte, in ihrem Zimmer und stürmte, ehe sie weitere Fragen stellen konnte, hinab. Bis neun Uhr trieb er sich ungeduldig umher, vergaß sein Frühstück, einzig besorgt, den Freund für den Spaziergang nicht lange warten zu lassen.

Um halb zehn kam endlich der Baron sorglos angeschlendert. Er hatte natürlich längst die Verabredung vergessen, jetzt aber, da der Knabe gierig auf ihn losschnellte, mußte er lächeln über so viel Leidenschaft und zeigte sich bereit, sein Versprechen einzuhalten. Er nahm den Buben wieder unterm Arm, ging mit dem Strahlenden auf und nieder, nur daß er sanft, aber nachdrücklich abwehrte, schon jetzt den gemeinsamen Spaziergang zu beginnen. Er schien auf irgend etwas zu warten, wenigstens deutete darauf sein nervös die Türen abgreifender Blick. Plötzlich straffte er sich empor. Edgars Mama war hereingetreten und kam, den Gruß erwidernd, freundlich auf beide zu. Sie lächelte zustimmend, als sie von dem beabsichtigten Spaziergang vernahm, den ihr Edgar als etwas zu Kostbares verschwiegen hatte, ließ sich aber rasch von der Einladung des Barons zum Mitgehen bestimmen. Edgar wurde sofort mürrisch und biß die Lippen. Wie ärgerlich, daß sie gerade jetzt vorbeikommen mußte! Dieser Spaziergang hatte doch ihm allein gehört, und wenn er seinen Freund auch der Mama vorgestellt hatte, so war das nur eine Liebenswürdigkeit von ihm gewesen, aber teilen wollte er ihn deshalb nicht. Schon regte sich in ihm etwas wie Eifersucht, als er die Freundlichkeit des Barons zu seiner Mutter bemerkte.

Sie gingen dann zu dritt spazieren, und das gefährliche Gefühl seiner Wichtigkeit und plötzlichen Bedeutsamkeit wurde in dem Kinde noch genährt durch das auffällige Interesse, das beide ihm widmeten. Edgar war fast ausschließlich Gegenstand der Konversation, indem sich die Mutter mit etwas erheuchelter Besorgnis über seine Blässe und Nervosität aussprach, während der Baron wieder dies lächelnd abwehrte und sich rühmend über die nette Art seines »Freundes«, wie er ihn nannte, erging. Es war Edgars schönste Stunde. Er hatte Rechte, die ihm niemals im Laufe seiner Kindheit zugestanden worden waren. Er durfte mitreden, ohne sofort zur Ruhe verwiesen zu werden, sogar allerhand vorlaute Wünsche äußern, die ihm bislang übel aufgenommen worden wären. Und es war nicht verwunderlich, daß in ihm das trügerische Gefühl üppig wuchernd wuchs, daß er ein Erwachsener sei. Schon lag die Kindheit in seinen hellen Träumen hinter ihm, wie ein weggeworfenes entwachsenes Kleid.

Mittag saß der Baron, der Einladung der immer freundlicheren Mutter Edgars folgend, an ihrem Tisch. Aus dem Vis-à-vis war ein Nebeneinander geworden, aus der Bekanntschaft eine Freundschaft. Das Terzett war im Gang, und die drei Stimmen der Frau, des Mannes und des Kindes klangen rein zusammen.

Angriff

Nun schien es dem ungeduldigen Jäger an der Zeit, sein Wild anzuschleichen. Das Familiäre, der Dreiklang in dieser Angelegenheit mißfiel ihm. Es war ja ganz nett, so zu dritt zu plaudern, aber schließlich, Plaudern war nicht seine Absicht. Und er wußte, daß das Gesellschaftliche mit dem Maskenspiel seiner Begehrlichkeit das Erotische zwischen Mann und Frau immer retardiert, den Worten die Glut, dem Angriff sein Feuer nimmt. Sie sollte über der Konversation nie seine eigentliche Absicht vergessen, die er – dessen war er sicher – von ihr bereits verstanden wußte.

Daß sein Bemühen bei dieser Frau nicht vergeblich sein würde, hatte viel Wahrscheinlichkeiten. Sie war in jenen entscheidenden Jahren, wo eine Frau zu bereuen beginnt, einem eigentlich nie geliebten Gatten treu geblieben zu sein, und wo der purpurne Sonnenuntergang ihrer Schönheit ihr noch eine letzte dringlichste Wahl zwischen dem Mütterlichen und dem Weiblichen gewährt. Das Leben, das schon längst beantwortet schien, wird in dieser Minute noch einmal zur Frage, zum letzten Male zittert die magische Nadel des Willens zwischen der Hoffnung auf erotisches Erleben und der endgültigen Resignation. Eine Frau hat dann die gefährliche Entscheidung, ihr eigenes Schicksal oder das ihrer Kinder zu leben, Frau oder Mutter zu sein. Und der Baron, scharfsichtig in diesen Dingen, glaubte bei ihr gerade dieses gefährliche Schwanken zwischen Lebensglut und Aufopferung zu bemerken. Sie vergaß beständig im Gespräch, ihren Gatten zu erwähnen, der offenbar nur ihren äußeren Bedürfnissen, nicht aber ihren durch vornehme Lebensführung gereizten Snobismus zu befriedigen schien, und wußte innerlich eigentlich herzlich wenig von ihrem Kinde. Ein Schatten von Langeweile, als Melancholie in den dunklen Augen verschleiert, lag über ihrem Leben und verdunkelte ihre Sinnlichkeit. Der Baron beschloß, rasch vorzugehen, aber gleichzeitig jeden Anschein von Eile zu vermeiden. Im Gegenteil, er wollte, wie der Angler den Haken lockend zurückzieht, dieser neuen Freundschaft seinerseits äußerliche Gleichgültigkeit entgegensetzen, wollte um sich werben lassen, während er doch in Wahrheit der Werbende war. Er nahm sich vor, einen gewissen Hochmut zu outrieren, den Unterschied ihres sozialen Standes scharf herauszukehren, und der Gedanke reizte ihn, nur durch das Betonen seines Hochmutes, durch ein Äußeres, durch einen klingenden aristokratischen Namen und kalte Manieren diesen üppigen, vollen, schönen Körper gewinnen zu können.

Das heiße Spiel begann ihn schon zu erregen, und darum zwang er sich zur Vorsicht. Den Nachmittag verblieb er in seinem Zimmer mit dem angenehmen Bewußtsein, gesucht und vermißt zu werden. Aber diese Abwesenheit wurde nicht so sehr von ihr bemerkt, gegen die sie eigentlich gezielt war, sondern gestaltete sich für den armen Buben zur Qual. Edgar fühlte sich den ganzen Nachmittag unendlich hilflos und verloren; mit der Knaben eigenen, hartnäckigen Treue wartete er die ganzen langen Stunden unablässig auf seinen Freund. Es wäre ihm wie ein Vergehen gegen die Freundschaft erschienen, wegzugehen oder irgend etwas allein zu tun. Unnütz trollte er sich in den Gängen herum, und je später es wurde, um so mehr füllte sich sein Herz mit Unglück an. In der Unruhe seiner Phantasie träumte er schon von einem Unfall oder einer unbewußt zugefügten Beleidigung und war schon nahe daran, zu weinen vor Ungeduld und Angst.

Als der Baron dann abends zu Tisch kam, wurde er glänzend empfangen. Edgar sprang, ohne auf den abmahnenden Ruf seiner Mutter und das Erstaunen der anderen Leute zu achten, ihm entgegen, umfaßte stürmisch seine

Brust mit den mageren Ärmchen. »Wo waren Sie? Wo sind Sie gewesen?« rief er hastig. »Wir haben Sie überall gesucht.« Die Mutter errötete bei dieser unwillkommenen Einbeziehung und sagte ziemlich hart: »*Sois sage, Edgar. Assieds-toi!*« (Sie sprach nämlich immer französisch mit ihm, obwohl ihr diese Sprache gar nicht so sehr selbstverständlich war und sie bei umständlichen Erläuterungen leicht auf Sand geriet.) Edgar gehorchte, ließ aber nicht ab, den Baron auszufragen. »Aber vergiß doch nicht, daß der Herr Baron tun kann, was er will. Vielleicht langweilt ihn unsere Gesellschaft.« Diesmal bezog sie sich selber ein, und der Baron fühlte mit Freude, wie dieser Vorwurf um ein Kompliment warb.

Der Jäger in ihm wachte auf. Er war berauscht, erregt, so rasch hier die richtige Fährte gefunden zu haben, das Wild ganz nahe vor dem Schuß nun zu fühlen. Seine Augen glänzten, das Blut flog ihm leicht durch die Adern, die Rede sprudelte ihm, er wußte selbst nicht wie, von den Lippen. Er war, wie jeder stark erotisch veranlagte Mensch, doppelt so gut, doppelt er selbst, wenn er wußte, daß er Frauen gefiel, so wie manche Schauspieler erst feurig werden, wenn sie die Hörer, die atmende Masse vor ihnen ganz im Bann spüren. Er war immer ein guter, mit sinnlichen Bildern begabter Erzähler gewesen, aber heute – er trank ein paar Gläser Champagner dazwischen, den er zu Ehren der neuen Freundschaft bestellt hatte – übertraf er sich selbst. Er erzählte von indischen Jagden, denen er als Gastfreund eines hohen aristokratischen englischen Freundes beigewohnt hatte, klug dies Thema wählend, weil es indifferent war und er anderseits spürte, wie alles Exotische und für sie Unerreichbare diese Frau erregte. Wen er aber damit bezauberte, das war vor allem Edgar, dessen Augen vor Begeisterung flammten. Er vergaß zu essen, zu trinken und starrte dem Erzähler die Worte von den Lippen weg. Nie hatte er gehofft, einen Menschen

– 26 –

wirklich zu sehen, der diese ungeheuren Dinge erlebt hatte, von denen er in seinen Büchern las, die Tigerjagden, die braunen Menschen, die Hindus und das Dschaggernat, das furchtbare Rad, das tausend Menschen unter seinen Speichen begrub. Bislange hatte er nie daran gedacht, daß es solche Menschen wirklich gäbe, so wenig wie er die Länder der Märchen glaubte, und diese Sekunde sprengte in ihm irgendein großes Gefühl zum ersten Male auf. Er konnte den Blick von seinem Freunde nicht wenden, starrte mit gepreßtem Atem auf die Hände da hart vor ihm, die einen Tiger getötet hatten. Kaum wagte er etwas zu fragen, und dann klang seine Stimme fiebrig erregt. Seine rasche Phantasie zauberte ihm immer das Bild zu den Erzählungen herauf, er sah den Freund hoch auf einem Elefanten mit purpurner Schabracke, braune Männer rechts und links mit kostbaren Turbans und dann plötzlich den Tiger, der mit seinen gebleckten Zähnen aus dem Dschungel vorsprang und dem Elefanten die Pranke in den Rüssel schlug. Jetzt erzählte der Baron noch Interessanteres, wie listig man Elefanten fing, indem man durch alte, gezähmte Tiere die jungen, wilden und übermütigen in die Verschläge locken ließ: die Augen des Kindes sprühten Feuer. Da sagte – ihm war, als fiele plötzlich ein Messer vor ihm nieder – die Mama plötzlich, mit einem Blick auf die Uhr: »*Neuf heures! Au lit!*«

Edgar wurde blaß vor Schreck. Für alle Kinder ist das Zu-Bette-geschickt-Werden ein furchtbares Wort, weil es für sie die offenkundigste Demütigung vor den Erwachsenen ist, das Eingeständnis, das Stigma der Kindheit, des Kleinseins, der kindischen Schlafbedürftigkeit. Aber wie furchtbar war solche Schmach in diesem interessantesten Augenblick, da sie ihn solche unerhörte Dinge versäumen ließ.

»Nur das eine noch, Mama, das von den Elefanten, nur das laß mich hören!«

Er wollte zu betteln beginnen, besann sich aber rasch auf seine neue Würde als Erwachsener. Einen einzigen Versuch wagte er bloß. Aber seine Mutter war heute merkwürdig streng. »Nein, es ist schon spät. Geh nur hinauf! *Sois sage, Edgar.* Ich erzähl dir schon alle die Geschichten des Herrn Barons genau wieder. «

Edgar zögerte. Sonst begleitete ihn seine Mutter immer zu Bette. Aber er wollte nicht betteln vor dem Freunde. Sein kindischer Stolz wollte diesem kläglichen Abgang noch einen Schein von Freiwilligkeit retten.

»Aber wirklich, Mama, du erzählst mir alles, alles! Das von den Elefanten und alles andere! «

»Ja, mein Kind. «

»Und sofort! Noch heute! «

»Ja, ja, aber jetzt geh nur schlafen. Geh!« Edgar bewunderte sich selbst, daß es ihm gelang, dem Baron und seiner Mama die Hand zu reichen, ohne zu erröten, obschon das Schluchzen ihm schon ganz hoch in der Kehle saß. Der Baron beutelte ihm freundschaftlich den Schopf, das zwang noch ein Lächeln über sein gespanntes Gesicht. Aber dann mußte er rasch zur Türe eilen, sonst hätten sie gesehen, wie ihm die dicken Tränen über die Wangen liefen.

Die Elefanten

Die Mutter blieb noch eine Zeitlang unten mit dem Baron bei Tisch, aber sie sprachen nicht von Elefanten und Jagden mehr. Eine leise Schwüle, eine rasch aufliegende Verlegenheit kam in ihr Gespräch, seit der Bub sie verlassen hatte. Schließlich gingen sie hinüber in die Hall und setzten sich in eine Ecke. Der Baron war blendender als je, sie selbst leicht befeuert durch die paar Glas Champagner, und so nahm die Konversation rasch einen gefährlichen

Charakter an. Der Baron war eigentlich nicht hübsch zu nennen, er war nur jung und blickte sehr männlich aus seinem dunkelbraunen energischen Bubengesicht mit dem kurzgeschorenen Haar und entzückte sie durch die frischen, fast ungezogenen Bewegungen. Sie sah ihn gern jetzt von der Nähe und fürchtete auch nicht mehr seinen Blick. Doch allmählich schlich sich in seine Reden eine Kühnheit, die sie leicht verwirrte, etwas, das wie Greifen an ihrem Körper war, ein Betasten und wieder Lassen, irgendein unfaßbar Begehrliches, das ihr das Blut in die Wangen trieb. Aber dann lachte er wieder leicht, ungezwungen, knabenhaft, und das gab all den kleinen Begehrlichkeiten den losen Schein kindlicher Scherze. Manchmal war ihr, als müßte sie ein Wort schroff zurückweisen, aber kokett von Natur, wurde sie durch diese kleinen Lüsternheiten nur gereizt, mehr abzuwarten. Und hingerissen von dem verwegenen Spiel versuchte sie am Ende sogar, ihm nachzutun. Sie warf kleine, flatternde Versprechungen auf den Blicken hinüber, gab sich in Worten und Bewegungen schon hin, duldete sogar sein Heranrücken, die Nähe dieser Stimme, deren Atem sie manchmal warm und zuckend an den Schultern spürte. Wie alle Spieler vergaßen sie die Zeit und verloren sich so gänzlich in dem heißen Gespräch, daß sie erst aufschreckten, als die Hall sich um Mitternacht abzudunkeln begann.

Sie sprang sofort empor, dem ersten Erschrecken gehorchend, und fühlte mit einem Male, wie verwegen weit sie sich vorgewagt hatte. Ihr war sonst das Spiel mit dem Feuer nicht fremd, aber jetzt spürte ihr aufgereizter Instinkt, wie nahe dieses Spiel schon dem Ernste war. Mit Schauern entdeckte sie, daß sie sich nicht mehr ganz sicher fühlte, daß irgend etwas in ihr zu gleiten begann und sich beängstigend dem Wirbel zudrehte. Im Kopf wogte alles in einem Wirbel von Angst, von Wein und heißen Reden, eine dumme, sinnlose Angst überfiel sie, jene Angst, die

– 29 –

sie schon einige Male in ihrem Leben in solchen gefährlichen Sekunden gekannt hatte, aber nie so schwindelnd
und gewalttätig. »Gute Nacht, gute Nacht. Auf morgen
früh«, sagte sie hastig und wollte entlaufen. Entlaufen
nicht ihm so sehr, wie der Gefahr dieser Minute und einer
neuen, fremdartigen Unsicherheit in sich selbst. Aber der
Baron hielt die dargebotene Abschiedshand mit sanfter
Gewalt, küßte sie, und nicht nur in Korrektheit ein einziges Mal, sondern vier- oder fünfmal mit den Lippen von
den feinen Fingerspitzen bis hinauf zum Handgelenk, zitternd, wobei sie mit einem leichten Frösteln seinen rauhen
Schnurrbart über den Handrücken kitzeln fühlte. Irgendein warmes und beklemmendes Gefühl flog von dort mit
dem Blut durch den ganzen Körper, Angst schoß heiß
empor, hämmerte drohend an die Schläfen, ihr Kopf
glühte, die Angst, die sinnlose Angst zuckte jetzt durch
ihren ganzen Körper, und sie entzog ihm rasch die Hand.

»Bleiben Sie doch noch«, flüsterte der Baron. Aber
schon eilte sie fort mit einer Ungelenkigkeit der Hast, die
ihre Angst und Verwirrung augenfällig machte. In ihr
war jetzt die Erregtheit, die der andere wollte, sie fühlte,
wie alles in ihr verworren war. Die grausam brennende
Angst jagte sie, der Mann hinter ihr möchte ihr folgen und
sie fassen, gleichzeitig aber, noch im Entspringen, spürte
sie schon ein Bedauern, daß er es nicht tat. In dieser Stunde
hätte das geschehen können, was sie seit Jahren unbewußt
ersehnte, das Abenteuer, dessen nahen Hauch sie wollüstig liebte, um ihm bisher immer im letzten Augenblick
zu entweichen, das große und gefährliche, nicht nur der
flüchtige, aufreizende Flirt. Aber der Baron war zu stolz,
einer günstigen Sekunde nachzulaufen. Er war seines Sie-
ges zu gewiß, um diese Frau räuberisch in einer schwachen, weintrunkenen Minute zu nehmen, im Gegenteil,
den fairen Spieler reizte nur der Kampf und die Hingabe
bei vollem Bewußtsein. Entrinnen konnte sie ihm nicht.

Ihr zuckte, das merkte er, das heiße Gift schon in den Adern.

Oben auf der Treppe blieb sie stehen, die Hand an das keuchende Herz gepreßt. Sie mußte ausruhen eine Sekunde. Ihre Nerven versagten. Ein Seufzer brach aus der Brust, halb Beruhigung, einer Gefahr entronnen zu sein, halb Bedauern; aber das alles war verworren und wirrte im Blut nur als leises Schwindligsein weiter. Mit halbgeschlossenen Augen, wie eine Betrunkene tappte sie weiter zu ihrer Türe und atmete auf, da sie jetzt die kühle Klinke faßte. Jetzt empfand sie sich erst in Sicherheit!

Leise bog sie die Türe ins Zimmer. Und schrak schon zurück in der nächsten Sekunde. Irgend etwas hatte sich gerührt in dem Zimmer, ganz rückwärts im Dunkeln. Ihre erregten Nerven zuckten grell, schon wollte sie um Hilfe schreien, da kam es leise von drinnen, mit ganz schlaftrunkener Stimme: »Bist du es, Mama?«

»Um Gottes willen, was machst du da?« Sie stürzte hin zum Divan, wo Edgar zusammengeknüllt lag und sich eben vom Schlafe aufraffte. Ihr erster Gedanke war, das Kind müsse krank sein oder Hilfe bedürftig.

Aber Edgar sagte, ganz verschlafen noch und mit leisem Vorwurf: »Ich habe so lange auf dich gewartet, und dann bin ich eingeschlafen.«

»Warum denn?«

»Wegen der Elefanten.«

»Was für Elefanten?«

Jetzt erst begriff sie. Sie hatte ja dem Kinde versprochen, alles zu erzählen, heute noch, von der Jagd und den Abenteuern. Und da hatte sich dieser Bub auf ihr Zimmer geschlichen, dieser einfältige, kindische Bub, und im sicheren Vertrauen gewartet, bis sie kam, und war drüber eingeschlafen. Die Extravaganz empörte sie. Oder eigentlich, sie fühlte Zorn gegen sich selbst, ein leises Raunen von Schuld und Scham, das sie überschreien wollte. »Geh

– 31 –

sofort zu Bett, du ungezogener Fratz«, schrie sie ihn an. Edgar staunte ihr entgegen. Warum war sie so zornig mit ihm, er hatte doch nichts getan? Aber diese Verwunderung reizte die schon Aufgeregte noch mehr. »Geh sofort in dein Zimmer«, schrie sie wütend, weil sie fühlte, daß sie ihm unrecht tat. Edgar ging ohne ein Wort. Er war eigentlich furchtbar müde und spürte nur stumpf durch den drückenden Nebel von Schlaf, daß seine Mutter ein Versprechen nicht gehalten hatte und daß man in irgendeiner Weise gegen ihn schlecht war. Aber er revoltierte nicht. In ihm war alles stumpf durch die Müdigkeit; und dann, er ärgerte sich sehr, hier oben eingeschlafen zu sein, statt wach zu warten. »Ganz wie ein kleines Kind«, sagte er empört zu sich selber, ehe er wieder in Schlaf fiel.

Denn seit gestern haßte er seine eigene Kindheit.

Geplänkel

Der Baron hatte schlecht geschlafen. Es ist immer gefährlich, nach einem abgebrochenen Abenteuer zu Bette zu gehen: eine unruhige, von schwülen Träumen gefährdete Nacht ließ es ihn bald bereuen, die Minute nicht mit hartem Griff gepackt zu haben. Als er morgens, noch von Schlaf und Mißmut umwölkt, hinunterkam, sprang ihm der Knabe aus einem Versteck entgegen, schloß ihn begeistert in die Arme und begann ihn mit tausend Fragen zu quälen. Er war glücklich, seinen großen Freund wieder eine Minute für sich zu haben und nicht mit der Mama teilen zu müssen. Nur ihm sollte er erzählen, nicht mehr Mama, bestürmte er ihn, denn die hätte, trotz ihres Versprechens, ihm nichts von all den wunderbaren Dingen wiedergesagt. Er überschüttete den unangenehm Aufgeschreckten, der seine Mißlaune nur schlecht verbarg, mit

– 32 –

hundert kindischen Belästigungen. In diese Fragen mengte er überdies stürmische Bezeugungen seiner Liebe, glückselig, wieder mit dem Langgesuchten und seit frühmorgens Erwarteten allein zu sein.

Der Baron antwortete unwirsch. Dieses ewige Auflauern des Kindes, die Läppischkeit der Fragen, wie überhaupt die unbegehrte Leidenschaft begann ihn zu langweilen. Er war müde, nun tagaus, tagein mit einem zwölfjährigen Buben herumzuziehen und mit ihm Unsinn zu schwatzen. Ihm lag jetzt nur daran, das heiße Eisen zu schmieden und die Mutter allein zu fassen, was eben durch des Kindes unerwünschte Anwesenheit zum Problem wurde. Ein erstes Unbehagen vor dieser unvorsichtig geweckten Zärtlichkeit bemächtigte sich seiner, denn vorläufig sah er keine Möglichkeit, den allzu anhänglichen Freund loszuwerden.

Immerhin: es kam auf den Versuch an. Bis zehn Uhr, der Stunde, die er mit der Mutter zum Spaziergang verabredet hatte, ließ er das eifrige Gerede des Buben achtlos über sich hinplätschern, warf hin und wieder einen Brokken Gespräch hin, um ihn nicht zu beleidigen, durchblätterte aber gleichzeitig die Zeitung. Endlich, als der Zeiger fast senkrecht stand, bat er Edgar, wie sich plötzlich erinnernd, für ihn ins andere Hotel bloß einen Augenblick hinüberzugehen, um dort nachzufragen, ob der Graf Grundheim, sein Vater, schon angekommen sei.

Das arglose Kind, glückselig, endlich einmal seinem Freund mit etwas dienlich sein zu können, stolz auf seine Würde als Bote, sprang sofort weg und stürmte so toll den Weg hin, daß die Leute ihm verwundert nachstarrten. Aber ihm war gelegen, zu zeigen, wie flink er war, wenn man ihm Botschaften vertraute. Der Graf war, so sagte man ihm dort, noch nicht eingetroffen, ja zur Stunde gar nicht angemeldet. Diese Nachricht brachte er in neuerlichem Sturmschritt zurück. Aber in der Hall war der

Baron nicht mehr zu finden. So klopfte er an seine Zimmertür – vergeblich! Beunruhigt rannte er alle Räume ab, das Musikzimmer und das Kaffeehaus, stürmte aufgeregt zu seiner Mama, um Erkundigungen einzuziehen: auch sie war fort. Der Portier, an den er sich schließlich ganz verzweifelt wandte, sagte ihm zu seiner Verblüffung, sie seien beide vor einigen Minuten gemeinsam weggegangen!

Edgar wartete geduldig. Seine Arglosigkeit vermutete nichts Böses. Sie konnten ja nur eine kurze Weile wegbleiben, dessen war er sicher, denn der Baron brauchte ja seinen Bescheid. Aber die Zeit streckte breit ihre Stunden, Unruhe schlich sich an ihn heran. Überhaupt, seit dem Tage, da sich dieser fremde, verführerische Mensch in sein kleines, argloses Leben gemengt hatte, war das Kind den ganzen Tag angespannt, gehetzt und verwirrt. In einen so feinen Organismus, wie den der Kinder, drückt jede Leidenschaft wie in weiches Wachs ihre Spuren. Das nervöse Zittern der Augenlider trat wieder auf, schon sah er blässer aus. Edgar wartete und wartete, geduldig zuerst, dann wild erregt und schließlich schon dem Weinen nah. Aber argwöhnisch war er noch immer nicht. Sein blindes Vertrauen in diesen wundervollen Freund vermutete ein Mißverständnis, und geheime Angst quälte ihn, er mochte vielleicht den Auftrag falsch verstanden haben.

Wie seltsam aber war erst dies, daß sie jetzt, da sie endlich zurückkamen, heiter plaudernd blieben und gar keine Verwunderung bezeigten. Es schien, als hätten sie ihn gar nicht sonderlich vermißt: »Wir sind dir entgegengegangen, weil wir hofften, dich am Weg zu treffen, Edi«, sagte der Baron, ohne sich nach dem Auftrag zu erkundigen. Und als das Kind, ganz erschrocken, sie könnten ihn vergebens gesucht haben, zu beteuern begann, er sei nur auf dem geraden Wege der Hochstraße gelaufen, und wissen wollte, welche Richtung sie gewählt hätten, da schnitt die

– 34 –

Mama kurz das Gespräch ab. »Schon gut, schon gut! Kinder sollen nicht so viel reden.«

Edgar wurde rot vor Ärger. Das war nun schon das zweite Mal so ein niederträchtiger Versuch, ihn vor seinem Freund herabzusetzen. Warum tat sie das, warum versuchte sie immer, ihn als Kind darzustellen, das er doch – er war davon überzeugt – nicht mehr war? Offenbar war sie ihm neidisch auf seinen Freund und plante, ihn zu sich herüberzuziehen. Ja, und sicherlich war sie es auch, die den Baron mit Absicht den falschen Weg geführt hatte. Aber er ließ sich nicht von ihr mißhandeln, das sollte sie sehen. Er wollte ihr schon Trotz bieten. Und Edgar beschloß, heute bei Tisch kein Wort mit ihr zu reden, nur mit seinem Freund allein.

Doch das wurde ihm hart. Was er am wenigsten erwartet hatte, trat ein: man bemerkte seinen Trotz nicht. Ja, sogar ihn selber schienen sie nicht zu sehen, ihn, der doch gestern Mittelpunkt ihres Beisammenseins gewesen war! Sie sprachen beide über ihn hinweg, scherzten zusammen und lachten, als ob er unter den Tisch gesunken wäre. Das Blut stieg ihm zu den Wangen, in der Kehle saß ein Knollen, der ihm den Atem erwürgte. Mit Schauern wurde er seiner entsetzlichen Machtlosigkeit bewußt. Er sollte also hier ruhig sitzen und zusehen, wie seine Mutter ihm den Freund wegnahm, den einzigen Menschen, den er liebte, und sollte sich nicht wehren können, nicht anders als durch Schweigen? Ihm war, als müßte er aufstehen und plötzlich mit beiden Fäusten auf den Tisch losschlagen. Nur damit sie ihn bemerkten. Aber er hielt sich zusammen, legte bloß Gabel und Messer nieder und rührte keinen Bissen mehr an. Aber auch dies hartnäckige Fasten merkten sie lange nicht, erst beim letzten Gang fiel es der Mutter auf, und sie fragte, ob er sich nicht wohl fühle. ›Widerlich‹, dachte er sich, ›immer denkt sie nur das eine, ob ich nicht krank bin, sonst ist ihr alles einerlei.‹ Er ant-

– 35 –

wortete kurz, er habe keine Lust, und damit gab sie sich
zufrieden. Nichts, gar nichts erzwang ihm Beachtung.
Der Baron schien ihn vergessen zu haben, wenigstens
richtete er nicht ein einziges Mal das Wort an ihn. Heißer
und heißer quoll es ihm in die Augen, und er mußte die
kindische List anwenden, rasch die Serviette zu heben, ehe
es jemand sehen konnte, daß Tränen über seine Wangen
sprangen und ihm salzig die Lippen näßten. Er atmete auf,
wie das Essen zu Ende war.

Während des Diners hatte seine Mutter eine gemein-
same Wagenfahrt nach Maria-Schutz vorgeschlagen. Edgar hatte es gehört, die Lippe zwischen den Zähnen. Nicht
eine Minuten wollte sie ihn also mehr mit seinem Freunde
allein lassen. Aber sein Haß stieg erst wild auf, als sie ihm
jetzt beim Aufstehen sagte: »Edgar, du wirst noch alles für
die Schule vergessen, du solltest doch einmal zu Hause
bleiben, ein bißchen nachlernen!« Wieder ballte er die
kleine Kinderfaust. Immer wollte sie ihn vor seinem
Freund demütigen, immer daran öffentlich erinnern, daß
er noch ein Kind war, daß er in die Schule gehen mußte
und nur geduldet unter Erwachsenen war. Diesmal war
ihm die Absicht aber doch zu durchsichtig. Er gab gar
keine Antwort, sondern drehte sich kurzweg um.

»Aha, wieder beleidigt«, sagte sie lächelnd und dann
zum Baron: »Wäre das wirklich so arg, wenn er einmal
eine Stunde arbeiten möchte?«

Und da – im Herzen des Kindes wurde etwas kalt und
starr – sagte der Baron, er, der sich seinen Freund nannte,
er, der ihn als Stubenhocker verhöhnt hatte: »Na, eine
Stunde oder zwei könnten wirklich nicht schaden.«

War das ein Einverständnis? Hatten sie sich wirklich
beide gegen ihn verbündet? In dem Blick des Kindes
flammte der Zorn. »Mein Papa hat verboten, daß ich hier
lerne, Papa will, daß ich mich hier erhole«, schleuderte er
heraus mit dem ganzen Stolz auf seine Krankheit, ver-

zweifelt sich an das Wort, an die Autorität seines Vaters anklammernd. Wie eine Drohung stieß er es heraus. Und was das merkwürdigste war: das Wort schien tatsächlich in den beiden ein Mißbehagen zu erwecken. Die Mutter sah weg und trommelte nur nervös mit den Fingern auf den Tisch. Ein peinliches Schweigen stand breit zwischen ihnen. »Wie du meinst, Edi«, sagte schließlich der Baron mit einem erzwungenen Lächeln. »Ich muß ja keine Prüfung machen, ich bin schon längst bei allen durchgefallen.«

Aber Edgar lächelte nicht zu dem Scherz, sondern sah ihn nur an mit einem prüfenden, sehnsüchtig eindringenden Blick, als wollte er ihm bis in die Seele greifen. Was ging da vor? Etwas war verändert zwischen ihnen, und das Kind wußte nicht, warum. Unruhig ließ es die Augen wandern. In seinem Herzen hämmerte ein kleiner, hastiger Hammer: der erste Verdacht.

Brennendes Geheimnis

›Was hat sie so verwandelt?‹ sann das Kind, das ihnen im rollenden Wagen gegenübersaß. ›Warum sind sie nicht mehr zu mir wie früher? Weshalb vermeidet Mama immer meinen Blick, wenn ich sie ansehe? Warum sucht er immer vor mir Witze zu machen und den Hanswurst zu spielen? Beide reden sie nicht mehr zu mir wie gestern und vorgestern, mir ist beinahe, als hätten sie andere Gesichter bekommen. Mama hat heute so rote Lippen, sie muß sie gefärbt haben. Das habe ich nie gesehen an ihr. Und er zieht immer die Stirne kraus, als sei er beleidigt. Ich habe ihnen doch nichts getan, kein Wort gesagt, das sie verdrießen konnte? Nein, ich kann nicht die Ursache sein, denn sie sind selbst zueinander anders wie vordem. Sie sind so,

– 37 –

als ob sie etwas angestellt hätten, das sie sich nicht zu sagen getrauen. Sie plaudern nicht mehr wie gestern, sie lachen auch nicht, sie sind befangen, sie verbergen etwas. Irgendein Geheimnis ist zwischen ihnen, das sie mir nicht verraten wollen. Ein Geheimnis, das ich ergründen muß um jeden Preis. Ich kenne es schon, es muß dasselbe sein, vor dem sie mir immer die Türe verschließen, von dem in den Büchern die Rede ist und in den Opern, wenn die Männer und die Frauen mit ausgebreiteten Armen gegeneinander singen, sich umfassen und sich wegstoßen. Es muß irgendwie dasselbe sein wie das mit meiner französischen Lehrerin, die sich mit Papa so schlecht vertrug und die dann weggeschickt wurde. All diese Dinge hängen zusammen, das spüre ich, aber ich weiß nur nicht, wie. Oh, es zu wissen, endlich zu wissen, dieses Geheimnis, ihn zu fassen, diesen Schlüssel, der alle Türen aufschließt, nicht länger mehr Kind sein, vor dem man alles versteckt und verhehlt, sich nicht mehr hinhalten lassen und betrügen. Jetzt oder nie! Ich will es ihnen entreißen, dieses furchtbare Geheimnis.‹ Eine Falte grub sich in seine Stirne, beinahe alt sah der schmächtige Zwölfjährige aus, wie er so ernst vor sich hin grübelte, ohne einen einzigen Blick an die Landschaft zu wenden, die sich in klingenden Farben rings entfaltete, die Berge im gereinigten Grün ihrer Nadelwälder, die Täler im noch zarten Glanz des verspäteten Frühlings. Er sah nur immer die beiden ihm gegenüber im Rücksitz des Wagens an, als könnte er mit diesen heißen Blicken wie mit einer Angel das Geheimnis aus den glitzernden Tiefen ihrer Augen herausreißen. Nichts schärft Intelligenz mehr als ein leidenschaftlicher Verdacht, nichts entfaltet mehr alle Möglichkeiten eines unreifen Intellekts, als eine Fährte, die ins Dunkel läuft. Manchmal ist es ja nur eine einzige dünne Tür, die Kinder von der Welt, die wir die wirkliche nennen, abtrennt, und ein zufälliger Windhauch sprengt sie ihnen auf.

– 38 –

Edgar fühlte sich mit einem Male dem Unbekannten, dem großen Geheimnis so greifbar nahe wie noch nie, er spürte es knapp vor sich, zwar noch verschlossen und unenträtselt, aber nah, ganz nah. Das erregte ihn und gab ihm diesen plötzlichen, feierlichen Ernst. Denn unbewußt ahnte er, daß er am Rand seiner Kindheit stand.

Die beiden gegenüber fühlten irgendeinen dumpfen Widerstand vor sich, ohne zu ahnen, daß er von dem Knaben ausging. Sie fühlten sich eng und gehemmt zu dritt im Wagen. Die beiden Augen ihnen gegenüber mit ihrer dunkel in sich flackernden Glut behinderten sie. Sie wagten kaum zu reden, kaum zu blicken. Zu ihrer vormaligen leichten, gesellschaftlichen Konversation fanden sie jetzt nicht mehr zurück, schon zu sehr verstrickt in dem Ton der heißen Vertraulichkeiten, jener gefährlichen Worte, in denen die schmeichelnde Unzüchtigkeit von heimlichen Betastungen zittert. Ihr Gespräch stieß immer auf Lücken und Stockungen. Es blieb stehen, wollte weiter, aber stolperte immer wieder über das hartnäckige Schweigen des Kindes.

Besonders für die Mutter war sein verbissenes Schweigen eine Last. Sie sah ihn vorsichtig von der Seite an und erschrak, als sie plötzlich in der Art, wie das Kind die Lippen verkniff, zum erstenmal eine Ähnlichkeit mit ihrem Mann erkannte, wenn er gereizt oder verärgert war. Der Gedanke war ihr unbehaglich, gerade jetzt an ihren Mann erinnert zu werden, da sie mit einem Abenteuer Versteck spielen wollte. Wie ein Gespenst, ein Wächter des Gewissens, doppelt unerträglich hier in der Enge des Wagens, zehn Zoll gegenüber mit seinen dunkel arbeitenden Augen und dem Lauern hinter der blassen Stirn, schien ihr das Kind. Da schaute Edgar plötzlich auf, eine Sekunde lang. Beide senkten sie sofort den Blick: sie spürten, daß sie sich belauerten, zum erstenmal in ihrem Leben. Bisher hatten sie einander blind vertraut, jetzt aber war etwas zwischen Mutter und Kind, zwischen ihr und ihm plötzlich anders geworden. Zum ersten Male in ihrem Leben begannen sie, sich zu beobachten, ihre beiden Schicksale voneinander zu trennen, beide schon mit einem heimlichen Haß gegeneinander, der nur noch zu neu war, als daß sie sich ihn einzugestehen wagten.

Alle drei atmeten sie auf, als die Pferde wieder vor dem Hotel hielten. Es war ein verunglückter Ausflug gewesen, alle fühlten es, und keiner wagte es zu sagen. Edgar sprang zuerst ab. Seine Mutter entschuldigte sich mit Kopfschmerzen und ging eilig hinauf. Sie war müde und wollte allein sein. Edgar und der Baron blieben zurück. Der Baron zahlte dem Kutscher, sah auf die Uhr und schritt gegen die Hall zu, ohne den Buben zu beachten. Er ging vorbei an ihm mit seinem feinen, schlanken Rücken, diesem rhythmisch leichten Wiegegang, der das Kind so bezauberte und den es gestern schon nachzuahmen versucht hatte. Er ging vorbei, glatt vorbei. Offenbar hatte er den Knaben vergessen und ließ ihn stehen neben dem Kutscher, neben den Pferden, als gehörte er nicht zu ihm.

In Edgar riß irgend etwas entzwei, wie er ihn so vorübergehen sah, ihn, den er trotz alldem noch immer so abgöttisch liebte. Verzweiflung brach aus seinem Herzen, als er so vorbeiging, ohne ihn mit dem Mantel zu streifen, ohne ihm ein Wort zu sagen, der sich doch keiner Schuld bewußt war. Die mühsam bewahrte Fassung zerriß, die künstlich erhöhte Last der Würde glitt ihm von den zu schmalen Schultern, er wurde wieder ein Kind, klein und demütig wie gestern und vordem. Es riß ihn weiter wider seinen Willen. Mit rasch zitternden Schritten ging er dem Baron nach, trat ihm, der eben die Treppe hinauf wollte, in den Weg und sagte gepreßt, mit schwer verhaltenen Tränen:

»Was habe ich Ihnen getan, daß Sie nicht mehr auf mich achten? Warum sind Sie jetzt immer so mit mir? Und

die Mama auch? Warum wollen Sie mich immer weg-
schicken? Bin ich Ihnen lästig, oder habe ich etwas getan?«

Der Baron schrak auf. In der Stimme war etwas, das ihn
verwirrte und weich stimmte. Mitleid überkam ihn mit
dem arglosen Buben. »Edi, du bist ein Narr! Ich war nur
schlechter Laune heute. Und du bist ein lieber Bub, den
ich wirklich gern hab.« Dabei schüttelte er ihn am Schopf
tüchtig hin und her, aber doch das Gesicht halb abgewendet, um nicht diese großen, feuchten, flehenden Kinderaugen sehen zu müssen. Die Komödie, die er spielte, begann ihm peinlich zu werden. Er schämte sich eigentlich
schon, mit der Liebe dieses Kindes so frech gespielt zu
haben, und diese dünne, von unterirdischem Schluchzen
geschüttelte Stimme tat ihm weh. »Geh jetzt hinauf, Edi,
heute abend werden wir uns wieder vertragen, du wirst
schon sehen«, sagte er begütigend.

»Aber Sie dulden nicht, daß mich Mama gleich hinauf-
schickt, nicht wahr?«

»Nein, nein, Edi, ich dulde es nicht«, lächelte der
Baron. »Geh nur jetzt hinauf, ich muß mich anziehen für
das Abendessen.«

Edgar ging, beglückt für den Augenblick. Aber bald
begann der Hammer im Herzen sich wieder zu rühren. Er
war um Jahre älter geworden seit gestern; ein fremder
Gast, das Mißtrauen, saß jetzt schon fest in seiner kindischen Brust.

Er wartete. Es galt ja die entscheidende Probe. Sie saßen
zusammen bei Tisch. Es wurde neun Uhr, aber die Mutter
schickte ihn nicht zu Bett. Schon wurde er unruhig.
Warum ließ sie ihn gerade heute so lange hier bleiben, sie,
die sonst so genau war? Hatte ihr am Ende der Baron seinen Wunsch und das Gespräch verraten? Brennende Reue
überfiel ihn plötzlich, ihm heute mit seinem vollen ver-
trauenden Herzen nachgelaufen zu sein. Um zehn erhob

sich plötzlich seine Mutter und nahm Abschied vom Baron. Und seltsam, auch der schien durch diesen frühen Aufbruch keineswegs verwundert zu sein, suchte auch nicht, wie sonst immer, sie zurückzuhalten. Immer heftiger schlug der Hammer in der Brust des Kindes.

Nun galt es scharfe Probe. Auch er stellte sich nichtsahnend und folgte ohne Widerrede seiner Mutter zur Tür. Dort aber zuckte er plötzlich auf mit den Augen. Und wirklich, er fing in dieser Sekunde einen lächelnden Blick auf, der über seinen Kopf von ihr gerade zum Baron hinüberging, einen Blick des Einverständnisses, irgendeines Geheimnisses. Der Baron hatte ihn also verraten. Deshalb also der frühe Aufbruch: er sollte heute eingewiegt werden in Sicherheit, um ihnen morgen nicht mehr im Wege zu sein.

»Schuft«, murmelte er.

»Was meinst du?« fragte die Mutter.

»Nichts«, stieß er zwischen den Zähnen heraus. Auch er hatte jetzt sein Geheimnis. Es hieß Haß, grenzenloser Haß gegen sie beide.

Schweigen

Edgars Unruhe war nun vorbei. Endlich genoß er ein reines, klares Gefühl: Haß und offene Feindschaft. Jetzt, da er gewiß war, ihnen im Weg zu sein, wurde das Zusammensein für ihn zu einer grausam komplizierten Wollust. Er weidete sich im Gedanken, sie zu stören, ihnen nun endlich mit der ganzen geballten Kraft seiner Feindseligkeit entgegenzutreten. Dem Baron wies er zuerst die Zähne. Als der morgens herabkam und ihn im Vorübergehen herzlich mit einem »Servus, Edi« begrüßte, knurrte Edgar, der, ohne aufzuschauen, im Fauteuil sitzen blieb, ihm nur ein hartes »Morgen« zurück. »Ist die Mama schon unten?« Edgar blickte in die Zeitung: »Ich weiß nicht.«

Der Baron stutzte. Was war das auf einmal? »Schlecht geschlafen, Edi, was?« Ein Scherz sollte wie immer hinüberhelfen. Aber Edgar warf ihm nur wieder verächtlich ein »Nein« hin und vertiefte sich neuerdings in die Zeitung. »Dummer Bub«, murmelte der Baron vor sich hin, zuckte die Achseln und ging weiter. Die Feindschaft war erklärt.

Auch gegen seine Mama war Edgar kühl und höflich. Einen ungeschickten Versuch, ihn auf den Tennisplatz zu schicken, wies er ruhig zurück. Sein Lächeln, knapp an den Lippen aufgerollt und leise von Erbitterung gekräuselt, zeigte, daß er sich nicht mehr betrügen lasse. »Ich gehe lieber mit euch spazieren, Mama«, sagte er mit falscher Freundlichkeit und blickte ihr in die Augen. Die Antwort war ihr sichtlich ungelegen. Sie zögerte und schien etwas zu suchen. »Warte hier auf mich«, entschied sie endlich und ging zum Frühstück.

Edgar wartete. Aber sein Mißtrauen war rege. Ein unruhiger Instinkt arbeitete nun zwischen jedem Wort dieser beiden eine geheime feindselige Absicht heraus. Der Argwohn gab ihm jetzt manchmal eine merkwürdige Hellsichtigkeit der Entschlüsse. Und statt, wie ihm angewiesen war, in der Hall zu warten, zog Edgar es vor, sich auf der Straße zu postieren, wo er nicht nur einen Hauptausgang, sondern alle Türen überwachen konnte. Irgend etwas in ihm witterte Betrug. Aber sie sollten ihm nicht mehr entwischen. Auf der Straße drückte er sich, wie er es in seinen Indianerbüchern gelernt hatte, hinter einen Holzstoß. Und lachte nur zufrieden, als er nach etwa einer halben Stunde seine Mutter tatsächlich aus der Seitentür treten sah, einen Busch prachtvoller Rosen in der Hand und gefolgt vom Baron, dem Verräter.

Beide schienen sehr übermütig. Atmeten sie schon auf,

ihm entgangen zu sein, allein für ihr Geheimnis? Sie lachten im Gespräch und schickten sich an, den Waldweg hinabzugehen.

Jetzt war der Augenblick gekommen. Edgar schlenderte gemächlich, als hätte ein Zufall ihn hergeführt, hinter dem Holzstoß hervor. Ganz, ganz gelassen ging er auf sie zu, ließ sich Zeit, sehr viel Zeit, um sich ausgiebig an ihrer Überraschung zu weiden. Die beiden waren verblüfft und tauschten einen befremdeten Blick. Langsam, mit gespielter Selbstverständlichkeit kam das Kind heran und ließ seinen höhnischen Blick nicht von ihnen. »Ah, da bist du, Edi, wir haben dich schon drin gesucht«, sagte endlich die Mutter. ›Wie frech sie lügt‹, dachte das Kind. Aber die Lippen blieben hart. Sie hielten das Geheimnis des Hasses hinter den Zähnen.

Unschlüssig standen sie alle drei. Einer lauerte auf den andern. »Also gehen wir«, sagte resigniert die verärgerte Frau und zerpflückte eine der schönen Rosen. Wieder dieses leichte Zittern um die Nasenflügel, das bei ihr Zorn verriet. Edgar blieb stehen, als ginge ihn das nichts an, sah ins Blaue, wartete, bis sie gingen, dann schickte er sich an, ihnen zu folgen. Der Baron machte noch einen Versuch. »Heute ist Tennisturnier, hast du das schon einmal gesehen?« Edgar blickte ihn nur verächtlich an. Er antwortete ihm gar nicht mehr, zog nur die Lippen krumm, als ob er pfeifen wollte. Das war sein Bescheid. Sein Haß wies die blanken Zähne.

Wie ein Alp lastete nun seine unerbetene Gegenwart auf den beiden. Sträflinge gehen so hinter dem Wärter, mit heimlich geballten Fäusten. Das Kind tat eigentlich gar nichts und wurde ihnen doch in jeder Minute mehr unerträglich mit seinen lauernden Blicken, die feucht waren von verbissenen Tränen, seiner gereizten Mürrischkeit, die alle Annäherunsversuche wegknurrte. »Geh voraus«, sagte plötzlich wütend die Mutter, beunruhigt durch sein

– 44 –

fortwährendes Lauschen. »Tanz mir nicht immer vor den Füßen, das macht mich nervös!« Edgar gehorchte, aber immer nach ein paar Schritten wandte er sich um, blieb wartend stehen, wenn sie zurückgeblieben waren, sie mit seinem Blick wie der schwarze Pudel mephistophelisch umkreisend und einspinnend in dieses feurige Netz von Haß, in dem sie sich unentrinnbar gefangen fühlten.

Sein böses Schweigen zerriß wie eine Säure ihre gute Laune, sein Blick vergällte ihnen das Gespräch von den Lippen weg. Der Baron wagte kein einziges werbendes Wort mehr, er spürte, mit Zorn, diese Frau ihm wieder entgleiten, ihre mühsam angefachte Leidenschaftlichkeit jetzt wieder auskühlen in der Furcht vor diesem lästigen, widerlichen Kind. Immer versuchten sie wieder zu reden, immer brach ihre Konversation zusammen. Schließlich trotteten sie alle drei schweigend über den Weg, hörten nur mehr die Bäume flüsternd gegeneinander schlagen und ihren eigenen verdrossenen Schritt. Das Kind hatte ihr Gespräch erdrosselt.

Jetzt war in allen dreien die gereizte Feindseligkeit. Mit Wollust spürte das verratene Kind, wie sich ihre Wut wehrlos gegen seine mißachtete Existenz ballte. Mit zwinkernd höhnischen Blicken streifte er ab und zu das verbissene Gesicht des Barons. Er sah, wie der zwischen den Zähnen Schimpfworte knirschte und an sich halten mußte, um sie nicht gegen ihn zu speien, merkte zugleich auch mit diabolischer Lust den aufsteigenden Zorn seiner Mutter, und daß beide nur einen Anlaß ersehnten, sich auf ihn zu stürzen, ihn wegzuschieben oder unschädlich zu machen. Aber er bot keine Gelegenheit, sein Haß war in langen Stunden berechnet und gab sich keine Blößen.

»Gehen wir zurück!« sagte plötzlich die Mutter. Sie fühlte, daß sie nicht länger an sich halten könnte, daß sie etwas tun müßte, aufschreien zumindest unter dieser Folter. »Wie schade«, sagte Edgar ruhig, »es ist so schön.«

Beide merkten, daß das Kind sie verhöhnte. Aber sie wagten nichts zu sagen, dieser Tyrann hatte in zwei Tagen zu wundervoll gelernt, sich zu beherrschen. Kein Zucken im Gesicht verriet die schneidende Ironie. Ohne Wort gingen sie den langen Weg wieder heim. In ihr flackerte die Erregung noch nach, als sie dann beide allein im Zimmer waren. Sie warf den Sonnenschirm und ihre Handschuhe ärgerlich weg. Edgar merkte sofort, daß ihre Nerven erregt waren und nach Entladung verlangten, aber er wollte einen Ausbruch und blieb mit Absicht im Zimmer, um sie zu reizen. Sie ging auf und ab, setzte sich wieder hin, ihre Finger trommelten auf dem Tisch, dann sprang sie wieder auf. »Wie zerrauft du bist, wie schmutzig du umhergehst! Es ist eine Schande vor den Leuten. Schämst du dich nicht in deinem Alter?« Ohne ein Wort der Gegenrede ging das Kind hin und kämmte sich. Dieses Schweigen, dieses obstinate kalte Schweigen mit dem Zittern von Hohn auf den Lippen machte sie rasend. Am liebsten hätte sie ihn geprügelt. »Geh auf dein Zimmer«, schrie sie ihn an. Sie konnte seine Gegenwart nicht mehr ertragen. Edgar lächelte und ging.

Wie sie jetzt beide zitterten vor ihm, wie sie Angst hatten, der Baron und sie, vor jeder Stunde des Zusammenseins, dem unbarmherzig harten Griff seiner Augen! Je unbehaglicher sie sich fühlten, in um so satterem Wohlbehagen beglänzte sich sein Blick, um so herausfordernder wurde seine Freude. Edgar quälte die Wehrlosen jetzt mit der ganzen, fast noch tierischen Grausamkeit der Kinder. Der Baron konnte seinen Zorn noch dämmen, weil er immer hoffte, dem Buben noch einen Streich spielen zu können, und nur an sein Ziel dachte. Aber sie, die Mutter, verlor immer wieder die Beherrschung. Für sie war es eine Erleichterung, ihn anschreien zu können. »Spiel nicht mit der Gabel«, fuhr sie ihn bei Tisch an. »Du bist ein unerzogener Fratz, verdienst noch gar nicht unter Erwachsenen zu sitzen. « Edgar lächelte nur immer, lächelte, den Kopf ein wenig schief zur Seite gelegt. Er wußte, daß dieses Schreien Verzweiflung war, und empfand Stolz, daß sie sich so verrieten. Er hatte jetzt einen ganz ruhigen Blick, wie der eines Arztes. Früher wäre er vielleicht boshaft gewesen, um sie zu ärgern, aber man lernt viel und rasch im Haß. Jetzt schwieg er nur, schwieg und schwieg, bis sie zu schreien begann unter dem Druck seines Schweigens.

Seine Mutter konnte es nicht länger ertragen. Als sie jetzt vom Essen aufstanden und Edgar wieder mit dieser selbstverständlichen Anhänglichkeit ihnen folgen wollte, brach es plötzlich los aus ihr. Sie vergaß alle Rücksicht und spie die Wahrheit aus. Gepeinigt von seiner schleichenden Gegenwart, bäumte sie sich wie ein von Fliegen gefoltertes Pferd. »Was rennst du mir immer nach wie ein dreijähriges Kind? Ich will dich nicht immer in der Nähe haben. Kinder gehören nicht zu Erwachsenen. Merk dir das! Beschäftige dich doch einmal eine Stunde mit dir selbst. Lies etwas oder tu, was du willst. Laß mich in Ruh! Du machst mich nervös mit deinem Herumschleichen, deiner widerlichen Verdrossenheit. «

Endlich hatte er es ihr entrissen, das Geständnis! Edgar lächelte, während der Baron und sie jetzt verlegen schienen. Sie wandte sich ab und wollte weiter, wütend über sich selbst, daß sie ihr Unbehagen dem Kind eingestanden hatte. Aber Edgar sagte nur kühl: »Papa will nicht, daß ich allein hier herumgehe. Papa hat mir das Versprechen abgenommen, daß ich nicht unvorsichtig bin und bei dir bleibe. «

Er betonte das Wort »Papa«, weil er damals bemerkt hatte, daß es eine gewisse lähmende Wirkung auf die beiden übte. Auch sein Vater mußte also irgendwie verstrickt sein in dieses heiße Geheimnis. Papa mußte irgendeine geheime Macht über die beiden haben, die er nicht kannte, denn schon die Erwähnung seines Namens schien ihnen Angst und Unbehagen zu bereiten. Auch diesmal entgegneten sie nichts. Sie streckten die Waffen. Die Mutter ging voran, der Baron mit ihr. Hinter ihnen kam Edgar, aber nicht demütig wie ein Diener, sondern hart, streng und unerbittlich wie ein Wächter. Unsichtbar klirrte er mit der Kette, an der sie rüttelten und die nicht zu zersprengen war. Der Haß hatte seine kindische Kraft gestählt, er, der Unwissende, war stärker als sie beide, denen das Geheimnis die Hände band.

Die Lügner

Aber die Zeit drängte. Der Baron hatte nur mehr wenige Tage, und die wollten genützt sein. Widerstand gegen die Hartnäckigkeit des gereizten Kindes war, das fühlten sie, vergeblich, und so griffen sie zum letzten, zum schmählichsten Ausweg: zur Flucht, um nur für eine oder zwei Stunden seiner Tyrannei zu entgehen.

»Gib diese Briefe rekommandiert zur Post«, sagte die Mutter zu Edgar. Sie standen beide in der Hall, der Baron sprach draußen mit einem Fiaker.

Mißtrauisch übernahm Edgar die beiden Briefe. Er hatte bemerkt, daß früher ein Diener irgendeine Botschaft seiner Mutter übermittelt hatte. Bereiteten sie am Ende etwas gemeinsam gegen ihn vor?

Er zögerte. »Wo erwartest du mich?«

»Hier.«

»Bestimmt?«

»Ja.«

»Daß du aber nicht weggehst! Du wartest also hier in der Hall auf mich, bis ich zurückkomme?« Er sprach im

– 48 –

Gefühl seiner Überlegenheit mit seiner Mutter schon befehlshaberisch. Seit vorgestern hatte sich viel verändert.

Dann ging er mit den beiden Briefen. An der Tür stieß
er mit dem Baron zusammen. Er sprach ihn an, zum erstenmal seit zwei Tagen.

»Ich gebe nur die zwei Briefe auf. Meine Mama wartet
auf mich, bis ich zurückkomme. Bitte gehen Sie nicht früher fort.«

Der Baron drückte sich rasch vorbei. »Ja, ja, wir warten
schon.«

Edgar stürmte zum Postamt. Er mußte warten. Ein
Herr vor ihm hatte ein Dutzend langweiliger Fragen.
Endlich konnte er sich des Auftrags entledigen und rannte
sofort mit den Rezipissen zurück. Und kam eben zurecht,
um zu sehen, wie seine Mutter und der Baron im Fiaker
davonfuhren.

Er war starr vor Wut. Fast hätte er sich niedergebückt
und ihnen einen Stein nachgeschleudert. Sie waren ihm
also doch entkommen, aber mit einer wie gemeinen, wie
schurkischen Lüge! Daß seine Mutter log, wußte er seit
gestern. Aber daß sie so schamlos sein konnte, ein offenes
Versprechen zu mißachten, das zerriß ihm ein letztes Vertrauen. Er verstand das ganze Leben nicht mehr, seit er
sah, daß die Worte, hinter denen er die Wirklichkeit ver-
mutet hatte, nur farbige Blasen waren, die sich blähten
und in nichts zersprangen. Aber was für ein furchtbares
Geheimnis mußte das sein, das erwachsene Menschen so
weit trieb, ihn, ein Kind, zu belügen, sich wegzustehlen
wie Verbrecher? In den Büchern, die er gelesen hatte, mor-
deten und betrogen die Menschen, um Geld zu gewinnen oder Macht oder Königreiche. Was aber war hier die
Ursache, was wollten diese beiden, warum versteckten
sie sich vor ihm, was suchten sie unter hundert Lügen zu
verhüllen? Er zermarterte sein Gehirn. Dunkel spürte er,
daß dieses Geheimnis der Riegel der Kindheit sei, daß es

– 49 –

erobert zu haben, bedeutete, erwachsen zu sein, endlich, endlich ein Mann. Oh, es zu fassen! Aber er konnte nicht mehr klar denken. Die Wut, daß sie ihm entkommen waren, verbrannte und verqualmte ihm den klaren Blick.

Er lief hinaus in den Wald, gerade konnte er sich noch ins Dunkel retten, wo ihn niemand sah, und da brach es heraus, in einem Strom heißer Tränen. »Lügner, Hunde, Betrüger, Schurken« – er mußte diese Worte laut herausschreien, sonst wäre er erstickt. Die Wut, die Ungeduld, der Ärger, die Neugier, die Hilflosigkeit und der Verrat der letzten Tage, im kindischen Kampf, im Wahn seiner Erwachsenheit niedergehalten, sprengten jetzt die Brust und wurden Tränen. Es war das letzte Weinen seiner Kindheit, das letzte wildeste Weinen, zum letztenmal gab er sich weibisch hin an die Wollust der Tränen. Er weinte in dieser Stunde fassungsloser Wut alles aus sich heraus, Vertrauen, Liebe, Gläubigkeit, Respekt – seine ganze Kindheit.

Der Knabe, der dann zum Hotel zurückging, war ein anderer. Er war kühl und handelte vorbedacht. Zunächst ging er in sein Zimmer, wusch sorgfältig das Gesicht und die Augen, um den beiden nicht den Triumph zu gönnen, die Spuren seiner Tränen zu sehen. Dann bereitete er die Abrechnung vor. Und wartete geduldig, ohne jede Unruhe.

Die Hall war recht gut besucht, als der Wagen mit den beiden Flüchtigen draußen wieder hielt. Ein paar Herren spielten Schach, andere lasen ihre Zeitung, die Damen plauderten. Unter ihnen hatte reglos, ein wenig blaß mit zitternden Blicken das Kind gesessen. Als jetzt seine Mutter und der Baron zur Türe hereinkamen, ein wenig geniert, ihn so plötzlich zu sehen, und schon die vorbereitete Ausrede stammeln wollten, trat er ihnen aufrecht und ruhig entgegen und sagte herausfordernd: »Herr Baron, ich möchte Ihnen etwas sagen.«

– 50 –

Dem Baron wurde es unbehaglich. Er kam sich irgendwie ertappt vor. »Ja, ja, später, gleich!«

Aber Edgar warf die Stimme hoch und sagte hell und scharf, daß alle rings es hören konnten: »Ich will aber jetzt mit Ihnen reden. Sie haben sich niederträchtig benommen. Sie haben mich angelogen. Sie wußten, daß meine Mama auf mich wartet, und sind...«

»Edgar!« schrie die Mutter, die alle Blicke auf sich gerichtet sah, und stürzte gegen ihn los.

Aber das Kind kreischte jetzt, da es sah, daß sie seine Worte überschreien wollten, plötzlich gellend auf:

»Ich sage es Ihnen nochmals vor allen Leuten. Sie haben infam gelogen, und das ist gemein, das ist erbärmlich.«

Der Baron stand blaß, die Leute starrten auf, einige lächelten.

Die Mutter packte das vor Erregung zitternde Kind. »Komm sofort auf dein Zimmer, oder ich prügle dich hier vor allen Leuten«, stammelte sie heiser.

Edgar aber war schon wieder ruhig. Es tat ihm leid, so leidenschaftlich gewesen zu sein. Er war unzufrieden mit sich selbst, denn eigentlich wollte er ja den Baron kühl herausfordern, aber die Wut war wilder gewesen als sein Wille. Ruhig, ohne Hast wandte er sich zur Treppe.

»Entschuldigen Sie, Herr Baron, seine Ungezogenheit. Sie wissen ja, er ist ein nervöses Kind«, stotterte sie noch, verwirrt von den ein wenig hämischen Blicken der Leute, die sie ringsum anstarrten. Nichts in der Welt war ihr fürchterlicher als Skandal, und sie wußte, daß sie nun Haltung bewahren mußte. Statt gleich die Flucht zu ergreifen, ging sie zuerst zum Portier, fragte nach Briefen und anderen gleichgültigen Dingen und rauschte dann hinauf, als ob nichts geschehen wäre. Aber hinter ihr wisperte ein leises Kielwasser von Zischeln und unterdrücktem Gelächter.

Unterwegs verlangsamte sich ihr Schritt. Sie war immer ernsten Situationen gegenüber hilflos und hatte eigentlich Angst vor dieser Auseinandersetzung. Daß sie schuldig war, konnte sie nicht leugnen, und dann: sie fürchtete sich vor dem Blick des Kindes, diesem neuen, fremden, so merkwürdigen Blick, der sie lähmte und unsicher machte. Aus Furcht beschloß sie, es mit Milde zu versuchen. Denn bei einem Kampf war, das wußte sie, dieses gereizte Kind jetzt der Stärkere.

Leise klinkte sie die Türe auf. Der Bub saß da, ruhig und kühl. Die Augen, die er zu ihr aufhob, waren ganz ohne Angst, verrieten nicht einmal Neugierde. Er schien sehr sicher zu sein.

»Edgar«, begann sie möglichst mütterlich, »was ist dir eingefallen? Ich habe mich geschämt für dich. Wie kann man nur so ungezogen sein, schon gar als Kind zu einem Erwachsenen! Du wirst dich dann sofort beim Herrn Baron entschuldigen.«

Edgar schaute zum Fenster hinaus. Das »Nein« sagte er gleichsam zu den Bäumen gegenüber.

Seine Sicherheit begann sie zu befremden.

»Edgar, was geht denn vor mit dir? Du bist ja ganz anders als sonst? Ich kenne mich gar nicht mehr in dir aus. Du warst doch sonst immer ein kluges, artiges Kind, mit dem man reden konnte. Und auf einmal benimmst du dich so, als sei der Teufel in dich gefahren. Was hast du denn gegen den Baron? Du hast ihn doch sehr gern gehabt. Er war immer so lieb gegen dich.«

»Ja, weil er dich kennenlernen wollte.«

Ihr wurde unbehaglich. »Unsinn! Was fällt dir ein. Wie kannst du so etwas denken?«

Aber da fuhr das Kind auf.

»Ein Lügner ist er, ein falscher Mensch. Was er tut, ist Berechnung und Gemeinheit. Er hat dich kennenlernen wollen, deshalb war er freundlich zu mir und hat mir einen Hund versprochen. Ich weiß nicht, was er dir ver-

– 52 –

sprochen hat und warum er zu dir freundlich ist, aber auch von dir will er etwas, Mama, ganz bestimmt. Sonst wäre er nicht so höflich und freundlich. Er ist ein schlechter Mensch. Er lügt. Sieh dir ihn nur einmal an, wie falsch er immer schaut. Oh, ich hasse ihn, diesen erbärmlichen Lügner, diesen Schurken . . . «

»Aber Edgar, wie kann man so etwas sagen.« Sie war verwirrt und wußte nicht zu antworten. In ihr regte sich ein Gefühl, das dem Kind recht gab.

»Ja, er ist ein Schurke, das lasse ich mir nicht ausreden. Das mußt du selbst sehen. Warum hat er denn Angst vor mir? Warum versteckt er sich vor mir? Weil er weiß, daß ich ihn durchschaue, daß ich ihn kenne, diesen Schurken!«

»Wie kann man so etwas sagen, wie kann man so etwas sagen.« Ihr Gehirn war ausgetrocknet, nur die Lippen stammelten blutlos immer wieder die beiden Sätze. Sie begann jetzt plötzlich eine furchtbare Angst zu haben und wußte eigentlich nicht, ob vor dem Baron oder vor dem Kinde.

Edgar sah, daß seine Mahnung Eindruck machte. Und es verlockte ihn, sie zu sich herüberzureißen, einen Genossen zu haben im Hasse, in der Feindschaft gegen ihn. Weich ging er auf seine Mutter zu, umfaßte sie, und seine Stimme wurde schmeichlerisch vor Erregung.

»Mama«, sagte er, »du mußt es doch selbst bemerkt haben, daß er nichts Gutes will. Er hat dich ganz anders gemacht. Du bist verändert und nicht ich. Er hat dich aufgehetzt gegen mich, nur um dich allein zu haben. Sicher will er dich betrügen. Ich weiß nicht, was er dir versprochen hat. Ich weiß nur, er wird es nicht halten. Du solltest dich hüten vor ihm. Wer einen belügt, belügt auch den andern. Er ist ein böser Mensch, dem man nicht trauen soll.«

Diese Stimme, weich und fast in Tränen, klang wie aus ihrem eigenen Herzen. In ihr war seit gestern ein Mißbehagen erwacht, das ihr dasselbe sagte: eindringlicher und eindringlicher. Aber sie schämte sich, dem eigenen Kinde recht zu geben. Und rettete sich, wie viele, aus der Verlegenheit eines überwältigenden Gefühls in die Rauheit des Ausdrucks. Sie reckte sich auf.

»Kinder verstehen so etwas nicht. Du hast in solche Sachen nicht dreinzureden. Du hast dich anständig zu benehmen. Das ist alles.«

Edgars Gesicht fror wieder kalt ein. »Wie du meinst«, sagte er hart, »ich habe dich gewarnt.«

»Also du willst dich nicht entschuldigen?«

»Nein.«

Sie standen sich schroff gegenüber. Sie fühlte, es ging um ihre Autorität.

»Dann wirst du hier oben speisen. Allein. Und nicht eher an unseren Tisch kommen, bis du dich entschuldigt hast. Ich werde dich noch Manieren lehren. Du wirst dich nicht vom Zimmer rühren, bis ich es dir erlaube. Hast du verstanden?«

Edgar lächelte. Dieses tückische Lächeln schien schon mit seinen Lippen verwachsen zu sein. Innerlich war er zornig gegen sich selbst. Wie töricht von ihm, daß er wieder einmal sein Herz hatte entlaufen lassen und sie, die Lügnerin, noch warnen wollte.

Die Mutter rauschte hinaus, ohne ihn noch einmal anzusehen. Sie fürchtete diese schneidenden Augen. Das Kind war ihr unbehaglich geworden, seit sie fühlte, daß es seine Augen offen hatte und ihr gerade das sagte, was sie nicht wissen und nicht hören wollte. Schreckhaft war es ihr, eine innere Stimme, ihr Gewissen, abgelöst von sich selber, als Kind verkleidet, als ihr eigenes Kind herumgehen und sie warnen, sie verhöhnen zu sehen. Bisher war dieses Kind neben ihrem Leben gewesen, ein Schmuck, ein Spielzeug, irgendein Liebes und Vertrautes, manchmal vielleicht eine Last, aber immer etwas, das in dersel-

– 54 –

ben Strömung im gleichen Takt ihres Lebens lief. Zum erstenmal bäumte das sich heute auf und trotzte gegen ihren Willen. Etwas wie Haß mischte sich jetzt immer in die Erinnerung an ihr Kind.

Aber dennoch: jetzt, da sie die Treppe, ein wenig müde, niederstieg, klang die kindische Stimme aus ihrer eigenen Brust. »Du solltest dich hüten vor ihm.« – Die Mahnung ließ sich nicht zum Schweigen bringen. Da glänzte ihr im Vorüberschreiten ein Spiegel entgegen, fragend blickte sie hinein, tiefer und immer tiefer, bis sich dort die Lippen leise lächelnd auftaten und sich rundeten wie zu einem gefährlichen Wort. Noch immer klang von innen die Stimme; aber sie warf die Achseln hoch, als schüttelte sie all diese unsichtbaren Bedenken von sich herab, gab dem Spiegel einen hellen Blick, raffte das Kleid und ging hinab mit der entschlossenen Geste eines Spielers, der sein letztes Goldstück klingend über den Tisch rollen läßt.

Spuren im Mondlicht

Der Kellner, der Edgar das Essen in seinen Stubenarrest gebracht hatte, schloß die Türe. Hinter ihm knackte das Schloß. Das Kind fuhr wütend auf: das war offenbar im Auftrag seiner Mutter geschehen, daß man ihn einsperrte wie ein bösartiges Tier. Finster rang es sich aus ihm.

›Was geschieht nun da drunten, während ich hier eingeschlossen bin? Was mögen die beiden jetzt bereden? Geschieht am Ende jetzt dort das Geheime, und ich muß es versäumen? Oh, dieses Geheimnis, das ich immer und überall spüre, wenn ich unter Erwachsenen bin, vor dem sie die Türe zuschließen in der Nacht, das sie in leises Gespräch versenken, trete ich unversehens herein, dieses große Geheimnis, das mir jetzt seit Tagen nahe ist, hart

– 55 –

vor den Händen und das ich noch immer nicht greifen kann! Was habe ich nicht schon getan, um es zu fassen! Ich habe Papa damals Bücher aus dem Schreibtisch gestohlen und sie gelesen, und alle diese merkwürdigen Dinge waren darin, nur daß ich sie nicht verstand. Es muß irgendwie ein Siegel daran sein, das erst abzulösen ist, um es zu finden, vielleicht in mir, vielleicht in den anderen. Ich habe das Dienstmädchen gefragt, sie gebeten, mir diese Stellen in den Büchern zu erklären, aber sie hat mich ausgelacht. Furchtbar, Kind zu sein, voll von Neugier und doch niemand fragen zu dürfen, immer lächerlich zu sein vor diesen Großen, als ob man etwas Dummes oder Nutzloses wäre. Aber ich werde es erfahren, ich fühle, ich werde es jetzt bald wissen. Ein Teil ist schon in meinen Händen, und ich will nicht früher ablassen, ehe ich das Ganze besitze!‹

Er horchte, ob niemand käme. Ein leichter Wind flog draußen durch die Bäume und brach den starren Spiegel des Mondlichtes zwischen dem Geäste in hundert schwanke Splitter.

›Es kann nichts Gutes sein, was die beiden vorhaben, sonst hätten sie nicht solche erbärmliche Lügen gesucht, um mich fortzukriegen. Gewiß, sie lachen jetzt über mich, die Verfluchten, daß sie mich endlich los sind, aber ich werde zuletzt lachen. Wie dumm von mir, mich hier einsperren zu lassen, ihnen eine Sekunde Freiheit zu geben, statt an ihnen zu kleben und jede ihrer Bewegungen zu belauschen. Ich weiß, die Großen sind ja immer unvorsichtig, und auch sie werden sich verraten. Sie glauben immer von uns, daß wir noch ganz klein sind und abends immer schlafen, sie vergessen, daß man sich auch schlafend stellen kann und lauschen, daß man sich dumm geben kann und sehr klug sein. Jüngst, wie meine Tante ein Kind bekam, haben sie es lange vorausgewußt und sich nur vor mir verwundert gestellt, als seien sie überrascht

– 56 –

worden. Aber ich habe es auch gewußt, denn ich habe sie reden gehört, vor Wochen am Abend, als sie glaubten, ich schliefe. Und so werde ich auch diesmal sie überraschen, diese Niederträchtigen. Oh, wenn ich durch die Türe spähen könnte, sie heimlich jetzt beobachten, während sie sich sicher wähnen. Sollte ich nicht vielleicht läuten jetzt, dann käme das Mädchen, sperrte die Tür auf und fragte, was ich wollte. Oder ich könnte poltern, könnte Geschirr zerschlagen, dann sperrte man auch auf. Und in dieser Sekunde könnte ich hinausschlüpfen und sie belauschen. Aber nein, das will ich nicht. Niemand soll sehen, wie niederträchtig sie mich behandeln. Ich bin zu stolz dazu. Morgen will ich es ihnen schon heimzahlen.‹

Unten lachte eine Frauenstimme. Edgar schrak zusammen: das könnte seine Mutter sein. Die hatte ja Grund zu lachen, ihn zu verhöhnen, den Kleinen, Hilflosen, hinter dem man den Schlüssel abdrehte, wenn er lästig war, den man in den Winkel warf wie ein Bündel nasser Kleider. Vorsichtig beugte er sich zum Fenster hinaus. Nein, sie war es nicht, sondern fremde übermütige Mädchen, die einen Burschen neckten.

Da, in dieser Minute bemerkte er, wie wenig hoch sich eigentlich sein Fenster über die Erde erhob. Und schon, kaum daß er's merkte, war der Gedanke da: hinausspringen, jetzt, wo sie sich ganz sicher wähnten, sie belauschen. Er fieberte vor Freude über seinen Entschluß. Ihm war, als hielte er damit das große, das funkelnde Geheimnis der Kindheit in den Händen. ›Hinaus, hinaus‹, zitterte es in ihm. Gefahr war keine. Menschen gingen nicht vorüber, und schon sprang er. Es gab ein leises Geräusch von knirschendem Kies, das keiner vernahm.

In diesen zwei Tagen war ihm das Beschleichen, das Lauern zur Lust seines Lebens geworden. Und Wollust fühlte er jetzt gemengt mit einem leisen Schauer von Angst, als er auf ganz leisen Sohlen um das Hotel schlich, sorgsam den stark ausstrahlenden Widerschein der Lichter vermeidend. Zunächst blickte er, die Wange vorsichtig an die Scheibe pressend, in den Speisesaal. Ihr gewohnter Platz war leer. Er spähte dann weiter, von Fenster zu Fenster. Ins Hotel selbst wagte er sich nicht hinein, aus Furcht, er könnte ihnen zwischen den Gängen unversehens in den Weg laufen. Nirgends waren sie zu finden. Schon wollte er verzweifeln, da sah er zwei Schatten aus der Türe vorfallen und – er zuckte zurück und duckte sich in das Dunkel – seine Mutter mit ihrem nun unvermeidlichen Begleiter heraustreten. Gerade war er also zurecht gekommen. Was sprachen sie? Er konnte es nicht verstehen. Sie redeten leise, und der Wind rumorte zu unruhig in den Bäumen. Jetzt aber zog deutlich ein Lachen vorüber, die Stimme seiner Mutter. Es war ein Lachen, das er an ihr gar nicht kannte, ein seltsam scharfes, wie gekitzeltes, gereiztes nervöses Lachen, das ihn fremd anmutete und vor dem er erschrak. Sie lachte. Also konnte es nichts Gefährliches sein, nicht etwas ganz Großes und Gewaltiges, das man vor ihm verbarg. Edgar war ein wenig enttäuscht.

Aber warum verließen sie das Hotel? Wohin gingen sie jetzt allein in der Nacht? Hoch oben mußten mit riesigen Flügeln Winde dahinstreifen, denn der Himmel, eben noch rein und mondklar, wurde jetzt dunkel. Schwarze Tücher, von unsichtbaren Händen geworfen, wickelten manchmal den Mond ein, und die Nacht wurde dann so undurchdringlich, daß man kaum den Weg sehen konnte, um bald wieder hell zu glänzen, wenn sich der Mond befreite. Silber floß kühl über die Landschaft. Geheimnisvoll war dieses Spiel zwischen Licht und Schatten und aufreizend wie das Spiel einer Frau mit Blöße und Verhüllungen. Gerade jetzt entkleidete die Landschaft wieder ihren blanken Leib: Edgar sah schräg über dem Weg die wandelnden Silhouetten oder vielmehr die eine, denn so an-

– 58 –

einandergepreßt gingen sie, als drängte sie eine innere Furcht zusammen. Aber wohin gingen sie jetzt, die beiden? Die Föhren ächzten, es war eine unheimliche Geschäftigkeit im Wald, als wühlte die wilde Jagd darin. ›Ich folge ihnen‹, dachte Edgar, ›sie können meinen Schritt nicht hören in diesem Aufruhr von Wind und Wald.‹ Und er sprang, indes die unten auf der breiten, hellen Straße gingen, oben im Gehölz von einem Baum zum anderen leise weiter von Schatten zu Schatten. Er folgte ihnen zäh und unerbittlich, segnete den Wind, der seine Schritte unhörbar machte, und verfluchte ihn, weil er ihm immer die Worte von drüben wegtrug. Nur einmal, wenn er hätte ihr Gespräch hören können, war er sicher, das Geheimnis zu halten.

Die beiden unten gingen ahnungslos. Sie fühlten sich selig allein in dieser weiten verwirrten Nacht und verloren sich in ihrer wachsenden Erregung. Keine Ahnung warnte sie, daß oben im vielverzweigten Dunkel jedem ihrer Schritte gefolgt wurde und zwei Augen sie mit der ganzen Kraft von Haß und Neugier umkrallt hielten. Plötzlich blieben sie stehen. Auch Edgar hielt sofort inne und preßte sich enge an einen Baum. Ihn befiel eine stürmische Angst. Wie, wenn sie jetzt umkehrten und vor ihm das Hotel erreichten, wenn er sich nicht retten konnte in sein Zimmer und die Mutter es leer fand? Dann war alles verloren, dann wußten sie, daß er sie heimlich belauerte, und er durfte nie mehr hoffen, ihnen das Geheimnis zu entreißen. Aber die beiden zögerten, offenbar in einer Meinungsverschiedenheit. Glücklicherweise war Mondlicht, und er konnte alles deutlich sehen. Der Baron deutete auf einen dunklen schmalen Seitenweg, der in das Tal hinabführte, wo das Mondlicht nicht wie hier auf der Straße einen weiten vollen Strom rauschte, sondern nur in Tropfen und seltsamen Strahlen durchs Dickicht sickerte. ›Warum will er dort hinab?‹ zuckte es in Edgar. Seine

Mutter schien »Nein« zu sagen, er aber, der andere, sprach ihr zu. Edgar konnte an der Art seiner Gestikulation merken, wie eindringlich er sprach. Angst befiel das Kind. Was wollte dieser Mensch von seiner Mutter? Warum versuchte er, dieser Schurke, sie ins Dunkel zu schleppen? Aus seinen Büchern, die für ihn die Welt waren, kamen plötzlich lebendige Erinnerungen von Mord und Entführung, von finsteren Verbrechen. Sicherlich, er wollte sie ermorden, und dazu hatte er ihn weggehalten, sie einsam hierhergelockt. Sollte er um Hilfe schreien? Mörder! Der Ruf saß ihm schon ganz oben in der Kehle, aber die Lippen waren vertrocknet und brachten keinen Laut heraus. Seine Nerven spannten sich vor Aufregung, kaum konnte er sich geradehalten, erschreckt vor Angst griff er nach einem Halt – da knackte ihm ein Zweig unter den Händen.

Die beiden wandten sich erschreckt um und starrten ins Dunkel. Edgar blieb stumm an den Baum gelehnt mit angepreßten Armen, den kleinen Körper tief in den Schatten geduckt. Es blieb Totenstille. Aber doch, sie schienen erschreckt. »Kehren wir um«, hörte er seine Mutter sagen. Es klang geängstigt von ihren Lippen. Der Baron, offenbar selbst beunruhigt, willigte ein. Die beiden gingen langsam und eng aneinandergeschmiegt zurück. Ihre innere Befangenheit war Edgars Glück. Auf allen vieren, ganz unten im Holz, kroch er, die Hände sich blutig reißend bis zur Wendung des Waldes, von dort lief er mit aller Geschwindigkeit, daß ihm der Atem stockte, bis zum Hotel und da mit ein paar Sprüngen hinauf. Der Schlüssel, der ihn eingesperrt hatte, steckte glücklicherweise von außen, er drehte ihn um, stürzte ins Zimmer und schon hin aufs Bett. Ein paar Minuten mußte er rasten, denn das Herz schlug ungestüm an seine Brust wie ein Klöppel an die klingende Glockenwand.

Dann wagte er sich auf, lehnte am Fenster und wartete, bis sie kamen. Es dauerte lange. Sie mußten sehr, sehr

– 60 –

langsam gegangen sein. Vorsichtig spähte er aus dem umschatteten Rahmen. Jetzt kamen sie langsam daher, Mondlicht auf den Kleidern. Gespensterhaft sahen sie aus in diesem grünen Licht, und wieder überfiel ihn das süße Grauen, ob das wirklich ein Mörder sei und welch furchtbares Geschehen er durch seine Gegenwart verhindert hatte. Deutlich sah er in die kreidehellen Gesichter. In dem seiner Mutter war ein Ausdruck von Verzücktheit, den er an ihr nicht kannte, er hingegen schien hart und verdrossen. Offenbar, weil ihm seine Absicht mißlungen war.

Ganz nahe waren sie schon. Erst knapp vor dem Hotel lösten sich ihre Gestalten voneinander. Ob sie heraufsehen würden? Nein, keiner blickte herauf. ›Sie haben mich vergessen‹, dachte der Knabe mit einem wilden Ingrimm, mit einem heimlichen Triumph, ›aber ich nicht euch. Ihr denkt wohl, daß ich schlafe oder nicht auf der Welt bin, aber ihr sollt eueren Irrtum sehen. Jeden Schritt will ich euch überwachen, bis ich ihm, dem Schurken, das Geheimnis entrissen habe, das furchtbare, das mich nicht schlafen läßt. Ich werde euer Bündnis schon zerreißen. Ich schlafe nicht.‹

Langsam traten die beiden in die Türe. Und als sie jetzt, einer hinter dem anderen, hineingingen, umschlangen sich wieder für eine Sekunde die fallenden Silhouetten, als einziger scharzer Streif schwand ihr Schatten in die erhellte Tür. Dann lag der Platz im Mondlicht wieder blank vor dem Hause wie eine weite Wiese von Schnee.

Der Überfall

Edgar trat atmend zurück vom Fenster. Das Grauen schüttelte ihn. Noch nie war er in seinem Leben ähnlich Geheimnisvollem so nah gewesen. Die Welt der Aufre gungen, der spannenden Abenteuer, jene Welt von Mord und Betrug aus seinen Büchern war in seiner Anschauung immer dort gewesen, wo die Märchen waren, hart hinter den Träumen, im Unwirklichen und Unerreichbaren. Jetzt auf einmal aber schien er mitten hineingeraten in diese grauenhafte Welt, und sein ganzes Wesen wurde fieberhaft geschüttelt durch so unverhoffte Begegnung. Wer war dieser Mensch, der geheimnisvolle, der plötzlich in ihr ruhiges Leben getreten war? War er wirklich ein Mörder, daß er immer das Entlegene suchte und seine Mutter hinschleppen wollte, wo es dunkel war? Furchtbares schien bevorzustehen. Er wußte nicht, was zu tun. Morgen, das war er sicher, wollte er dem Vater schreiben oder telegraphieren. Aber konnte es nicht noch jetzt geschehen, heute abend? Noch war ja seine Mutter nicht in ihrem Zimmer, noch war sie mit diesem verhaßten, fremden Menschen.

Zwischen der inneren Tür und der äußeren, leicht beweglichen Tapetentür, war ein schmaler Zwischenraum, nicht größer als das Innere eines Kleiderschrankes. Dort in diese Handbreit Dunkel preßte er sich hinein, um auf ihre Schritte im Gang zu lauern. Denn nicht einen Augenblick, so hatte er beschlossen, wollte er sie allein lassen. Der Gang lag jetzt um Mitternacht leer, matt nur beleuchtet von einer einzelnen Flamme.

Endlich – die Minuten dehnten sich ihm fürchterlich – hörte er behutsame Schritte heraufkommen. Er horchte angestrengt. Es war nicht ein rasches Losschreiten, wie wenn jemand gerade in sein Zimmer will, sondern schleifende, zögernde, sehr verlangsamte Schritte, wie einen unendlich schweren und steilen Weg empor. Dazwischen immer wieder Geflüster und ein Innehalten. Edgar zitterte vor Erregung. Waren es am Ende die beiden, blieb er noch immer mit ihr? Das Flüstern war zu entfernt. Aber die Schritte, wenn auch noch zögernd, kamen immer näher.

Und jetzt hörte er auf einmal die verhaßte Stimme des Barons leise und heiser etwas sagen, das er nicht verstand, und dann gleich die seiner Mutter in rascher Abwehr: »Nein, nicht heute! Nein.«

Edgar zitterte, sie kamen näher, und er mußte alles hören. Jeder Schritt gegen ihn zu tat ihm, so leise er auch war, weh in der Brust. Und die Stimme, wie häßlich schien sie ihm, diese gierig werbende, widerliche Stimme des Verhaßten! »Seien Sie nicht grausam. Sie waren so schön heute abend.« Und die andere wieder: »Nein, ich darf nicht, ich kann nicht, lassen Sie mich los.«

Es ist so viel Angst in der Stimme seiner Mutter, daß das Kind erschrickt. Was will er denn noch von ihr? Warum fürchtet sie sich? Sie sind immer näher gekommen und müssen jetzt schon ganz vor seiner Tür sein. Knapp hinter ihnen steht er, zitternd und unsichtbar, eine Hand weit, geschützt nur durch die dünne Scheibe Tuch. Die Stimmen sind jetzt atemnah.

»Kommen Sie, Mathilde, kommen Sie!« Wieder hört er seine Mutter stöhnen, schwächer jetzt, in erlahmendem Widerstand.

Aber was ist dies? Sie sind ja weitergegangen im Dunkeln. Seine Mutter ist nicht in ihr Zimmer, sondern daran vorbeigegangen! Wohin schleppt er sie? Warum spricht sie nicht mehr? Hat er ihr einen Knebel in den Mund gestopft, preßt er ihr die Kehle zu? Die Gedanken machen ihn wild. Mit zitternder Hand stößt er die Türe eine Spannweite auf. Jetzt sieht er im dunkelnden Gang die beiden. Der Baron hat seiner Mutter den Arm um die Hüfte geschlungen und führt sie, die schon nachzugeben scheint, leise fort. Jetzt macht er halt vor seinem Zimmer. ›Er will sie wegschleppen‹, erschrickt das Kind, ›jetzt will er das Furchtbare tun.‹

Ein wilder Ruck, er schlägt die Türe zu und stürzt hinaus, den beiden nach. Seine Mutter schreit auf, wie jetzt da

– 63 –

aus dem Dunkel plötzlich etwas auf sie losstürzt, scheint in eine Ohnmacht gesunken, vom Baron nur mühsam gehalten. Der aber fühlt in dieser Sekunde eine kleine, schwache Faust in seinem Gesicht, die ihm die Lippe hart an die Zähne schlägt, etwas, was sich katzenhaft an seinen Körper krallt. Er läßt die Erschreckte los, die rasch entflieht, und schlägt blind, ehe er noch weiß, gegen wen er sich wehrt, mit der Faust zurück.

Das Kind weiß, daß es der Schwächere ist, aber es gibt nicht nach. Endlich, endlich ist der Augenblick da, der lang ersehnte, all die verratene Liebe, den aufgestapelten Haß leidenschaftlich zu entladen. Er hämmert mit seinen kleinen Fäusten blind darauflos, die Lippen verbissen in einer fiebrigen, sinnlosen Gereiztheit. Auch der Baron hat ihn jetzt erkannt, auch er steckt voll Haß gegen diesen heimlichen Spion, der ihm die letzten Tage vergällte und das Spiel vedarb; er schlägt derb zurück, wohin es eben trifft. Edgar stöhnt auf, läßt aber nicht los und schreit nicht um Hilfe. Sie ringen eine Minute stumm und verbissen in dem mitternächtigen Gang. Allmählich wird dem Baron das Lächerliche seines Kampfes mit einem halbwüchsigen Buben bewußt, er packt ihn fest an, um ihn wegzuschleudern. Aber das Kind, wie es jetzt seine Muskeln nachlassen spürt und weiß, daß es in der nächsten Sekunde der Besiegte, der Geprügelte sein wird, schnappt in wilder Wut nach dieser starken, festen Hand, die ihn im Nacken fassen will. Unwillkürlich stößt der Gebissene einen dumpfen Schrei aus und läßt frei – eine Sekunde, die das Kind benützt, um in sein Zimmer zu flüchten und den Riegel vorzuschieben.

Eine Minute nur hat dieser mitternächtige Kampf gedauert. Niemand rechts und links hat ihn gehört. Alles ist still, alles scheint in Schlaf ertrunken. Der Baron wischt sich die blutende Hand mit dem Taschentuch, späht beunruhigt in das Dunkel. Niemand hatte gelauscht. Nur oben flimmert – ihm dünkt höhnisch – ein letztes unruhiges Licht.

Gewitter

›War das Traum, ein böser, gefährlicher Traum?‹ fragte sich Edgar am nächsten Morgen, als er mit versträhntem Haar aus einer Wirrnis von Angst erwachte. Den Kopf quälte dumpfes Dröhnen, die Gelenke ein erstarrtes, hölzernes Gefühl, und jetzt, wie er an sich hinabsah, merkte er erschreckt, daß er noch in den Kleidern stak. Er sprang auf, taumelte an den Spiegel und schauerte zurück vor seinem eigenen blassen, verzerrten Gesicht, das über der Stirne zu einem rötlichen Striemen verschwollen war. Mühsam raffte er seine Gedanken zusammen und erinnerte sich jetzt beängstigt an alles, an den nächtigen Kampf draußen im Gang, sein Zurückstürzen ins Zimmer, und daß er dann, zitternd im Fieber, angezogen und fluchtbereit sich auf das Bett geworfen habe. Dort mußte er eingeschlafen sein, hinabgestürzt in diesen dumpfen, verhangenen Schlaf, in dessen Träumen dann all dies noch einmal wiedergekehrt war, nur anders und noch furchtbarer, mit einem feuchten Geruch von frischem, fließendem Blut.

Unten gingen Schritte knirschend über den Kies, Stimmen flogen wie unsichtbare Vögel herauf, und die Sonne griff tief ins Zimmer hinein. Es mußte schon spät am Vormittag sein, aber die Uhr, die er erschreckt befragte, deutete auf Mitternacht, er hatte in seiner Aufregung vergessen, sie gestern aufzuziehen. Und diese Ungewißheit, irgendwo lose in der Zeit zu hängen, beunruhigte ihn, verstärkt durch das Gefühl der Unkenntnis, was eigentlich geschehen war. Er richtete sich rasch zusammen und ging hinab, Unruhe und ein leises Schuldgefühl im Herzen.

Im Frühstückszimmer saß seine Mama allein am gewohnten Tisch. Edgar atmete auf, daß sein Feind nicht zugegen war, daß er sein verhaßtes Gesicht nicht sehen mußte, in das er gestern im Zorn seine Faust geschlagen hatte. Und doch, wie er nun an den Tisch herantrat, fühlte er sich unsicher.

»Guten Morgen«, grüßte er.

Seine Mutter antwortete nicht. Sie blickte nicht einmal auf, sondern betrachtete mit merkwürdig starren Pupillen in der Ferne die Landschaft. Sie sah sehr blaß aus, hatte die Augen leicht umrändert und um die Nasenflügel jenes nervöse Zucken, das so verräterisch für ihre Erregung war. Edgar verbiß die Lippen. Dieses Schweigen verwirrte ihn. Er wußte eigentlich nicht, ob er den Baron gestern schwer verletzt hatte und ob sie überhaupt um diesen nächtlichen Zusammenstoß wissen konnte. Und diese Unsicherheit quälte ihn. Aber ihr Gesicht blieb so starr, daß er gar nicht versuchte, zu ihr aufzublicken, aus Angst, die jetzt gesenkten Augen möchten plötzlich hinter den verhangenen Lidern aufspringen und ihn fassen. Er wurde ganz still, wagte nicht einmal, Lärm zu machen, ganz vorsichtig hob er die Tasse und stellte sie wieder zurück, verstohlen hinblickend auf die Finger seiner Mutter, die sehr nervös mit dem Löffel spielten und in ihrer Gekrümmtheit geheimen Zorn zu verraten schienen. Eine Viertelstunde saß er so in dem schwülen Gefühl der Erwartung auf etwas, das nicht kam. Kein Wort, kein einziges erlöste ihn. Und jetzt, da seine Mutter aufstand, noch immer, ohne seine Gegenwart bemerkt zu haben, wußte er nicht, was er tun sollte: allein hier beim Tisch sitzen bleiben oder ihr folgen. Schließlich erhob er sich doch, ging demütig hinter ihr her, die ihn geflissentlich übersah, und spürte immer dabei, wie lächerlich sein Nachschleichen war. Immer kleiner machte er seine Schritte, um mehr und mehr hinter ihr zurückzubleiben, die, ohne ihn

– 66 –

zu beachten, in ihr Zimmer ging. Als Edgar endlich nach-
kam, stand er vor einer hart geschlossenen Türe.

Was war geschehen? Er kannte sich nicht mehr aus. Das
sichere Bewußtsein von gestern hatte ihn verlassen. War
er am Ende gestern im Unrecht gewesen mit diesem
Überfall? Und bereiteten sie gegen ihn eine Strafe vor
oder eine neue Demütigung? Etwas mußte geschehen, das
fühlte er, etwas Furchtbares mußte sehr bald geschehen.
Zwischen ihnen war die Schwüle eines aufziehenden Ge-
witters, die elektrische Spannung zweier geladener Pole,
die sich im Blitz erlösen mußte. Und diese Last des Vor-
gefühls schleppte er durch vier einsame Stunden mit sich
herum, von Zimmer zu Zimmer, bis sein schmaler Kin-
dernacken niederbrach von unsichtbarem Gewicht, und
er mittags, nun schon ganz demütig, an den Tisch trat.

»Guten Tag«, sagte er wieder. Er mußte dieses Schweigen zerreißen, dieses furchtbar drohende, das über ihm als
schwarze Wolke hing.

Wieder antwortete die Mutter nicht, wieder sah sie an
ihm vorbei. Und mit neuem Erschrecken fühlte sich Edgar jetzt einem besonnenen, geballten Zorn gegenüber,
wie er ihn bisher in seinem Leben noch nicht gekannt
hatte. Bisher waren ihre Streitigkeiten immer nur Wut-
ausbrüche mehr der Nerven als des Gefühls gewesen,
rasch verflüchtigt in ein Lächeln der Begütigung. Diesmal
aber hatte er, das spürte er, ein wildes Gefühl aus dem
untersten Grund ihres Wesens aufgewühlt und erschrak
vor dieser unvorsichtig beschworenen Gewalt. Kaum
vermochte er zu essen. In seiner Kehle quoll etwas Trok-
kenes auf, das ihn zu erwürgen drohte. Seine Mutter
schien von alldem nichts zu merken. Nur jetzt, beim Aufstehen, wandte sie sich wie gelegentlich zurück und sagte:

»Komm dann hinauf, Edgar, ich habe mit dir zu reden.«

Es klang nicht drohend, aber doch so eisig kalt, daß Edgar die Worte schauernd fühlte, als hätte man ihm eine

eiserne Kette plötzlich um den Hals gelegt. Sein Trotz war zertreten. Schweigend, wie ein geprügelter Hund, folgte er ihr hinauf in das Zimmer.

Sie verlängerte ihm die Qual, indem sie einige Minuten schwieg. Minuten, in denen er die Uhr schlagen hörte und draußen ein Kind lachen und in sich selbst das Herz an die Brust hämmern. Aber auch in ihr mußte eine große Unsicherheit sein, denn sie sah ihn nicht an, während sie jetzt zu ihm sprach, sondern wandte ihm den Rücken.

»Ich will nicht mehr über dein Betragen von gestern reden. Es war unerhört, und ich schäme mich jetzt, wenn ich daran denke. Du hast dir die Folgen selber zuzuschreiben. Ich will dir jetzt nur sagen, es war das letztemal, daß du allein unter Erwachsenen sein durftest. Ich habe eben an deinen Papa geschrieben, daß du einen Hofmeister bekommst oder in ein Pensionat geschickt wirst, um Manieren zu lernen. Ich werde mich nicht mehr mit dir ärgern.«

Edgar stand mit gesenktem Kopf da. Er spürte, daß dies nur eine Einleitung, eine Drohung war, und wartete beunruhigt auf das Eigentliche.

»Du wirst dich jetzt sofort beim Baron entschuldigen.«

Edgar zuckte auf, aber sie ließ sich nicht unterbrechen.

»Der Baron ist heute abgereist, und du wirst ihm einen Brief schreiben, den ich dir diktieren werde.«

Edgar rührte sich wieder, aber seine Mutter war fest.

»Keine Widerrede. Da ist Papier und Tinte, setze dich hin.«

Edgar sah auf. Ihre Augen waren gehärtet von einem unbeugsamen Entschluß. So hatte er seine Mutter nie gekannt, so hart und gelassen. Furcht überkam ihn. Er setzte sich hin, nahm die Feder, duckte aber das Gesicht tief auf den Tisch.

»Oben das Datum. Hast du? Vor der Überschrift eine Zeile leer lassen. So! Sehr geehrter Herr Baron! Rufzeichen. Wieder eine Zeile freilassen. Ich erfahre soeben zu

– 68 –

meinem Bedauern – hast du? – zu meinem Bedauern, daß Sie den Semmering schon verlassen haben, – Semmering mit zwei m – und so muß ich brieflich tun, was ich persönlich beabsichtigt hatte, nämlich – etwas rascher, er muß nicht kalligraphiert sein! – Sie um Entschuldigung bitten für mein gestriges Betragen. Wie Ihnen meine Mama gesagt haben wird, bin ich noch Rekonvaleszent von einer schweren Erkrankung und sehr reizbar. Ich sehe dann oft Dinge, die übertrieben sind und die ich im nächsten Augenblick bereue...«

Der gekrümmte Rücken über dem Tisch schnellte auf. Edgar drehte sich um: sein Trotz war wieder wach.

»Das schreibe ich nicht, das ist nicht wahr!«

»Edgar!«

Sie drohte mit der Stimme.

»Es ist nicht wahr. Ich habe nichts getan, was ich zu bereuen habe. Ich habe nichts Schlechtes getan, wofür ich mich zu entschuldigen hätte. Ich bin dir nur zu Hilfe gekommen, wie du gerufen hast!«

Ihre Lippen wurden blutlos, die Nasenflügel spannten sich.

»Ich habe um Hilfe gerufen? Du bist toll!«

Edgar wurde zornig. Mit einem Ruck sprang er auf.

»Ja, du hast um Hilfe gerufen, da draußen im Gang, gestern nacht, wie er dich angefaßt hat. ›Lassen Sie mich, lassen Sie mich‹, hast du gerufen. So laut, daß ich's bis ins Zimmer hinein gehört habe. «

»Du lügst, ich war nie mit dem Baron im Gang hier. Er hat mich nur bis zur Treppe begleitet...«

In Edgar stockte das Herz bei dieser kühnen Lüge. Die Stimme verschlug sich ihm, er starrte sie an mit gläsernen Augensternen.

»Du... warst nicht... im Gang? Und er... er hat dich nicht gehalten? Nicht mit Gewalt herumgefaßt?«

Sie lachte. Ein kaltes, trockenes Lachen.

»Du hast geträumt.«

Das war zuviel für das Kind. Er wußte jetzt ja schon, daß die Erwachsenen logen, daß sie kleine, kecke Ausreden hatten, Lügen, die durch enge Maschen schlüpften, und listige Zweideutigkeiten. Aber dies freche, kalte Ableugnen, Stirn gegen Stirn, machte ihn rasend.

»Und da diese Striemen habe ich auch geträumt?«

»Wer weiß, mit wem du dich herumgeschlagen hast. Aber ich brauche ja mit dir keine Diskussion zu führen, du hast zu parieren, und damit Schluß. Setze dich hin und schreib!«

Sie war sehr blaß und suchte mit letzter Kraft ihre Anpassung aufrechtzuerhalten.

Aber in Edgar brach irgendwie etwas jetzt zusammen, irgendeine letzte Flamme von Gläubigkeit. Daß man die Wahrheit so einfach mit dem Fuß ausstampfen konnte wie ein brennendes Zündholz, das ging ihm nicht ein. Eisig zog's sich in ihm zusammen, alles wurde spitz, boshaft, ungefaßt, was er sagte:

»So, das habe ich geträumt? Das im Gang und den Striemen da? Und daß ihr beide gestern dort im Mondschein promeniert seid, und daß er dich den Weg hinabführen wollte, das vielleicht auch? Glaubst du, ich lasse mich einsperren im Zimmer wie ein kleines Kind! Nein, ich bin nicht so dumm, wie ihr glaubt. Ich weiß, was ich weiß.«

Frech starrte er ihr in das Gesicht, und das brach ihre Kraft: das Gesicht ihres eigenen Kindes zu sehen, knapp vor sich und verzerrt vor Haß. Ungestüm brach ihr Zorn heraus.

»Vorwärts, du wirst sofort schreiben! Oder...«

»Oder was...?« Herausfordernd frech war jetzt seine Stimme geworden.

»Oder ich prügle dich wie ein kleines Kind.«

Edgar trat einen Schritt näher, höhnisch und lachte nur.

Da fuhr ihm schon ihre Hand ins Gesicht. Edgar schrie auf. Und wie ein Ertrinkender, der mit den Händen um sich schlägt, nur ein dumpfes Brausen in den Ohren, rotes Flirren vor den Augen, so hieb er blind mit den Fäusten zurück. Er spürte, daß er in etwas Weiches schlug, jetzt gegen das Gesicht, hörte einen Schrei...

Dieser Schrei brachte ihn zu sich. Plötzlich sah er sich selbst, und das Ungeheure wurde ihm bewußt: daß er seine Mutter schlug. Eine Angst überfiel ihn, Scham und Entsetzen, das ungestüme Bedürfnis, jetzt weg zu sein, in den Boden zu sinken, fort zu sein, fort, nur nicht mehr unter diesen Blicken. Er stürzte zur Türe und die Treppe rasch hinab, durch das Haus auf die Straße, fort, nur fort, als hetzte hinter ihm eine rasende Meute.

Erste Einsicht

Weiter drunten am Weg blieb er endlich stehen. Er mußte sich an einem Baum festhalten, so sehr zitterten seine Glieder in Angst und Erregung, so röchelnd brach ihm der Atem aus der überhetzten Brust. Hinter ihm war das Grauen vor der eigenen Tat gerannt, nun faßte es seine Kehle und schüttelte ihn wie im Fieber hin und her. Was sollte er jetzt tun? Wohin fliehen? Denn hier schon, mitten im nahen Wald, eine Viertelstunde nur vom Haus, wo er wohnte, befiel ihn das Gefühl der Verlassenheit. Alles schien anders, feindlicher, gehässiger, seit er allein und ohne Hilfe war. Die Bäume, die gestern ihn noch brüderlich umrauscht hatten, ballten sich mit einem Male finster wie eine Drohung. Um wieviel aber mußte all dies, was noch vor ihm war, fremder und unbekannter sein? Dieses Alleinsein gegen die große, unbekannte Welt machte das Kind schwindelig. Nein, er konnte es noch nicht ertragen, noch nicht allein ertragen. Aber zu wem sollte er fliehen? Vor seinem Vater hatte er Angst, der war leicht erregbar, unzugänglich und würde ihn sofort zurückschicken. Zurück aber wollte er nicht, eher noch in die gefährliche Fremdheit des Unbekannten hinein; ihm war, als könnte er nie mehr das Gesicht seiner Mutter sehen, ohne zu denken, daß er mit der Faust hineingeschlagen hatte.

Da fiel ihm seine Großmutter ein, diese alte, gute, freundliche Frau, die ihn von Kindheit an verzärtelt hatte, immer sein Schutz gewesen war, wenn ihm zu Hause eine Züchtigung, ein Unrecht drohte. Bei ihr in Baden wollte er sich verstecken, bis der erste Zorn vorüber war, wollte dort einen Brief an die Eltern schreiben und sich entschuldigen. In dieser Viertelstunde war er schon so gedemütigt, bloß durch den Gedanken, allein mit seinen unerfahrenen Händen in der Welt zu stehen, daß er seinen Stolz verwünschte, diesen dummen Stolz, den ihm ein fremder Mensch mit einer Lüge ins Blut gejagt hatte. Er wollte ja nichts sein als das Kind von vordem, gehorsam, geduldig, ohne die Anmaßung, deren lächerliche Übertriebenheit er jetzt fühlte.

Aber wie hinkommen nach Baden? Wie stundenweit das Land überfliegen? Hastig griff er in sein kleines, ledernes Portemonnaie, das er immer bei sich trug. Gott sei Dank, da blinkte es noch, das neue, goldene Zwanzigkronenstück, das ihm zum Geburtstag geschenkt worden war. Nie hatte er sich entschließen können, es auszugeben. Aber fast täglich hatte er nachgesehen, ob es noch da sei, sich an seinem Anblick geweidet, daran reich gefühlt und dann immer die Münze in dankbarer Zärtlichkeit mit seinem Taschentuch blank geputzt, bis sie funkelte wie eine kleine Sonne. Aber – der jähe Gedanke erschreckte ihn – würde das genügen? Er war so oft schon in seinem Leben mit der Bahn gefahren, ohne daran auch nur zu denken, daß man dafür bezahlen mußte, oder schon gar wieviel das kosten könnte, ob eine Krone oder hundert. Zum ersten Male spürte er, daß es da Tatsachen des Lebens gab, an die er nie gedacht hatte, daß all die vielen Dinge, die ihn umringten, die er zwischen den Fingern gehabt und mit denen er gespielt hatte, irgendwie mit einem eigenen Wert gefüllt waren, einem besonderen Gewicht. Er, der sich noch vor einer Stunde allwissend dünkte, war, das spürte er jetzt, an tausend Geheimnissen und Fragen achtlos vorbeigegangen und schämte sich, daß seine arme Weisheit schon über die erste Stufe ins Leben hineinstolperte. Immer verzagter wurde er, immer kleiner seine unsicheren Schritte bis hinab zur Station. Wie oft hatte er geträumt von dieser Flucht, gedacht, ins Leben hinauszustürmen, Kaiser zu werden oder König, Soldat oder Dichter, und nun sah er zaghaft auf das kleine helle Haus hin, und dachte nur einzig daran, ob die zwanzig Kronen ausreichen würden, ihn bis zu seiner Großmutter zu bringen. Die Schienen glänzten weit ins Land hinaus, der Bahnhof war leer und verlassen. Schüchtern schlich sich Edgar an die Kasse hin und flüsterte, damit niemand anderer ihn hören könnte, wieviel eine Karte nach Baden koste. Ein verwundertes Gesicht sah hinter dem dunklen Verschlag heraus, zwei Augen lächelten hinter den Brillen auf das zaghafte Kind:

»Eine ganze Karte?«

»Ja«, stammelte Edgar. Aber ganz ohne Stolz, mehr in Angst, es möchte zuviel kosten.

»Sechs Kronen!«

»Bitte!«

Erleichtert schob er das blanke, vielgeliebte Stück hin, Geld klirrte zurück, und Edgar fühlte sich mit einem Male wieder unsäglich reich, nun, da er das braune Stück Pappe in der Hand hatte, das ihm die Freiheit verbürgte, und in seiner Tasche die gedämpfte Musik von Silber klang.

Der Zug sollte in zwanzig Minuten eintreffen, belehrte
ihn der Fahrplan. Edgar drückte sich in eine Ecke. Ein
paar Leute standen am Perron, unbeschäftigt und ohne
Gedanken. Aber dem Beunruhigten war, als sähen alle
nur ihn an, als wunderten sich alle, daß so ein Kind schon
allein fahre, als wäre ihm die Flucht und das Verbrechen
an die Stirne geheftet. Er atmete auf, als endlich von ferne
der Zug zum ersten Male heulte und dann heranbrauste.
Der Zug, der ihn in die Welt tragen sollte. Beim Einstei-
gen erst bemerkte er, daß seine Karte für die dritte Klasse
galt. Bisher war er nur immer erster Klasse gefahren, und
wiederum fühlte er, daß hier etwas verändert sei, daß es
Verschiedenheiten gab, die ihm entgangen waren. Andere
Leute hatte er zu Nachbarn wie bisher. Ein paar italienische Arbeiter mit harten Händen und rauhen Stimmen,
Spaten und Schaufel in den Händen, saßen gerade gegenüber und blickten mit dumpfen, trostlosen Augen vor
sich hin. Sie mußten offenbar schwer am Weg gearbeitet
haben, denn einige von ihnen waren müde und schliefen
im ratternden Zug, an das harte und schmutzige Holz gelehnt, mit offenem Munde. Sie hatten gearbeitet, um Geld
zu verdienen, dachte Edgar, konnte sich aber nicht denken, wieviel es gewesen sein mochte; er fühlte aber wiederum, daß Geld eine Sache war, die man nicht immer
hatte, sondern die irgendwie erworben werden mußte.
Zum erstenmal kam ihm jetzt zum Bewußtsein, daß er
eine Atmosphäre von Wohlbehagen selbstverständlich
gewohnt war und daß rechts und links von seinem Leben
Abgründe tief ins Dunkel hineinklafften, an die sein Blick
nie gerührt hatte. Mit einem Male bemerkte er, daß es
Berufe gab und Bestimmungen, daß rings um sein Leben
Geheimnisse geschart waren, nah zum Greifen und doch
nie beachtet. Edgar lernte viel von dieser einen Stunde,
seit er allein stand, er begann vieles zu sehen aus diesem
engen Abteil mit den Fenstern ins Freie. Und leise begann

– 74 –

in seiner dunklen Angst etwas aufzublühen, das noch
nicht Glück war, aber doch schon ein Staunen vor der
Mannigfaltigkeit des Lebens. Er war geflüchtet aus Angst
und Feigheit, das empfand er in jeder Sekunde, aber doch
zum ersten Male hatte er selbständig gehandelt, etwas erlebt von dem Wirklichen, an dem er bisher vorbeigegangen war. Zum ersten Male war er vielleicht der Mutter
und dem Vater selbst Geheimnis geworden, wie ihm bislang die Welt. Mit anderen Blicken sah er aus dem Fenster.
Und es war ihm, als ob er zum ersten Male alles Wirkliche
sähe, als ob ein Schleier von den Dingen gefallen sei und
sie ihm nun alles zeigten, das Innere ihrer Absicht, den
geheimen Nerv ihrer Tätigkeit. Häuser flogen vorbei wie
vom Wind weggerissen, und er mußte an die Menschen
denken, die drinnen wohnten, ob sie reich seien oder arm,
glücklich oder unglücklich, ob sie auch die Sehnsucht hatten wie er, alles zu wissen, und ob vielleicht Kinder dort
seien, die auch nur mit den Dingen bisher gespielt hatten
wie er selbst. Die Bahnwächter, die mit wehenden Fahnen
am Weg standen, schienen ihm zum ersten Male nicht,
wie bisher, lose Puppen und totes Spielzeug, Dinge, hin-
gestellt von gleichgültigem Zufall, sondern er verstand,
daß das ihr Schicksal war, ihr Kampf gegen das Leben.
Immer rascher rollten die Räder, nun ließen die runden
Serpentinen den Zug zum Tale niedersteigen, immer
sanfter wurden die Berge, immer ferner, schon war die
Ebene erreicht. Einmal noch sah er zurück, da waren sie
schon blau und schattenhaft, weit und unerreichbar, und
ihm war, als läge dort, wo sie langsam in dem nebligen
Himmel sich lösten, seine eigene Kindheit.

– 75 –

Verwirrende Finsternis

Aber dann in Baden, als der Zug hielt und Edgar sich allein auf dem Perron befand, wo schon die Lichter entflammt waren, die Signale grün und rot in die Ferne glänzten, verband sich unversehens mit diesem bunten Anblick eine plötzliche Bangnis vor der nahen Nacht. Bei Tag hatte er sich noch sicher gefühlt, denn ringsum waren ja Menschen, man konnte sich ausruhen, auf eine Bank setzen oder vor den Läden in die Fenster starren. Wie aber würde er dies ertragen können, wenn die Menschen sich wieder in die Häuser verloren, jeder ein Bett hatte, ein Gespräch und dann eine beruhigte Nacht, während er im Gefühl seiner Schuld allein herumirren mußte, in einer fremden Einsamkeit. Oh, nur bald ein Dach über sich haben, nicht eine Minute mehr unter freiem fremdem Himmel stehen, das war sein einzig klares Gefühl.

Hastig ging er den wohlbekannten Weg, ohne nach rechts und links zu blicken, bis er endlich vor die Villa kam, die seine Großmutter bewohnte. Sie lag schön an einer breiten Straße, aber nicht frei den Blicken dargeboten, sondern hinter Ranken und Efeu eines wohlbehüteten Gartens, ein Glanz hinter einer Wolke von Grün, ein weißes, altväterisch freundliches Haus. Edgar spähte durch das Gitter wie ein Fremder. Innen regte sich nichts, die Fenster waren verschlossen, offenbar waren alle mit Gästen rückwärts im Garten. Schon berührte er die kühle Klinke, als ein Seltsames geschah: mit einem Male schien ihm das, was er sich jetzt seit zwei Stunden so leicht, so selbstverständlich gedacht hatte, unmöglich. Wie sollte er eintreten, wie sie begrüßen, wie diese Fragen ertragen und wie beantworten? Wie diesen ersten Blick aushalten, wenn er berichten mußte, daß er heimlich seiner Mutter entflohen sei? Und wie gar das Ungeheuerliche seiner Tat erklären, die er selbst schon nicht mehr begriff! Innen ging

– 76 –

jetzt eine Tür. Mit einem Male befiel ihn eine törichte Angst, es möchte jemand kommen, und er lief weiter, ohne zu wissen wohin.

Vor dem Kurpark hielt er an, weil er dort Dunkel sah und keine Menschen vermutete. Dort konnte er sich vielleicht niedersetzen und endlich, endlich ruhig denken, ausruhen und über sein Schicksal klarwerden. Schüchtern trat er ein. Vorne brannten ein paar Laternen und gaben den noch jungen Blättern einen gespenstigen Wasserglanz von durchsichtigem Grün; weiter rückwärts aber, wo er den Hügel niedersteigen mußte, lag alles wie eine einzige, dumpfe, schwarze, gärende Masse in der wirren Finsternis einer verfrühten Frühlingsnacht. Edgar schlich scheu an den paar Menschen vorbei, die hier unter dem Lichtkreis der Laternen plaudernd oder lesend saßen: er wollte allein sein. Aber auch droben in der schattenden Finsternis der unbeleuchteten Gänge war keine Ruhe. Alles war da erfüllt von einem leisen, lichtscheuen Rieseln und Reden, das vielfach gemischt war mit dem Atem des Windes zwischen den biegsamen Blättern, dem Schlürfen ferner Schritte, dem Flüstern verhaltener Stimmen, mit irgendeinem wollüstigen, seufzenden, angstvoll stöhnenden Getön, das von Menschen und Tieren und der unruhig schlafenden Natur gleichzeitig ausgehen mochte. Es war eine gefährliche Unruhe, eine geduckte, versteckte und beängstigende rätselhafte, die hier atmete, irgendein unterirdisches Wühlen im Wald, das vielleicht nur mit dem Frühling zusammenhing, das ratlose Kind aber seltsam verängstigte.

Er preßte sich ganz klein auf eine Bank hin in dieses abgründige Dunkel und versuchte nun zu überlegen, was er zu Hause erzählen sollte. Aber die Gedanken glitten ihm glitschig weg, ehe er sie fassen konnte, gegen seinen eigenen Willen mußte er immer nur lauschen und lauschen auf das gedämpfte Tönen, die mystischen Stimmen des Dunkels. Wie furchtbar diese Finsternis war, wie verwirrend und doch wie geheimnisvoll schön! Waren es Tiere oder Menschen oder nur die gespenstige Hand des Windes, die all dieses Rauschen und Knistern, dieses Surren und Locken ineinanderwebte? Er lauschte. Es war der Wind, der unruhig durch die Bäume schlich, aber – jetzt sah er es deutlich – auch Menschen, verschlungene Paare, die von unten, von der hellen Stadt heraufkamen und die Finsternis mit ihrer rätselhaften Gegenwart belebten. Was wollten sie? Er konnte es nicht begreifen. Sie sprachen nicht miteinander, denn er hörte keine Stimmen, nur die Schritte knirschten unruhig im Kies, und hie und da sah er in der Lichtung ihre Gestalten flüchtig wie Schatten vorüberschweben, immer aber so in eins verschlungen, wie er damals seine Mutter mit dem Baron gesehen hatte. Dieses Geheimnis, das große, funkelnde und verhängnisvolle, es war also auch hier. Immer näher hörte er jetzt Schritte herankommen und nun auch ein gedämpftes Lachen. Angst befiel ihn, die Nahenden möchten ihn hier finden, und noch tiefer ins Dunkel drückte er sich hinein. Aber die beiden, die jetzt durch die undurchdringliche Finsternis den Weg herauftasteten, sahen ihn nicht. Verschlungen gingen sie vorbei, schon atmete Edgar auf, da stockte plötzlich ihr Schritt, knapp vor seiner Bank. Sie preßten die Gesichter aneinander, Edgar konnte nichts deutlich sehen, er hörte nur, wie ein Stöhnen aus dem Munde der Frau brach, der Mann heiße, wahnsinnige Worte stammelte, und irgendein schwüles Vorgefühl durchdrang seine Angst mit einem wollüstigen Schauer. Eine Minute blieben sie so, dann knirschte wieder der Kies unter ihren weiterwandernden Schritten, die dann bald in der Finsternis verklangen.

Edgar schauerte zusammen. Das Blut stürzte ihm jetzt wieder in die Adern zurück, heißer und wärmer als zuvor. Und mit einem Male fühlte er sich unerträglich einsam in

– 78 –

dieser verwirrenden Finsternis, urmächtig kam das Bedürfnis über ihn nach irgendeiner befreundeten Stimme, einer Umarmung, nach einem hellen Zimmer, nach Menschen, die er liebte. Ihm war, als wäre die ganze ratlose Dunkelheit dieser wirren Nacht nun in ihn gesunken und zersprenge ihm die Brust.

Er sprang auf. Nur heim, heim, irgendwo zu Hause sein im armen, im hellen Zimmer, in irgendeinem Zusammenhang mit Menschen. Was konnte ihm denn geschehen? Sollte man ihn schlagen und beschimpfen, er fürchtete nichts mehr, seit er dieses Dunkel gespürt hatte und die Angst vor der Einsamkeit.

Es trieb ihn vorwärts, ohne daß er sich spürte, und plötzlich stand er neuerdings vor der Villa, die Hand wieder an der kühlen Klinke. Er sah, wie jetzt die Fenster erleuchtet durch das Grün glimmerten, sah in Gedanken hinter jeder hellen Scheibe den vertrauten Raum mit seinen Menschen darin. Schon dieses Nahsein gab ihm Glück, schon dieses erste, beruhigende Gefühl, daß er nah sei zu Menschen, von denen er sich geliebt wußte. Und wenn er noch zögerte, so war es nur, um dieses Vorgefühl inniger zu genießen.

Da schrie hinter ihm eine Stimme mit gellem Erschrekken:

»Edgar, da ist er ja!«

Das Dienstmädchen seiner Großmama hatte ihn gesehen, stürzte auf ihn los und faßte ihn bei der Hand. Die Türe wurde innen aufgerissen, bellend sprang ein Hund an ihm empor, aus dem Hause kam man mit Lichtern, er hörte Stimmen mit Jubel und Schreckrufen, einen freudigen Tumult von Schreien und Schritten, die sich näherten, Gestalten, die er jetzt erkannte. Vorerst seine Großmutter mit ausgestrecktem Arm und hinter ihr – er glaubte zu träumen – seine Mutter. Mit verweinten Augen, zitternd und verschüchtert, stand er selbst inmitten dieses heißen

Ausbruchs überschwenglicher Gefühle, unschlüssig, was
er tun, was er sagen sollte, und selber unklar, was er
fühlte: Angst oder Glück.

Der letzte Traum

Das war so geschehen: Man hatte ihn hier längst schon
gesucht und erwartet. Seine Mutter, trotz ihres Zornes
erschreckt durch das rasende Wegstürzen des erregten
Kindes, hatte ihn am Semmering suchen lassen. Schon
war alles in furchtbarster Aufregung und voll gefährlicher
Vermutungen, als ein Herr die Nachricht brachte, er habe
das Kind gegen drei Uhr am Bahnschalter gesehen. Dort
erfuhr man rasch, daß Edgar eine Karte nach Baden genommen hatte, und sie fuhr, ohne zu zögern, ihm sofort
nach. Telegramme nach Baden und Wien an seinen Vater
liefen ihr voran, Aufregung verbreitend, und seit zwei
Stunden war alles in Bewegung nach dem Flüchtigen.

Jetzt hielten sie ihn fest, aber ohne Gewalt. In einem
unterdrückten Triumph wurde er hineingeführt ins Zimmer, aber wie seltsam war ihm dies, daß er alle die harten
Vorwürfe, die sie ihm sagten, nicht spürte, weil er in ihren
Augen doch die Freude und die Liebe sah. Und sogar dieser Schein, dieser geheuchelte Ärger dauerte nur einen
Augenblick. Dann umarmte ihn wieder die Großmutter
mit Tränen, niemand sprach mehr von seiner Schuld, und
er fühlte sich von einer wundervollen Fürsorge umringt.
Da zog ihm das Mädchen den Rock aus und brachte ihm
einen wärmeren, da fragte ihn die Großmutter, ob er nicht
Hunger habe oder irgend etwas wollte, sie fragten und
quälten ihn mit zärtlicher Besorgnis, und wie sie seine Befangenheit sahen, fragten sie nicht mehr. Wollüstig empfand er das so mißachtete und doch entbehrte Gefühl wie-

der, ganz Kind zu sein, und Scham befiel ihn über die Anmaßung der letzten Tage, all dies entbehren zu wollen, es einzutauschen für die trügerische Lust einer eigenen Einsamkeit.

Nebenan klingelte das Telefon. Er hörte die Stimme seiner Mutter, hörte einzelne Worte: »Edgar... zurück... herkommen... letzter Zug«, und wunderte sich, daß sie ihn nicht wild angefahren hatte, nur umfaßt mit so merkwürdig verhaltenem Blick. Immer wilder wurde die Reue in ihm, und am liebsten hätte er sich hier all der Sorgfalt seiner Großmutter und seiner Tante entwunden und wäre hineingegangen, sie um Verzeihung zu bitten, ihr ganz in Demut, ganz allein zu sagen, er wolle wieder Kind sein und gehorchen. Aber als er jetzt leise aufstand, sagte die Großmutter leise erschreckt:

»Wohin willst du?«

Da stand er beschämt. Sie hatten schon Angst für ihn, wenn er sich regte. Er hatte sie alle verschreckt, nun fürchteten sie, er wolle wieder entfliehen. Wie würden sie begreifen können, daß niemand mehr diese Flucht bereute als er selbst!

Der Tisch war gedeckt, und man brachte ihm ein eiliges Abendessen. Die Großmutter saß bei ihm und wandte keinen Blick. Sie und die Tante und das Mädchen schlossen ihn in einen stillen Kreis, und er fühlte sich von dieser Wärme wundersam beruhigt. Nur daß seine Mutter nicht ins Zimmer trat, machte ihn wirr. Wenn sie hätte ahnen können, wie demütig er war, sie wäre bestimmt gekommen!

Da ratterte draußen ein Wagen und hielt vor dem Haus. Die anderen schreckten so sehr auf, daß auch Edgar unruhig wurde. Die Großmutter ging hinaus, Stimmen flogen laut hin und her durch das Dunkel, und auf einmal wußte er, daß sein Vater gekommen war. Scheu merkte Edgar, daß er jetzt wieder allein im Zimmer stand, und selbst dieses kleine Alleinsein verwirrte ihn. Sein Vater war streng, war der einzige, den er wirklich fürchtete. Edgar horchte hinaus, sein Vater schien erregt zu sein, er sprach laut und geärgert. Dazwischen klangen begütigend die Stimmen seiner Großmutter und der Mutter, offenbar wollten sie ihn milder stimmen. Aber die Stimme blieb hart, hart wie die Schritte, die jetzt herankamen, näher und näher, nun schon im Nebenzimmer waren, knapp vor der Türe, die jetzt aufgerissen wurde.

Sein Vater war sehr groß. Und unsäglich klein fühlte sich jetzt Edgar vor ihm, wie er eintrat, nervös und anscheinend wirklich im Zorn.

»Was ist dir eingefallen, du Kerl, davonzulaufen? Wie kannst du deine Mutter so erschrecken?«

Seine Stimme war zornig und in den Händen eine wilde Bewegung. Hinter ihm war mit leisem Schritt jetzt die Mutter hereingetreten. Ihr Gesicht war verschattet.

Edgar antwortete nicht. Er hatte das Gefühl, sich rechtfertigen zu müssen, aber doch, wie sollte er das erzählen, daß man ihn betrogen hatte und geschlagen? Würde er es verstehen?

»Nun, kannst du nicht reden? Was war los? Du kannst es ruhig sagen! War dir etwas nicht recht? Man muß doch einen Grund haben, wenn man davonläuft! Hat dir jemand etwas zuleide getan?« Edgar zögerte. Die Erinnerung machte ihn wieder zornig, schon wollte er anklagen. Da sah er – und sein Herz stand still dabei –, wie seine Mutter hinter dem Rücken des Vaters eine sonderbare Bewegung machte. Eine Bewegung, die er erst nicht verstand. Aber jetzt sah sie ihn an, in ihren Augen war eine flehende Bitte. Und leise, ganz leise hob sie den Finger zum Mund im Zeichen des Schweigens.

Da brach, das Kind fühlte es, plötzlich etwas Warmes, eine ungeheure wilde Beglückung durch seinen ganzen Körper. Er verstand, daß sie ihm das Geheimnis zu hüten gab, daß auf seinen kleinen Kinderlippen ein Schicksal lag. Und wilder, jauchzender Stolz erfüllte ihn, daß sie ihm vertraute, jäh überkam ihn ein Opfermut, ein Wille, seine eigene Schuld noch zu vergrößern, um zu zeigen, wie sehr er schon Mann war. Er raffte sich zusammen:

»Nein, nein... es war kein Anlaß. Mama war sehr gut zu mir, aber ich war ungezogen, ich habe mich schlecht benommen... und da... da bin ich davongelaufen, weil ich mich gefürchtet habe.«

Sein Vater sah ihn verdutzt an. Er hatte alles erwartet, nur nicht dieses Geständnis. Sein Zorn war entwaffnet.

»Na, wenn es dir leid tut, dann ist's schon gut. Dann will ich heute nichts mehr darüber reden. Ich glaube, du wirst es dir ein anderes Mal doch überlegen! Daß so etwas nicht mehr vorkommt.«

Er blieb stehen und sah ihn an. Seine Stimmme wurde jetzt milder.

»Wie blaß du aussiehst. Aber mir scheint, du bist schon wieder größer geworden. Ich hoffe, du wirst solche Kindereien nicht mehr tun; du bist ja wirklich kein Bub mehr und könntest schon vernünftig sein!«

Edgar blickte die ganze Zeit über nur auf seine Mutter. Ihm war, als funkelte etwas in ihren Augen. Oder war dies nur der Widerschein der Flamme? Nein, es glänzte dort feucht und hell, und ein Lächeln war um ihren Mund, das ihm Dank sagte. Man schickte ihn jetzt zu Bett, aber er war nicht traurig darüber, daß sie ihn allein ließen. Er hatte ja so viel zu überdenken, so viel Buntes und Reiches. All der Schmerz der letzten Tage verging in dem gewaltigen Gefühl des ersten Erlebnisses, er fühlte sich glücklich in einem geheimnisvollen Vorgefühl künftiger Geschehnisse. Draußen rauschten im Dunkel die Bäume in der verfinsterten Nacht, aber er kannte kein Bangen mehr. Er hatte alle Ungeduld vor dem Leben verloren, seit er wußte, wie reich es war. Ihm war, als hätte er es zum er-

– 83 –

stenmal heute nackt gesehen, nicht mehr verhüllt von tausend Lügen der Kindheit, sondern in seiner ganzen wollüstigen, gefährlichen Schönheit. Er hatte nie gedacht, daß Tage so vollgepreßt sein konnten vom vielfältigen Übergang des Schmerzes und der Lust, und der Gedanke beglückte ihn, daß noch viele solche Tage ihm bevorständen, ein ganzes Leben warte, ihm sein Geheimnis zu entschleiern. Eine erste Ahnung der Vielfältigkeit des Lebens hatte ihn überkommen, zum ersten Male glaubte er das Wesen der Menschen verstanden zu haben, daß sie einander brauchten, selbst wenn sie sich feindlich schienen, und daß es sehr süß sei, von ihnen geliebt zu werden. Er war unfähig, an irgend etwas oder irgend jemanden mit Haß zu denken, er bereute nichts, und selbst für den Baron, den Verführer, seinen bittersten Feind, fand er ein neues Gefühl der Dankbarkeit, weil er ihm die Tür aufgetan hatte zu dieser Welt der ersten Gefühle.

Das war alles sehr süß und schmeichlerisch nun im Dunkel zu denken, leise schon verworren mit Bildern aus Träumen, und beinahe war es schon Schlaf. Da war ihm, als ob plötzlich die Türe ginge und leise etwas käme. Er glaubte sich nicht recht, war auch schon zu schlafbefangen, um die Augen aufzutun. Da spürte er atmend über sich ein Gesicht weich, warm und mild das seine streifen und wußte, daß seine Mutter es war, die ihn jetzt küßte und ihm mit der Hand übers Haar fuhr. Er fühlte die Küsse und fühlte die Tränen, sanft die Liebkosung erwidernd, und nahm es nur als Versöhnung, als Dankbarkeit für sein Schweigen. Erst später, viele Jahre später, erkannte er in diesen stummen Tränen ein Gelöbnis der alternden Frau, daß sie von nun ab nur ihm, nur ihrem Kinde gehören wollte, eine Absage an das Abenteuer, ein Abschied von allen eigenen Begehrlichkeiten. Er wußte nicht, daß auch sie ihm dankbar war, aus einem unfruchtbaren Abenteuer gerettet zu sein, und ihm nun mit dieser

Umarmung die bitter-süße Last der Liebe für sein zukünftiges Leben wie ein Erbe überließ. All dies verstand das Kind von damals nicht, aber es fühlte, daß es sehr beseligend sei, so geliebt zu sein, und daß es durch diese Liebe schon verstrickt war mit dem großen Geheimnis der Welt.

Als sie dann die Hand von ihm ließ, die Lippen sich den seinen entwanden und die leise Gestalt entrauschte, blieb noch ein Warmes zurück, ein Hauch über seinen Lippen. Und schmeichlerisch flog ihn Sehnsucht an, oft noch solche weiche Lippen zu spüren und so zärtlich umschlungen zu werden, aber dieses ahnungsvolle Vorgefühl des so ersehnten Geheimnisses war schon umwölkt vom Schatten des Schlafes. Noch einmal zogen all die Bilder der letzten Stunden farbig vorbei, noch einmal blätterte sich das Buch seiner Jugend verlockend auf. Dann schlief das Kind ein, und es begann der tiefere Traum seines Lebens.

Scharlach

In der Josefstadt, hatten ihm die Freunde zu Hause gesagt, solle er sich ein Zimmer nehmen, wenn er nach Wien ginge. Das sei nahe der Universität und alle Studenten wohnten dort gerne, weil es ein stiller, ein wenig altväterischer Bezirk sei und dann, weil es schon durch Tradition ihr Hauptquartier geworden war. So hatte er sich also gleich von der Bahn, wo er das Gepäck vorläufig ließ, durchgefragt, war hingegangen durch die vielen fremden lauten Gassen, vorbei an all den hastigen Menschen, die wie gejagt durch den Regen liefen und ihm nur unwillig Auskunft gaben.

Das Herbstwetter war unerbittlich. Unablässig plätscherte ein spitzer nasser Schauer nieder, schwemmte von den falben Bäumen das letzte zitternde Laub, trommelte von allen Traufen und zerriß den melancholischen Himmel in Millionen grauer Fasern. Der Wind warf manchmal den Regen wie ein flatterndes Tuch vor sich her, schleuderte ihn gegen die Wände, daß es nur so prasselte und zerbrach den Leuten die Schirme. Bald waren auf der Straße nur mehr die holpernden schwarzen Wagen mit den dampfenden Pferden zu sehen und hie und da ein paar fliegende Schatten von Vorüberrennenden.

Der junge Student ging von Haus zu Haus, stieg viele Treppen auf und nieder, froh, für ein paar Augenblicke dem bösartigen Regen zu entkommen. Er sah viele Zimmer, aber keines konnte ihm behagen. Daran war vielleicht der Regen schuld und das kalte graue Licht, das alle Räume bedrückt erscheinen ließ und sie anfüllte mit

kränklicher gepreßter Luft. Ein leise beengtes Gefühl
wurde in ihm wach, als er das Elend und die Unreinlich-
keit mancher Quartiere sah, zu denen er auf krummen
feuchten Treppen hinaufkroch, irgendwie eine erste Ahnung der großen Traurigkeiten, die hinter der Stirne dieser kleinen gebückten, abgeschabten Vorstadthäuser sich
verbergen. Immer mutloser wurde sein Suchen.

Endlich traf er seine Wahl. Es war in der Josefstadt
oben, nicht mehr weit vom Gürtel, in einem recht alten,
aber schwerfällig breiten Hause von altbürgerlicher Be-
haglichkeit, wo er Quartier nahm. Das Zimmer war einfach und eigentlich kleiner, als er gewünscht hatte, aber
die Fenster gingen in einen großen Hof hinaus, in einen
jener alten Vorstadthöfe, wo ein paar Bäume standen,
jetzt rauschend im Regen und leise fröstelnd. Dieses letzte
zage Grün, die ganz verlorene Erinnerung an die Gärten
seiner Heimat, lockte ihn an und dann, daß im Vorzimmer, als er die Glocke zog, ein Kanarienvogel in seinem
Gehäuse zu trillern anfing und nicht müde wurde seiner
Koloraturen, solang er das Zimmer besah. Das schien ihm
ein gutes Vorzeichen, und auch die Vermieterin gefiel
ihm, eine ältere verhärmte Frau, Beamtenswitwe, wie sie
erzählte. Sie selbst bewohnte nur ein armseliges Kabinett
mit ihrer kleinen Tochter, nebenan hatte noch ein anderer
Student sein Zimmer, dessen Anwesenheit schon die Vi-
sitkarte an der Eingangstür verriet.

In den paar Stunden, die bis Abend blieben, wollte er
noch eilig etwas sehen von der fremden, seit tausend Tagen herbeigesehnten Stadt, aber der kalte, vom Wind auf-
gepeitschte Regen vertrieb ihm bald das Gelüst. Er trat in
ein Kaffeehaus, sah dann lange gedankenlos zu, wie der
weiße Ball am Billardbrett dem roten nachlief, hörte das
Gespräch von vielen fremden Menschen rings um sich
herum und mühte sich, das bittere Gefühl der Enttäuschung niederzuringen, das langsam in seiner Kehle auf-

quoll und Worte wollte. Noch einmal versuchte er dann über die Straßen zu streifen, aber der Regen war zu hartnäckig. Triefend und durchnäßt ging er in ein Gasthaus, ein Abendbrot rasch und ohne Lust zu nehmen, und dann nach Hause.

Und nun stand er in seinem Zimmer und sah sich darin um. Ein paar Sachen lehnten da beieinander wie vergessen, ohne alle innere Zusammengehörigkeit, ohne Anmut und Lebendigkeit: zwei alte Schränke vornübergebeugt und aufseufzend, wenn man ihnen nahe trat, ein Bett mit verschossener Decke, eine weiße Lampe, die melancholisch im Dunkel des verdüsterten Zimmers pendelte, ein gebrechlicher Alt-Wiener Ofen. Dazwischen ein paar Farbdrucke und Fotografien, bleiche Dinger ohne Beziehungen zueinander, fremde Gesichter, die sich seit Jahren vielleicht hier schon anstarrten, ohne sich zu kennen. Frösteln quoll auf von der unebenen Diele, das eine Fenster schloß schlecht und klapperte unruhig, wenn der Wind den Regen gegen die Scheibe warf.

Ihn fröstelte. Fremd stand er unter diesem Altväterkram. Wer hatte in diesem Bette geschlafen, wer auf diesen Sesseln geruht, wer in diesen Spiegel geblickt, aus dem ihn nun sein eigenes blasses Kindergesicht angstvoll und fast weinerlich ansah? Nichts erinnerte ihn hier an Vergangenes und Erlebtes, fremd war alles und er fühlte die Kühle bis ins Blut.

Sollte er schon zu Bett gehen? Es war neun Uhr. Zum ersten Male schlief er unter fremdem Dach. Zu Hause saßen sie jetzt wohl freundlich bestrahlt vom goldenen Lampenlicht um den runden Tisch, im ruhigen Gespräch. Nun wußte er, würde Edith, seine blonde Schwester, bald aufstehen und hingehen zum Klavier und noch spielen, eine schwermütige Sonate oder irgendeinen lachenden Walzer, ganz wie er sie bat. Aber wo war er heute, der dort sonst am Klavier im Schatten stand und zu den

Tönen träumte, bis sie aufstand und ihm herzlich gute Nacht bot?

Nein, er konnte noch nicht schlafen. Er ging hin und nahm aus dem Koffer, den er inzwischen hatte abholen lassen, seine paar Sachen. Alles war sorglich von den Seinen gepackt, und wie er die Ordnung auseinandernahm, mußte er an die Hände denken, die das für ihn in Liebe getan. Zwischen den Büchern fand er, froh erschreckt, eine Überraschung, das Bild seiner Schwester, die es ihm verstohlen hineingelegt, mit einer herzlichen Zeile darauf. Lang sah er es an, dieses helle lächelnde Gesicht, und stellte es dann hin auf den Schreibtisch, damit es freundlich auf ihn hinsehe und ihn tröste, den Heimatlosen. Aber es war ihm, als werde das Lächeln immer trüber auf dem Bilde und als würde sie hier, im Dunkel, traurig mit ihm. Kaum wagte er mehr hinzusehen, so dunkel schien es ihm schon.

Sollte er noch einmal hinaus aus diesem trüben trostlosen Gelaß? Wie er ans Fenster trat, sah er den Regen rastlos rinnen. Auf den trüben Scheiben sammelten sich die Tropfen, blieben stehen, bis sie ein anderer mitnahm, und rannen dann rasch herab, wie Tränen über glatte Kinderwangen. Immer neue kamen und immer wieder rannen sie herab, von allen Seiten, als weinte da draußen eine ganze Welt ihre Traurigkeit in Millionen Tränen aus. Er blieb stehen, vielleicht eine halbe Stunde lang. Dieses leise murmelnde Spiel voll dumpfen Leides, dieses stete Tropfenrinnen, die unverständliche Musik der klagenden Bäume – tief griff das wunderliche Bild der kollernden Tränen in sein Herz. Eine wilde Traurigkeit fiel ihn an, die nach Tränen schrie.

Er wollte sich aufreißen. Aber war das sein erster Abend in Wien? Wie oft schon hatte er ihn vorausgelebt, im Traum, im Gespräch mit der Schwester und den Freunden. Nichts Deutliches hatte er sich dabei gedacht, aber doch etwas Wildes und Helles, ein Hinstürmen durch die funkelnden Straßen, vorwärts, nur vorwärts, als sei morgen all die Pracht nicht mehr da, als wollte schon in der ersten Stunde Unvergeßliches erlebt sein. Im lachenden Gespräch hatte er sich gesehen, singend vor Übermut, den Hut aufwirbelnd und mit klopfendem Herzen. Und nun stand er da, vor einer blinden Scheibe, fröstelnd, allein, und sah zu, wie die Tropfen niederrannen, zwei und jetzt drei und wieder zwei, starrte hin, wie sie sich unsichtbare Gleise schufen, auf denen sie niederrollten, und kniff die Lider ein, daß nicht plötzlich auch seine eigenen Tränen herabliefen und hinfielen auf seine kalten Hände. Hatte er das seit Jahren ersehnt?

Wie langsam doch die Zeit verging. Der Zeiger auf dem Holzgehäuse der alten Uhr kroch ganz unmerklich vorwärts. Und immer drohender fühlte er die Abendangst, dieses unerklärliche kindische Bangen vor der Einsamkeit in diesem fremden Zimmer, die wilde Sehnsucht Heimweh, die er nicht mehr verleugnen konnte. Ganz allein war er in dieser riesigen Stadt, in der Millionen Herzen hämmerten, und keiner sprach zu ihm, als dieser plätschernde höhnische Regen, keiner hörte auf ihn oder sah ihn an, der da mit Schluchzen und Tränen rang, der sich schämte zu sein wie ein Kind und doch sich nicht zu retten wußte vor diesem Bangen, das hinter dem Dunkel stand und ihn mit stählernen Augen unerbittlich anstarrte. Nie hatte er sich so nach einem Wort gesehnt wie jetzt.

Da knarrte nebenan eine Tür und fiel sausend ins Schloß. Der Hingekauerte sprang auf und horchte. Eine rauhe und doch geübte Stimme summte nebenan eine abgerissene Strophe aus einem Burschenlied, dann surrte das angeflitzte Zündholz und er hörte das Hantieren mit der offenbar jetzt entzündeten Lampe. Das konnte nur sein Nachbar sein, ein Jurist, wie ihm die Vermieterin erzählt hatte, der vor den letzten Prüfungen stand. Er atmete tief auf, denn er fühlte sein Verlassensein für einen Augenblick beruhigt. Von drinnen knarrten die schweren strammen Tritte des Auf- und Abgehenden auf der Diele, das Lied klang immer deutlicher, und plötzlich schämte sich der Lauschende, so zitternd und hinhorchend dazustehen, und er schlich geräuschlos zum Tisch zurück, wie in Angst, als könnte ihm der nebenan durch die Wand zusehen.

Jetzt schwieg drin die Stimme und auch das Auf- und Niedergehen verstummte. Offenbar hatte sich sein Nachbar gesetzt. Nun fingen die surrenden Tropfen wieder an auf ihn einzusprechen, und die Einsamkeit mit all ihrer Angst lugte wieder aus dem Dunkel hervor.

Ihm war, als müßte er ersticken in dieser Enge. Nein, er konnte jetzt nicht allein bleiben. Er richtete sich auf, wartete, bis die Wangen nicht mehr gerötet waren vom Daliegen, probierte mit einem Räuspern die Stimme, dann schlich er hinaus und zur Tür des Nachbars hin. Zweimal hielt er an, doch dann klopfte endlich sein Finger zaghaft an die fremde Tür.

Ein offenbar erstauntes Schweigen folgte. Dann klang ein helles »Herein«.

Er klinkte die Tür auf. Blauer Rauch quoll ihm entgegen. Das enge Zimmer war ganz vollgedampft, und alle Gegenstände verschwammen zuerst in dem dicken, von der Zugluft aufschwankenden Nebel. Sein Nachbar stand hochaufgerichtet und sah erstaunt auf den Eintretenden. Er hatte Weste und Gilet bereits abgelegt, das halboffene Hemd zeigte ungeniert eine breite, behaarte Brust, die Schuhe lagen rechts und links am Boden hingehaut. Er war eine kräftige, bäuerisch derbe Gestalt, einem Arbeiter mehr ähnlich als einem Studenten, wie er da stand, die kurze Shagpfeife im Mund, deren Rauch er jetzt mit einem starken Stoß bis zur Tür hinblies.

Der Eintretende stammelte ein paar Worte. »Ich bin

– 91 –

heute hier eingezogen und wollte mich Ihnen als Nachbar vorstellen.«

Sein Gegenüber schnellte mechanisch die Beine zusammen. »Sehr erfreut. Jurist Schramek.«

Nun nannte auch der Besuchende, hastig, um das Versäumnis zu reparieren, seinen Namen »Bertold Berger«.

Schramek überflog ihn mit einem Blick. »Sie sind im ersten Semester?«

Berger bejahte und fügte gleich bei, es sei auch sein erster Tag in Wien.

»Sie studieren natürlich Jus. Alle Leute studieren nur mehr Jus.«

»Nein, ich will mich an der medizinischen Fakultät inskribieren lassen.«

»So, bravo, endlich einmal einer... Aber bitte, nehmen Sie doch ein bißchen Platz!«

Die Aufforderung war herzlich.

»Sie nehmen doch eine Zigarette, Herr Collega.«

»Ich danke, ich rauche nicht.«

»Na... das wird schon werden. Die Nichtraucher sind im Aussterben begriffen. Also einen Kognak. Einen guten.«

»Danke... danke sehr.«

Schramek zog lachend die Schultern hoch: »Sie, lieber Kollege, seien Sie nicht böse, aber ich glaube, Sie sind, was man so sagt, ein Fadian. Kein Kognak, nicht rauchen, das ist sehr verdächtig.«

Berger wurde rot. Er schämte sich, so ungeschickt gewesen zu sein und seine Unbehülflichkeit gleich verraten zu haben, aber er spürte, daß eine verspätete Zusage noch lächerlicher sein müsse. Um etwas zu reden, entschuldigte er nochmals den nächtlichen Besuch. Aber Schramek ließ ihn nicht zu Ende reden, sondern hielt ihn mit ein paar Fragen fest. Sie waren beinahe Landsleute, aus Deutschböhmen der eine, aus Mähren der andere, bald fanden sie auch einen gemeinsamen Bekannten in ihrer Erinnerung. Ihr Gespräch ward bald lebendig. Schramek erzählte von seinen Prüfungen und seiner Verbindung, von all den hundert dummen Dingen, die solchen studentischen Naturen der Sinn dieser paar Jahre zu sein scheinen. Es war eine sehr lebendige Herzlichkeit in seinem Erzählen, eine etwas laute Heiterkeit und eine wohlbewußte, fast eitle Routine. Er freute sich sichtlich, einem Neuling, einem Provinzler zu imponieren. Und das gelang ihm mehr als er wußte. Berger horchte auf alle diese Dinge mit einer unbeschreiblich sehnsüchtigen Neugier, weil sie ihm das neue Leben zu verkünden schienen, das hier in Wien auf ihn wartete, ihm gefiel das forsche Reden, die Art, wie der Schramek beim Rauchen den Dampf in breiten blauen Kegeln von sich stieß. Auf jede Kleinigkeit achtete er, denn es war der erste echte Student, der ihm begegnete, und wahllos nahm er ihn als den vollkommensten.

Er hätte ihm gerne auch etwas erzählt, aber all das von Hause kam ihm gegen diese neuen Dinge plötzlich so unwichtig vor, so unscheinbar und platt all die Scherze vom Gymnasium, die Erlebnisse der Provinz, all seine eigenen Gedanken und Worte bisher schienen ihm plötzlich in die Kindheit hineinzugehören, und hier war erst der Beginn aller Mannhaftigkeit. Schramek merkte sein Schweigen gar nicht und freute sich sehr an dem scheu bewundernden Blick des Novizen. Berger fuhr auf sein Verlangen mit vorsichtiger Hand die drei Schmisse nach, die eine scharfe rote Spur über Schrameks kurzgeschorenen Schädel zogen, und staunte bei der Erzählung von der Kontrahage und Mensur. Ihm ward ängstlich und doch warm bei dem Gedanken, nun bald auch so Aug in Aug einem Gegner gegenüberzustehen, und er bat den Schramek, ihn für einen Augenblick einen der Säbel nehmen zu lassen, die in der Ecke des Zimmers lagen. Das war dann freilich ein schmerzliches Gefühl, wie er ihn nur mit Mühe aufheben konnte: er merkte erst wieder, wie schwach und kindhaft mager noch seine Arme waren, und fühlte den Unterschied zwischen sich und diesem stämmigen robusten Burschen mit einem plötzlichen Neid. Wie etwas ganz Unerhörtes schien es ihm, daß man mit so einem Säbel leicht durch die Luft wirbeln könne, die Klinge pfeifen lassen, mit aller Kraft die Parade durchschlagen und in ein fremdes Gesicht hineinfetzen. Alle diese alltäglichen Dinge schienen ihm sehr gewaltig und bewundernswert wie große erstrebenswerte Taten, und die scheue Bewunderung, mit der er davon sprach, machte den Schramek nur immer noch redseliger und vertrauter. Er sprach zu ihm wie zu einem Freunde und rollte das grellfarbige Bild seines ganzen Lebens auf, das nie über das studentische Ideal hinausreichte und auf das Berger wie verzückt hinstarrte. Hier hatte er den Herold seines neuen Lebens gefunden.

Um Mitternacht sagten sie sich endlich »Auf Wiedersehen«. Schramek schüttelte Berger herzlich die Hand, schlug ihm auf die Schulter und versicherte mit jenem spontanen Freundschaftsgefühl, wie man es nur in diesen Jahren kennt, er sei »ein lieber Kerl«, was den jungen ganz hingerissenen Menschen unendlich beglückte.

Ganz trunken von all diesen Eindrücken kam er in sein Zimmer, das ihm plötzlich nicht mehr so einsam und trübe schien, wenn auch der Regen noch immer am Fenster plätscherte und Kühle aus allen Fugen quoll. Sein Herz war voll von diesen fremden funkelnden Dingen, und er empfand es als unsagbares Glück, gleich am ersten Tage einen Freund gefunden zu haben. Allerdings: eine leise Wehmut mischte sich bald ein, er fühlte, wie schwach, wie kindisch, wie schuljungenhaft er neben diesem Menschen war, der mit beiden Füßen fest im Leben stand. Er war immer der schwächste, verzärteltste, kränklichste seiner Kameraden gewesen, immer zurückgeblieben in Spiel und Übermut, aber heute erst empfand er es schmerzlich. Würde er je werden können wie dieser Schramek: so fest, so stark, so frei? Eine wilde Sehnsucht kam ihn an, so flink und forsch reden zu können, Muskeln zu haben, das Leben fest anpacken zu können und nicht irgendwie mit ihm zu paktieren. Würde er je so werden können? Mißtrauisch sah er im Spiegel auf sein schüchternes, schmales und bartloses Kindergesicht und es fiel ihm wieder ein, daß er den Säbel kaum hatte heben können mit diesem zarten Arm, an dem kein Muskel aufsprang. Es fiel ihm ein, daß er vor zwei Stunden fast geweint hatte wie ein Kind, nur weil es dunkel und kalt und er niemanden um sich hatte. Eine Angst beugte sich leise über ihn: Wie würde es mit ihm, dem Schwachen, dem Kindischen werden in dieser fremden Stadt, in diesem neuen Leben, wo man die Kraft brauchte, Mut und Übermut? Nein – er raffte sich mit Gewalt auf – er wollte kämpfen, bis er vollwertig sei, so werden wie sein Freund, stark und gewaltig, alles wollte er ihm ablernen, den schlenkernden Gang, die helle forsche Art des Redens, seine Muskeln wollte er stärken, ein Mann werden wie er. Wehmut und Freude, Hoffnung und Verzagen rannen ineinander, immer mehr verwirrte sich seine Träumerei. Erst als die Lampe qualmte, sah er, daß es spät geworden sei, und ging eiligst zu Bett. Draußen trommelte noch immer der unerbittliche Septemberregen.

Das war Bertold Bergers erster Tag in Wien.

Und so blieb es auch in nächster Zeit: Wehmut und Freude, Hoffnung und Enttäuschung unablässig mitsammen vermengt, ein unklares Gefühl, aber immer nur Fremdsein und kein Sichgewöhnen. Das Große, Unerwartete, Neue, das er von seiner Unabhängigkeit, von der Studentenzeit, von Wien erwartet hatte, wollte sich nicht einstellen. Es gab ja einzelne schöne Dinge: Schönbrunn

– 95 –

im milden Septemberglanz, die goldenen Alleen, die langsam zur Gloriette hinaufstiegen, und von dort oben dieser schwungvoll ausgreifende Blick über den edlen Garten und das kaiserliche Schloß. Oder die Theater mit ihrem Spiel und dem faszinierenden Beisammensein so vieler schöner Menschen, der Anblick der Eleganz bei den Veranstaltungen und Festen, die Straße manchmal, die so viele schöne und seltsame Gesichter an einem vorbeitrug und die funkelte von tausend Versprechungen und Lockungen. Aber immer war es ein Anblick nur und nie ein Eindringen, immer nur wie das gierige Lesen in einem aufgeschlagenen Buch, nie die Unmittelbarkeit eines Gespräches, eines Erlebnisses.

Einen einzigen Versuch des Eindringens in diese neue Welt machte er gleich in den ersten Tagen. Er hatte Verwandte in Wien, vornehme Leute, die er besuchte und die ihn dann zu Tisch baten. Sie waren sehr liebenswürdig zu ihm, auch seine ungefähr gleichaltrigen Vettern, aber er fühlte doch zu sehr, daß man sich mit der Einladung nur einer Pflicht entledigte, fühlte auf seinem Anzug ihre Blicke mit einem unterdrückt-mitleidigen Lächeln, schämte sich seiner Provinzeleganz, seiner Schüchternheit, die kläglich sein mußte im Vergleich zu dem selbstsicheren Wesen seiner Vettern, und war froh, wie er sich empfehlen konnte. Und er ging nie mehr hin.

So drängte ihn alles in die Freundschaft jenes ersten Abends zurück, der er sich mit aller Leidenschaftlichkeit eines halben Kindes hingab. Er vertraute sich ganz diesem starken gesunden Menschen, der willig seine überschwängliche Liebe hinnahm und sie nur mit jener stets bereiten Herzlichkeit innerlich gleichgültiger Menschen erwiderte. Nach ein paar Tagen schon trug Schramek dem vor Freude errötenden Berger das »Du« an, das dieser noch nach längerer Zeit nur ungeschickt und zaghaft handhabe, so ungemein war der Respekt vor der Überle-

– 96 –

genheit seines Freundes. Oft sah er ihn, wenn sie zusammen gingen, von der Seite verstohlen an, um diese weitausgreifende sichere Art des Gehens zu lernen und dann die ungezwungene Weise, wie er jedem hübschen Mädel den Kopf unter die Nase schob; selbst die Unarten gefielen ihm, dieses Fechtwirbeln mit dem Stock auf der Straße, der stete Knastergeruch in den Kleidern, das laute herausfordernde Reden in den Lokalen und die oft stupiden Ulke. Stundenlang konnte er Schramek zuhören, wenn er die belanglosesten Geschichten von Mädeln, Kontrahagen und Partien erzählte, unwillkürlich wurden ihm selbst alle diese Dinge wichtig, die ihn gar nicht berührten, er regte sich daran auf, sie schienen ihm das wirkliche, das eigentliche Leben zu sein, und er brannte vor Begier, auch so etwas zu erleben. Im geheimen hoffte er, Schramek werde ihn einmal in ein solches Abenteuer hineinschieben, aber der hatte eine seltsame Art, ihn bei wichtigen Angelegenheiten auszuschalten. Offenbar empfand er das kindische und bartlose Gesicht als zu wenig repräsentabel, denn er nahm ihn selten mit, wenn er in Couleur ging und sie trafen sich meist nur im Café oder in der Wohnung. Und immer mußte die Initiative von Berger ausgehen.

Das hatte der bald bemerkt und es hing an ihm als geheimer Kummer. In seiner Freundschaft war wie in jeder Freundschaft ganz junger Leute etwas von Liebe: die ungestüme Leidenschaftlichkeit und dann eine leise Eifersucht. Eine Erbitterung, der er freilich nicht Ausdruck zu geben wagte, bemächtigte sich seiner, wenn er merkte, daß Schramek zu ganz einfältigen, gleichgültigen Menschen, die er eben kennengelernt hatte, ebenso herzlich war wie zu ihm selbst und oft noch burschikoser. Und dann fühlte er, daß er ihm in den paar Wochen, die er ihn nun schon kannte, um keinen Schritt nähergekommen war als am ersten Abend, so sehr er sich auch ihm hingab.

Er ärgerte sich, daß Schramek für alle seine Angelegenheiten nichts von dem Interesse zeigte, das er ihm doch für die seinen so überströmend entgegenbrachte, daß er ihm nie mehr gab, nie weniger als eine herzliche Begrüßung und dann gleich von seinen eigenen Dingen erzählte, kaum hinhörend, wenn Berger etwas von den seinen sprach.

Und dann, das Bitterste: aus jedem Worte fühlte Berger, daß ihn Schramek nicht für voll nahm. Schon wie er ihn nannte! Statt des anfänglichen Bertold sagte er nun immer »Bubi« zu ihm. Das klang lieb und herzlich, tat aber immer wieder weh. Denn es traf ihn gerade an der Stelle, die schon seit Jahren unvernarbt in ihm blutete: daß er immer für ein Kind gehalten wurde. Jahrelang brannte es in ihm, in der Schule war er wie ein Mädel gewesen, so verzärtelt schien er allen und so schüchtern war er auch, und jetzt, da er ein Mann sein sollte, sah er aus wie ein Bub und hatte alle seine Zaghaftigkeiten und nervösen Empfindlichkeiten. Nie wollten es die Leute glauben, daß er schon Student sei. Freilich, er war nicht ganz achtzehn Jahre alt, aber er mußte noch viel jünger aussehen, um so kindisch zu wirken. Immer mehr befestigte sich in ihm der Verdacht, daß sich Schramek nur um dieser Äußerlichkeit vor den Kameraden mit ihm genierte.

Eines Abends hatte er volle Gewißheit darüber. Er war lange in der Stadt herumgestreift und hatte wieder schmerzlich das absolute Alleinsein in den wogenden Straßen empfunden. So ging er noch zu Schramek hinein auf einen Plausch. Der begrüßte ihn herzlich vom Sofa her, ohne aufzustehen.

Auf dem Tisch lag die Couleurkappe, brennrot und stach Berger ins Auge. Das war sein liebster, sein geheimster Wunsch, von Schramek in seine Verbindung eingeführt zu werden, dort hätte er ja alles, was er so schmerzlich entbehrte, vertrauten Umgang, ein Heim, dort

– 98 –

könnte er so werden, wie er sein wollte, stark, männlich, ein ganzer Kerl. Seit Wochen wartete er auf einen Vorschlag Schrameks, oft schon hatte er ganz heimlich vorsichtige aber offenbar überhörte Anspielungen gemacht. Und jetzt brannte ihm diese Kappe ins Auge; wie eine lebende Flamme schien sie ihm auf dem Tisch zu zucken, sie flimmerte und glühte, sie faszinierte sein ganzes Denken. Er mußte davon reden.

»Gehst du morgen zur Kneipe?«

»Natürlich«, sagte Schramek, sofort animiert. »Es wird riesig lustig werden. Drei neue Füchse werden aufgenommen, wirklich ganz famose stramme Kerle. Da muß ich doch dabei sein als Zweitchargierter. Es wird riesig fein werden. Weck mich nur nicht am Donnerstag vor zwei Uhr auf, wir kommen sicher erst in der Früh heim.«

»Ja, das stell' ich mir riesig lustig vor«, sagte Berger. Er wartete. Schramek sagte nichts. Wozu noch weiter reden? Aber am Tische lockte die Kappe, brennrot, feurig rot... wie Blut leuchtete sie.

»Du... sag, könntest du mich nicht einmal dort einführen... mitnehmen natürlich nur... weißt du, ich möchte das einmal gern sehen.«

»Aber ja, komm nur einmal. Morgen geht's freilich nicht. Aber einmal schau dir's an, als Gast natürlich. Es wird dir zwar nicht gefallen, Bubi, denn da geht's oft wüst zu, aber wenn du willst...«

Berger fühlte etwas in der Kehle aufsteigen. Diese Kappe, dieser rote lockende Traum, wie im Nebel sah er sie plötzlich nur. Waren das Tränen? Wild und schluckend fuhr es heraus:

»Warum soll's mir nicht gefallen? Wofür hältst du mich denn? Bin ich ein Kind?«

Etwas mußte in der Stimme, im Ton gewesen sein, denn Schramek sprang auf. Er kam, jetzt wirklich recht herzlich, zu Berger heran und schlug ihm auf die Schulter.

»Nein, Bubi, du darfst nicht bös sein, so hab ich's nicht gemeint. Aber wie ich dich kenne, glaub' ich, taugst du zu so was nicht recht. Du bist zu fein, zu brav, zu anständig zu so was. Da muß man rabiat sein, ein Kerl, vor dem die anderen Respekt haben, und wenn's nur vor dem Trinken ist. Kannst du dich bei einer Sauferei vorstellen oder bei einer Schlägerei, wie sie ja jetzt jeden Augenblick in der Aula sind? Nein, nicht wahr? Es ist ja kein Unglück, aber da paßt du halt nicht hinein.«

Nein, er paßte nicht; da, fühlte er, hatte der Schramek recht. Aber wozu paßte er? Wozu brauchte ihn das Leben? Er wußte nicht, sollte er dem Schramek böse oder dankbar sein für die freie Aussprache. Der hatte freilich nach einer Minute wieder daran vergessen und plauschte weiter, aber in dem anderen fraß sich der Gedanke, daß all die ihn für minderwertig nahmen, immer tiefer ein. Die rote Kappe dort am Tisch starrte ihn an wie ein böser Blick. Er blieb nicht mehr lang diesen Abend und ging in sein Zimmer, dort blieb er sitzen, bis spät nach Mitternacht, die Hände auf den Tisch gestützt, reglos in die Lampe starrend.

Am nächsten Tag beging Bertold Berger eine Dummheit. Er hatte die ganze Nacht nicht geschlafen, so sehr bohrte in ihm der Gedanke, daß ihn Schramek für minderwertig, für feig, für ein Kind hielt. Und da hatte er beschlossen, ihnen zu beweisen, daß es ihm an Mut nicht fehle. Er wollte Händel suchen, ein Duell, um ihm zu zeigen, daß er nicht furchtsam sei.

Das gelang ihm nicht. Im Umgang mit Schramek hatte er aus den Gesprächen gelernt, wie solche Dinge zu beginnen waren. In dem kleinen niederen Zimmer des Vorstadtrestaurants, wo er speiste, saßen gegenüber täglich ein paar Couleurstudenten. Es war nicht schwer, mit ihnen anzubandeln, denn sie sprachen nie von anderen Dingen, ihr ganzes Denken drehte sich um diese sogenannten Ehrverletzungen.

Wie er vorbeiging an ihrem Tisch, streifte er mit Absicht an und warf einen Sessel um. Er ging ruhig weiter, ohne sich zu entschuldigen. Das Herz schlug ihm in der Brust.

Da klang schon hinter ihm, drohend und scharf, eine Stimme. »Können Sie nicht achtgeben?«

»Hofmeistern Sie jemand anderen!«

»So eine Frechheit!«

Da bog er um und verlangte die Karte, gab die seine. Er freute sich, daß seine Hand nicht zitterte dabei. In einer Sekunde war das Ganze geschehen. Wie er stolz hinausging, hörte er die noch lachen am Tisch und den einen heiter sagen: »So ein Krispinderl!« Das verdarb ihm den Stolz.

Und dann stürmte er nach Hause. Mit glühenden Wangen, stammelnd vor Freude, überfiel er Schramek, der gerade aufgestanden war, in seinem Zimmer, erzählte ihm alles, die letzte Bemerkung freilich verschweigend und auch, daß er den Sessel mit Absicht umgeworfen habe. Selbstverständlich müsse Schramek sein Sekundant sein.

Er hatte gehofft, Schramek werde ihm auf die Schulter klopfen und beglückwünschen, was er für ein strammer Kerl sei. Aber der sah sich nachdenklich die Visitenkarte an, pfiff durch die Zähne und sagte ärgerlich: »Daß du dir aber gerade den ausgesucht hast! Das ist ein baumstarker Kerl, einer unserer besten Fechter. Der haut dich zusamm' wie nichts.«

Berger erschrak nicht. Daß er abgeführt werde, war für ihn selbstverständlich, da er noch nie einen Säbel in der Hand gehabt hatte. Er freute sich beinahe auf einen schweren Schmiß im Gesicht: da konnten die anderen ihn nicht mehr fragen, ob er Student sei. Aber was ihn unangenehm berührte, war das Benehmen Schrameks, der, die

– 101 –

Karte in der Hand, immer wieder auf und ab ging und murmelte: »Das wird nicht leicht sein. Frechheit hat er gesagt, nicht wahr?«

Schließlich zog sich Schramek ganz an und sagte zu Berger: »Ich geh' gleich zu unserer Verbindung hin und such' dir den zweiten Vertreter. Sei unbesorgt, ich werde die Sache schon richten.«

Berger war wirklich unbesorgt. Er empfand eine wilde und fast überschwengliche Freude, jetzt zum erstenmal offiziell als Student, als Mann behandelt zu sein, auch seine Affäre zu haben. Er spürte plötzlich beinahe Kraft in den Gelenken, und wie er nun den Säbel aufnahm und damit wirbelte, schien es ihm fast eine Lust, fest dreinzuhauen. Den ganzen Nachmittag träumte er, heftig auf und ab gehend, von dem Duell, und die Gewißheit, daß er unterliegen werde, tat ihm gar nicht weh. Im Gegenteil, gerade da konnte er dem Schramek und den anderen zeigen, daß er nicht furchtsam sei, er wollte stehen bleiben, wenn ihm auch das Blut über das Gesicht und die Augen liefe, wollte stehen bleiben, ob sie ihn auch wegzerren wollten. Dann würden sie ihm schon selbst die rote Kappe anbieten.

Sein Blut war ganz warm geworden. Als Schramek um sieben Uhr abends kam, sprang er ihm ganz aufgeregt entgegen! Auch Schramek war sehr heiter.

»Na also, Bubi. Alles ist gut, die Sache ist in Ordnung.«

»Wann steigen wir?«

»Aber Bubi, wir werden dich doch nicht mit dem steigen lassen. Die Sache ist natürlich beigelegt.«

Berger wurde totenblaß, seine Hände zitterten, ein Zorn brach in ihm auf und drängte in den Augen nach Tränen. Er hätte dem Schramek ins Gesicht schlagen können, wie der ihm jetzt sagte: »Leicht war's freilich nicht, und nächstens sei vorsichtiger! Das geht nicht immer so gut aus!«

Berger rang vergeblich nach einem Wort. Aber die Enttäuschung war zu furchtbar. Endlich sagte er, am Weinen würgend: »Ich dank' dir jedenfalls schön. Aber einen Gefallen hast du mir damit nicht getan.« Und ging hinaus. Schramek sah ihm verblüfft nach. Er schob dieses sonderbare Benehmen auf die Aufregung des Neulings und spekulierte nicht weiter darüber.

Berger begann sich umzusehen. Sein Leben wollte endlich Grund ertasten. Nun war er schon Wochen da und stand nicht weiter als am ersten Tag. Wie zerflatternde Wolken flog langsam Bild um Bild in die Ferne, die phantasievollen Versprechungen seiner Kindheit wurden blaß und zerrannen im Nebel. War das wirklich Wien, die große Stadt, der Traum der vielen Jahre, herbeigesehnt vielleicht schon seit dem Tag, da er zum erstenmal mit steifen, ungelenken Lettern das Wort Wien auf das Papier hinmalte? Damals hatte er vielleicht nur an viele Häuser gedacht und daß die Karussells größer sein müßten und bunter als das auf ihrem Marktplatz, wenn Kirchmeß war. Und dann hatte er langsam die Farben von den vielen Büchern geborgt, hatte die lockenden begehrenswerten Frauen auf den Straßen kokett hingehen lassen, die Häuser bevölkert mit verwegenen Abenteurern, die Nächte erfüllt mit wilder Kameraderie und all das getaucht in den brausenden Wirbel, der Jugend und Leben hieß.

Und was war nun? Ein Zimmer, eng und kahl, dem er morgens entlief, um ein paar Stunden in schwitzigen Studierstuben zu verbringen; ein Gasthaus, wo er rasch das Essen hinabwürgte; ein Kaffeehaus, wo er die Zeit mit dem Hinstarren auf Zeitungen und Menschen totschlug; ein zielloses Hinwandern auf den lauten Straßen, bis er müde war und wieder heimkam in das enge kahle Zimmer. Ein-, zweimal ging er auch ins Theater, aber es war immer für ihn ein bitteres Erlebnis. Denn wenn er da oben

stand auf der Galerie, zwischen vielen Menschen gedrängt, die nichts wußten von ihm, sah er unten im Par-
terre, in den Logen die Herren, elegant und geschmeidig,
die Damen verlockend in Schmuck und Entblößung, sah,
wie sie sich alle begrüßten, lachend und übermütig begegneten. Alle kannten sich, alle gehörten zueinander. Die
Bücher hatten nicht gelogen. Hier war die Wirklichkeit
aller jener Abenteuer, an denen er oft zweifelte, weil sie
ihn nicht erreichten, da war die Welt, die sonst in den
stummen Häusern sich verkroch, da war Erlebnis, Abenteuer, Schicksal. Auf vielen Schächten, fühlte er, ging es
da in das Gold des Lebens hinab. Aber er stand da, sah zu
und konnte nicht hinein. Wirklich, seine Kindheit hatte
recht gesehen: hier war das bunte, flirrende Karussell größer als zu Hause, lauter und rauschender seine Musik, wilder, atemraubender der Schwung. Aber er stand nur dabei
und fuhr nicht mit.

Das war nicht seine Schüchternheit allein, die ihn abseits hielt. Auch die Armut band ihm die Hände. Daß er
von Hause genug bekam, war ihm zu wenig. Es hielt ihn
gerade noch über die Klippe der Entbehrung aufrecht,
war nur genug für dieses stille, einfache alltägliche Leben,
nie hätte es gereicht für einen verschwenderischen Überschwang, der doch der Sinn der Jugend ist. Er hätte Geld
nicht zu verwenden gewußt, aber das Bewußtsein machte
ihn beschämt, daß ihm all das versagt sei, was er dumpf als
sehr schön und berauschend fühlte: in einem Fiaker wild
durch den Prater zu sausen oder eine Nacht irgendwo in
einem eleganten Lokal mit Frauen und Freunden bei
Champagner zu verleben, einmal Geld, ohne zu zählen,
hinzuwerfen für eine tolle Laune. Ihn ekelte vor diesen
wüsten Studentendrahrereien in rauchigen Bierlokalen,
und immer wilder wuchs die brennende Sehnsucht, sich
nur einmal in irgendeinem Überschwang aus dem öden
Trott der Tage zu retten in ein lebendigeres Gefühl, in

dem etwas mitschwang vom großen Takt des Lebens, vom unbändigen Rhythmus der Jugend. Aber all das war ihm versagt, und aller Tage Ende war diese öde Heimkehr am Abend in das enge verhaßte Zimmer, wo die Schatten breit lagen, wie von bösen Händen hingestreut, der Spiegel wie erfroren glänzte, wo er am Abend das Erwachen in den Morgen fürchtete und am Morgen den langen, schläfrigen, öden, eintönigen Tag bis zum Abend hin.

In dieser Zeit begann er sich ungemein eifrig, mit einer gewissen Verzweiflung dem Studium hinzugeben. Er war der erste in den Hörsälen und Laboratorien, der kam, und der letzte, der ging, er arbeitete mit einer stumpfen Gier, ohne sich um die Kameraden zu kümmern, bei denen er bald unbeliebt wurde. Er suchte in dieser wilden Arbeit seine Sehnsucht nach anderen Dingen niederzuringen, und es gelang ihm auch. Abends war er so abgearbeitet, daß er oft kaum mehr Bedürfnis hatte, mit Schramek zu sprechen. Ganz blind arbeitete er vorwärts, ohne jeden Ehrgeiz, nur um sich zu betäuben und nicht an die vielen Dinge zu denken, auf die er verzichten mußte. Er begriff, daß ein wunderbares Geheimnis in diesem Fieber war, mit dem sich viele Leute über die Nutzlosigkeit und Leere ihres ganzen Lebens hinwegtäuschten, und hoffte, so auch seinem Leben einen Sinn aufzwingen zu können, freilich vergessend, daß die erste Jugend nicht einen Sinn des Lebens will, sondern das ganze vielfältige Leben selbst.

Eines Nachmittags, als er etwas früher als sonst von der Arbeit nach Hause kam, fiel ihm beim Vorübergehen an der Türe seines Freundes ein, daß er ihn jetzt vier Tage nicht gesehen hatte. Er klopfte an. Niemand antwortete ihm. Aber er war das gewöhnt bei Schramek, der oft am Abend noch schlief, wenn er die Nacht mit seinen Freunden verbummelt hatte.

Wie er jetzt die Tür aufmachte, schien ihm das dunkle Zimmer leer. Aber da regte sich plötzlich etwas beim Fauteuil am Fenster, ein großes lachendes Mädel sprang auf, das auf Schrameks Schoß gesessen hatte.

Berger wollte sofort hinaus. Sie hatten offenbar sein Klopfen überhört, und er war sehr geniert. Aber Schramek sprang auf, faßte den Widerstrebenden am Arm und zog ihn heran. »Siehst du, so ist er. Hat Angst vor einem Mädel wie vor einer Spinne. Ah nein, durchbrennen gibt's nicht. So Karla, siehst du, das ist der Bubi, von dem ich dir schon erzählt hab'.«

»Ich seh' gar nix«, lachte eine helle, etwas laute Stimme. Wirklich, es war zu dunkel. Berger sah nur undeutlich die weißen Zähne durch die Dämmerung schimmern und ein paar lachende Augen.

»Also: es werde Licht«, sagte der Schramek und machte sich an der Lampe zu schaffen. Berger fühlte sich sehr ungemütlich, fühlte sein Herz unruhig pochen, aber da gab es kein Durchbrennen mehr.

Er hatte von dieser Karla schon gehört. Sie war Schrameks Geliebte seit ein paar Wochen, irgendein Mädel aus einem Geschäft, ein lustiges Ding. Oft hatte er von seinem Zimmer aus die beiden lachen und flüstern gehört, aber er hatte es doch, furchtsam wie er war, einzurichten gewußt, daß er ihr nie begegnete.

Das Licht flammte auf. Jetzt sah er sie dastehen, hoch und hübsch, ein breites, starkes, gesundes Mädel mit vollen Formen, brennrotem Haar und großen lachenden Augen. Ein derbes Ding war sie, ein bißchen dienstmädelhaft und auch schlampig in ihrer Kleidung und Frisur; oder hatte die gerade der Schramek in Unordnung gebracht? Es sah fast so aus. Aber hübsch war ihre unbefangene übermütige Art, wie sie jetzt auf ihn zukam, ihm die Hand reichte und ihm »Servus!« sagte.

»No, wie g'fällt er dir?« fragte der Schramek. Es berei-

– 106 –

tete ihm einen Riesenspaß, den Berger verlegen zu machen.

»Hübscher ist er schon wie du«, lachte die Karla. »Ist nur halt gar so viel schad, daß er ein Stummerl ist.«

Berger wurde rot und wollte etwas herausbringen, da lachte die Karla und sprang hin zu Schramek. »Du, der wird ja rot, wenn man zu ihm reden tut.«

»Laß ihn in Ruh'«, sagte der Schramek. »Der kann die Mädeln nicht leiden. Er ist halt so schüchtern, aber du wirst ihn schon aufmischen.«

»Natürlich, das wär nicht schlecht. Kommen's nur her, ich beiß Ihna ja net.«

Sie nahm ihn resolut beim Arm, um ihn zum Sitzen zu nötigen.

»Aber Fräulein . . .«, stammelte der hilflose Berger.

»Hast g'hört? Fräulein hat er g'sagt, Fräulein. Sie, lieber Herr Bubi, mir sagt man net Fräulein, mir sagt man ›Karla‹, ein für allemal.«

Sie lachten beide unbändig, Schramek und die Karla. Hilflos mußte er aussehen, das fühlte der Berger und um nicht so kläglich zu erscheinen, lachte er mit.

»Weißt was«, sagte der Schramek. »Wir lassen einen Wein holen. Vielleicht ist er dann nicht mehr so schüchtern. Also Bubi, vorwärts, spendier eine Flaschen oder lieber zwei. Willst du?«

»Natürlich«, sagte Berger. Er fühlte sich nach und nach sicherer werden, sie hatten ihn nur so überrumpelt, anfangs. Er ging hinaus, rief die Hausfrau und die holte Wein, brachte Gläser, und jetzt saßen sie alle drei um den Tisch, plauschten und lachten. Die Karla hatte sich neben Berger gesetzt und trank ihm zu. Er war sichtlich mutiger geworden. Manchmal traute er sich schon, wenn sie zu Schramek hinübersprach, sie voll anzuschauen. Sie gefiel ihm jetzt besser. Das feuergoldene Haar über dem ganz weißen Nacken gab einen lockenden Kontrast. Und dann fesselte ihn die ungezwungene Lebendigkeit, die wilde, starke, temperamentvolle Kraft, und er mußte immer auf ihren roten sinnlichen Mund schauen, der beim Lachen aufsprang und die starken schneeweißen Zähne zeigte.

Einmal erwischte sie ihn, plötzlich mit einer Frage sich zu ihm hinwendend, wie er sie anstarrte. »G'fall ich dir?« lachte sie in ihrem Übermut. »Du g'fallst mir auch!« Ganz arglos sagte sie es, ohne Schmeichelei, aber es gefiel ihm irgendwie, es berauschte ihn fast für eine Sekunde.

Immer lebendiger wurde er. Und allmählich sprang wie eine heiße Quelle all der verschüttete Übermut seiner Gymnasiastenjahre in ihm auf, er begann zu erzählen, Possen zu treiben, vom Wein befeuert, funkelte sein ganzes Reden von einer wilden Jugendlichkeit, die er selbst an sich nie gekannt hatte. Auch Schramek staunte. »Aber, Bubi, was ist denn aus dir geworden? Siehst du, so solltest du immer sein, nicht so ein Fadian!« »Ja«, lachte die Karla, »hab' ich dir net gleich gesagt, ich werd' ihm die Würmer aus der Nase ziehn.«

Noch einmal mußte die Hausfrau um Wein gehen. Immer lauter wurde die Fröhlichkeit der drei. Berger, der sonst fast nie trank, fühlte sich wunderbar gehoben von dieser ungewohnten Festlichkeit, er lachte und scherzte durcheinander und verlor alle Scheu. Bei der dritten Flasche fing die Karla zu singen an, und dann bot sie Berger das »Du« an.

»Nicht wahr, Schram, du erlaubst es? Er ist gar so ein lieber Kerl.«

»Aber natürlich. Vorwärts! Den Bruderkuß.«

Und ehe der Berger viel überlegen konnte, spürte er ein Paar feuchte Lippen auf seinem Mund. Es tat nicht weh und nicht wohl, es verrann irgendwie spurlos in die wilde und schon leise nebelnde Lustigkeit, die ihn auf und nieder schaukelte. Er hatte nur den einen Wunsch, daß das jetzt so fortdauern solle, dieser wilde schöne Wirbel, dieser leise Rausch, der von dem Mädel ausging und vom Wein und von seiner Jugend. Auch die Karla hatte gerötete Wangen und lachte den Schramek manchmal zwinkernd an.

Auf einmal sagte der Schramek zu Berger: »Hast du schon meinen neuen Säbel gesehen?«

Berger war nicht neugierig. Aber der Schramek zog ihn hin. Und wie sie sich niederbeugten, sagte er ihm leise: »So, und jetzt verschwind, Bubi. Jetzt können wir dich nicht mehr brauchen.«

Berger starrte ihn einen Moment verdutzt an. Dann verstand er und sagte gute Nacht.

Wie er in seinem Zimmer stand, fühlte er ein leises Schwanken unter seinen Füßen. Oben auf der Stirne hämmerte das Blut, und die Müdigkeit warf ihn bald ins Bett. Am nächsten Tag verschlief er zum erstenmal die Vorlesung.

Immerhin: diese Begegnung, so flüchtig sie auch war, hatte eine leise flimmernde Erregung in sein Blut gestrahlt. Er sann dumpf nach: ob das nicht irgendein Irrtum war, eine geheime Lüge, dieser Durst nach einer Freundschaft? Ob in diesem Hinverlangen aus der Einsamkeit in eine wilde Vertraulichkeit nicht ein anderes mühsam verhülltes Verlangen sich rührte?

Er sann jene Tage mit seiner Schwester zurück. Er dachte an jene blauen Abende, wo sie im abendlich verdunkelten Garten saßen und er nicht mehr ihre Züge sah, nur mehr den weißen Schimmer des Kleides aus der Dämmerung, ganz leise nur, wie oft noch eine Wolke zart leuchtet auf dem schon umnachteten Himmel. Was war es, das ihn damals so beseligte, wenn diese Stimme mit den lieben Worten aus dem Dunkel kam, silbern und leise, oft hell blinkend von Lachen und dann wieder voll Zärt-

lichkeit, wenn diese Musik anflog an sein Herz wie
schmeichelnder Wind oder ein zutraulicher Vogel? War
dies wirklich nur geschwisterliches Vertrauen gewesen
oder war nicht doch darin – irgendwo ganz am tiefsten
Grunde und gekühlt durch begehrungslose Freundschaft –
eine Freude verborgen an der Frau, eine zarteste, süßeste
Empfindung des Weiblichen? Und war nicht vielleicht alles, was er hier dumpf ersehnte, ein Glanz, eine verirrte
Spur von weiblicher Seele über seinem Leben?

Seit jenem Abend wußte er es bestimmt, er sehnte sich
sehr nach irgendeiner Frau. Nicht so sehr nach einem Verhältnis, nach einer Liebe, sondern nur nach irgendeiner
leisen Berührung mit den Frauen. War denn nicht all das
Unbekannte und Wunderbare, das er erhoffte, mit den
Frauen verknüpft, waren sie nicht Hüterinnen aller Geheimnisse, lockend und verheißend, begehrend und be-
gehrt zugleich. Er begann jetzt mehr die Frauen auf der
Straße zu beachten. Er sah viele, die jung waren und schön
und das funkelnde Licht in den Augen trugen, das so viel
verrät. Wem gehörten die, die so wiegend gingen wie in
leisem Tanz, die so stolz aufrecht um sich sahen, als seien
sie Königinnen, die in den Wagen wie in Wollust ruhten
und mit den Blicken lässig hinstreiften auf die, die da stau-
nend standen und sie bewunderten? War in ihnen denn
nicht auch Sehnsucht und mußten nicht hinter diesen tausenden Türen, hinter den zahllosen ängstlich verhängten
und sehnsüchtig aufgetanen Fenstern der großen Stadt
viele Frauen sein, in denen auch ein Verlangen war, ähnlich wie das seine und ihm entgegengebreitet wie mit offenen Armen? War er nicht jung wie sie, und war nicht
gleiche Sehnsucht in alle gegossen?

Er ging jetzt weniger in die Vorlesungen und streifte
öfter die Straßen entlang. Ihm war, als müßte er endlich
irgendeiner begegnen, die in den zitternden Zeichen seines Auges lesen könnte, irgendein Zufall müßte ihm hel-

fen, ein Unvermutetes geschehen. Er sah mit Neid und einer wilden Begier, wie knapp vor ihm junge Burschen mit Mädeln bekannt wurden, sah Liebespaare, zärtlich und verschlungen, abends sich hinein in die Parke verlieren, und immer drängender wurde in ihm das Verlangen, auch sein Erlebnis zu haben. Freilich, nichts Wildes ersehnte er sich, sondern eine Frau, zart und sanft wie seine Schwester, zärtlich und lieb, kindhaft treu und mit dieser wunderbaren leisen Stimme im Abend. Das Bild füllte seine Träume.

Jeden Tag, wenn er mittags durch die Floriangasse nach Hause ging, begegnete er den schwärmenden Zügen junger Mädchen. Fünfzehnjährige, Sechzehnjährige waren es, die von der Schule kamen, in kleinen schwatzenden Trupps, mit jenem hüpfenden Schritt der Mädel in diesen Jahren, unruhig herumspähend, kichernd, die Bücher schlenkernd. Jeden Tag sah er sie von ferne, die frischen lachenden Gesichter, die schlanken Körper in den kurzen Röcken, die leicht sich wiegenden Hüften, sah die unbesorgte, noch kindische Fröhlichkeit mit einer wilden Sehnsucht, von dieser Jugend das Lachen zu lernen und diese klare Heiterkeit. Jeden Tag sah er sie. Und schon kannten sie ihn. Wenn er kam, stießen sie sich in der auffallenden Art der Backfische an, lachten überlaut und sahen ihn mit übermütigen Augen herausfordernd an, der dann immer rasch wegsah und vorübereilte. Wie sie dann seine schüchterne Verwirrtheit merkten und dieses errötende Wegstieben vor ihrem Blick, wurden sie immer verwegener von Tag zu Tag, ohne daß er sich je aufraffen konnte, sie anzusprechen. Waren sie nicht knabenhafter, männlicher als er? War er nicht in seiner schüchternen Blödigkeit wie ein Mädel, so verwirrt und kindisch?

Er erinnerte sich an einen Scherz in seiner Heimat, den seine Schwester vor ein paar Jahren gemacht hatte. Sie hatte ihn heimlich als Mädel angezogen und ihn plötzlich

– III –

unter ihre Freundinnen geführt, die ihn zuerst nicht erkannten und dann übermütig, mit hundert Scherzen umringten. Er, ein Bub damals noch, war zitternd und errötend dagestanden und hatte kaum gewagt die Augen aufzuschlagen und in den Spiegel zu schauen, den sie ihm brachten. Schon damals war er schüchtern gewesen und feig, aber da war er noch ein Kind. Jetzt war er ein Mann fast und wußte noch nicht, einen lachenden Blick zu ertragen, wußte nicht stark zu sein und brutal, wie das Leben es verlangte. Warum konnte er nicht so sein wie der Schramek oder all die anderen? War er wirklich minderwertig, wirklich wie ein Kind?

Immer fiel ihm das wieder ein, wie er damals als Mädel verkleidet unter diesen lachenden, übermütigen Dingern stand und nicht aufzuschauen wagte. Was war aus denen seither geworden? Das Küssen kannten sie und die Liebe, sie trugen lange Kleider, manche hatten schon Mann und Kind. Alle waren sie aus dem Zimmer von damals, alle aus der Kindheit hinaus ins Leben gestürmt. Nur er stand noch immer da, Mädel mehr als Mann, ein errötendes Kind im verlassenen Zimmer mit den verwirrt niedergeschlagenen Augen und wagte nicht aufzusehen...

Einmal, es war spät im Jänner, ging er wieder zu Schramek hinüber. Er kam jetzt seltener, seit er dem einsamen Umherstreifen auf den Straßen eine leise lockende Wollust abgewonnen hatte. Das Wetter war wüst. Der Schnee der letzten Tage war geschmolzen, aber der Wind blieb scharf und schneidend und verlangte die Straße allein für sich. Wolken hetzten über den grauen Himmel, der niederstarrte wie erblindet. Ein scharfer stechender Regen begann, der sich wie Eisspitzen in die Haut bohrte.

Schramek sagte ihm kaum guten Tag. Er war immer rücksichtslos und grob, wenn in seinen Angelegenheiten etwas nicht ganz in Ordnung war. Unruhig ging er auf und ab, die Pfeife immer wieder anqualmend. Manchmal kehrte er kurz um, als wollte er etwas fragen. »Verfluchte Sache«, knurrte er zwischen den Zähnen.

Berger saß still. Er traute sich nicht, ihn zu fragen, was eigentlich vorgehe. Schramek würde schon reden, das wußte er.

Der brach auch endlich los. »So ein Sauwetter! Das hat mir noch gerade gefehlt. Da kann ich jetzt herumrennen wegen die Dummheiten!«

Er rannte wieder zornig auf und ab, hieb mit einem Lineal scharfe pfeifende Striche durch die Luft. Nun fragte erst Berger vorsichtig: »Was ist denn los?«

»Dieser Laff, mein Leibbursch, hat vorgestern zwei Kerle angerempelt. Heute um vier Uhr geht's los und dann morgen wieder. Und ich hab' doch Prüfung in acht Tagen und hätt' mich wirklich um andere Sachen zu kümmern. Dazu hat er sich noch zwei ausgesucht, die ihn sicher abstechen werden, den Depp, den blöden. Wenn ich jetzt durchfall', dann ist's aus, dann kann ich wieder ein Jahr sitzen und warten, wie die Buben in der Schule. Und da soll man sich nicht giften.«

Berger sagte nichts. Es hatte nicht lange gedauert, bis er die Stupidität all dieser Mensuren hinter dem leichten lokkenden Glanz erkannt hatte, der sie vergoldete. Seit er bei einer Kneipe gewesen war und die trunkenen Studenten dann fahl und grau im Frühlicht gesehen hatte nach allen Feierlichkeiten und Zeremonien, seit er draußen in einer engen, schmutzigen Stube einer Mensur beigewohnt hatte, blieb ihm nur mehr ein leises Lächeln für den Ernst, mit dem diese Dinge betrieben wurden, seitdem fehlte ihm jegliches innerliche Interesse an diesen Affären ganz und gar. Freilich, dem Schramek hatte er sich's nie zu sagen getraut, dem ging's bis ins Blut. Jetzt saßen sie beide schweigsam da, jeder mit seinen Gedanken beschäftigt, draußen ratterte immer lauter der Wind.

Da ging die Glocke. Und gleich darauf klopfte es an der Tür.

Die Karla kam herein, den Hut schief, nasse Strähnen über dem lachenden Gesicht. »Schön schau ich aus, nicht wahr? Was?« »Servus.« Sie ging auf Schramek zu und küßte ihn. Er wich übelgelaunt aus. »Hast Angst, ich werd' dich naß machen mit meiner Jack'n, Blödian?« Dann bemerkte sie Berger. »Servus, Bubi!«

Sie zog die Jacke aus und warf sie auf das Sofa hin. Alle schwiegen. Berger war irgendwie unangenehm berührt. Seit jenem Abend, wo sie Bruderschaft getrunken hatten, war er ein paarmal mit Karla zusammen gewesen, aber nie mehr fand er die kameradschaftliche freie Unbefangenheit wieder. Die warme erotische Welle, die seit damals über sein Leben gestürzt war, machte ihn unruhig und erregt in der Nähe einer Frau. Er fürchtete sich beinahe vor seiner Leidenschaftlichkeit.

Auch Schramek sprach nichts. Er war übelgelaunt, die Affäre und seine Prüfung gingen ihm nicht aus dem Kopf. Das Schweigen dehnte sich unangenehm lang.

Die Karla schaute jetzt ziemlich böse. »Mir scheint, ich komme dem gnädigen Herrn ungelegen. Dazu hab' ich mich also freig'macht für heute nachmittag, daß ich zuseh', wie ihr mit offenen Augen schlaft's. Liebe Leut' seid's, das muß ich schon sagen.«

Schramek stand auf und nahm seinen Winterrock. »Liebes Kind, du kommst mir immer gelegen, das weißt du. Nur grad jetzt nicht. Ich muß weggehen, es ist halb vier, und um vier steigt der Fix draußen in Ottakring.«

»G'schieht ihm schon recht, dem Lausbuben, was ist er auch so frech mit alle Leut! – Also weggehen willst du. Was soll nachher mit mir g'schehn? Soll ich am End' bei dem Wetter auf der Gassen umeinanderrennen?«

»Liebes Kind, ich komm erst um sieben Uhr zurück. Du kannst ja dableiben.«

– 114 –

»Was soll ich denn da tun. Schlafen? Dank schön, das hab' ich besorgt von gestern abend um neune bis heut früh. Nimm mich mit. Ich möcht' gern zuschauen, wie man den Fix auf Fetzen haut.«

»Das geht doch nicht, was fällt dir ein.«

»Na, in Gottes Namen, dann bleib' ich halt da und wart' auf dich. Der Bubi bleibt bei mir. Nicht wahr, Bubi?«

Berger wußte keine Antwort. Er war solchen plötzlichen Überfällen gegenüber wehrlos. Er traute sich kaum, sie anzuschauen. Die beiden fingen zu lachen an.

»Natürlich«, sagte der Schramek, jetzt wieder gut gelaunt. »Natürlich, euch zwei soll ich allein lassen. Hast du denn eine Ahnung, was der Bubi für ein Duckmäuser ist?«

»Das ist doch gar kein Bubi. Der ist doch ein Mädi.«

Nun lachten sie wieder beide. Wie sie ihn verachteten, dachte Berger. Warum konnte er jetzt nicht mitlachen, warum war er so tölpisch, kein Wort zu finden, keinen Scherz, nichts, gar nichts. Ein Zorn wuchs in ihm auf.

»Na also, gut ist's«, sagte der Schramek. »Ich will's riskieren. Was tu' ich aber, wenn ihr zwei was anstellt?«

»Dazu gehören doch zwei.«

»Na weißt du... du... schwören möcht' ich doch lieber nicht auf dich.«

»Mich hab' ich ja gar net g'meint.«

Und jetzt lachten sie wieder beide, mit jenem vollen heiteren Lachen gesunden Lebens, das gar nicht bösartig gemeint war und doch in Berger brannte wie Peitschenhiebe. Weg sein, nur weg sein, tausend, zehntausend Meilen, fühlte er dumpf. Oder schlafen. Oder lustig sein können wie die. Nur nicht so dasitzen ohne ein Wort. Nicht so tölpisch-schüchtern, so kindisch verwirrt sein, sich nicht bemitleiden lassen.

Schramek setzte sich die Kappe auf. »Gut, probieren wir's halt. Aber wehe euch, wenn... Um sieben Uhr bin ich wieder da. Bubi, sei brav! Ich seh' dir's an den Augen

an, wenn du was angestellt hast. Und langweil mir das
arme Mädel nicht. Servus!«

Er faßte die Karla derb um die Hüften, daß sie sich kichernd wand, gab ihr ein paar feste Küsse, winkte Berger
mit der Hand und war fort. Draußen fiel die Tür hart ins
Schloß.

Nun waren sie allein, der Berger und die Karla. Der
Wind tanzte mit dem Regen über die Gasse, und manchmal knackte es im Ofen, als bräche etwas entzwei. Immer
stiller wurde es im Zimmer, man konnte schon den dünnen Atem der Pendeluhr von nebenan hören. Berger saß
da wie schlafend. Ohne aufzusehen, spürte er, daß sie ihn
lächelnd anschaute. Er spürte diesen Blick wie ein elektri-
sches Prickeln, das Haar leise anrührend und dann hinab
bis in die Füße. Ihm war, als müßte er ersticken.

Sie saß da, die Beine überschlagen, und wartete. Jetzt
beugte sie sich vor. Sie lächelte leise. Und plötzlich sagte
sie in die Stille hinein. »Bubi! Hast Angst?«

Wirklich, das war's. Woher wußte sie das? Angst fühlte
er, Angst allein, eine dumme kindische Angst. Aber er
zwang sich und stieß heraus: »Angst? Vor wem denn
Angst? Vor dir vielleicht?« Es klang grob, ohne daß er es
wollte.

Und wieder zitterte das Schweigen durchs Zimmer.
Die Karla stand auf, glättete das Kleid, richtete sich die
zerrauften Haare vor dem Spiegel und sah ihre Augen lachen. Dann wandte sie sich halb herum. »Offen g'sagt, du
bist grauslich fad, Bubi. Erzählt' mir doch was.«

Berger fühlte eine immer wachsende Erbitterung gegen sie und gegen sich selbst, daß er so tölpisch war. Er
wollte ihr schon wieder heftig antworten, aber da kam sie
zu ihm heran, lieb und zutraulich, setzte sich neben ihn
und bettelte wie ein kleines Kind. »Erzähl' mir doch was.
Irgendwas Gescheites oder Dummes. Ihr lest's doch den
ganzen Tag in die Bücher, da müßt's doch was wissen.«

– 116 –

Sie lehnte sich ganz an ihn. Das war so ihre ungenierte Art, mit allen Leuten vertraulich zu sein. Aber dieser weiche, warme Arm auf dem seinen verwirrte ihn.

»Mir fällt nichts ein.«

»Mir scheint, dir fallt nie was G'scheites ein. Was tust denn eigentlich so den langen Tag? Umeinanderrennen, kommt mir vor. Letzthin hab' ich dich auf der Josefstädterstraßen g'sehn, aber du warst pressiert oder du hast mich nicht kennen wollen. Mir scheint gar, du bist grad einem Mädel nachgestiegen.«

Er wollte protestieren.

»No, no, es ist ja nix dabei. Sag, Bubi, hast du eigentlich ein Verhältnis?«

Sie lachte ihn an und freute sich unbändig über seine Verwirrtheit. »Da schaut's her, rot wird er auch. Ich hab's ja gleich gewußt, daß du eins hast, du Duckmäuser. Die möcht' ich mir gern einmal anschauen. Wie sieht sie denn aus?«

In seiner Verzweiflung wußte er nur eines, immer wieder nur das Eine, um sich zu verstellen. Er wurde grob. »Das ist meine Sache. Was geht's dich an? Kümmer du dich um deine Verhältnisse.«

»Aber Bubi, was schreist denn so, ich hab' ja rein eine Angst vor dir.« Sie stellte sich furchtbar erschrocken.

Er sprang auf. »Und dann sag' mir nicht immer Bubi. Ich vertrag' das nicht.«

»Aber der Schramek sagt's dir ja auch.«

»Das ist etwas anderes.«

Karla lachte. Er gefiel ihr riesig in seinem kindischen Zorn.

»So, jetzt sag' ich's extra. Bubi, Bubi, Bubi, dreimal hab' ich's g'sagt!«

Seine Nasenflügel zitterten. »Hör auf damit, hab' ich dir g'sagt. Ich vertrag's nicht.«

»Aber Bubi – Bubi!«

Er ballte die Fäuste zusammen. Das Blut stieg ihm ins Gesicht. Einen Schritt stand er vor ihr. Sie hörte, wie sein Atem keuchte, sah die Augen drohend funkeln. Unwillkürlich trat sie zurück. Aber dann packte sie wieder der Übermut. Die Hände in die Hüften gestemmt, lachend, mit blinkenden Zähnen lachend sagte sie wie zu sich selbst: »Na sowas! Jetzt wird das Bubi bösartig.«

Da warf er sich auf sie. Das Spottwort traf ihn wie ein Peitschenschlag. Er wollte sie prügeln, schlagen, irgendwie züchtigen, daß sie ihn nicht mehr verhöhnte. Aber das starke, feste Mädel nahm seine Fäuste geschickt mit einem Griff und bog sie ihm herab. Schmerzhaft fühlte er seine Handgelenke in ihrer eisernen Umklammerung. Nicht rühren konnte er sich, wie ein Kind, wie ein Spielzeug hielt sie ihn. Einen Schritt entfernt sahen sich die Gesichter an: das seine, verzerrt von Wut, die Augen aufquellend in nahen Tränen, das ihre, überrascht, kraftbewußt, überlegen, fast lächelnd. Eine Minute hielt sie ihn so von sich wie ein schnappendes Hündchen. In der nächsten hätte er, zermartert im Handgelenk, in die Knie brechen müssen. Da ließ sie ihn los und schob ihn sanft weg. »So – jetzt sei wieder brav.«

Aber er sprang wieder an. Das machte ihn rasend, daß er so schwächlich unter ihrer Faust gezappelt. Jetzt mußte er sie niederringen, bändigen. Sie durfte nicht lachen über ihn. Jäh faßte er sie an, jetzt mitten um den Leib, um sie hinzuwerfen. Und nun keuchten sie beide Brust an Brust, sie überrascht und belustigt über seinen unbegreiflichen Zorn, er mit fiebernder Erbitterung und eingeknirschten Zähnen. Immer fester preßten sich seine krallenden Hände in ihren miederlosen geschmeidigen Körper, der immer geschickt ausbog, riß an den breiten Hüften, die kraftvoll eingestemmt waren. Sein Gesicht berührte im Ringen ihre Schultern und ihre Brust, er fühlte wirr einen weichen warmen, berauschenden Duft, der seine Arme immer schwächer machte, er hörte manchmal das laute schütterne Stoßen des Herzens und das kollernde Lachen, das tief aus der umpreßten Brust aufquoll, und es war ihm, als ob seine Muskeln erstarren würden. Wie an einem Baumstamm rüttelte er an diesem starken bäuerischen Körper, der manchmal leicht nachgab, aber nie gebogen wurde, der immer kraftvoller zu werden schien im Widerstand. Bis ihr das Spiel zu dumm wurde und sie sich losmachte mit zwei, drei Griffen. Jäh stieß sie ihn zurück, daß er nur so flog. »Jetzt gib aber Ruh'!« Zornig und fast drohend war ihre Stimme.

Er taumelte nach rückwärts. Sein Gesicht brannte, blutunterlaufen waren die Augen, und rot, brennrot kreiste alles vor seinem Blick. Ein drittes Mal noch sprang er an, blind, besinnungslos, mit flügelnden Armen wie ein Trunkener. Und plötzlich war es etwas anderes. Dieser wilde ausstrahlende Duft, dieses Knistern ihres Kleides, die warme Berührung des biegsamen Körpers hatten ihn toll gemacht. Nicht mehr schlagen wollte er oder züchtigen, sondern sich dieser Frau bemächtigen, die seine Sinne aufgestachelt hatte. Er riß sie an sich, verwühlte sich ganz in ihre heißen Formen, griff mit seinen fiebernden Händen um ihre ganze Gestalt, verbiß sich lechzend in ihr Kleid, um sie niederzupressen. Sie lachte noch immer, leise gekitzelt von seinen Berührungen, aber in ihrem Lachen war jetzt ein fremder, heiserer Ton. Ihr ganzes Wesen schien bewegter, unruhig wogte die Brust, ihr Körper preßte den seinen stürmischer an beim Ringen, ihre starken Hände zitterten immer unruhiger. Ihr Haar war aufgegangen und flatterte über die Schulter, schwül duftend und schwer. Immer heißer wurde ihr Gesicht. Beim Ringen riß ihre Bluse ein wenig auf, ein Knopf sprang weg, und plötzlich sah der Fiebernde ein unruhiges Blinken von ihrer weißen Brust. Er stöhnte in letzter Anstrengung. Er fühlte, daß sie ihm gar nicht widerstehen wollte, daß sie nur bezwungen sein wollte, hingeworfen, aber selbst dazu reichte nicht seine Kraft. Ohnmächtig rüttelte er an ihr herum. Einen Augenblick war es, als wollte sie selbst zurückfallen. Wollüstig bog sich ihr Kopf zurück, er sah ihre Augen funkeln in einem jähen nie gekannten Licht. Und es war wie eine Zärtlichkeit, ein wilder drängender Seufzer, wie sie jetzt sagte: »Aber, Bubi, Bubi!« Da riß er an ihr und wie er fühlte, daß sie nicht niederstürzte, unter seinen mageren zitternden Kinderhänden, da griff er plötzlich gierig in das aufgelöste rote Haar, um sie niederzuziehen mit einem Ruck. Sie schrie auf vor Zorn und Schmerz. Mit einem wilden, wütenden Stoß schleuderte sie den schwachen Körper von sich, daß er wie ein leichter Ballen durchs Zimmer flog.

Berger stolperte im Zurücktaumeln. Und fiel dann klirrend hin in die Ecke, mitten unter die Säbel, die dort lagen. Ein scharfer Riß fuhr über seine Hand hoch in den Arm hinein.

Eine Minute blieb er liegen, wie betäubt. Und da kam sie schon, leise noch zitternd vor Erregung, aber ängstlich besorgt: »Ist dir was g'schehn?«

Er antwortete nicht. Sie half ihm, sich aufrichten, und streichelte ihn dabei. Es war keinerlei Bösartigkeit in ihr. Mühsam war das Aufstehen. Denn die linke Hand hatte er in die Rocktasche gesteckt, daß sie nicht merken sollte, wie er sich verletzt habe. Er wollte es nicht eingestehen. Wie ein Feuer brannte die Wut in ihm über seine klägliche Schwäche, daß er nicht einmal eine Willige bezwingen konnte. Einen Augenblick war ihm, als müßte er noch einmal anspringen. Und in der Tasche fühlte er, wie heiß und feucht das Blut aus der Wunde strömte.

Er stolperte nach vorwärts, ohne sie anzusehen, die ihm erschreckt helfen wollte. Vor seinen Augen war ein Nebel von Tränen. Kaum sah er die Tür durch diese feuchte Wolke. Alles war in ihm ganz leer, ganz gleichgültig. In

der Tasche tröpfelte das Blut: das fühlte er dumpf, sonst
war alles erloschen in ihm. Er tappte nur blind nach vorwärts... zur Tür... hinaus... in sein Zimmer.

Dort fiel er hin auf das Bett. Der verwundete Arm hing
über die Kante hinaus. Er blutete noch immer und manchmal klatschte schwer ein Tropfen auf den Boden hinab.
Berger achtete nicht darauf. In ihm wogte etwas, als
wollte es ihn ersticken. Und endlich brach es heraus, ein
ungeheurer Weinkrampf, ein wildes, wehes Schluchzen,
das er in die Kissen vergrub. Minutenlang peitschte es seinen kindlichen fiebernden Körper. Dann fühlte er sich
freier.

Er horchte hinüber. Drinnen ging die Karla mit absichtlich lautem Schritt. Er regte sich nicht. Jetzt verstumm-
ten die Schritte. Und nun klapperte sie an den Schränken,
trommelte auf dem Tisch, um sich bemerkbar zu machen.
Offenbar wartete sie, daß er zurückkommen werde.

Er lauschte weiter. Sein Herz wurde immer lauter, aber
er regte kein Glied.

Sie ging noch eine Weile auf und ab. Dann pfiff sie einen
Walzer und trommelte dazu wieder den Takt. Allmählich
wurde sie still. Nach einer Weile hörte er draußen die Türe
gehen und im Gang schwer zufallen.

Die lange endlose Nacht und den nächsten Morgen hatte
Berger gewartet, daß Schramek kommen würde und ihn
zur Rede stellen über das, was vorgefallen sei zwischen
ihm und der Karla. Denn daran zweifelte er nicht, daß die
Karla sofort alles dem Schramek erzählt haben würde, nur
wußte er nicht, ob sie's als bösartigen Angriff geschildert
hatte oder als eine lächerliche unsinnige Laune. Die ganze
Nacht grübelte er nach, was er Schramek erwidern sollte,
lange Gespräche mit Rede und Gegenrede arbeitete er aus
und ersann schon gewisse Bewegungen, um die Diskussion scharf abzuschneiden, wenn er keinen Ausweg mehr

fände. Und eines wußte er, daß die Freunschaft nun auf einer Kippe stand, daß alles jetzt vorbei war oder neu werden mußte von Grund auf.

Aber er wartete vergeblich. Schramek kam nicht, auch die nächsten Tage nicht. Das war eigentlich nicht so absonderlich, denn Schramek suchte ihn sonst nur auf, wenn er irgendeine Gefälligkeit brauchte oder irgendwas von sich wegzuerzählen hatte, sonst war es immer der Berger, der ihn besuchen mußte, um ihn zu sehen. Nur schien diesmal ihm, dem Schuldbewußten, eine Absicht in dem Wegbleiben zu liegen, und er ging nicht zu ihm, er wartete mit einem stillen verbissenen Trotz, der ihm selbst wehtat. Ganz allein war er in diesen Tagen. Keiner kam zu ihm, und stärker als je empfand er das erniedrigende Gefühl, daß er für keinen Menschen Bedürfnis war, daß keiner ihn liebte, keiner seiner bedurfte. Und da spürte er doppelt was diese Freundschaft ihm noch war, trotz aller Enttäuschungen und Erniedrigungen.

Das ging so eine Woche. Da, eines Nachmittags, als er vor seinem Schreibtisch saß und zu arbeiten versuchte, hörte er ein paar rasche Schritte gegen die Türe zu. Er erkannte sofort Schrameks Gang, sprang empor, und da flog auch schon die Tür auf, sauste wieder ins Schloß, und Schramek stand vor ihm, atemlos, lachend, faßte ihn an mit beiden Armen und schüttelte ihn hin und her.

»Servus, Bubi! Daß man dich auch sieht, die anderen waren alle dabei, nur du nicht, weil du den ganzen Tag kümmeln mußt. Und es geht so auch. Ja, durchgekommen bin ich und Gott sei Dank, es war meine letzte Prüfung. In acht Tagen mußt du mir Herr Doktor sagen.«

Berger war ganz verblüfft. Er hatte an alles mögliche gedacht, nur nicht, daß sie sich so wiedersehen würden. Ein paar Glückwunschworte stammelte er gerade noch. Aber Schramek unterbrach ihn.

»Ja, ja, schon gut, streng dich nicht an. Und jetzt vorwärts, komm herüber zu mir, das muß tüchtig gefeiert werden, und erzählen muß ich dir auch alles. Also, vorwärts. Die Karla ist schon drüben.«

Berger erschrak. Er fühlte plötzlich Angst, mit der Karla zusammen zu sein, denn jetzt würde sie ihn lächerlich machen und er würde wieder errötend zwischen diesen beiden Menschen stehen wie ein Schulbub. Er suchte auszuweichen.

»Du mußt mich schon entschuldigen, Schramek, aber ich kann nicht, beim besten Willen nicht. Ich hab' furchtbar viel zu tun.«

»Zu tun? Was hast du zu tun, du Kerl, wenn ich meine letzte Prüfung gemacht habe? Zu freuen hast du dich und mitzukommen, sonst hast du gar nichts zu tun. Vorwärts mit dir.«

Er nahm ihn am Arm und zog ihn fort. Berger fühlte sich zu schwach, um zu widerstehen. Er fühlte nur dumpf, was für eine Gewalt der Schramek noch über ihn hatte. Wie ein Mädel nahm er ihn da, und zum ersten Male verstand er ganz, wie sich eine Frau von einem so starken heitern lebensfrohen Menschen überwältigen lassen müßte, ganz gegen ihren Willen, nur aus dem mattschwindenden bewundernden Gefühl der Stärke. Und so mußte auch die Frau von dem Manne denken in dem Augenblick, wie er jetzt von Schramek; Haß, Zorn mußte sie haben, und doch das weiche Gefühl, von einem Starken überwältigt zu sein. Er spürte sich gar nicht gehen, wußte gar nicht, wie es geschah, und war plötzlich drüben in Schrameks Zimmer.

Und da stand schon die Karla. Wie sie ihn sah, kam sie auf ihn zu, überflog ihn mit einem merkwürdigen warmen Blick, der ihn umhüllte wie eine weiche Welle, und bot ihm die Hand, ganz ohne Wort. Und noch einmal sah sie ihn an, neugierig, wie einen Fremden und doch wieder anders.

– 123 –

Schramek hantierte am Tisch herum. Er hatte das Bedürfnis, etwas zu tun und den Drang zu reden, die starke Lebendigkeit seines freudig erregten Gefühles brauchte solche Ventile. Wenn ihn etwas packte, brauchte er Menschen, um seinen Überschwang abzutun, sonst war er eigentlich gleichgültig und eher verschlossen. Aber heute glühte sein ganzes Wesen in Bewegung und einer wilden knabenhaften Freude.

»Also, was nehmen wir? Mit trockener Kehle kann ich euch nichts erzählen. Was, keinen Wein? Sonst haben wir abends keine Freude mehr davon, und heute abends muß es drunter und drüber gehen. Brauen wir einen Tee. Einen ganz langweiligen, schönen heißen Tee. Wollt ihr?«

Karla und der Berger waren einverstanden. Sie saßen nebeneinander am Tisch, aber Berger sprach nicht mit ihr. Der Gedanke flog hin und her in seinem Kopf, wie ein eingesperrter Nachtfalter surrend durch ein Zimmer fährt: war das ein Traum gewesen, daß er mit dieser Frau da neben ihm wie ein Verzweifelter gekämpft hatte? Er wagte sie nicht anzusehen und spürte nur, wie die Luft stickig um ihn wurde, wie seine Kehle sich verschnürte. Glücklicherweise merkte Schramek nichts. Er klapperte mit den Tellern und Tassen herum, pfiff und schwatzte. Es machte ihm Freude, den Kellner für die beiden zu spielen, er servierte ihnen voll Übermut und warf sich dann breit und behaglich in das knackende Fauteuil ihnen gegenüber und fing an zu erzählen.

»Also, daß ich nie viel gelernt hab', das brauch ich euch beiden doch nicht zu sagen. Und wie ich mich da hinschleich' in meinem Leichenbitteranzug zum Prüfungssaal, treff' ich einen alten Freund von mir, den Karl – du kennst ihn ja – und der, wie er sieht, daß mir elend zu Mut ist, fängt mächtig an, mich zu trösten. Aber ich frag' ihn nur in meiner Angst – ihr habt's keine Ahnung wie schäbig der anständigste Mensch eine Stunde vor der Prüfung wird – ob das schwer ist und was er für Fragen vor zwei Jahren bekommen hat. Wie er mir die erste sagt, hab' ich keine Ahnung davon und mir wird ganz schwach. Ich bitt' ihn noch rasch, er soll mir das erklären – irgendeine Verfassungsgeschichte war's – und er trichtert mir's ein und kommt dann mit zuschauen, wie ich abgeschlachtet werde.«

Was erzählte der da? Berger konnte nicht hinhören, das kam alles aus einer Ferne her, das klang wie Worte und war ohne Sinn. In ihm zitterte immer nur der Gedanke, daß neben ihm die Frau saß, die mit ihm gerungen, die ihn niedergeschlagen hatte, und daß diese Frau ihn nicht verhöhnte, sondern angesehen hatte mit diesem weichen einhüllenden funkelnden Blick...

Da schrak er plötzlich zusammen. Über seine Hand, die achtlos am Tische lag, strich jetzt ein Finger leise die Narbe entlang, die noch rot hinlief wie ein feuriger Streif. Und wie er aufzuckte, begegnete er einer Frage in Karlas Blick, einer fast zärtlichen mitleidigen Frage. Feuer stob hinauf bis in die Schläfen, er mußte sich festhalten am Sessel.

Drüben erzählte noch immer der Schramek. »Und denkt's euch, kaum sitz' ich dort, da ist die erste Frage grad' die, die mir der Karl eingetrichtert hat. Ich hör' hinter mir ein Husten und Kichern, aber mir war mit einemmal so leicht, daß ich denen gar nicht böse war, ich fang' zu ratschen an, und das rinnt wie geschmolzene Butter. Und wenn man schon einmal im Zug ist, dann geht's schon weiter. Ich hab' geredet, bis mir die Zunge weh getan hat, weiß Gott, was für dummes Zeug, aber geredet hab' ich.«

Berger hörte kein Wort. Er spürte nur, wie nochmals der Finger über die Narbe strich, und ihm war, als würde sie schmerzhaft aufgerissen durch diese verschwiegene Bewegung. Ein Zucken lief ihm über den Leib, und jäh riß er die Hand vom Tisch, wie von einer weißglühenden Platte. Eine zornige Verwirrung wuchs in ihm auf. Aber wie er sie ansah, merkte er, daß ihre geschlossenen Lippen sich wie im Schlafe regten und sie leise murmelte: »Armes Bubi«.

Lag's nur um die Lippen, ein tonloses Wort, oder hatte sie es wirklich gesagt? Drüben saß der Schramek, ihr Geliebter und sein Freund, und erzählte wild weiter, und inzwischen... Er zitterte leicht, ein Schwindel faßte ihn, und er fühlte sich blaß werden. Da nahm die Karla unter dem Tisch seine Hand ganz leise und weich in die ihre und legte sie sich aufs Knie.

Nun spürte er wieder alles Blut im Gesicht und jetzt, wie es sich im Herzen staute und jetzt, wie es herabrann und brannte in seiner Hand. Und er fühlte ein weiches rundes Knie. Er wollte die Hand wegzerren, aber die Muskeln gehorchten ihm nicht. Sie blieb liegen wie ein schlafendes Kind, weich gebettet ruhend, vergessen in einem wunderbaren Traum.

Und da drüben – oh wie weit war diese Stimme im Rauch – erzählte noch immer einer, der sein Freund war und den er jetzt betrog, erzählte, erzählte von seinem Glück in unbesorgter Fröhlichkeit. »Am meisten hat's mich gefreut, daß der Fix, der Frechling sein Geld dabei verloren hat. Denkt's euch, der wettet mit alle Leut', daß ich durchfallen werde, und dann, wie ich herauskomme, hat er gar nicht gewußt, was er tun soll. Freuen hat er sich müssen und ärgern auch, ich sag' euch, das Gesicht, das der gemacht hat, das Gesicht... aber was habt's ihr denn? Mir scheint ihr seid's eingeschlafen alle beide?«

Karla ließ die Hand nicht los. Und Berger mußte nur immer denken: »Die Hand... die Hand... das Knie... ihre Hand.« Aber Karla protestierte lachend. »No, soll man net sprachlos sein, wenn so ein Faultier wie du Doktor wird. Ich möcht' wirklich gern dann sehen, wie einer

– 126 –

ausschaut, der durchfliegt, der muß rein an Wasserkopf haben. «

Beide lachten. Berger zitterte immer mehr, ein geheimnisvolles Grauen kam ihn an vor der Verstellung dieses Mädels. Sie hielt noch immer seine Hand mit der ihren umschlossen und preßte sie so fest, daß der Ring sich blutig in seinen Finger einschnitt. Und leise schob sie ihr volles Bein an das seine an. Und sprach dabei ruhig, so ruhig weiter, daß ihn schauerte. »No und jetzt sag, wie wird denn so ein Wunder Gottes gefeiert? Wenn das keine Drahrerei gibt, so bist du ganz einfach ein niederträchtiger Schäbian, du Doktor, du neugebackener. Na aber das ist gar nix dagegen, wenn erst der Bubi Doktor wird, paß auf, da wird's erst zugeh'n. «

Und dabei lag ihre Hüfte ganz an der seinen, er spürte die weiche Wärme ihres Körpers. Vor seinen Augen begannen alle Dinge zu schwanken, so erregt war er. Und an die Stirne drängte von innen schmerzhaft das Blut.

Da schlug die Pendeluhr. Siebenmal rief eine dünne Stimme undeutlich ihr Kuckuck . . . Kuckuck. Das brachte Berger zur Besinnung. Er sprang auf, stammelte ein paar Worte. Dann gab er irgend jemand die Hand, ihm oder ihr, er wußte es nicht mehr, eine Stimme – es war wohl die ihre – sagte »Auf Wiedersehen«, und dann, aufatmend fühlte er es und beseligt, war hinter ihm die Tür zugefallen.

Und dann, schon im nächsten Augenblick, wie er in seinem Zimmer stand, war ihm alles klar: nun hatte er seinen Freund verloren. Wenn er ihn nicht bestehlen wollte, durfte er nicht mehr verkehren mit ihm, denn er fühlte, daß er der Lockung dieses seltsamen Mädchens nicht würde widerstehen können. Der Duft ihres Haares, der wilde leidenschaftliche Krampf in ihren Gliedern, die begehrliche Kraft, das alles brannte in ihm, und er wußte, er würde nicht widerstehen können, wenn sie ihn so ansah wie heute mit diesem leisen lockenden Lächeln. Wie war das gekommen, daß er ihr plötzlich so begehrlich wurde, daß sie um seinetwillen den Schramek betrügen wollte, diesen festen, schönen, gesunden Menschen, den er heimlich so sehr beneidete? Er verstand es nicht und fühlte nicht Stolz und nicht Freude. Nur eine wilde Wehmut, daß er nun seinen Freund werde meiden müssen, um kein Schurke an ihm zu sein. Freilich, die Freundschaft mit Schramek war nicht geworden, was er gehofft hatte, vielen Dingen hat er auf den Grund gesehen, manches erkannt, was ihn einst geblendet, aber jetzt, wie es vorüber war, schien ihm alles so unendlich viel. Denn es war das letzte, was er in Wien noch hatte. Alles war weggeglitten, die Hoffnungen zuerst und die Neugier, die Freude am Studium dann und der Eifer und jetzt noch das letzte, diese Freundschaft. Er fühlte: diese Stunde hatte ihn ganz arm gemacht.

Da hörte er von nebenan ein Geräusch. Ein leises kicherndes Lachen, und jetzt lauter. Er horchte, beide Hände auf der pochenden Brust. Lachten sie über ihn? Hatte Karla alles erzählt, war das am Ende ein abgekartetes Spiel gewesen, ihn zu versuchen? Er hochte hin. Nein, das war ein anderes Lachen, Küsse schmatzten dazwischen und ein erregtes Kichern. Und dann Worte, Zärtlichkeiten, deren sie sich nicht schämten. Seine Hände ballten sich unwillkürlich, er warf sich hin aufs Bett und stopfte sich das Kissen an die Ohren, um nichts mehr zu hören. Ein furchtbares Gefühl packte ihn, ein wilder zorniger Ekel, Ekel, daß er hätte ausspeien mögen. Ekel vor seinem Freund, vor dieser Dirne, vor sich selbst, der fast mitgespielt hätte in diesem widerlichen Spiel, ein besinnungsloser, todesmüder, schauervoller und ohnmächtiger Ekel vor dem ganzen Leben.

In diesen trüben Tagen schrieb er einen Brief an seine Schwester.

»Liebste Schwester, ich habe Dir noch zu danken für Deinen Geburtstagsbrief. Es war mir schwer in diesen Tagen. Wie er kam und mich weckte und mir sagte, ich sei heute achtzehn Jahre alt, habe ich das gelesen, und es war mir, als ginge es mich nichts an, als sei es nicht wahr. Denn all die Worte darin von dem Glück meiner Freiheit und meiner Jugend, ich hätte sie als Spott genommen, wär' es nicht Deine liebe Hand und die seit Kindertagen vertraute Schrift gewesen, die mir sie brachten. Denn es ist alles so anders hier in meinem Leben, so ganz anders, als Du es Dir denken kannst und so anders als meine eigenen Hoffnungen. Es tut mir weh, Dir all das zu schreiben, aber ich habe hier niemanden mehr. Tagelang habe ich keinen Menschen gesprochen. Manchmal gehe ich den Leuten auf der Gasse nach und höre in ihre Gespräche hinein, nur um zu wissen, wie Worte klingen. Ich kenne nichts, weiß nichts, ich tue nichts, ich gehe zugrunde an einer Zwecklosigkeit. Tagelang bin ich ohne Erlebnis, begegne kein bekanntes Gesicht, und Du weißt nicht, was das heißt, unter tausend Menschen einsam zu sein.

Auch mit Schramek ist alles vorbei. Es ist da etwas vorgefallen, ich kann Dir's nicht erzählen, denn Du würdest es nicht verstehen. Ich verstehe es selbst kaum, denn nicht ich und nicht er haben schuld, es ist nur irgend etwas zwischen uns wie ein zweischneidiges Schwert. Und jetzt weiß ich es erst, da ich ihn verloren habe: er war das Liebste, was ich noch hatte in Wien.

Und noch eines ist es, das ich nur Dir sagen kann, die es keinem verrät. Ich studiere nicht mehr. Seit Wochen war ich in keiner Vorlesung, meine Bücher liegen verstaubt. Ich weiß nicht warum, aber ich kann nicht mehr lernen, ich bin stumpf geworden, kein Beruf lockt mich hier, denn keiner hilft mir heraus aus diesem furchtbaren erdrückenden Gefühl der Einsamkeit. Ich will hier nichts mehr, mich ekelt alles. Ich hasse jeden Stein, auf den ich hier trete, ich hasse mein Zimmer, die Menschen, die ich begegne, ich atme mit Qual die frostfeuchte schmutzige Luft. Alles erdrückt mich hier, ich gehe zugrunde. Ich sinke unter wie in einem Morast. Vielleicht bin ich noch zu jung und ganz sicher zu schwach. Ich habe keine Fäuste, keinen Willen, wie ein Kind stehe ich unter allen diesen geschäftigen Menschen.

Und ich weiß eines: ich muß wieder heim. Ich kann noch nicht so allein leben, vielleicht geht es in ein paar Jahren. Aber jetzt brauche ich noch Dich und die Eltern, ich brauche Menschen, die mich lieb haben, die um mich sind und mir helfen. Ja, das ist kindisch, es ist die Angst eines Kindes in einem dunkeln Zimmer, aber ich kann nicht anders. Du mußt es den Eltern sagen, daß ich das Studium lassen will und wieder heim, Bauer werden oder Schreiber oder was immer, nicht wahr, Du wirst es ihnen sagen, ihnen erklären, bitte, tue es bald, ich fühle, wie der Boden mir hier unter den Füßen brennt. Ich habe das nie so ganz gewußt, wie alles in mir nach Hause zurückdrängt, aber jetzt, im Schreiben, da wacht alles so sehnsüchtig auf, und ich weiß, ich kann nicht anders, ich muß zu Euch zurück.

Es ist eine Flucht, eine Flucht vor dem Leben und nicht meine erste. Erinnerst Du Dich, damals, als man mich auf das Gymnasium brachte und ich dann zum erstenmal in das Zimmer trat, wo sechzig fremde Burschen mich neugierig, hochmütig, lachend und überrascht anschauten, da bin ich auch weggelaufen und nach Hause, und hab' den ganzen Tag geweint und nicht mehr zurückgewollt. Und das Kind von damals bin ich heute noch, ich habe die gleiche dumme Angst und das gleiche brennende Heimweh nach Euch und allen, die mich lieb haben.

Ich muß, ich muß weg. Jetzt, da ich es einmal mir abge-

– 130 –

rungen habe, fühle ich, es gibt kein Zurück. Ich weiß, viele werden lächeln und lachen, wenn ich heimkomme, ein Gestrandeter, einer, den das Leben nicht gewollt hat, ich weiß, daß meinen Eltern eine liebe Hoffnung damit niederstürzt, ich weiß, diese Schwäche ist kindisch und feig, aber ich kann nichts dagegen tun, ich spüre nur, ich kann hier nicht mehr leben. Keiner wird je wissen, was ich hier erduldet habe in den letzten Tagen, keiner kann mich mehr verachten als ich mich selbst. Wie einen Gezeichneten fühl' ich mich, wie einen Kranken, einen Krüppel, denn ich bin ganz anders wie die anderen und, mit Tränen spür' ich's, schlechter, minderwertiger, unnötiger, ich bin...«

Er hielt inne, selbst erschrocken von dem wilden Ausbruch seines Schmerzes. Jetzt erst, da die Feder rasch sein fieberndes Gefühl trug, merkte er, wie viel Schmerz in ihm angesammelt war, wie das nun losbrechen wollte in breiten rauschenden Strömen.

Durfte er das schreiben? Durfte er die einzigen, die er besaß, noch verstören, eine Last, die keiner ihm nehmen konnte, aufbürden auf dieses sanfte Mädchenherz? Wie aus einer nebligen Ferne sah er in ihr liebes Gesicht mit den klaren Augen, die ein Lächeln gern überfunkelte, und sah, wie der Mund erschreckt sich zusammenpreßte, ein Zittern über die Züge hinlief und Tränen zögernd niederrollten über die erblaßten Wangen. Wozu noch dieses Leben verstören, sie erschrecken durch einen Hilfeschrei: wenn einer leiden sollte, wollte er es selbst sein und allein.

Er öffnete das Fenster, riß den Brief durch und streute die Fetzen ins Dunkel. Nein, lieber hier still zugrunde gehen, als um Hilfe zu bitten. Hatte er nicht gelernt, daß das Leben alles vernichtete, was untauglich und gebrechlich war? Es würde auch gerecht sein gegen ihn und ihn nicht versparen...

Zögernd flatterten die weißen Streifen hinab in den Hof

und sanken unter wie helle Steine in einem unergründlichen Wasser. Nächtig war der Himmel und ohne Sterne. Manchmal liefen Wolken heller hin über die dunkle Höhe und der Wind warf eine feuchte rauschendeLuft gegen die schlafenden Häuser. Eine leise Unruhe war in alledem, wie erregter Atem war dieses stete Wehen des Windes, und von den stöhnenden Fenstern und zitternden Bäumen ging ein Raunen, als ob einer leise da spräche im Dunkel aus seinem bösen Traum. Und immer stärker wurde der Wind, wie Wetterleuchten flogen die Wolken schneller über den schwarzen Mantel des Himmels, und mit einem Male erkannte der Lauschende in all diesem seltsam erregten Bewegen das Fieber der ersten wunderbaren Nächte, die den Frühling bringen.

Und dann kam der Frühling, ganz langsam wie ein zögernder Gast. Berger erkannte ihn kaum wieder in dieser fremden Stadt. Wie war ihm sonst gewesen, wenn zum ersten Male der Tauwind über die weißen Felder lief, wenn die schwarzen Schollen aufsprangen aus dem Schnee und die Luft feucht war von ihrem Geruch? Wo war jene erste wilde Angst, wenn er oft aufstand, das Fenster aufriß, den Wind an seiner nackten Brust zu fühlen und das Stöhnen der Bäume zu hören, die sich nach ihren Blättern sehnten? Wo war sein Entzücken all den tausend kleinen Dingen entgegen, dem Vogelschrei in der Ferne und den weißen jagenden Wolken, das feine rinnende Knacken und Knistern im Boden zu vernehmen, zu belauschen, wie im Garten an den Spitzen der Äste kleine klebrige Beulen wuchsen und wie sie dann aufbrachen, zaghafte Blätter und eine einzige noch farblose Blüte? Wo war die tief im Blut flackernde Unruhe, wo die unbändige freudige Wollust, den Mantel von sich zu werfen und mit schweren Schuhen über die feuchte quellende Erde zu stapfen, eine Anhöhe hinaufzustürmen und plötzlich aufzuschreien, jubelnd, ohne Sinn, wie ein Vogel steil oben in der glänzenden Luft?

O, wie still war hier der Frühling, wie so ohne alle Gewalt. Oder war das in ihm, diese leise schläfernde Müdigkeit, diese Freudlosigkeit, die ihn nichts beglückt fühlen ließ, nicht den zartgoldenen Sonnenschein, der die Dächer wärmte, nicht dies Heller- und Lebendigerwerden der Straße. Warum rührte ihn all dies so wenig an, daß er nie in den Prater hinausfuhr oder zum Kahlenberg, den er nur von ferne sah und doch wie nähergetragen von der geschmeidigen Luft. Sein Tun war so begrenzt, nie kam er aus dem Bezirk heraus. Immer müder wurde er. Er saß in dem kleinen Schönbornpark, der sonst nur den Kindern gehört und einigen alten Leuten, er ging hin, um zu lernen oder zu lesen, aber das Buch rührte er nicht an und sah nur zu, wie die Kinder spielten, und irgendeine Sehnsucht war in ihm, mit ihnen spielen zu dürfen, wieder zurückzuwachsen in diese helle Sorglosigkeit.

Das Studium hatte er längst aufgegeben. Er vegetierte nur mehr leise dahin, sah den Dingen zu und hatte doch kein Interesse daran. Einmal hatte er sich wieder aufraffen wollen und war ins Krankenhaus gegangen; und wie er da in den weiten Hof mit den aufknospenden Bäumen kam, die sich unbesorgt in der Stille wiegten, als wüßten sie nichts von den furchtbaren und geheimnisvollen Schicksalen ringsum, da geschah es ihm, daß er sich vergaß und hinsetzte auf eine der Bänke. Und wie alle die Kranken, die in ihren langen blauen Leinengewändern heraustraten mit jenem zagen Schritt der erst Genesenden und nun ruhten, mit ruhigen matten Händen, ohne Lächeln und Gespräch, ganz nur dem dumpfen untätigen Gefühl erwachenden Lebens hingegeben, so saß er unter ihnen, ließ die Sonne warm über die Finger hinrinnen und träumte müde vor sich hin. Er hatte vergessen, was er hier wollte, er fühlte nur, daß da Menschen gingen und dort, hinter dem

– 133 –

runden Tor eine laute lärmende Straße war, und daß Stunden langsam vergingen und die Schatten sich unmerklich vorstreckten. Wie man den Kranken das Zeichen der Rückkehr gab, schreckte er auf. War er nicht dagesessen, wie einer von ihnen, war er nicht vielleicht kränker und näher dem Tod als sie alle? Seltsam, nichts begehrte er mehr, als so zu sitzen und die Zeit zerrinnen zu sehen.

Freilich: am Abend flackerten manchmal böse Lichter in ihm auf. Er verlumpte sich allmählich, trieb sich mit Frauen herum, die er verachtete, weil er sie kaufen mußte, versaß manche Nacht stumpf im Kaffeehaus, aber all das geschah ohne Lust und ohne Begier, nur aus einer dumpfen Angst vor der rettungslosen Einsamkeit. Seit er mit keinem mehr sprach, war eine böse Falte um seine Lippen, und er wich seinem eigenen Spiegelbild aus. Ein paarmal suchte er sich noch aufzuraffen, aber er fiel immer, wie erdrückt von der ganzen aufgetürmten Last der Einsamkeit in ihm, in sein träumerische und ziellose Lethargie zurück.

Doch das Leben rief ihn zu sich.

Einmal, da er spät nachts heimkehrte, müde, verdrossen und mit jener innerlichen Angst vor dem schweigend ihn erwartenden Zimmer, merkte er, daß er unterwegs den Türschlüssel verloren haben müsse. Er klingelte, selbst auf die Gefahr hin, daß nicht die Hausfrau, sondern Schramek ihm öffnen würde. Aber da kamen schon eilige, schlürfende Schritte: seine Hausfrau öffnete die Türe und hob die Petroleumlampe, um den Eintretenden zu erkennen. Da, wie das Licht auf den unordentlichen Scheitel und auf das ihm fast fremde Gesicht der Frau fiel, sah Berger, daß ihre Lider rot und übernächtigt waren und eine Gramfalte um ihren Mund. Und dann dachte er erschreckt, was war geschehen, daß diese Frau wach war um zwei Uhr nachts? Besorgt fragte er sie.

– 134 –

»Ja wissen's denn nicht, Herr Doktor, die Mizzi, meine Tochter, hat doch den Scharlach. Und schlecht geht's ihr, schlecht!« Sie fing wieder leise an zu weinen.

Berger erschrak. Er wußte von nichts. Er wußte kaum, daß diese Frau eine Tochter hatte. Ein paarmal war draußen im dunkeln Vorzimmer, wenn er ging oder kam, irgendein schmächtiges Kind mit einem »Küß d'Hand« vorbeigeglitten, ein zwölfjähriges, dreizehnjähriges Mädel, aber er hatte nie mit ihr gesprochen oder sie nur angesehen. Schwer fiel es ihm plötzlich aufs Herz, daß seit Monaten, atemnah, nur durch eine Wand getrennt, Menschen wohnten, die er nie angesehen, daß Schicksale geschahen, hart neben seinem Leben und er sie nicht ahnte. Wie hatte er von den anderen Menschen Vertrauen ersehnt, und er selbst hatte geschlafen wie ein Tier, während nebenan der Tod mit einem Kinde rang.

Er suchte die Weinende zu trösten. »Es wird schon gut ausgehen... beruhigen Sie sich nur...« Und dann zaghafter: »Könnte ich vielleicht Ihre Tochter sehen. Ich verstehe zwar noch nicht viel... ich steh' erst ganz am Anfang, aber immerhin...« Mit einemmal wachte die Sehnsucht nach seinem Studium wild in ihm auf, er wäre am liebsten hinübergegangen und hätte die Bücher aufgeschlagen und wieder zu lernen begonnen.

Die Frau führte ihn auf leisen Zehen zu der Kranken. Es war ein enges Hofzimmer, schwül und qualmig von der nieder brennenden Petroleumlampe; eine Feuermauer war gegenüber. Hier wußte man vom Frühling nichts und kannte die Sonne nur an den matten Reflexen, die von den beglänzten Fenstern manchmal herüberstrahlten. Jetzt sah man freilich gar nicht, wie ärmlich die Stube war, denn alles verschwamm in der trüben Dämmerung, nur in der Ecke, wo das Bett stand, glimmerte ein wenig gelbes Licht. Das Mädchen lag in unruhigem Schlaf. Ihre Wangen waren fiebrig gerötet, einer der mageren Arme hing

– 135 –

wie vergessen über der Bettkante herab, die Lippen waren eingezogen, und nichts in dem hübschen Gesicht verriet auf den ersten Blick die Erkrankung, nur der Atem ging laut und manchmal gequält.

Die Frau erzählte leise, immer wieder von Weinen unterbrochen. »Heut war wieder der Doktor da, hat sie angeschaut, aber er hat mir gar nichts gesagt. Das ist die dritte Nacht, daß ich da wache, bei Tag muß ich für das Geschäft arbeiten. Freilich die Nachbarin hilft mir ja und ist da bei Tag, aber jetzt sind es schon drei Nächte, daß ich da bin, und es wird nicht besser. Mein Gott, ich tu's ja so gern, wenn nur nichts geschieht.«

Wieder brach ein Schluchzen in die Worte hinein. Eine wilde Verzweiflung war in ihrem ganzen Reden.

In Berger quoll ein wunderbares Gefühl auf. Zum ersten Male, fühlte er, würde er einem Menschen helfen können, zum ersten Male spürte er beglückt etwas von dem Glanz seines Berufes.

»Liebe Frau, das geht so nicht weiter. Sie richten sich zugrunde und helfen dem Kind nicht damit. Sie werden sich jetzt niederlegen, ich bleibe die Nacht bei dem Kind.«

»Aber Herr Doktor!«

Sie hob erschreckt die Hände, als könnte sie es nicht glauben.

»Sie müssen jetzt schlafen gehen, Sie brauchen den Schlaf. Verlassen Sie sich nur auf mich.«

»Aber Herr Doktor... nein... nein... wie kämen Sie denn dazu... nein, das geht nicht...«

Berger fühlte die Sicherheit in sich wachsen, irgendein Selbstgefühl zersprengte den aufgehäuften Schutt der letzten Monate in seiner Brust.

»Es ist mein Beruf und meine Pflicht.« Ganz stolz sagte er es, wie in der Freude, plötzlich in einer Nachtstunde, in irgendeiner jähen Sekunde, den Sinn und das Ziel seines ganzen verlorenen Lebens gefunden zu haben.

Sie stritten nicht lange. Die Frau war übermüdet, der Schlaf drückte ihr auf den Augen und so gab sie bald nach. Berger hatte nur noch zu wehren, daß sie ihm die Hand küßte in dem wilden Gefühl ihrer devoten Dankbarkeit, dann führte er sie hinüber in sein Zimmer, wo er sie auf den Diwan bettete. Die letzten Nächte, seit das Kind krank war, hatte sie in der Küche auf einer Matratze geschlafen. Alle diese kleinen und doch in ihrer Tragik furchtbaren Dinge, von denen er nichts gewußt hatte, ließen ihn seinen Dienst nicht als eine Tat empfinden, sondern nur als Tilgung einer bitteren Schuld.

Und nun saß er an dem Bette des Mädchens. Es war ein unbeschreibliches Gefühl in ihm; irgendwie schien das Leben leiser und friedfertiger geworden zu sein, wie diese Atemzüge, die jetzt nur mehr hauchend gingen und kamen. Jetzt erst sah er das von einem schmalen Lichtkreis umrandete Gesicht näher an. Nie hatte er, solange er in Wien war, so innig eines anderen Menschen Gegenwart fühlen dürfen, nie so lange in seine Züge sehen dürfen, nie ihm alles ablauschen, was in den Linien seines Antlitzes lag. Wie er sie so ansah, kam ihm irgendein Erinnern, ganz leise schlief irgendwo um diese hagern Lippen eine Ähnlichkeit mit seiner Schwester, nur noch kindlicher war dieses Gesicht, noch unerblüht und verhärmt. Eine Neugier beschlich ihn, wie die Augen wohl sein möchten, ob wie die seiner Schwester auch, und wie eine Anklage sagte er sich immer wieder sein Versäumnis. Warum war er so fremd an diesem Mädchen und an ihrer Mutter vorübergegangen, warum hatte er nie an diese beiden gedacht, die neben ihm lebten? Warum hatte dieser Mund nie gelächelt für ihn, waren diese Augen ihm fremd wie jetzt, wo sie unter dem Schrein der Lider verschlossen waren, warum wußte er nichts von dem, was da lebte in dieser schmalen Kinderbrust, die auf- und niederging in sanften Atemzügen? Vorsichtig faßte er die matte Hand des Kindes, die über die Bettkante hinaushing, und legte sie auf die Decke. Wie eine Liebkosung so zart war seine Berührung. Und dann saß er still und sah sie an, dachte schmerzlich nach, wie viel er versäumt hatte von seinen Studien und gelobte sich im stillen, sein Leben von Grund auf neu zu beginnen. Schon flogen träumerische Bilder auf, er sah sich als Arzt, als Helfenden, und das Blut wurde ihm warm bei diesen lockenden Gedanken. Und immer wieder umfaßte sein Blick dieses blasse kindliche Mädchengesicht und hielt es fest, als könnte er mit diesem Blick ihr Schicksal bewahren und ihr bedrohtes Leben zurückhalten.

Plötzlich regte sich das Kind und schlug die Augen auf, große, fiebrig glänzende, wie in Tränen schimmernde, funkelnde Augen. Das ganze Gesicht wurde wie mit einem Male hell. Zuerst wanderten sie im Kreise herum, als müßten sie sich irgendwo durch die Wolke des Fiebers und der nachschattenden Träume bohren. Dann blieben sie plötzlich, wie erschreckt, bei Bergers Antlitz stehen. Wie fragend tasteten sie seine Züge entlang, hingen sich dann fest an seinem Blick. Undeutlich bewegten sich die verbrannten Lippen.

Berger sprang auf, trocknete die fiebrig erhitzte Stirn und gab ihr dann zu trinken. Das Mädchen bog den Kopf vor, trank hastig und fiel dann wieder matt in die Kissen zurück, die Augen unbeweglich auf Berger gerichtet. Nicht ganz klar bewußt schien ihm dieser Blick, aber doch, dem Staunen war darin etwas von Dankbarkeit beigemengt. Unablässig sah sie ihn an. Und als er jetzt, leise zitternd vor diesem tiefen unverständlichen Blick, sich abwandte und sich im Zimmer zu schaffen machte, spürte er, ohne hinzusehen, wie ihm diese großen, feuchtfunkelnden Kinderaugen überall hin folgten. Und wie er dann zurücktrat an das Bett, waren sie weit aufgetan, und nun, wie er sich niederbeugte, regte sich der Mund, er wußte nicht, wollte sie sprechen oder lächeln. Dann fielen die Lider zu, das Leuchten verlosch auf ihrem Gesicht. Und dann lag sie wieder, stumm und blaß und schlief, mit jetzt leiseren Atemzügen.

Berger fühlte auf einmal in der atemlosen Stille sein Herz ganz laut gehen. Irgendein Glücksgefühl war in ihm und wuchs wild auf. Zum ersten Male in seinem Leben sah er sich tätig eingereiht in den Kreis der anderen, ihm war, als hätte ihm jemand etwas Dankbares und Herzliches zugerufen, als hätte sich irgend etwas Großes und Schönes für ihn begeben in diesen paar Stunden. Fast zärtlich sah er nieder auf dieses Mädchen, auf dieses Kind, auf den ersten Menschen, der ihm anvertraut war, den er dem Leben gewinnen sollte und der ihn selbst zurückgewonnen hatte für das Leben. Er sah immer wieder auf die Schlafende und die langen Stunden schienen ihm leicht. Ganz überrascht war er, wie er, als die Lampe plötzlich mit einem jähen, aufspringenden Flackern erlosch, das Dunkel verloren und den Morgen schon mit seinem ersten leisen Schein vor dem Fenster warten fand.

Vormittags kam der Arzt, um nach der Kranken zu sehen. Berger stellte sich ihm als Student der Medizin vor und fragte ihn, nicht ohne das peinliche Gefühl seiner Unkenntnis bis in die Kehle quellend zu spüren, ob noch Gefahr vorhanden sei.

»Ich glaube nicht«, sagte der Arzt. »Die Krise scheint mir überstanden. Merkwürdig, die Kinder sind diesen Krankheiten gegenüber viel widerstandsfähiger als die Erwachsenen, es ist, als ob in ihnen die Kraft ihres noch ungelebten Lebens dem Tode entgegenarbeiten würde und ihn niederringen. So ist es fast mit allen Kinderkrankheiten: Die Kinder überwinden sie und die Erwachsenen gehen daran zugrunde.«

Er untersuchte die Kranke. Berger stand ergriffen da-

– 139 –

bei. Wenn er so sah, wie er selbst nach jedem Wort dieses Menschen griff, jede seiner Bewegungen belauschte, da fühlte er im tiefsten die wunderbare Gewalt des von ihm einst blindlings erwählten und lang mißachteten Berufes. Die ganze Schönheit ging ihm auf wie eine jähe Sonne, so an ein Bett treten und dort, wie ein Geschenk, Hoffnung, Verheißung und vielleicht auch Gesundheit hinlegen zu dürfen. In diesem Augenblick war ihm die Richtung seines ganzen Lebens klar: tätig müßte er sein und nützlich, dann würde er auch nicht mehr allen fremd bleiben, nicht mehr einsam sein.

Er begann damit, die Pflege des Mädchens ganz zu übernehmen. Ohne selbständig etwas anzuordnen, beschränkte er sich darauf, die Phasen der Krankheit zu überwachen, die Nächte an dem Bett der Kranken zu verbringen und auch einen guten Teil des Tages. Es war jene Nacht wirklich die Krise gewesen. Das hohe Fieber wich, er konnte schon mit der Kleinen reden, und er tat es gerne. War er draußen gewesen, so brachte er ihr ein paar Blumen mit und erzählte ihr vom Frühling, der jetzt schon im Schönbornpark, wo das Kind sonst immer spielte, die Bäume leise begrünte, und daß die anderen Mädchen schon helle Kleider trügen. Er erzählte von der blanken Sonne, die jetzt draußen glänzte, erzählte allerlei Geschichten, las ihr vor, versprach ihr die baldige Genesung und hatte kein lieberes Vergnügen, als sie froh zu sehen. Ganz frei wurde ihm bei diesen einfältigen, absichtlich kindischen Gesprächen, und er hörte manchmal, selbst überrascht, sich laut und lustig lachen.

Und das kleine blasse Mädchen lag in den Kissen und lächelte nur. Ganz matt lächelte sie, eine leise liebe Linie grub sich um die Lippen und flog wieder weg wie ein Hauch. Aber wenn sie ihn ansah, dann ruhte ihr Blick, ihr ganzes tiefes grauschillerndes Auge, feinstrahlig und leuchtend bis zum Grund, auf seinem Gesicht, ganz ohne

Verwunderung und Fremdheit schon, hing warm und schwer an ihm, wie ein Kind um den Hals der Mutter. Nun durfte sie auch schon sprechen, und bald verlor sie die anfängliche Scheu, ihn anzureden.

Am liebsten verlangte sie von seiner Schwester zu hören. Wie sie aussehe, ob sie groß sei oder klein, wie sie sich kleide und ob sie brav in der Schule war. Und ob sie auch so blonde Haare habe wie er. Und ob er es nicht einrichten könnte, daß sie einmal herkäme nach Wien, das doch sicher schöner sein müßte als das kleine Städtchen mit dem harten Namen, über den sie immer lachen mußte. Und ob sie auch schon so krank gewesen sei: lauter kindische einfältige Fragen fand sie, und immer neue. Aber sie machten Berger nicht müde. Er antwortete ihr gern, und es tat ihm wohl, einmal von seiner Schwester, die ihm das Liebste war auf der Welt, herzlich reden zu dürfen. Und als ihn das Mädchen darum bat, brachte er ihr auch die Photographie von seinem Schreibtisch.

Neugierig nahm sie das Bild in ihre schmalen, noch ganz durchsichtigen Kinderhände.

»Da« – sie strich sehr sorgfältig mit dem Fingernagel darüber – »das ist ganz Ihr Mund. Nur machen Sie oft eine böse Falte darum, und dann schauen Sie ganz anders aus. Wenn ich Sie früher gesehen habe, habe ich immer Angst vor Ihnen gehabt, so haben Sie dreingeschaut.«

»Und jetzt?« Er lächelte leise.

»Jetzt nicht mehr. Aber sagen Sie, hat sie auch solche Augen wie Sie?«

»Ich glaube ja.«

»Und ist auch so groß wie Sie, nicht wahr? Sie muß sehr schön sein, Ihre Schwester. Ach, sehen Sie, sie trägt die Haare ganz so wie ich, auch so rund geflochten. Die Mutter hat's mir zuerst nicht erlauben wollen, daß ich sie so trage und hat gesagt, es macht mich zu alt. Aber ich bin ja kein Kind mehr, ich bin ja schon konfirmiert.«

Sie reichte ihm die Photographie zurück, und er sah sie lange an, ohne ein Wort zu sprechen. Zum ersten Male fand er von dem Bilde die Züge seiner Erinnerung nicht mehr ganz zurück. Unmerklich waren seiner Schwester und dieses Kindes feine blasse Züge irgendwie zusammengeströmt in seinem innern Schauen, er vermochte sie nicht mehr zu scheiden. Beider Lächeln und beider Stimme war eins in ihm geworden, so wie sie jetzt auch in seinem Leben vereint waren, als die beiden einzigen weiblichen Wesen, die ihm vertrauten und es liebten, mit ihm zu sein. Die Gestalt Karlas war ganz weggeweht aus seiner Erinnerung, all die Tage hatte er nicht ein einziges Mal an sie gedacht und an jene Stunde, an die er jetzt ruhig sich erinnerte wie an ein Trunkensein von Wein, einen Rausch, eine Dummheit im Zorn. Und schon hatte er an alle die stumpfen bösen Tage vergessen, die er hier verlebt.

Er fühlte nur eines, daß ihm ein großes Glück begegnet sei. Ihm war, als ob er lange im Dunkel gegangen wäre, in den Abend hinein, und hätte plötzlich, jäh beglückt, ein Licht, weiß wie einen Stern von der Ferne glänzen sehen, Licht von einem Haus, wo er ruhen durfte und wo man ihn aufnahm als lieben Gast. Was hatte er, der Kindische, der Schwächling, der Verzagte bei den Frauen gewollt? Den Erfahrenen mußte er zu töricht sein, den Unschuldigen zu feige, ein Hilfloser war er ja noch, ein Unfertiger, ein Träumer. Er war zu früh gekommen, hatte sich zu früh an sie gedrängt, die nur die reife Frucht des Lebens begehrten. Aber hier dieses Kind, in dem die Frau erst keimte, knospennah und doch noch schlummernd, die noch sanft war, ohne Stolz und ohne Gier, wuchs ihm da nicht ein Schicksal entgegen, dem er Herr sein konnte, eine Seele, die er sich erziehen durfte, ein Herz, das unbewußt sich ihm schon hinneigte? Ein Traum, süßer als alle bisherigen und doch wirklicher als die dumpfen Gebilde seiner leeren Stunden schlug an seine Brust wie eine warme Welle.

Und dann, je öfter er sie ansah, je länger er sie kannte und nun, wie nach der Krankheit ihre Wangen sich leise färbten und das junge Gesicht verschönten, zitterte eine sehr verschwiegene und ganz begehrungslose Zärtlichkeit in ihm auf. Eine nur geschwisterliche Zärtlichkeit, der es Glück schon war, über die mageren Hände streifen zu dürfen und das Lächeln an den Lippen aufblühen zu sehen.

Einmal lag sie wieder still, ganz still. Sie hatten beide geschwiegen. Und plötzlich kam ihn ein Verlangen an, das er selbst nicht verstand. Er trat hin an ihr Bett, meinend, daß sie schliefe. Aber sie lag nur still und strahlte ihn so merkwürdig an mit den Augen. Stumm lag der Mund wie ein blasses eingerolltes Rosenblatt. Und plötzlich wußte er, was er wollte: diesen Mund einmal mit seinen Lippen berühren, ganz, ganz leise nur.

Er beugte sich nieder. Aber selbst diesem kranken Kinde gegenüber war er noch mutlos.

Sie sah auf zu ihm: »Woran denken Sie jetzt?«

Da packte es ihn an, er konnte es nicht mehr verschweigen. Ganz leise sagte er: »Ich möchte dir gern einen Kuß geben. Darf ich?«

Sie lag unbeweglich und lächelte nur, lächelte mit ihren hellen strahlenden Augen tief bis an sein Herz, lächelte nicht mehr wie ein Kind, sondern schon wie eine Frau...

Da beugte er sich nieder und küßte leise den zarten unerfahrenen Kindermund.

Ein paar Tage später durfte die Kranke zum ersten Male aufstehen. Im Lehnsessel, den man ihr ans Fenster gerückt hatte, saß sie da, ganz glücklich, dem Bett entronnen zu sein. Berger saß bei ihr und sah sie stolz an, er hatte dunkel das Gefühl, als ob er sie retten geholfen hätte und dies auch

– 143 –

seine Tat wäre, daß sie nun wieder dem Leben gehörte. Sie schien größer geworden zu sein während ihrer Krankheit, und irgendwie war das Kindhafte leise abgeglitten von ihr: wie ein junges Mädchen saß sie da und ihre Freude war gar nicht mehr übermütig-kinderhaft, sondern schon so besonnen und tief gefühlt. Wie sie an das Fenster tippte, hinter dem die Luft lau glänzte, und sagte: »Der Frühling soll doch hereinkommen, wenn ich noch nicht hinaus kann«, das schien Berger wie ein kleines Wunder, wie eine nie gekannte Lieblichkeit des Lebens. Und er schämte sich gar nicht mehr vor sich selbst, verliebt zu sein in ein dreizehnjähriges Mädchen, weil er wußte, daß all dies gewissermaßen traumhaft war und unwiederbringlich, was er in diesen Tagen des Genesens erlebte. Und wunderbar ergriff ihn das herzhafte, von fraulicher Scham noch gar nicht verwirrte Zutrauen, ihre innige und heitere Zuneigung zu ihm. Sie sprach ihn jetzt oft beim Vornamen an, neckte sich mit ihm, und er spürte, mitten im Übermütigsein ein lautes Glückseligkeitsgefühl, nicht mehr einsam zu sein. Lachen kam aus seiner Seele wieder herauf, er besann sich darauf wie an eine vergessene Sprache aus Kindertagen. Und dann kamen, wenn er allein war, sanfte Träumereien, er sah sie aufwachsen zur Frau, sah sie klug, ernst, verständig. Und sah sich selbst diesen Bildern verstrickt und verstand, daß sie für ihn wachsen und werden sollte.

Aber auch sonst hatte seine Einsamkeit ein Ende. Da war die Mutter des Mädchens, die aufsah zu ihm wie zu einem Gott. Sie schien den ganzen Tag nur auf Möglichkeiten zu sinnen, ihm ihre Dankbarkeit erweisen zu können. Und nun, wie er öfters mit ihr sprach, merkte er, daß diese ärmliche Frau viel Schicksal erlebt hatte und trotz Erniedrigungen und Enttäuschungen eine ergreifende Güte bewahrt hatte. Er bereute jetzt, früher schroff an diesen ihm untergebenen Leuten vorbeigegangen zu sein, und fühlte sich froh, diese Schuld nun getilgt zu haben.

Und auch zu Schramek fand er wieder zurück. Er traf ihn einmal im Flur, und Berger staunte über sich selbst, wie heiter und unbesorgt er mit ihm reden konnte. Auch von der Karla sprachen sie, und nichts tat ihm mehr weh bei diesem Wort. Es war zu viel innere Freudigkeit in ihm, ein Freischweben und Freisein, das bis in seinen Gang strömte, das ihn aufrecht sein ließ und elastisch. Von allen Seiten schien das Leben ihn zu durchdringen, alles paßte ineinander und das einzige wilde Begehren, das in ihm drängte, war, jetzt die verstaubten Bücher aufzuschlagen und das Studium zu beginnen. Mit goldenen Lichtern lockte ihn nun sein Beruf. Ein paar Tage nur wollte er noch warten, bis das Mädchen ganz gesund sei, diesen ersten Erfolg, diesen wilden, in jeder Sekunde dieser strahlenden Tage empfundenen Genuß wollte er noch zu Ende auskosten.

Zwei Wochen hatte Berger die Straße kaum gekannt, war nur manchmal vom Krankenzimmer eilig hinabgestürmt, um etwas zu besorgen. Wie er nun zum ersten Male wieder langsam hinschlenderte über das besonnte blinkende Pflaster, empfand er den Frühling erst ganz, dessen kühl duftender Atem hinzitterte über der wie festlich erleuchteten Stadt. Und ihm war, als sehe er heute diese Stadt zum ersten Male, als sei sie aus einem trüben nassen Nebel glitzernd aufgetaucht. Er sah diese alten Häuser der Josefstadt, die ihm immer morsch und schmutzig erschienen waren, jetzt, da ein blanker blauer Himmel scharf die Konturen der altertümlichen Dächer und Rauchfänge abzeichnete, in ihrer anheimelnden Vertrautheit, empfand den hinter den breiten Straßen fern vorlugenden Kahlenberg mit seinem noch ganz matten Grün wie einen Gruß. Alle Menschen schienen ihm hellere Mienen zu haben,

– 145 –

und manchmal war ihm, als funkelte aus den Blicken der
Frauen ein freundlicher Blick ihm zu im Vorübergehen.
Oder war das nur sein eigener innerer Glanz, zurückge-
spiegelt von jedem Ding, von der dunklen Pupille und
den flackernden Fenstern, von den glimmernden Straßen
und den grell leuchtenden erwachten Blumen hinter den
Scheiben? Nicht feindlich schien dies alles mehr um ihn zu
stehen und fremd, sondern lag da wie eine reifende
Frucht, verheißend und farbig, baldiger Besitz und schon
wunderbares Vorgefühl des Genießens. Eine immer wieder neuausströmende Fülle war rings in alledem, und sie
trug einen wie eine Welle fort. Ganz gab er sich hin an
dieses Glücksgefühl.

Bald kam ihn eine leichte Betäubung an. Wie betrunken
war er, seine Füße wurden ihm schwer, bleiern schloß sich
ein Ring um seinen Kopf. Plötzlich fiel ihn diese Mattigkeit an wie eine Krankheit des Frühlings. Er mußte sich
bei der Ringstraße hinsetzen auf eine Bank. Vor ihm, auf
seine Hände, auf seinen ganz leicht fröstelnden Körper
strahlte die Sonne, noch nicht gefiltert vom dichten Blatt-
werk der Bäume, sondern voll und prall, mit so stürmischer Gewalt, daß er die Augen schließen mußte. Lärm
stürmte auf dem Pflaster vorbei, Menschen gingen vorüber, aber irgend etwas zwang ihn, die Augen geschlossen
zu halten und unbeweglich hingegossen zu bleiben auf die
harte Bank. Zwei, drei Stunden saß er so. Erst in der
Dämmerung, als die Kühle kam, raffte er sich auf und
ging nach Hause, mühsam, wie ein Kranker.

Er ging vorbei am Zimmer, wo das Mädchen war. Er
fühlte, er müßte jetzt allein sein mit sich, endlich abrech-
nen mit der Fülle neuer Erlebnisse, die ihn anders gemacht
hatten in diesen Wochen. Er setzte sich hin zum Schreibtisch, um seine Bücher und Schriften zu ordnen. Morgen
wollte er mit dem Studium beginnen.

Da fiel ihm ein dickes unbeschriebenes Heft in die

Hand, kaum erkannte er es wieder. Zum Tagebuch hatte er es sich bestimmt, als er nach Wien kam. Und hatte immer auf ein Erlebnis und Geschehnis gewartet, um würdig die erste Seite zu beschreiben, hatte gewartet und schließlich, als die Tage immer eintöniger wurden, ganz vergessen daran. Nun schien es ihm wie ein Zeichen. Denn jetzt hatte ja erst sein Leben begonnen, jetzt begannen Sterne über die trostlose Nacht zu glänzen. Ein Tagebuch der Erlebnisse sollte es werden und – unsicher spürte er es – vielleicht auch der Liebe. Denn in ihm war irgendeine Stimme, die so sprach, als ob die Neigung zu diesem Kinde einmal Liebe werden sollte zu einer Frau...

Er schraubte die Lampe hoch. Und nahm dann Tinte, schwarze und rote und allerhand Federn und begann mit vielen Schnörkeln und Arabesken Dantes Worte auf die erste Seite zu malen »*Incipit vita Nuova*«. »Ein neues Leben hat begonnen.« Er liebte von Kindertagen diese Spielerei des Schönschreibens, und selbst da, wo er seine Zukunft und Vergangenheit festhalten wollte, stichelte er schöne geschwungene Lettern, füllte sie mit Rot und Schwarz: »Ein neues Leben hat begonnen.« Leuchten sollte das wie Blut!

Da... er hielt inne im Schreiben... ein Tintenspritzer saß auf seiner Hand. Ein kleiner roter runder Fleck. Er wollte ihn wegwischen. Es ging nicht. Er nahm Wasser und rieb daran. Der Fleck ging nicht weg... wie seltsam... Er versuchte wieder. Und wieder vergebens.

Da durchfuhr ihn ein Gedanke jäh wie ein Blitz. Er fühlte sein Blut stocken. Was war das?... Etwa?...

Zögernd, angstvoll schob er dann den Ärmel empor. Und spürte seine streifende Hand kalt werden: auch hier saßen rote kreisrunde Flecke, einer, zwei, drei. Mit einem Male verstand er die Müdigkeit und den Druck von vorhin. Er wußte genug. Stärker begann es in seiner Schläfe zu hämmern, die Kehle war ihm verklemmt. Und kalt,

– 147 –

wie schwere fremde Klötze fühlte er seine Füße unter dem Tisch.

Taumelnd riß er sich auf, mit einem erschreckten Blick am Spiegel vorbei. Nein, nur nicht hinsehen! Und nichts tun, nicht schreien oder weinen, nichts hoffen oder erwarten, da es doch unabänderlich war. Und es war ja nur so natürlich. Er hatte sich angesteckt. Er hatte Scharlach.

Scharlach... und da hörte er plötzlich, als spräche einer im Zimmer laut die Worte, die der Arzt damals von den Kinderkrankheiten und dem Scharlach gesagt hatte. »Die Kinder überwinden es leichter, die Erwachsenen gehen daran zugrunde.«

Scharlach... Sterben... das klang ihm alles ineinander. Scharlach – eine Kinderkrankheit! War das nicht ein Symbol für sein ganzes Leben, daß er immer an dem als Erwachsener noch gelitten hatte, was nur den Kindern und der Kindheit zugehört? Und die Erwachsenen überdauerten das schwerer wie die Kinder: wie wunderbar verstand er das mit einem Male!

Aber Sterben – es revoltierte doch zuviel in ihm dagegen. Vor drei Wochen, wie gerne wäre er gegangen, wie gerne still und unauffällig abgetreten von der Bühne, wo keiner ihm zuhörte und keiner mit ihm sprach. Aber jetzt? Warum spielte das Leben so mit ihm, daß es ihm Lockendes noch in letzter Stunde gezeigt, um ihm den Abschied schwer zu machen? Warum gerade jetzt, wo er wieder mit Menschen verknüpft war, wo manche vielleicht leiden würden, mehr vielleicht als er selbst?

Dann kam die Müdigkeit über ihn, eine stumme fassungslose Resignation. Starr sah er hin auf die roten Flekken, bis sie vor seinen Augen als Funken tanzten. Wirr wurde ihm alles. Er fühlte nur noch, daß es ein Traum gewesen war, das Glück oder das Unglück, die Menschen oder die Einsamkeit, das Vergangene oder das Kommende. Er begehrte nichts mehr. War das schon Sterben,

– 148 –

dieses Stillwerden in einem solchen Augenblick, dachte er schmerzlich.

Nur Abschied nehmen wollte er noch.

Er ging hinein in das Zimmer, wo das Mädchen schlief. Mit einem Blick nur sah er hin auf die ruhenden, ihm so vertrauten Züge. Hatte er nicht geträumt, hier werde ihm sein Schicksal werden? Und war es ihm nicht durch sie geworden, ganz, ganz anders nur, als er es dachte, ein Sterben und kein Leben?

Er streichelte mit dem Blick zärtlich die Züge. Und das Lächeln, das im Schlaf leise ihren kindischen Mund umrandete, nahm er mit auf seinen Lippen. Freilich, wie er zurücktrat ins Zimmer, hing es schon bitter herab, wie eine verwelkte Blume.

Er zerriß noch ein paar Briefe, schrieb eine Adresse auf einen Zettel. Dann klingelte er und wartete.

Die Frau kam sofort hereingestürzt. Sie stürmte nur immer, ihm, den sie abgöttisch verehrte, dienlich sein zu können.

»Ich« – er mußte noch einmal ansetzen, die Stimme war nicht ganz fest – »Ich fühle mich nicht ganz wohl. Bitte richten Sie mir das Bett und rufen Sie den Arzt. Wenn es mir schlecht gehen sollte, senden Sie ein Telegramm an meine Schwester, hier ist die Adresse.«

Zwei Stunden später lag er in hitzigem Fieber.

Furchtbar brannte das Fieber in seinem Blut. Es war, als ob die ganze Kraft der noch ungelebten Stunden, die nie verbrauchte Leidenschaft ihn verbrennen würde in den zwei Tagen, die ihm noch gegeben waren von einem langen Leben. Das Haus war verstört. Mit verweinten Augen schlich das Mädchen herum und wagte keinen anzusehen, wie in Angst, man möchte sie anklagen. Die Frau lag verzweifelt vor dem Kruzifix im Vorzimmer und betete schluchzend um das Leben des Sterbenden. Auch Schramek kam mehrmals zu ihm herüber und versicherte

allen mit seinem unverwüstlichen Vertrauen, es würde
schon gut ausgehen. Der Arzt dachte anders und sandte
das Telegramm an Bergers Schwester.

Zwei Tage hielt das Fieber den Besinnungslosen um-
klammert und schleuderte ihn auf und nieder in seinem
roten Gischt. Einmal wachte er noch auf. Sein Blut war
still geworden. Reglos lag er da mit matten Händen und
geschlossenen Lidern.

Aber er war ganz wach. Er fühlte, das Zimmer mußte
sehr hell jetzt sein, denn wie ein rosaroter Nebel lag es auf
seinen Lidern.

Er blieb regungslos. Da begann nebenan der Vogel zu
zwitschern. Ganz vorsichtig zuerst, wie zur Probe. Dann
setzte er ein, trällerte und jubelte dann auf, eine Melodie
stieg empor und wiegte sich auf und nieder. Der Kranke
horchte hin. Vage fiel es ihm ein, es müßte jetzt Frühling
sein.

Die Vogelstimme tönte immer lauter: fast tat sie ihm
weh mit ihrem Jubel. Ihm war, als nistete der Vogel hart
neben ihm am Bett und gellte ihm die schrillen Töne ins
Ohr... Aber nein... Jetzt war er wieder ganz leise, so fern.
Auf einem Baum mußte er sitzen, draußen im Frühling.
Immer leiser ward das Lied, immer zarter, wie von einer
Flöte, wie von einer Mädchenstimme. Oder war es gar
kein Vogel, sang da nicht die feine silbern-biegsame
Stimme eines Mädchens, eine süße helle Kinderstimme?

Ein Mädchen, ein Kind... Erinnerung kam zaghaft
wieder hergeweht und rührte an sein Herz. Langsam
fiel ihm alles wieder ein, aber nicht in richtiger Folge, sondern Bilder, eines nach dem anderen. Das lächelnde Kindergesicht stieg auf aus der Dunkelheit des Vergessens
und jetzt, schattenhaft und doch süß, dieser eine verstoh-
lene Kuß. Und die Krankheit dann und die Mutter, das
ganze Haus – der Kreis des Erlebens lief zurück und plötz-

– 150 –

lich wußte er, daß er krank dalag und vielleicht sterben mußte.

Er riß die schweren Augenlider auf. Ja, da war das Zimmer. Und er war ganz allein da. Der Vogel nebenan sang nicht mehr und auch die Uhr war stumm, die sonst eilfertig tickte, man hatte sie aufzuziehen vergessen. Langsam glitten ihm die Lider wieder zu, ohne daß er es merkte. Er sah in das Zimmer wie in eine Ferne zurück und saß darin, in jener ersten Nacht wo er nach Wien kam und draußen der Regen rann, und er weinte in seinem bitteren Verlassensein. Und dann kam alles wieder, das mit Schramek und die anderen bunten Dinge, aber schon ganz unwirklich war es... so fremd... es tat nicht gut und schmerzte doch nicht... es rann so vorüber, rann in die große dunkle Mattigkeit.

Da hörte er... plötzlich... wie nebenan eine Tür zufiel. Und dann ein paar Schritte. Die kannte er: das war Schramek. Ja, das war seine Stimme. Zu wem sprach er? Sein Blut fing an bei den Schläfen zu ticken... war das nicht Karla, die jetzt lachte nebenan? Oh, wie weh tat das Lachen. Sie sollte jetzt ruhig sein! Ruhe wollte er... Schweigen... Stille. Aber nein, was taten die? Er hörte sie lachen. Und plötzlich, wie durch Glas sah er in das Zimmer hinein. Da stand der Schramek, faßte sie an und küßte sie. Und sie bog die Hüfte zurück, mit lachenden Augen, wie damals, ganz so wie damals...

Es fieberte ihm in den Händen. Was lachten die da drüben so toll! Es tat ihm ja weh. Wußten sie nicht, daß er hier sterben wollte, daß er hier starb, ganz allein, ohne Freund. Tränen fühlte er steigen, irgend etwas kochte in seiner Brust, er schlug mit den Händen um sich. Konnten sie nicht warten, bis er tot war? Aber da... ein Sessel polterte drin zu Boden... alles sah er, wie sie ihm entsprang. Und jetzt, wie er ihr nachlief, oh wie wild, wie stark war er, wie er sie faßte, über den Tisch hin und sie herüberzog... Und jetzt war sie wieder weg... wo?... Ja, da hatte sie sich versteckt... und jetzt sprangen sie herum und hetzten. Das Zimmer begann zu zittern... dröhnte nicht jetzt das ganze Haus... ja, alles schwang hin und her, voll wüsten Lärms war die Luft. Was schonten sie nicht seine letzte Stunde, die Verfluchten!... Nein, sie hetzten weiter, jetzt, jetzt hatte er sie gepackt. Was kreischst du so in deiner Angst und Brunst?... Der Kranke stöhnte bitter auf. Jetzt hatte sie der Schramek gefaßt, wie Blut rann das gelöste rote Haar herab... jetzt riß er ihr die Jacke ab... weiß leuchtete das Hemd... sie selbst ganz weiß und nackt... Und so jagten sie sich um den Tisch herüber, hinüber, herüber, zurück... wie sie nur lachte! wie sie nur lachte!... und jetzt – wie war das nur? – mitten durch die Wand war sie in sein Zimmer hereingestürmt und stand nun vor ihm... vor seinem Bett... weißfunkelnd, nackt... Oder...

Oder – er mühte sich die schweren Augenlider aufzureißen – oder... war das nicht seine Schwester im weißen Kleid, die da vor ihm stand? War das nicht ihre liebe kühle Hand auf seiner Stirne?...

Zwei Stunden noch brannte das Feuer. Dann losch alles aus. An seinem Bette stand die Schwester, das Kind und Schramek, die drei, denen seine Liebe galt und die nun so vereint, wie er sie nie gesehen hatte, sein ganzes Leben bedeuteten. Alle drei sprachen sie kein Wort. Das kleine Mädchen schluchzte leise, und allmählich starb auch dieser letzte klagende Ton. Ganz still wurde es im Zimmer, allen dreien war feierlich und weh, und nichts hörte man als draußen vor den Fenstern die laute zornige Stimme der großen fremden Stadt, die unablässig weitergrollte und sich nicht bekümmerte um Tod oder Leben.

Brief einer Unbekannten

Als der bekannte Romanschriftsteller R. frühmorgens von dreitägigem erfrischendem Ausflug ins Gebirge wieder nach Wien zurückkehrte und am Bahnhof eine Zeitung kaufte, wurde er, kaum daß er das Datum überflog, erinnernd gewahr, daß heute sein Geburtstag sei. Der einundvierzigste, besann er sich rasch, und diese Feststellung tat ihm nicht wohl und nicht weh. Flüchtig überblätterte er die knisternden Seiten der Zeitung und fuhr mit einem Mietautomobil in seine Wohnung. Der Diener meldete aus der Zeit seiner Abwesenheit zwei Besuche sowie einige Telephonanrufe und überbrachte auf einem Tablett die angesammelte Post. Lässig sah er den Einlauf an, riß ein paar Kuverts auf, die ihn durch ihre Absender interessierten; einen Brief, der fremde Schriftzüge trug und zu umfangreich schien, schob er zunächst beiseite. Inzwischen war der Tee aufgetragen worden, bequem lehnte er sich in den Fauteuil, durchblätterte noch einmal die Zeitung und einige Drucksachen; dann zündete er sich eine Zigarre an und griff nun nach dem zurückgelegten Briefe.

Es waren etwa zwei Dutzend hastig beschriebene Seiten in fremder, unruhiger Frauenschrift, ein Manuskript eher als ein Brief. Unwillkürlich betastete er noch einmal das Kuvert, ob nicht darin ein Begleitschreiben vergessen geblieben wäre. Aber der Umschlag war leer und trug so wenig wie die Blätter selbst eine Absenderadresse oder eine Unterschrift. Seltsam, dachte er, und nahm das Schreiben wieder zur Hand. *»Dir, der Du mich nie gekannt«*, stand oben als Anruf, als Überschrift. Verwundert

– 153 –

hielt er inne: galt das ihm, galt das einem erträumten Menschen? Seine Neugier war plötzlich wach. Und er begann zu lesen:

Mein Kind ist gestern gestorben – drei Tage und drei Nächte habe ich mit dem Tode um dies kleine, zarte Leben gerungen, vierzig Stunden bin ich, während die Grippe seinen armen, heißen Leib im Fieber schüttelte, an seinem Bette gesessen. Ich habe Kühles um seine glühende Stirn getan, ich habe seine unruhigen, kleinen Hände gehalten Tag und Nacht. Am dritten Abend bin ich zusammengebrochen. Meine Augen konnten nicht mehr, sie fielen zu, ohne daß ich es wußte. Drei Stunden oder vier war ich auf dem harten Sessel eingeschlafen, und indes hat der Tod ihn genommen. Nun liegt er dort, der süße, arme Knabe, in seinem schmalen Kinderbett, ganz so wie er starb; nur die Augen hat man ihm geschlossen, seine klugen, dunklen Augen, die Hände über dem weißen Hemd hat man ihm gefaltet, und vier Kerzen brennen hoch an den vier Enden des Bettes. Ich wage nicht hinzusehen, ich wage nicht mich zu rühren, denn wenn sie flakkern, die Kerzen, huschen Schatten über sein Gesicht und den verschlossenen Mund, und es ist dann so, als regten sich seine Züge, und ich könnte meinen, er sei nicht tot, er würde wieder erwachen und mit seiner hellen Stimme etwas Kindlich-Zärtliches zu mir sagen. Aber ich weiß es, er ist tot, ich will nicht hinsehen mehr, um nicht noch einmal zu hoffen, nicht noch einmal enttäuscht zu sein. Ich weiß es, ich weiß es, mein Kind ist gestern gestorben – jetzt habe ich nur Dich mehr auf der Welt, nur Dich, der Du von mir nichts weißt, der Du indes ahnungslos spielst oder mit Dingen und Menschen tändelst. Nur Dich, der Du mich nie gekannt und den ich immer geliebt.

Ich habe die fünfte Kerze genommen und hier zu dem Tisch gestellt, auf dem ich an Dich schreibe. Denn ich kann nicht allein sein mit meinem toten Kinde, ohne mir die Seele auszuschreien, und zu wem sollte ich sprechen in dieser entsetzlichen Stunde, wenn nicht zu Dir, der Du mir alles warst und alles bist! Vielleicht kann ich nicht ganz deutlich zu Dir sprechen, vielleicht verstehst Du mich nicht – mein Kopf ist ja ganz dumpf, es zuckt und hämmert mir an den Schläfen, meine Glieder tun so weh. Ich glaube, ich habe Fieber, vielleicht auch schon die Grippe, die jetzt von Tür zu Tür schleicht, und das wäre gut, denn dann ginge ich mit meinem Kinde und müßte nichts tun wider mich. Manchmal wirds mir ganz dunkel vor den Augen, vielleicht kann ich diesen Brief nicht einmal zu Ende schreiben – aber ich will alle Kraft zusammentun, um einmal, nur dieses eine Mal zu Dir zu sprechen, Du mein Geliebter, der Du mich nie erkannt.

Zu Dir allein will ich sprechen, Dir zum erstenmal alles sagen; mein ganzes Leben sollst Du wissen, das immer das Deine gewesen und um das Du nie gewußt. Aber Du sollst mein Geheimnis nur kennen, wenn ich tot bin, wenn Du mir nicht mehr Antwort geben mußt, wenn das, was mir die Glieder jetzt so kalt und heiß schüttelt, wirklich das Ende ist. Muß ich weiterleben, so zerreiße ich diesen Brief und werde weiter schweigen, wie ich immer schwieg. Hältst Du ihn aber in Händen, so weißt Du, daß hier eine Tote Dir ihr Leben erzählt, ihr Leben, das das Deine war von ihrer ersten bis zu ihrer letzten wachen Stunde. Fürchte Dich nicht vor meinen Worten; eine Tote will nichts mehr, sie will nicht Liebe und nicht Mitleid und nicht Tröstung. Nur dies eine will ich von Dir, daß Du mir alles glaubst, was mein zu Dir hinflüchtender Schmerz Dir verrät. Glaube mir alles, nur dies eine bitte ich Dich: man lügt nicht in der Sterbestunde eines einzigen Kindes.

Mein ganzes Leben will ich Dir verraten, dies Leben, das wahrhaft erst begann mit dem Tage, da ich Dich kannte. Vorher war bloß etwas Trübes und Verworrenes, in das mein Erinnern nie mehr hinabtauchte, irgendein Keller von verstaubten, spinnverwebten, dumpfen Dingen und Menschen, von denen mein Herz nichts mehr weiß. Als Du kamst, war ich dreizehn Jahre und wohnte im selben Hause, wo Du jetzt wohnst, in demselben Hause, wo Du diesen Brief, meinen letzten Hauch Leben, in Händen hältst, ich wohnte auf demselben Gange, gerade der Tür Deiner Wohnung gegenüber. Du erinnerst Dich gewiß nicht mehr an uns, an die ärmliche Rechnungsratswitwe (sie ging immer in Trauer) und das halbwüchsige, magere Kind – wir waren ja ganz still, gleichsam hinabgetaucht in unsere kleinbürgerliche Dürftigkeit – Du hast vielleicht nie unseren Namen gehört, denn wir hatten kein Schild auf unserer Wohnungstür, und niemand kam, niemand fragte nach uns. Es ist ja auch schon so lange her, fünfzehn, sechzehn Jahre, nein, Du weißt es gewiß nicht mehr, mein Geliebter, ich aber, oh, ich erinnere mich leidenschaftlich an jede Einzelheit, ich weiß noch wie heute den Tag, nein, die Stunde, da ich zum erstenmal von Dir hörte, Dich zum erstenmal sah, und wie sollte ichs auch nicht, denn damals begann ja die Welt für mich. Dulde, Geliebter, daß ich Dir alles, alles von Anfang erzähle, werde, ich bitte Dich, die eine Viertelstunde von mir zu hören nicht müde, die ich ein Leben lang Dich zu lieben nicht müde geworden bin.

Ehe Du in unser Haus einzogst, wohnten hinter Deiner Tür häßliche, böse, streitsüchtige Leute. Arm wie sie waren, haßten sie am meisten die nachbarliche Armut, die unsere, weil sie nichts gemein haben wollte mit ihrer herabgekommenen, proletarischen Roheit. Der Mann war ein Trunkenbold und schlug seine Frau; oft wachten wir auf in der Nacht vom Getöse fallender Stühle und zerklirrter Teller, einmal lief sie, blutig geschlagen, mit zerfetzten Haaren auf die Treppe, und hinter ihr grölte der

Betrunkene, bis die Leute aus den Türen kamen und ihn mit der Polizei bedrohten. Meine Mutter hatte von Anfang an jeden Verkehr mit ihnen vermieden und verbot mir, zu den Kindern zu sprechen, die sich dafür bei jeder Gelegenheit an mir rächten. Wenn sie mich auf der Straße trafen, riefen sie schmutzige Worte hinter mir her und schlugen mich einmal so mit harten Schneeballen, daß mir das Blut von der Stirne lief. Das ganze Haus haßte mit einem gemeinsamen Instinkt diese Menschen, und als plötzlich einmal etwas geschehen war – ich glaube, der Mann wurde wegen eines Diebstahls eingesperrt – und sie mit ihrem Kram ausziehen mußten, atmeten wir alle auf. Ein paar Tage hing der Vermietungszettel am Haustore, dann wurde er heruntergenommen, und durch den Hausmeister verbreitete es sich rasch, ein Schriftsteller, ein einzelner, ruhiger Herr, habe die Wohnung genommen. Damals hörte ich zum erstenmal Deinen Namen.

Nach ein paar Tagen schon kamen Maler, Anstreicher, Zimmerputzer, Tapezierer, die Wohnung nach ihren schmierigen Vorbesitzern reinzufegen, es wurde gehämmert, geklopft, geputzt und gekratzt, aber die Mutter war nur zufrieden damit, sie sagte, jetzt werde endlich die unsaubere Wirtschaft drüben ein Ende haben. Dich selbst bekam ich, auch während der Übersiedlung, noch nicht zu Gesicht: alle diese Arbeiten überwachte Dein Diener, dieser kleine, ernste, grauhaarige Herrschaftsdiener, der alles mit einer leisen, sachlichen Art von oben herab dirigierte. Er imponierte uns allen sehr, erstens, weil in unserem Vorstadthaus ein Herrschaftsdiener etwas ganz Neuartiges war, und dann, weil er zu allen so ungemein höflich war, ohne sich deshalb mit den Dienstboten auf eine Stufe zu stellen und in kameradschaftliche Gespräche einzulassen. Meine Mutter grüßte er vom ersten Tage an respektvoll als eine Dame, sogar zu mir Fratzen war er immer zutraulich und ernst. Wenn er Deinen Namen nannte, so geschah das immer mit einer gewissen Ehrfurcht, mit einem besonderen Respekt – man sah gleich, daß er Dir weit über das Maß des gewohnten Dienens anhing. Und wie habe ich ihn dafür geliebt, den guten alten Johann, obwohl ich ihn beneidete, daß er immer um Dich sein durfte und Dir dienen.

Ich erzähle Dir all das, Du Geliebter, all diese kleinen, fast lächerlichen Dinge, damit Du verstehst, wie Du von Anfang an schon eine solche Macht gewinnen konntest über das scheue, verschüchterte Kind, das ich war. Noch ehe Du selbst in mein Leben getreten, war schon ein Nimbus um Dich, eine Sphäre von Reichtum, Sonderbarkeit und Geheimnis – wir alle in dem kleinen Vorstadthaus (Menschen, die ein enges Leben haben, sind ja immer neugierig auf alles Neue vor ihren Türen) warteten schon ungeduldig auf Deinen Einzug. Und diese Neugier nach Dir, wie steigerte sie sich erst bei mir, als ich eines Nachmittags von der Schule nach Hause kam und der Möbelwagen vor dem Hause stand. Das meiste, die schweren Stücke, hatten die Träger schon hinaufbefördert, nun trug man einzeln kleinere Sachen hinauf; ich blieb an der Tür stehen, um alles bestaunen zu können, denn alle Deine Dinge waren so seltsam anders, wie ich sie nie gesehen; es gab da indische Götzen, italienische Skulpturen, ganz grelle, große Bilder, und dann zum Schluß kamen Bücher, so viele und so schöne, wie ich es nie für möglich gehalten. An der Tür wurden sie alle aufgeschichtet, dort übernahm sie der Diener und schlug mit Stock und Wedel sorgfältig den Staub aus jedem einzelnen. Ich schlich neugierig um den immer wachsenden Stoß herum, der Diener wies mich nicht weg, aber er ermutigte mich auch nicht; so wagte ich keines anzurühren, obwohl ich das weiche Leder von manchen gern befühlt hätte. Nur die Titel sah ich scheu von der Seite an: es waren französische, englische darunter und manche in Sprachen, die ich nicht

– 158 –

verstand. Ich glaube, ich hätte sie stundenlang alle angesehen: da rief mich die Mutter hinein.

Den ganzen Abend dann mußte ich an Dich denken; noch ehe ich Dich kannte. Ich besaß selbst nur ein Dutzend billige, in zerschlissene Pappe gebundene Bücher, die ich über alles liebte und immer wieder las. Und nun bedrängte mich dies, wie der Mensch sein müßte, der all diese vielen herrlichen Bücher besaß und gelesen hatte, der alle diese Sprachen wußte, der so reich war und so gelehrt zugleich. Eine Art überirdischer Ehrfurcht verband sich mir mit der Idee dieser vielen Bücher. Ich suchte Dich mir im Bilde vorzustellen: Du warst ein alter Mann mit einer Brille und einem weißen langen Bart, ähnlich wie unser Geographieprofessor, nur viel gütiger, schöner und milder – ich weiß nicht, warum ich damals schon gewiß war, Du müßtest schön sein, wo ich noch an Dich wie einen alten Mann dachte. Damals in jener Nacht und noch ohne Dich zu kennen, habe ich das erstemal von Dir geträumt.

Am nächsten Tag zogst Du ein, aber trotz allen Spähens konnte ich Dich nicht zu Gesicht bekommen – das steigerte nur meine Neugier. Endlich, am dritten Tage, sah ich Dich, und wie erschütternd war die Überraschung für mich, daß Du so anders warst, so ganz ohne Beziehung zu dem kindlichen Gottvaterbilde. Einen bebrillten gütigen Greis hatte ich mir geträumt, und da kamst Du – Du, ganz so, wie Du noch heute bist, Du Unwandelbarer, an dem die Jahre lässig abgleiten! Du trugst einen hellbraunen, entzückenden Sportdreß und liefst in Deiner unvergleichlich leichten knabenhaften Art die Treppe hinauf, immer zwei Stufen auf einmal nehmend. Den Hut trugst Du in der Hand, so sah ich mit einem gar nicht zu schildernden Erstaunen Dein helles, lebendiges Gesicht mit dem jungen Haar: wirklich, ich erschrak vor Erstaunen, wie jung, wie hübsch, wie federnd-schlank und elegant Du warst.

Und ist es nicht seltsam: in dieser ersten Sekunde empfand ich ganz deutlich das, was ich und alle andern an Dir als so einzig mit einer Art Überraschung immer wieder empfinden: daß Du irgendein zwiefacher Mensch bist, ein heißer, leichtlebiger, ganz dem Spiel und dem Abenteuer hingegebener Junge, und gleichzeitig in Deiner Kunst ein unerbittlich ernster, pflichtbewußter, unendlich belesener und gebildeter Mann. Unbewußt empfand ich, was dann jeder bei Dir spürte, daß Du ein Doppelleben führst, ein Leben mit einer hellen, der Welt offen zugekehrten Fläche, und einer ganz dunkeln, die Du nur allein kennst – diese tiefste Zweiheit, das Geheimnis Deiner Existenz, sie fühlte ich, die Dreizehnjährige, magisch angezogen, mit meinem ersten Blick.

Verstehst Du nun schon, Geliebter, was für ein Wunder, was für eine verlockende Rätselhaftigkeit Du für mich, das Kind, sein mußtest! Einen Menschen, vor dem man Ehrfurcht hatte, weil er Bücher schrieb, weil er berühmt war in jener andern großen Welt, plötzlich als einen jungen, eleganten, knabenhaft heiteren, fünfundzwanzigjährigen Mann zu entdecken! Muß ich Dir noch sagen, daß von diesem Tage an in unserem Hause, in meiner ganzen armen Kinderwelt mich nichts interessierte als Du, daß ich mit dem ganzen Starrsinn, der ganzen bohrenden Beharrlichkeit einer Dreizehnjährigen nur mehr um Dein Leben, um Deine Existenz herumging. Ich beobachtete Dich, ich beobachtete Deine Gewohnheiten, beobachtete die Menschen, die zu Dir kamen, und all das vermehrte nur, statt sie zu mindern, meine Neugier nach Dir selbst, denn die ganze Zwiefältigkeit Deines Wesens drückte sich in der Verschiedenheit dieser Besuche aus. Da kamen junge Menschen, Kameraden von Dir, mit denen Du lachtest und übermütig warst, abgerissene Studenten, und dann wieder Damen, die in Autos vorfuhren, einmal der Direktor der Oper, der große Dirigent, den ich ehrfürch-

– 160 –

tig nur am Pulte von fern gesehen, dann wieder kleine Mädel, die noch in die Handelsschule gingen und verlegen in die Tür hineinhuschten, überhaupt viel, sehr viel Frauen. Ich dachte mir nichts Besonderes dabei, auch nicht, als ich eines Morgens, wie ich zur Schule ging, eine Dame ganz verschleiert von Dir weggehen sah – ich war ja erst dreizehn Jahre alt, und die leidenschaftliche Neugier, mit der ich Dich umspähte und belauerte, wußte im Kinde noch nicht, daß sie schon Liebe war.

Aber ich weiß noch genau, mein Geliebter, den Tag und die Stunde, wann ich ganz und für immer an Dich verloren war. Ich hatte mit einer Schulfreundin einen Spaziergang gemacht, wir standen plaudernd vor dem Tor. Da kam ein Auto angefahren, hielt an, und schon sprangst Du mit Deiner ungeduldigen, elastischen Art, die mich noch heute an Dir immer hinreißt, vom Trittbrett und wolltest in die Tür. Unwillkürlich zwang es mich, Dir die Tür aufzumachen, und so trat ich Dir in den Weg, daß wir fast zusammengerieten. Du sahst mich an mit jenem warmen, weichen, einhüllenden Blick, der wie eine Zärtlichkeit war, lächeltest mir – ja, ich kann es nicht anders sagen als: zärtlich zu und sagtest mit einer ganz leisen und fast vertraulichen Stimme: »Danke vielmals, Fräulein.«

Das war alles, Geliebter; aber von dieser Sekunde, seit ich diesen weichen, zärtlichen Blick gespürt, war ich Dir verfallen. Ich habe ja später, habe es bald erfahren, daß Du diesen umfangenden, an Dich ziehenden, diesen umhüllenden und doch zugleich entkleidenden Blick, diesen Blick des gebornen Verführers, jeder Frau hingibst, die an Dich streift, jedem Ladenmädchen, das Dir verkauft, jedem Stubenmädchen, das Dir die Tür öffnet, daß dieser Blick bei Dir gar nicht bewußt ist als Wille und Neigung, sondern daß Deine Zärtlichkeit zu Frauen ganz unbewußt Deinen Blick weich und warm werden läßt, wenn er sich ihnen zuwendet. Aber ich, das dreizehnjährige Kind, ahnte das nicht: ich war wie in Feuer getaucht. Ich glaubte, die Zärtlichkeit gelte nur mir, nur mir allein, und in dieser einen Sekunde war die Frau in mir, der Halbwüchsigen, erwacht und war diese Frau Dir für immer verfallen.

»Wer war das?« fragte meine Freundin. Ich konnte ihr nicht gleich antworten. Es war mir unmöglich, Deinen Namen zu nennen: schon in dieser einen, dieser einzigen Sekunde war er mir heilig, war er mein Geheimnis geworden. »Ach, irgendein Herr, der hier im Hause wohnt«, stammelte ich dann ungeschickt heraus. »Aber warum bist du denn so rot geworden, wie er dich angeschaut hat«, spottete die Freundin mit der ganzen Bosheit eines neugierigen Kindes. Und eben weil ich fühlte, daß sie an mein Geheimnis spottend rühre, fuhr mir das Blut noch heißer in die Wangen. Ich wurde grob aus Verlegenheit. »Blöde Gans«, sagte ich wild: am liebsten hätte ich sie erdrosselt. Aber sie lachte nur noch lauter und höhnischer, bis ich fühlte, daß mir die Tränen in die Augen schossen vor ohnmächtigem Zorn. Ich ließ sie stehen und lief hinauf.

Von dieser Sekunde an habe ich Dich geliebt. Ich weiß, Frauen haben Dir, dem Verwöhnten, oft dieses Wort gesagt. Aber glaube mir, niemand hat Dich so sklavisch, so hündisch, so hingebungsvoll geliebt wie dieses Wesen, das ich war und das ich für Dich immer geblieben bin, denn nichts auf Erden gleicht der unbemerkten Liebe eines Kindes aus dem Dunkel, weil sie so hoffnungslos, so dienend, so unterwürfig, so lauernd und leidenschaftlich ist, wie niemals die begehrende und unbewußt doch fordernde Liebe einer erwachsenen Frau. Nur einsame Kinder können ganz ihre Leidenschaft zusammenhalten: die andern zerschwätzen ihr Gefühl in Geselligkeit, schleifen es ab in Vertraulichkeiten, sie haben von Liebe viel gehört und gelesen und wissen, daß sie ein gemeinsames Schicksal ist. Sie spielen damit, wie mit einem Spielzeug, sie prahlen damit, wie Knaben mit ihrer ersten Zigarette. Aber ich, ich hatte ja niemand, um mich anzuvertrauen, war von keinem belehrt und gewarnt, war unerfahren und ahnungslos: ich stürzte hinein in mein Schicksal wie in einen Abgrund. Alles, was in mir wuchs und aufbrach, wußte nur Dich, den Traum von Dir, als Vertrauten: mein Vater war längst gestorben, die Mutter mir fremd in ihrer ewig unheiteren Bedrücktheit und Pensionisten-ängstlichkeit, die halbverdorbenen Schulmädchen stießen mich ab, weil sie so leichtfertig mit dem spielten, was mir letzte Leidenschaft war – so warf ich alles, was sich sonst zersplittert und verteilt, warf ich mein ganzes zu-sammengepreßtes und immer wieder ungeduldig auf-quellendes Wesen Dir entgegen. Du warst mir – wie soll ich es Dir sagen? jeder einzelne Vergleich ist zu gering – Du warst eben alles, mein ganzes Leben. Alles existierte nur insofern, als es Bezug hatte auf Dich, alles in meiner Existenz hatte nur Sinn, wenn es mit Dir verbunden war. Du verwandeltest mein ganzes Leben. Bisher gleichgültig und mittelmäßig in der Schule, wurde ich plötzlich die Erste, ich las tausend Bücher bis tief in die Nacht, weil ich wußte, daß Du die Bücher liebtest, ich begann, zum Er-staunen meiner Mutter, plötzlich mit fast störrischer Be-harrlichkeit Klavier zu üben, weil ich glaubte, Du liebtest Musik. Ich putzte und nähte an meinen Kleidern, nur um gefällig und proper vor Dir auszusehen, und daß ich an meiner alten Schulschürze (sie war ein zugeschnittenes Hauskleid meiner Mutter) links einen eingesetzten vier-eckigen Fleck hatte, war mir entsetzlich. Ich fürchtete, Du könntest ihn bemerken und mich verachten; darum drückte ich immer die Schultasche darauf, wenn ich die Treppen hinauflief, zitternd vor Angst, Du würdest ihn sehen. Aber wie töricht war das: Du hast mich ja nie, fast nie mehr angesehen.

Und doch: ich tat eigentlich den ganzen Tag nichts als

auf Dich warten und Dich belauern. An unserer Tür war ein kleines messingenes Guckloch, durch dessen kreisrunden Ausschnitt man hinüber auf Deine Tür sehen konnte. Dieses Guckloch – nein, lächle nicht, Geliebter, noch heute, noch heute schäme ich mich jener Stunden nicht! – war mein Auge in die Welt hinaus, dort, im eiskalten Vorzimmer, scheu vor dem Argwohn der Mutter, saß ich in jenen Monaten und Jahren, ein Buch in der Hand, ganze Nachmittage auf der Lauer, gespannt wie eine Saite und klingend, wenn Deine Gegenwart sie berührte. Ich war immer um Dich, immer in Spannung und Bewegung; aber Du konntest es so wenig fühlen wie die Spannung der Uhrfeder, die Du in der Tasche trägst und die geduldig im Dunkel Deine Stunden zählt und mißt, Deine Wege mit unhörbarem Herzpochen begleitet und auf die nur einmal in Millionen tickender Sekunden Dein hastiger Blick fällt. Ich wußte alles von Dir, kannte jede Deiner Gewohnheiten, jede Deiner Krawatten, jeden Deiner Anzüge, ich kannte und unterschied bald Deine einzelnen Bekannten und teilte sie in solche, die mir lieb, und solche, die mir widrig waren: von meinem dreizehnten bis zu meinem sechzehnten Jahre habe ich jede Stunde in Dir gelebt. Ach, was für Torheiten habe ich begangen! Ich küßte die Türklinke, die Deine Hand berührt hatte, ich stahl einen Zigarrenstummel, den Du vor dem Eintreten weggeworfen hattest, und er war mir heilig, weil Deine Lippen daran gerührt. Hundertmal lief ich abends unter irgendeinem Vorwand hinab auf die Gasse, um zu sehen, in welchem Deiner Zimmer Licht brenne, und so Deine Gegenwart, Deine unsichtbare, wissender zu fühlen. Und in den Wochen, wo Du verreist warst – mir stockte immer das Herz vor Angst, wenn ich den guten Johann Deine gelbe Reisetasche hinabtragen sah –, in diesen Wochen war mein Leben tot und ohne Sinn. Mürrisch, gelangweilt, böse ging ich herum und mußte nur immer achtgeben,

– 164 –

daß die Mutter an meinen verweinten Augen nicht meine Verzweiflung merke.

Ich weiß, das sind alles groteske Überschwänge, kindische Torheiten, die ich Dir da erzähle. Ich sollte mich ihrer schämen, aber ich schämte mich nicht, denn nie war meine Liebe zu Dir reiner und leidenschaftlicher als in diesen kindlichen Exzessen. Stundenlang, tagelang könnte ich Dir erzählen, wie ich damals mit Dir gelebt, der Du mich kaum von Angesicht kanntest, denn begegnete ich Dir auf der Treppe und gab es kein Ausweichen, so lief ich, aus Furcht vor Deinem brennenden Blick, mit gesenktem Kopf an Dir vorbei wie einer, der ins Wasser stürzt, nur daß mich das Feuer nicht versenge. Stundenlang, tagelang könnte ich Dir von jenen Dir längst entschwundenen Jahren erzählen, den ganzen Kalender Deines Lebens aufrollen; aber ich will Dich nicht langweilen, will Dich nicht quälen. Nur das schönste Erlebnis meiner Kindheit will ich Dir noch anvertrauen, und ich bitte Dich, nicht zu spotten, weil es ein so Geringes ist, denn mir, dem Kinde, war es eine Unendlichkeit. An einem Sonntag muß es gewesen sein. Du warst verreist, und Dein Diener schleppte die schweren Teppiche, die er geklopft hatte, durch die offene Wohnungstür. Er trug schwer daran, der Gute, und in einem Anfall von Verwegenheit ging ich zu ihm und fragte, ob ich ihm nicht helfen könnte. Er war erstaunt, aber ließ mich gewähren, und so sah ich – vermöchte ich Dirs doch nur zu sagen, mit welcher ehrfürchtigen, ja frommen Verehrung! – Deine Wohnung von innen, Deine Welt, den Schreibtisch, an dem Du zu sitzen pflegtest und auf dem in einer blauen Kristallvase ein paar Blumen standen. Deine Schränke, Deine Bilder, Deine Bücher. Nur ein flüchtiger, diebischer Blick war es in Dein Leben, denn Johann, der Getreue, hätte mir gewiß genaue Betrachtung gewehrt, aber ich sog mit diesem einen Blick die ganze Atmosphäre ein

– 165 –

und hatte Nahrung für meine unendlichen Träume von Dir im Wachen und Schlaf.

Dies, diese rasche Minute, sie war die glücklichste meiner Kindheit. Sie wollte ich Dir erzählen, damit Du, der Du mich nicht kennst, endlich zu ahnen beginnst, wie ein Leben an Dir hing und verging. Sie wollte ich Dir erzählen und jene andere noch, die fürchterlichste Stunde, die jener leider so nachbarlich war. Ich hatte – ich sagte es Dir ja schon – um Deinetwillen an alles vergessen, ich hatte auf meine Mutter nicht acht und kümmerte mich um niemanden. Ich merkte nicht, daß ein älterer Herr, ein Kaufmann aus Innsbruck, der mit meiner Mutter entfernt verschwägert war, öfter kam und länger blieb, ja, es war mir nur angenehm, denn er führte Mama manchmal in das Theater, und ich konnte allein bleiben, an Dich denken, auf Dich lauern, was ja meine höchste, meine einzige Seligkeit war. Eines Tages nun rief mich die Mutter mit einer gewissen Umständlichkeit in ihr Zimmer; sie hätte ernst mit mir zu sprechen. Ich wurde blaß und hörte mein Herz plötzlich hämmern; sollte sie etwas geahnt, etwas erraten haben? Mein erster Gedanke warst Du, das Geheimnis, das mich mit der Welt verband. Aber die Mutter war selbst verlegen, sie küßte mich (was sie sonst nie tat) zärtlich ein- und zweimal, zog mich auf das Sofa zu sich und begann dann zögernd und verschämt zu erzählen, ihr Verwandter, der Witwer sei, habe ihr einen Heiratsantrag gemacht, und sie sei, hauptsächlich um meinetwillen, entschlossen, ihn anzunehmen. Heißer stieg mir das Blut zum Herzen: nur ein Gedanke antwortete von innen, der Gedanke an Dich. »Aber wir bleiben doch hier?« konnte ich gerade noch stammeln. »Nein, wir ziehen nach Innsbruck, dort hat Ferdinand eine schöne Villa.« Mehr hörte ich nicht. Mir ward schwarz vor den Augen. Später wußte ich, daß ich in Ohnmacht gefallen war; ich sei, hörte ich die Mutter dem Stiefvater leise erzählen, der hinter der

Tür gewartet hatte, plötzlich mit aufgespreizten Händen zurückgefahren und dann hingestürzt wie ein Klumpen Blei. Was dann in den nächsten Tagen geschah, wie ich mich, ein machtloses Kind, wehrte gegen ihren übermächtigen Willen, das kann ich Dir nicht schildern: noch jetzt zittert mir, da ich daran denke, die Hand im Schreiben. Mein wirkliches Geheimnis konnte ich nicht verraten, so schien meine Gegenwehr bloß Starrsinn, Bosheit und Trotz. Niemand sprach mehr mit mir, alles geschah hinterrücks. Man nutzte die Stunden, da ich in der Schule war, um die Übersiedlung zu fördern: kam ich dann nach Hause, so war immer wieder ein anderes Stück verräumt oder verkauft. Ich sah, wie die Wohnung und damit mein Leben verfiel, und einmal, als ich zum Mittagessen kam, waren die Möbelpacker dagewesen und hatten alles weggeschleppt. In den leeren Zimmern standen die gepackten Koffer und zwei Feldbetten für die Mutter und mich: da sollten wir noch eine Nacht schlafen, die letzte, und morgen nach Innsbruck reisen.

An diesem letzten Tag fühlte ich mit plötzlicher Entschlossenheit, daß ich nicht leben konnte ohne Deine Nähe. Ich wußte keine andere Rettung als Dich. Wie ich mirs dachte und ob ich überhaupt klar in diesen Stunden der Verzweiflung zu denken vermochte, das werde ich nie sagen können, aber plötzlich – die Mutter war fort – stand ich auf im Schulkleid, wie ich war, und ging hinüber zu Dir. Nein, ich ging nicht: es stieß mich mit steifen Beinen, mit zitternden Gelenken magnetisch fort zu Deiner Tür. Ich sagte Dir schon, ich wußte nicht deutlich, was ich wollte: Dir zu Füßen fallen und Dich bitten, mich zu behalten als Magd, als Sklavin, und ich fürchte, Du wirst lächeln über diesen unschuldigen Fanatismus einer Fünfzehnjährigen, aber – Geliebter, Du würdest nicht mehr lächeln, wüßtest Du, wie ich damals draußen im eiskalten Gange stand, starr vor Angst und doch vorwärts gestoßen von einer unfaßbaren Macht, und wie ich den Arm, den zitternden, mir gewissermaßen vom Leib losriß, daß er sich hob und – es war ein Kampf durch die Ewigkeit entsetzlicher Sekunden – den Finger auf den Knopf der Türklinke drückte. Noch heute gellts mir im Ohr, dies schrille Klingelzeichen, und dann die Stille danach, wo mir das Herz stillstand, wo mein ganzes Blut anhielt und nur lauschte, ob Du kämest.

Aber Du kamst nicht. Niemand kam. Du warst offenbar fort an jenem Nachmittage und Johann auf Besorgung; so tappte ich, den toten Ton der Klingel im dröhnenden Ohr, in unsere zerstörte, ausgeräumte Wohnung zurück und warf mich erschöpft auf einen Plaid, müde von den vier Schritten, als ob ich stundenlang durch tiefen Schnee gegangen sei. Aber unter dieser Erschöpfung glüht noch unverlöscht die Entschlossenheit, Dich zu sehen, Dich zu sprechen, ehe sie mich wegrissen. Es war, ich schwöre es Dir, kein sinnlicher Gedanke dabei, ich war noch unwissend, eben weil ich an nichts dachte als an Dich: nur sehen wollte ich Dich, einmal noch sehen, mich anklammern an Dich. Die ganze Nacht, die ganze lange, entsetzliche Nacht habe ich dann, Geliebter, auf Dich gewartet. Kaum daß die Mutter sich in ihr Bett gelegt hatte und eingeschlafen war, schlich ich in das Vorzimmer hinaus, um zu horchen, wann Du nach Hause kämest. Die ganze Nacht habe ich gewartet, und es war eine eisige Januarnacht. Ich war müde, meine Glieder schmerzten mich, und es war kein Sessel mehr, mich hinzusetzen: so legte ich mich flach auf den kalten Boden, über den der Zug von der Tür hinstrich. Nur in meinem dünnen Kleide lag ich auf dem schmerzenden kalten Boden, denn ich nahm keine Decke; ich wollte es nicht warm haben, aus Furcht, einzuschlafen und Deinen Schritt zu überhören. Es tat weh, meine Füße preßte ich im Krampfe zusammen, meine Arme zitterten: ich mußte immer wieder aufstehen, so kalt war es im entsetzlichen Dunkel. Aber ich wartete, wartete, wartete auf Dich wie auf mein Schicksal.

Endlich – es muß schon zwei oder drei Uhr morgens gewesen sein – hörte ich unten das Haustor aufsperren und dann Schritte die Treppe hinauf. Wie abgesprungen war die Kälte von mir, heiß überflog's mich, leise machte ich die Tür auf, um Dir entgegenzustürzen, Dir zu Füßen zu fallen ... Ach, ich weiß ja nicht, was ich törichtes Kind damals getan hätte. Die Schritte kamen näher, Kerzenlicht flackte herauf. Zitternd hielt ich die Klinke. Warst Du es, der da kam?

Ja, Du warst es, Geliebter – aber Du warst nicht allein. Ich hörte ein leises, kitzliches Lachen, irgendein streifendes seidenes Kleid und leise Deine Stimme – Du kamst mit einer Frau nach Hause ...

Wie ich diese Nacht überleben konnte, weiß ich nicht. Am nächsten Morgen, um acht Uhr, schleppten sie mich nach Innsbruck; ich hatte keine Kraft mehr, mich zu wehren.

Mein Kind ist gestern nacht gestorben – nun werde ich wieder allein sein, wenn ich wirklich weiterleben muß. Morgen werden sie kommen, fremde, schwarze, ungeschlachte Männer, und einen Sargen bringen, werden es hineinlegen, mein armes, mein einziges Kind. Vielleicht kommen auch Freunde und bringen Kränze, aber was sind Blumen auf einem Sarg? Sie werden mich trösten und mir irgendwelche Worte sagen, Worte, Worte; aber was können sie mir helfen? Ich weiß, ich muß dann doch wieder allein sein. Und es gibt nichts Entsetzlicheres, als Alleinsein unter den Menschen. Damals habe ich es erfahren, damals in jenen unendlichen zwei Jahren in Innsbruck, jenen Jahren von meinem sechzehnten bis zu meinem achtzehnten, wo ich wie eine Gefangene, eine Verstoßene zwischen meiner Familie lebte. Der Stiefvater, ein sehr ruhiger, wortkarger Mann, war gut zu mir, meine Mutter schien, wie um ein unbewußtes Unrecht zu sühnen, allen meinen Wünschen bereit, junge Menschen bemühten sich um mich, aber ich stieß sie alle in einem leidenschaftlichen Trotz zurück. Ich wollte nicht glücklich, nicht zufrieden leben abseits von Dir, ich grub mich selbst in eine finstere Welt von Selbstqual und Einsamkeit. Die neuen, bunten Kleider, die sie mir kauften, zog ich nicht an, ich weigerte mich, in Konzerte, in Theater zu gehen oder Ausflüge in heiterer Gesellschaft mitzumachen. Kaum daß ich je die Gasse betrat: würdest Du es glauben, Geliebter, daß ich von dieser kleinen Stadt, in der ich zwei Jahre gelebt, keine zehn Straßen kenne? Ich trauerte und ich wollte trauern, ich berauschte mich an jeder Entbehrung, die ich mir zu der Deines Anblicks noch auferlegte. Und dann: ich wollte mich nicht ablenken lassen von meiner Leidenschaft, nur in Dir zu leben. Ich saß allein zu Hause, stundenlang, tagelang, und tat nichts, als an Dich zu denken, immer wieder, immer wieder die hundert kleinen Erinnerungen an Dich, jede Begegnung, jedes Warten, mir zu erneuern, mir diese kleinen Episoden vorzuspielen wie im Theater. Und darum, weil ich jede der Sekunden von einst mir unzählige Male wiederholte, ist auch meine ganze Kindheit mir in so brennender Erinnerung geblieben, daß ich jede Minute jener vergangenen Jahre so heiß und springend fühle, als wäre sie gestern durch mein Blut gefahren.

Nur in Dir habe ich damals gelebt. Ich kaufte mir alle Deine Bücher; wenn Dein Name in der Zeitung stand, war es ein festlicher Tag. Willst Du es glauben, daß ich jede Zeile aus Deinen Büchern auswendig kann, so oft habe ich sie gelesen? Würde mich einer nachts aus dem Schlaf aufwecken und eine losgerissene Zeile aus ihnen mir vorsprechen, ich könnte sie heute noch, heute noch nach dreizehn Jahren, weitersprechen wie im Traum: so war jedes Wort von Dir mir Evangelium und Gebet. Die ganze Welt, sie existierte nur in Beziehung auf Dich: ich las in den Wiener Zeitungen die Konzerte, die Premieren nach nur mit dem Gedanken, welche Dich davon interessieren möchten, und wenn es Abend wurde, begleitete ich Dich von ferne: jetzt tritt er in den Saal, jetzt setzt er sich nieder. Tausendmal träumte ich das, weil ich Dich ein einziges Mal in einem Konzert gesehen.

Aber wozu all dies erzählen, diesen rasenden, gegen sich selbst wütenden, diesen so tragischen hoffnungslosen Fanatismus eines verlassenen Kindes, wozu es einem erzählen, der es nie geahnt, der es nie gewußt? Doch war ich damals wirklich noch ein Kind? Ich wurde siebzehn, wurde achtzehn Jahre – die jungen Leute begannen sich auf der Straße nach mir umzublicken, doch sie erbitterten mich nur. Denn Liebe oder auch nur ein Spiel mit Liebe im Gedanken an jemanden andern als an Dich, das war mir so unerfindlich, so unausdenklich fremd, ja die Versuchung schon wäre mir als ein Verbrechen erschienen. Meine Leidenschaft zu Dir blieb dieselbe, nur daß sie anders ward mit meinem Körper, mit meinen wacheren Sinnen glühender, körperlicher, frauenhafter. Und was das Kind in seinem dumpfen unbelehrten Willen, das Kind, das damals die Klingel Deiner Türe zog, nicht ahnen konnte, das war jetzt mein einziger Gedanke: mich Dir zu schenken, mich Dir hinzugeben.

Die Menschen um mich vermeinten mich scheu, nannten mich schüchtern (ich hatte mein Geheimnis verbissen hinter den Zähnen). Aber in mir wuchs ein eiserner Wille. Mein ganzes Denken und Trachten war in eine Richtung gespannt: zurück nach Wien, zurück zu Dir. Und ich erzwang meinen Willen, so unsinnig, so unbegreiflich er den andern scheinen mochte. Mein Stiefvater war vermögend, er betrachtete mich als sein eigenes Kind. Aber ich drang in erbittertem Starrsinn darauf, ich wolle mir mein

Geld selbst verdienen, und erreichte es endlich, daß ich in Wien zu einem Verwandten als Angestellte eines großen Konfektionsgeschäftes kam.

Muß ich Dir sagen, wohin mein erster Weg ging, als ich an einem nebligen Herbstabend – endlich! endlich! – in Wien ankam? Ich ließ die Koffer an der Bahn, stürzte mich in eine Straßenbahn – wie langsam schien sie mir zu fahren, jede Haltestelle erbitterte mich – und lief vor das Haus. Deine Fenster waren erleuchtet, mein ganzes Herz klang. Nun erst lebte die Stadt, die mich so fremd, so sinnlos umbraust hatte, nun erst lebte ich wieder, da ich Dich nahe ahnte, Dich, meinen ewigen Traum. Ich ahnte ja nicht, daß ich in Wirklichkeit Deinem Bewußtsein ebenso ferne war hinter Tälern, Bergen und Flüssen als nun, da nur die dünne leuchtende Glasscheibe Deines Fensters zwischen Dir war und meinem aufstrahlenden Blick. Ich sah nur empor und empor: da war Licht, da war das Haus, da warst Du, da war meine Welt. Zwei Jahre hatte ich von dieser Stunde geträumt, nun war sie mir geschenkt. Ich stand den langen, weichen, verhangenen Abend vor Deinen Fenstern, bis das Licht erlosch. Dann suchte ich erst mein Heim.

Jeden Abend stand ich dann so vor Deinem Haus. Bis sechs Uhr hatte ich Dienst im Geschäft, harten, anstrengenden Dienst, aber er war mir lieb, denn diese Unruhe ließ mich die eigene nicht so schmerzhaft fühlen. Und geradewegs, sobald die eisernen Rollbalken hinter mir niederdröhnten, lief ich zu dem geliebten Ziel. Nur Dich einmal sehen, nur einmal Dir begegnen, das war mein einziger Wille, nur wieder einmal mit dem Blick Dein Gesicht umfassen dürfen von ferne. Etwa nach einer Woche geschah's dann endlich, daß ich Dir begegnete, und zwar gerade in einem Augenblick, wo ich's nicht vermutete: während ich eben hinauf zu Deinen Fenstern spähte, kamst Du quer über die Straße. Und plötzlich war ich

– 172 –

wieder das Kind, das dreizehnjährige, ich fühlte, wie das Blut mir in die Wangen schoß; unwillkürlich, wider meinen innersten Drang, der sich sehnte, Deine Augen zu fühlen, senkte ich den Kopf und lief blitzschnell wie gehetzt an Dir vorbei. Nachher schämte ich mich dieser schulmädelhaften scheuen Flucht, denn jetzt war mein Wille mir doch klar: ich wollte Dir ja begegnen, ich suchte Dich, ich wollte von Dir erkannt sein nach all den sehnsüchtig verdämmerten Jahren, wollte von Dir beachtet, wollte von Dir geliebt sein.

Aber Du bemerktest mich lange nicht, obzwar ich jeden Abend, auch bei Schneegestöber und in dem scharfen, schneidenden Wiener Wind in Deiner Gasse stand. Oft wartete ich stundenlang vergebens, oft gingst Du dann endlich vom Hause in Begleitung von Bekannten fort, zweimal sah ich Dich auch mit Frauen, und nun empfand ich mein Erwachsensein, empfand das Neue, Andere meines Gefühls zu Dir an dem plötzlichen Herzzucken, das mir quer die Seele zerriß, als ich eine fremde Frau so sicher Arm in Arm mit Dir hingehen sah. Ich war nicht überrascht. Ich kannte ja diese Deine ewigen Besucherinnen aus meinen Kindertagen schon, aber jetzt tat es mit einmal irgendwie körperlich weh, etwas spannte sich in mir, gleichzeitig feindlich und mitverlangend gegen diese offensichtliche, diese fleischliche Vertrautheit mit einer andern. Einen Tag blieb ich, kindlich stolz wie ich war und vielleicht jetzt noch geblieben bin, von Deinem Haus weg: aber wie entsetzlich war dieser leere Abend des Trotzes und der Auflehnung. Am nächsten Abend stand ich schon wieder demütig vor Deinem Hause wartend, wartend, wie ich mein ganzes Schicksal lang vor Deinem verschlossenen Leben gestanden bin.

Und endlich, an einem Abend bemerktest Du mich. Ich hatte Dich schon von ferne kommen sehen und straffte meinen Willen zusammen, Dir nicht auszuweichen. Der

– 173 –

Zufall wollte, daß durch einen abzuladenden Wagen die Straße verengert war und Du ganz an mir vorbei mußtest. Unwillkürlich streifte mich Dein zerstreuter Blick, um sofort, kaum daß er der Aufmerksamkeit des meinen begegnete – wie erschrak die Erinnerung in mir! –, jener Dein Frauenblick, jener zärtliche, hüllende und gleichzeitig enthüllende, jener umfangende und schon fassende Blick zu werden, der mich, das Kind, zum erstenmal zur Frau, zur Liebenden erweckt. Ein, zwei Sekunden lang hielt dieser Blick so den meinen, der sich nicht wegreißen konnte und wollte – dann warst Du an mir vorbei. Mir schlug das Herz: unwillkürlich mußte ich meinen Schritt verlangsamen, und wie ich aus einer nicht zu bezwingenden Neugier mich umwandte, sah ich, daß Du stehengeblieben warst und mir nachsahst. Und an der Art, wie Du neugierig interessiert mich beobachtetest, wußte ich sofort: Du erkanntest mich nicht.

Du erkanntest mich nicht, damals nicht, nie, nie hast Du mich erkannt. Wie soll ich Dir, Geliebter, die Enttäuschung jener Sekunde schildern – damals war es ja das erstemal, daß ich's erlitt, dies Schicksal, von Dir nicht erkannt zu sein, das ich ein Leben durchlebt habe, und mit dem ich sterbe; unerkannt, immer noch unerkannt von Dir. Wie soll ich sie Dir schildern, diese Enttäuschung! Denn sieh, in diesen zwei Jahren in Innsbruck, wo ich jede Stunde an Dich dachte und nichts tat, als mir unsere erste Wiederbegegnung in Wien auszudenken, da hatte ich die wildesten Möglichkeiten neben den seligsten, je nach dem Zustand meiner Laune, ausgeträumt. Alles war, wenn ich so sagen darf, durchgeträumt; ich hatte mir in finstern Momenten vorgestellt, Du würdest mich zurückstoßen, würdest mich verachten, weil ich zu gering, zu häßlich, zu aufdringlich sei. Alle Formen Deiner Mißgunst, Deiner Kälte, Deiner Gleichgültigkeit, sie alle hatte ich durchgewandelt in leidenschaftlichen Visionen – aber dies, dies eine hatte ich in keiner finstern Regung des Gemüts, nicht im äußersten Bewußtsein meiner Minderwertigkeit in Betracht zu ziehen gewagt, dies Entsetzlichste: daß du überhaupt von meiner Existenz nichts bemerkt hattest. Heute verstehe ich es ja – ach, Du hast mich's verstehen gelehrt! –, daß das Gesicht eines Mädchens, einer Frau etwas ungemein Wandelhaftes sein muß für einen Mann, weil es meist nur Spiegel ist, bald einer Leidenschaft, bald einer Kindlichkeit, bald eines Müdeseins, und so leicht verfließt wie ein Bildnis im Spiegel, daß also ein Mann leichter das Antlitz einer Frau verlieren kann, weil das Alter darin durchwandelt mit Schatten und Licht, weil die Kleidung es von einemmal zum anderen anders rahmt. Die Resignierten, sie sind ja erst die wahren Wissenden. Aber ich, das Mädchen von damals, ich konnte Deine Vergeßlichkeit noch nicht fassen, denn irgendwie war aus meiner maßlosen, unaufhörlichen Beschäftigung mit Dir der Wahn in mich gefahren, auch Du müßtest meiner oft gedenken und auf mich warten; wie hätte ich auch nur atmen können mit der Gewißheit, ich sei Dir nichts, nie rühre ein Erinnern an mich Dich leise an! Und dies Erwachen vor Deinem Blick, der mir zeigte, daß nichts in Dir mich mehr kannte, kein Spinnfaden Erinnerung von Deinem Leben hinreiche zu meinem, das war ein erster Sturz hinab in die Wirklichkeit, eine erste Ahnung meines Schicksals.

Du erkanntest mich nicht damals. Und als zwei Tage später Dein Blick mit einer gewissen Vertrautheit bei erneuter Begegnung mich umfing, da erkanntest Du mich wiederum nicht als die, die Dich geliebt und die Du erweckt, sondern bloß als das hübsche achtzehnjährige Mädchen, das Dir vor zwei Tagen an der gleichen Stelle entgegengetreten. Du sahst mich freundlich überrascht an, ein leichtes Lächeln umspielte Deinen Mund. Wieder gingst Du an mir vorbei und wieder den Schritt sofort verlangsamend: ich zitterte, ich jauchzte, ich betete, Du würdest mich ansprechen. Ich fühlte, daß ich zum erstenmal für Dich lebendig war: auch ich verlangsamte den Schritt, ich wich Dir nicht aus. Und plötzlich spürte ich Dich hinter mir, ohne mich umzuwenden, ich wußte, nun würde ich zum erstenmal Deine geliebte Stimme an mich gerichtet hören. Wie eine Lähmung war die Erwartung in mir, schon fürchtete ich stehenbleiben zu müssen, so hämmerte mir das Herz – da tratest Du an meine Seite. Du sprachst mich an mit Deiner leichten heitern Art, als wären wir lange befreundet – ach, Du ahntest mich ja nicht, nie hast Du etwas von meinem Leben geahnt! – so zauberhaft unbefangen sprachst Du mich an, daß ich Dir sogar zu antworten vermochte. Wir gingen zusammen die ganze Gasse entlang. Dann fragtest Du mich, ob wir gemeinsam speisen wollten. Ich sagte ja. Was hätte ich Dir gewagt zu verneinen?

Wir speisten zusammen in einem kleinen Restaurant – weißt Du noch, wo es war? Ach nein, Du unterscheidest es gewiß nicht mehr von andern solchen Abenden, denn wer war ich Dir? Eine unter Hunderten, ein Abenteuer in einer ewig fortgeknüpften Kette. Was sollte Dich auch an mich erinnern: ich sprach ja wenig, weil es mir so unendlich beglückend war, Dich nahe zu haben, Dich zu mir sprechen zu hören. Keinen Augenblick davon wollte ich durch eine Frage, durch ein törichtes Wort vergeuden. Nie werde ich Dir von dieser Stunde dankbar vergessen, wie voll Du meine leidenschaftliche Ehrfurcht erfülltest, wie zart, wie leicht, wie taktvoll Du warst, ganz ohne Zudringlichkeit, ganz ohne jene eiligen karessanten Zärtlichkeiten, und vom ersten Augenblick von einer so sicheren freundschaftlichen Vertrautheit, daß Du mich auch gewonnen hättest, wäre ich nicht schon längst mit meinem ganzen Willen und Wesen Dein gewesen. Ach, Du weißt ja nicht, ein wie Ungeheures Du erfülltest, indem

Du mir fünf Jahre kindischer Erwartung nicht enttäuschtest!

Es wurde spät, wir brachen auf. An der Tür des Restaurants fragtest Du mich, ob ich eilig wäre oder noch Zeit hätte. Wie hätte ich's verschweigen können, daß ich Dir bereit sei! Ich sagte, ich hätte noch Zeit. Dann fragtest Du, ein leises Zögern rasch überspringend, ob ich nicht noch ein wenig zu Dir kommen wollte, um zu plaudern. »Gerne«, sagte ich ganz aus der Selbstverständlichkeit meines Fühlens heraus und merkte sofort, daß Du von der Raschheit meiner Zusage irgendwie peinlich oder freudig berührt warst, jedenfalls aber sichtlich überrascht. Heute verstehe ich ja dies Dein Erstaunen; ich weiß, es ist bei Frauen üblich, auch wenn das Verlangen nach Hingabe in einer brennend ist, diese Bereitschaft zu verleugnen, ein Erschrecken vorzutäuschen oder eine Entrüstung, die durch eindringliche Bitte, durch Lügen, Schwüre und Versprechen erst beschwichtigt sein will. Ich weiß, daß vielleicht nur die Professionellen der Liebe, die Dirnen, eine solche Einladung mit einer so vollen freudigen Zustimmung beantworten, oder ganz naive, ganz halbwüchsige Kinder. In mir aber war es – und wie konntest Du das ahnen – nur der wortgewordene Wille, die geballt vorbrechende Sehnsucht von tausend einzelnen Tagen. Jedenfalls aber: Du warst frappiert, ich begann Dich zu interessieren. Ich spürte, daß Du, während wir gingen, von der Seite her während des Gespräches mich irgendwie erstaunt mustertest. Dein Gefühl, Dein in allem Menschlichen so magisch sicheres Gefühl witterte hier sogleich ein Ungewöhnliches, ein Geheimnis in diesem hübschen zutunlichen Mädchen. Der Neugierige in Dir war wach, und ich merkte, aus der umkreisenden, spürenden Art der Fragen, wie Du nach dem Geheimnis tasten wolltest. Aber ich wich Dir aus: ich wollte lieber töricht erscheinen als Dir mein Geheimnis verraten.

Wir gingen zu Dir hinauf. Verzeih, Geliebter, wenn ich
Dir sage, daß Du es nicht verstehen kannst, was dieser
Gang, diese Treppe für mich waren, welcher Taumel,
welche Verwirrung, welch ein rasendes, quälendes, fast
tödliches Glück. Jetzt noch kann ich kaum ohne Tränen
daran denken, und ich habe keine mehr. Aber fühl es nur
aus, daß jeder Gegenstand dort gleichsam durchdrungen
war von meiner Leidenschaft, jeder ein Symbol meiner
Kindheit, meiner Sehnsucht: das Tor, vor dem ich tausende Male auf Dich gewartet, die Treppe, von der ich
immer Deinen Schritt erhorcht und wo ich Dich zum erstenmal gesehen, das Guckloch, aus dem ich mir die Seele
gespäht, der Türvorleger vor Deiner Tür, auf dem ich einmal gekniet, das Knacken des Schlüssels, bei dem ich immer aufgesprungen von meiner Lauer. Die ganze Kindheit, meine ganz Leidenschaft, da nistete sie ja in diesen
paar Metern Raum, hier war mein ganzes Leben, und jetzt
fiel es nieder auf mich wie ein Sturm, da alles, alles sich
erfüllte und ich mit Dir ging, ich mit Dir, in Deinem, in
unserem Hause. Bedenke – es klingt ja banal, aber ich
weiß es nicht anders zu sagen –, daß bis zu Deiner Tür alles
Wirklichkeit, dumpfe tägliche Welt ein Leben lang gewesen war, und dort das Zauberreich des Kindes begann,
Aladins Reich, bedenke, daß ich tausendmal mit brennenden Augen auf diese Tür gestarrt, die ich jetzt taumelnd
durchschritt, und Du wirst ahnen – aber nur ahnen, niemals ganz wissen, mein Geliebter! –, was diese stürzende
Minute von meinem Leben wegtrug.

Ich blieb damals die ganze Nacht bei Dir. Du hast es
nicht geahnt, daß vordem noch nie ein Mann mich berührt, noch keiner meinen Körper gefühlt oder gesehen.
Aber wie konntest Du es auch ahnen, Geliebter, denn ich
bot Dir ja keinen Widerstand, ich unterdrückte jedes Zögern der Scham, nur damit Du nicht das Geheimnis meiner Liebe zu Dir erraten könntest, das Dich gewiß er-

schreckt hätte – denn Du liebst ja nur das Leichte, das Spielende, das Gewichtlose, Du hast Angst, in ein Schicksal einzugreifen. Verschwenden willst Du Dich, Du, an alle, an die Welt, und willst kein Opfer. Wenn ich Dir jetzt sage, Geliebter, daß ich mich jungfräulich Dir gab, so flehe ich Dich an: mißversteh mich nicht! Ich klage Dich ja nicht an, Du hast mich nicht gelockt, nicht belogen, nicht verführt – ich, ich selbst drängte zu Dir, warf mich an Deine Brust, warf mich in mein Schicksal. Nie, nie werde ich Dich anklagen, nein, nur immer Dir danken, denn wie reich, wie funkelnd von Lust, wie schwebend von Seligkeit war für mich diese Nacht. Wenn ich die Augen auftat im Dunkeln und Dich fühlte an meiner Seite, wunderte ich mich, daß nicht die Sterne über mir waren, so sehr fühlte ich Himmel – nein, ich habe niemals bereut, mein Geliebter, niemals um dieser Stunde willen. Ich weiß noch: als Du schliefst, als ich Deinen Atem hörte, Deinen Körper fühlte und mich selbst Dir so nah, da habe ich im Dunkeln geweint vor Glück.

Am Morgen drängte ich frühzeitig schon fort. Ich mußte in das Geschäft und wollte auch gehen, ehe der Diener käme: er sollte mich nicht sehen. Als ich angezogen vor Dir stand, nahmst Du mich in den Arm, sahst mich lange an; war es ein Erinnern, dunkel und fern, das in Dir wogte, oder schien ich Dir nur schön, beglückt, wie ich war? Dann küßtest Du mich auf den Mund. Ich machte mich leise los und wollte gehen. Da fragtest Du: »Willst Du nicht ein paar Blumen mitnehmen?« Ich sagte ja. Du nahmst vier weiße Rosen aus der blauen Kristallvase am Schreibtisch (ach, ich kannte sie von jenem einzigen diebischen Kindheitsblick) und gabst sie mir. Tagelang habe ich sie noch geküßt.

Wir hatten zuvor einen andern Abend verabredet. Ich kam, und wieder war es wunderbar. Noch eine dritte Nacht hast Du mir geschenkt. Dann sagtest Du, Du müß-

– 179 –

test verreisen – oh, wie haßte ich diese Reisen von meiner Kindheit her! – und versprachst mir, mich sofort nach Deiner Rückkehr zu verständigen. Ich gab Dir eine Poste restante-Adresse – meinen Namen wollte ich Dir nicht sagen. Ich hütete mein Geheimnis. Wieder gabst Du mir ein paar Rosen zum Abschied – zum Abschied.

Jeden Tag während zweier Monate fragte ich ... aber nein, wozu diese Höllenqual der Erwartung, der Verzweiflung Dir schildern. Ich klage Dich nicht an, ich liebe Dich als den, der Du bist, heiß und vergeßlich, hingebend und untreu, ich liebe Dich so, nur so, wie Du immer gewesen und wie Du jetzt noch bist. Du warst längst zurück, ich sah es an Deinen erleuchteten Fenstern, und hast mir nicht geschrieben. Keine Zeile habe ich von Dir in meinen letzten Stunden, keine Zeile von Dir, dem ich mein Leben gegeben. Ich habe gewartet, ich habe gewartet wie eine Verzweifelte. Aber Du hast mich nicht gerufen, keine Zeile hast Du mir geschrieben ... keine Zeile ...

Mein Kind ist gestern gestorben – es war auch Dein Kind. Es war auch Dein Kind, Geliebter, das Kind einer jener drei Nächte, ich schwöre es Dir, und man lügt nicht im Schatten des Todes. Es war unser Kind, ich schwöre es Dir, denn kein Mann hat mich berührt von jenen Stunden, da ich mich Dir hingegeben, bis zu jenen andern, da es aus meinem Leib gerungen wurde. Ich war mir heilig durch Deine Berührung: wie hätte ich es vermocht, mich zu teilen an Dich, der mir alles gewesen, und an andere, die an meinem Leben nur leise anstreiften? Es war unser Kind, Geliebter, das Kind meiner wissenden Liebe und Deiner sorglosen, verschwenderischen, fast unbewußten Zärtlichkeit, unser Kind, unser Sohn, unser einziges Kind. Aber Du fragst nun – vielleicht erschreckt, vielleicht bloß erstaunt –, Du fragst nun, mein Geliebter, warum ich dies Kind alle diese langen Jahre verschwiegen und erst heute von ihm spreche, da es hier im Dunkel schlafend, für immer schlafend liegt, schon bereit fortzugehen und nie mehr wiederzukehren, nie mehr! Doch wie hätte ich es Dir sagen können? Nie hättest Du mir, der Fremden, der allzu Bereitwilligen dreier Nächte, die sich ohne Widerstand, ja begehrend, Dir aufgetan, nie hättest Du ihr, der Namenlosen einer flüchtigen Begegnung, geglaubt, daß sie Dir die Treue hielt, Dir dem Untreuen – nie ohne Mißtrauen dies Kind als das Deine erkannt! Nie hättest Du, selbst wenn mein Wort Dir Wahrscheinlichkeit geboten, den heimlichen Verdacht abtun können, ich versuchte, Dir, dem Begüterten, das Kind fremder Stunde unterzuschieben. Du hättest mich beargwohnt, ein Schatten wäre geblieben, ein fliegender, scheuer Schatten von Mißtrauen zwischen Dir und mir. Das wollte ich nicht. Und dann, ich kenne Dich; ich kenne Dich so gut, wie Du kaum selber Dich kennst, ich weiß, es wäre Dir, der Du das Sorglose, das Leichte, das Spielende liebst in der Liebe, peinlich gewesen, plötzlich Vater, plötzlich verantwortlich zu sein für ein Schicksal. Du hättest Dich, Du, der Du nur in Freiheit atmen kannst, Dich irgendwie verbunden gefühlt mit mir. Du hättest mich – ja, ich weiß es, daß Du es getan hättest, wider Deinen eigenen wachen Willen –, Du hättest mich gehaßt für dieses Verbundensein. Vielleicht nur stundenlang, vielleicht nur flüchtige Minuten lang wäre ich Dir lästig gewesen, wäre ich Dir verhaßt worden – ich aber wollte in meinem Stolze, Du solltest an mich ein Leben lang ohne Sorge denken. Lieber wollte ich alles auf mich nehmen als Dir eine Last werden, und einzig die sein unter allen Deinen Frauen, an die Du immer mit Liebe, mit Dankbarkeit denkst. Aber freilich, Du hast nie an mich gedacht, Du hast mich vergessen.

Ich klage Dich nicht an, mein Geliebter, nein, ich klage Dich nicht an. Verzeih mir's, wenn mir manchmal ein Tropfen Bitternis in die Feder fließt, verzeih mir's – mein

Kind, unser Kind liegt ja da tot unter den flackernden Kerzen; ich habe zu Gott die Fäuste geballt und ihn Mörder genannt, meine Sinne sind trüb und verwirrt. Verzeih mir die Klage, verzeihe sie mir! Ich weiß ja, daß Du gut bist und hilfreich im tiefsten Herzen, Du hilfst jedem, hilfst auch dem Fremdesten, der Dich bittet. Aber Deine Güte ist so sonderbar, sie ist eine, die offen liegt für jeden, daß er nehmen kann, soviel seine Hände fassen, sie ist groß, unendlich groß, Deine Güte, aber sie ist – verzeih mir – sie ist träge. Sie will gemahnt, will genommen sein. Du hilfst, wenn man Dich ruft, Dich bittet, hilfst aus Scham, aus Schwäche und nicht aus Freudigkeit. Du hast – laß es Dir offen sagen – den Menschen in Notdurft und Qual nicht lieber als den Bruder im Glück. Und Menschen, die so sind wie Du, selbst die Gütigsten unter ihnen, sie bittet man schwer. Einmal, ich war noch ein Kind, sah ich durch das Guckloch an der Tür, wie Du einem Bettler, der bei Dir geklingelt hatte, etwas gabst. Du gabst ihm rasch und sogar viel, noch ehe er Dich bat, aber Du reichtest es ihm mit einer gewissen Angst und Hast hin, er möchte nur bald wieder fortgehen, es war, als hättest Du Furcht, ihm ins Auge zu sehen. Diese Deine unruhige, scheue, vor der Dankbarkeit flüchtende Art des Helfens habe ich nie vergessen. Und deshalb habe ich mich nie an Dich gewandt. Gewiß, ich weiß, Du hättest mir damals zur Seite gestanden auch ohne die Gewißheit, es sei Dein Kind. Du hättest mich getröstet, mir Geld gegeben, reichlich Geld, aber immer nur mit der geheimen Ungeduld, das Unbequeme von Dir wegzuschieben; ja, ich glaube, Du hättest mich sogar beredet, das Kind vorzeitig abzutun. Und dies fürchtete ich vor allem – denn was hätte ich nicht getan, so Du es begehrtest, wie hätte ich Dir etwas zu verweigern vermocht! Aber dieses Kind war alles für mich, war es doch von Dir, nochmals Du, aber nun nicht mehr Du, der Glückliche, der Sorglose, den ich nicht zu halten ver-

mochte, sondern Du für immer – so meinte ich – mir gegeben, verhaftet in meinem Leibe, verbunden in meinem
Leben. Nun hatte ich Dich ja endlich gefangen, ich konnte
Dich, Dein Leben wachsen spüren in meinen Adern, Dich
nähren, Dich tränken, Dich liebkosen, Dich küssen, wenn
mir die Seele danach brannte. Siehst Du, Geliebter, darum
war ich so selig, als ich wußte, daß ich ein Kind von Dir
hatte, darum verschwieg ich Dir's: denn nun konntest Du
mir nicht mehr entfliehen.

Freilich, Geliebter, es waren nicht nur so selige Monate,
wie ich sie voraus fühlte in meinen Gedanken, es waren
auch Monate voll von Grauen und Qual, voll Ekel vor der
Niedrigkeit der Menschen. Ich hatte es nicht leicht. In das
Geschäft konnte ich während der letzten Monate nicht
mehr gehen, damit es den Verwandten nicht auffällig
werde und sie nicht nach Hause berichteten. Von der
Mutter wollte ich kein Geld erbitten – so fristete ich mir
mit dem Verkauf von dem bißchen Schmuck, den ich
hatte, die Zeit bis zur Niederkunft. Eine Woche vorher
wurden mir aus einem Schranke von einer Wäscherin die
letzten paar Kronen gestohlen, so mußte ich in die Gebärklinik. Dort, wo nur die ganz Armen, die Ausgestoßenen
und Vergessenen sich in ihrer Not hinschleppen, dort,
mitten im Abhub des Elends, dort ist das Kind, Dein Kind
geboren worden. Es war zum Sterben dort: fremd, fremd,
fremd war alles, fremd wir einander, die wir da lagen, einsam und voll Haß eine auf die andere, nur vom Elend, von
der gleichen Qual in diesen dumpfen, von Chloroform
und Blut, von Schrei und Stöhnen vollgepreßten Saal gestoßen. Was die Armut an Erniedrigung, an seelischer und
körperlicher Schande zu ertragen hat, ich habe es dort gelitten an dem Beisammensein mit Dirnen und mit Kranken, die aus der Gemeinsamkeit des Schicksals eine Gemeinheit machten, an der Zynik der jungen Ärzte, die mit
einem ironischen Lächeln der Wehrlosen das Bettuch auf-

streiften und sie mit falscher Wissenschaftlichkeit antaste-
ten, an der Habsucht der Wärterinnen – oh, dort wird die
Scham eines Menschen gekreuzigt mit Blicken und gegeißelt mit Worten. Die Tafel mit deinem Namen, das allein
bist dort noch du, denn was im Bette liegt, ist bloß ein
zuckendes Stück Fleisch, betastet von Neugierigen, ein
Objekt der Schau und des Studierens – ah, sie wissen es
nicht, die Frauen, die ihrem Mann, dem zärtlich Warten-
den, in seinem Hause Kinder schenken, was es heißt, allein, wehrlos, gleichsam am Versuchstisch, ein Kind zu
gebären! Und lese ich noch heute in einem Buche das
Wort Hölle, so denke ich plötzlich wider meinen bewuß-
ten Willen an jenen vollgepfropften, dünstenden, von
Seufzer, Gelächter und blutigem Schrei erfüllten Saal, in
dem ich gelitten habe, an dieses Schlachthaus der Scham.

Verzeih, verzeih mir's, daß ich davon spreche. Aber nur
dieses eine Mal rede ich davon, nie mehr, nie mehr wieder.
Elf Jahre habe ich geschwiegen davon, und werde bald
stumm sein in alle Ewigkeit: einmal mußte ich's ausschreien, einmal ausschreien, wie teuer ich es erkaufte,
dies Kind, das meine Seligkeit war und das nun dort ohne
Atem liegt. Ich hatte sie schon vergessen, diese Stunden,
längst vergessen im Lächeln, in der Stimme des Kindes, in
meiner Seligkeit; aber jetzt, da es tot ist, wird die Qual
wieder lebendig, und ich mußte sie mir von der Seele
schreien, dieses eine, dieses eine Mal. Aber nicht Dich
klage ich an, nur Gott, nur Gott, der sie sinnlos machte,
diese Qual. Nicht Dich klage ich an, ich schwöre es Dir,
und nie habe ich mich im Zorn erhoben gegen Dich.
Selbst in der Stunde, da mein Leib sich krümmte in den
Wehen, da mein Körper vor Scham brannte unter den ta-
stenden Blicken der Studenten, selbst in der Sekunde, da
der Schmerz mir die Seele zerriß, habe ich Dich nicht an-
geklagt vor Gott; nie habe ich jene Nächte bereut, nie
meine Liebe zu Dir gescholten, immer habe ich Dich ge-

liebt, immer die Stunde gesegnet, da Du mir begegnet
bist. Und müßte ich noch einmal durch die Hölle jener
Stunden und wüßte vordem, was mich erwartet, ich täte
es noch einmal, mein Geliebter, noch einmal und tausendmal!

Unser Kind ist gestern gestorben – Du hast es nie gekannt.
Niemals, auch in der flüchtigen Begegnung des Zufalles,
hat dies blühende, kleine Wesen, Dein Wesen, im Vorübergehen Deinen Blick gestreift. Ich hielt mich lange
verborgen vor Dir, sobald ich dies Kind hatte; meine
Sehnsucht nach Dir war weniger schmerzhaft geworden,
ja ich glaube, ich liebte Dich weniger leidenschaftlich, zumindest litt ich nicht so an meiner Liebe, seit es mir geschenkt war. Ich wollte mich nicht zerteilen zwischen Dir
und ihm; so gab ich mich nicht an Dich, den Glücklichen,
der an mir vobeilebte, sondern an dies Kind, das mich
brauchte, das ich nähren mußte, das ich küssen konnte
und umfangen. Ich schien gerettet vor meiner Unruhe
nach Dir, meinem Verhängnis, gerettet durch dies Dein
anderes Du, das aber wahrhaft mein war – selten nur
mehr, ganz selten drängte mein Gefühl sich demütig
heran an Dein Haus. Nur eines tat ich: zu Deinem Geburtstag sandte ich Dir immer ein Bündel weiße Rosen,
genau dieselben, wie Du sie mir damals geschenkt nach
unserer ersten Liebesnacht. Hast Du je in diesen zehn, in
diesen elf Jahren Dich gefragt, wer sie sandte? Hast Du
Dich vielleicht an die erinnert, der Du einst solche Rosen
geschenkt? Ich weiß es nicht und werde Deine Antwort
nicht wissen. Nur aus dem Dunkel sie Dir hinzureichen,
einmal im Jahre die Erinnerung aufblühen zu lassen an
jene Stunde – das war mir genug.

Du hast es nie gekannt, unser armes Kind – heute klage
ich mich an, daß ich es Dir verbarg, denn du hättest es
geliebt. Nie hast Du ihn gekannt, den armen Knaben, nie

ihn lächeln gesehen, wenn er leise die Lider aufhob und dann mit seinen dunklen klugen Augen – Deinen Augen! – ein helles, frohes Licht warf über mich, über die ganze Welt. Ach, er war so heiter, so lieb: die ganze Leichtigkeit Deines Wesens war in ihm kindlich wiederholt, Deine rasche, bewegte Phantasie in ihm erneuert; stundenlang konnte er verliebt mit Dingen spielen, so wie Du mit dem Leben spielst, und dann wieder ernst mit hochgezogenen Brauen vor seinen Büchern sitzen. Er wurde immer mehr Du; schon begann sich auch in ihm jene Zwiefältigkeit von Ernst und Spiel, die Dir eigen ist, sichtbar zu entfalten, und je ähnlicher er Dir ward, desto mehr liebte ich ihn. Er hat gut gelernt, er plauderte Französisch wie eine kleine Elster, seine Hefte waren die saubersten der Klasse, und wie hübsch war er dabei, wie elegant in seinem schwarzen Samtkleid oder dem weißen Matrosenjäckchen. Immer war er der Eleganteste von allen, wohin er auch kam; in Grado am Strande, wenn ich mit ihm ging, blieben die Frauen stehen und streichelten sein langes blondes Haar, auf dem Semmering, wenn er im Schlitten fuhr, wandten sich bewundernd die Leute nach ihm um. Er war so hübsch, so zart, so zutunlich: als er im letzten Jahre ins Internat des Theresianums kam, trug er seine Uniform und den kleinen Degen wie ein Page aus dem achtzehnten Jahrhundert – nun hat er nichts als sein Hemdchen an, der Arme, der dort liegt mit blassen Lippen und eingefalteten Händen.

Aber Du fragst mich vielleicht, wie ich das Kind so im Luxus erziehen konnte, wie ich es vermochte, ihm dies helle, dies heitere Leben der obern Welt zu vergönnen. Liebster, ich spreche aus dem Dunkel zu Dir; ich habe keine Scham, ich will es Dir sagen, aber erschrick nicht, Geliebter – ich habe mich verkauft. Ich wurde nicht gerade das, was man ein Mädchen von der Straße nennt, eine Dirne, aber ich habe mich verkauft. Ich hatte reiche

– 186 –

Freunde, reiche Geliebte: zuerst suchte ich sie, dann suchten sie mich, denn ich war – hast Du es je bemerkt? – sehr schön. Jeder, dem ich mich gab, gewann mich lieb, alle haben mir gedankt, alle an mir gehangen, alle mich geliebt – nur Du nicht, nur Du nicht, mein Geliebter!

Verachtest Du mich nun, weil ich Dir es verriet, daß ich mich verkauft habe? Nein, ich weiß, Du verachtest mich nicht, ich weiß, Du verstehst alles und wirst auch verstehen, daß ich es nur für Dich getan, für Dein anderes Ich, für Dein Kind. Ich hatte einmal in jener Stube der Gebärklinik an das Entsetzliche der Armut gerührt, ich wußte, daß in dieser Welt der Arme immer der Getretene, der Erniedrigte, das Opfer ist, und ich wollte nicht, um keinen Preis, daß Dein Kind, Dein helles, schönes Kind da tief unten aufwachsen sollte im Abhub, im Dumpfen, im Gemeinen der Gasse, in der verpesteten Luft eines Hinterhausraumes. Sein zarter Mund sollte nicht die Sprache des Rinnsteins kennen, sein weißer Leib nicht die dumpfige, verkrümmte Wäsche der Armut – Dein Kind sollte alles haben, allen Reichtum, alle Leichtigkeit der Erde, es sollte wieder aufsteigen zu Dir, in Deine Sphäre des Lebens.

Darum, nur darum, mein Geliebter, habe ich mich verkauft. Es war kein Opfer für mich, denn was man gemeinhin Ehre und Schande nennt, das war mir wesenlos: Du liebtest mich nicht, Du, der Einzige, dem mein Leib gehörte, so fühlte ich es als gleichgültig, was sonst mit meinem Körper geschah. Die Liebkosungen der Männer, selbst ihre innerste Leidenschaft, sie rührten mich im Tiefsten nicht an, obzwar ich manche von ihnen sehr achten mußte und mein Mitleid mit ihrer unerwiderten Liebe in Erinnerung eigenen Schicksals mich oft erschütterte. Alle waren sie gut zu mir, die ich kannte, alle haben sie mich verwöhnt, alle achteten sie mich. Da war vor allem einer, ein älterer, verwitweter Reichsgraf, derselbe, der sich die Füße wundstand an den Türen, um die Aufnahme des vaterlosen Kindes, Deines Kindes, im Theresianum durchzudrücken – der liebte mich wie eine Tochter. Dreimal, viermal machte er mir den Antrag, mich zu heiraten – ich könnte heute Gräfin sein, Herrin auf einem zauberischen Schloß in Tirol, könnte sorglos sein, denn das Kind hätte einen zärtlichen Vater gehabt, der es vergötterte, und ich einen stillen, vornehmen, gütigen Mann an meiner Seite – ich habe es nicht getan, so sehr, so oft er auch drängte, so sehr ich ihm wehe tat mit meiner Weigerung. Vielleicht war es eine Torheit, denn sonst lebte ich jetzt irgendwo still und geborgen, und dies Kind, das geliebte, mit mir, aber – warum soll ich es Dir nicht gestehen – ich wollte mich nicht binden, ich wollte Dir frei sein in jeder Stunde. Innen im Tiefsten, im Unbewußten meines Wesens lebte noch immer der alte Kindertraum, Du würdest vielleicht noch einmal mich zu Dir rufen, sei es nur für eine Stunde lang. Und für diese eine mögliche Stunde habe ich alles weggestoßen, nur um Dir frei zu sein für Deinen ersten Ruf. Was war mein ganzes Leben seit dem Erwachen aus der Kindheit denn anders als ein Warten, ein Warten auf Deinen Willen!

Und diese Stunde, sie ist wirklich gekommen. Aber Du weißt sie nicht. Du ahnst sie nicht, mein Geliebter! Auch in ihr hast Du mich nicht erkannt – nie, nie nie hast Du mich erkannt! Ich war Dir ja schon früher oft begegnet, in den Theatern, in den Konzerten, im Prater, auf der Straße –, jedesmal zuckte mir das Herz, aber Du sahst an mir vorbei: ich war ja äußerlich eine ganz andere, aus dem scheuen Kinde war eine Frau geworden, schön, wie sie sagten, in kostbare Kleider gehüllt, umringt von Verehrern: wie konntest Du in mir jenes schüchterne Mädchen im dämmerigen Licht Deines Schlafraumes vermuten! Manchmal grüßte Dich einer der Herren, mit denen ich ging, Du danktest und sahst auf zu mir: aber Dein Blick war höfliche Fremdheit, anerkennend, aber nie erkennend, fremd, entsetzlich fremd. Einmal, ich erinnere mich noch, ward mir dieses Nichterkennen, an das ich fast schon gewohnt war, zu brennender Qual: ich saß in einer Loge der Oper mit einem Freunde und Du in der Nachbarloge. Die Lichter erloschen bei der Ouvertüre, ich konnte Dein Anlitz nicht mehr sehen, nur Deinen Atem fühlte ich so nah neben mir, wie damals in jener Nacht, und auf der samtenen Brüstung der Abteilung unserer Logen lag Deine Hand aufgestützt, Deine feine, zarte Hand. Und endlich überkam mich das Verlangen, mich niederzubeugen und diese fremde, diese so geliebte Hand demütig zu küssen, deren zärtliche Umfassung ich einst gefühlt. Um mich wogte aufwühlend die Musik, immer leidenschaftlicher wurde das Verlangen, ich mußte mich ankrampfen, mich gewaltsam aufreißen, so gewaltsam zog es meine Lippen hin zu Deiner geliebten Hand. Nach dem ersten Akt bat ich meinen Freund, mit mir fortzugehen. Ich ertrug es nicht mehr, Dich so fremd und so nah neben mir zu haben im Dunkel.

Aber die Stunde kam, sie kam noch einmal, ein letztes Mal in mein verschüttetes Leben. Fast genau vor einem Jahr ist es gewesen, am Tage nach Deinem Geburtstage. Seltsam: ich hatte alle die Stunden an Dich gedacht, denn Deinen Geburtstag, ihn feierte ich immer wie ein Fest. Ganz frühmorgens schon war ich ausgegangen und hatte die weißen Rosen gekauft, die ich Dir wie alljährlich senden ließ zur Erinnerung an eine Stunde, die Du vergessen hattest. Nachmittags fuhr ich mit dem Buben aus, führte ihn zu Demel in die Konditorei und abends ins Theater, ich wollte, auch er sollte diesen Tag, ohne seine Bedeutung zu wissen, irgendwie als einen mystischen Feiertag von Jugend her empfinden. Am nächsten Tag war ich dann mit meinem damaligen Freunde, einem jungen, reichen Brünner Fabrikanten, mit dem ich schon seit zwei Jahren zusammenlebte, der mich vergötterte, verwöhnte

– 189 –

und mich ebenso heiraten wollte wie die andern und dem ich mich ebenso scheinbar grundlos verweigerte wie den andern, obwohl er mich und das Kind mit Geschenken überschüttete und selbst liebenswert war in seiner ein wenig dumpfen, knechtischen Güte. Wir gingen zusammen in ein Konzert, trafen dort heitere Gesellschaft, soupierten in einem Ringstraßenrestaurant, und dort, mitten im Lachen und Schwätzen, machte ich den Vorschlag, noch in ein Tanzlokal, in den Tabarin, zu gehen. Mir waren diese Art Lokale mit ihrer systematischen und alkoholischen Heiterkeit wie jede ›Drahrerei‹ sonst immer widerlich, und ich wehrte mich sonst immer gegen derlei Vorschläge, diesmal aber – es war wie eine unergründliche magische Macht in mir, die mich plötzlich unbewußt den Vorschlag mitten in die freudig zustimmende Erregung der andern werfen ließ – hatte ich plötzlich ein unerklärliches Verlangen, als ob dort irgend etwas Besonderes mich erwarte. Gewohnt, mir gefällig zu sein, standen alle rasch auf, wir gingen hinüber, tranken Champagner, und in mich kam mit einemmal eine ganz rasende, ja fast schmerzhafte Lustigkeit, wie ich sie nie gekannt. Ich trank und trank, sang die kitschigen Lieder mit und hatte fast den Zwang, zu tanzen oder zu jubeln. Aber plötzlich – mir war, als hätte etwas Kaltes oder etwas Glühendheißes sich mir jäh aufs Herz gelegt – riß es mich auf: am Nachbartisch saßest Du mit einigen Freunden und sahst mich an mit einem bewundernden und begehrenden Blick, mit jenem Blicke, der mir immer den ganzen Leib von innen aufwühlte. Zum erstenmal seit zehn Jahren sahst Du mich wieder an mit der ganzen unbewußt-leidenschaftlichen Macht Deines Wesens. Ich zitterte. Fast wäre mir das erhobene Glas aus den Händen gefallen. Glücklicherweise merkten die Tischgenossen nicht meine Verwirrung: sie verlor sich in dem Dröhnen von Gelächter und Musik.

Immer brennender wurde Dein Blick und tauchte mich

ganz in Feuer. Ich wußte nicht: hattest Du mich endlich, endlich erkannt, oder begehrtest Du mich neu, als eine andere, als eine Fremde? Das Blut flog mir in die Wangen, zerstreut antwortete ich den Tischgenossen: Du mußtest es merken, wie verwirrt ich war von Deinem Blick. Unmerklich für die übrigen machtest Du mit einer Bewegung des Kopfes ein Zeichen, ich möchte für einen Augenblick hinauskommen in den Vorraum. Dann zahltest Du ostentativ, nahmst Abschied von Deinen Kameraden und gingst hinaus, nicht ohne zuvor noch einmal angedeutet zu haben, daß Du draußen auf mich warten würdest. Ich zitterte wie im Frost, wie im Fieber, ich konnte nicht mehr Antwort geben, nicht mehr mein aufgejagtes Blut beherrschen. Zufälligerweise begann gerade in diesem Augenblick ein Negerpaar mit knatternden Absätzen und schrillen Schreien einen absonderlichen neuen Tanz: alles starrte ihnen zu, und diese Sekunde nützte ich. Ich stand auf, sagte meinem Freunde, daß ich gleich zurückkäme und ging Dir nach.

Draußen im Vorraum vor der Garderobe standest Du, mich erwartend: Dein Blick ward hell, als ich kam. Lächelnd eiltest Du mir entgegen; ich sah sofort, Du erkanntest mich nicht, erkanntest nicht das Kind von einst und nicht das Mädchen, noch einmal griffest Du nach mir als einem Neuen, einem Unbekannten. »Haben Sie auch für mich einmal eine Stunde«, fragtest Du vertraulich – ich fühlte an der Sicherheit Deiner Art, Du nahmst mich für eine dieser Frauen, für die Käufliche eines Abends. »Ja«, sagte ich, dasselbe zitternde und doch selbstverständliche einwilligende Ja, das Dir das Mädchen vor mehr als einem Jahrzehnt auf der dämmernden Straße gesagt. »Und wann könnten wir uns sehen?« fragtest Du. »Wann immer Sie wollen«, antwortete ich – vor Dir hatte ich keine Scham. Du sahst mich ein wenig verwundert an, mit derselben mißtrauisch-neugierigen Verwunderung wie damals, als

– 191 –

Dich gleichfalls die Raschheit meines Einverständnisses erstaunt hatte. »Könnten Sie jetzt?« fragtest Du, ein wenig zögernd. »Ja«, sagte ich, »gehen wir«.

Ich wollte zur Garderobe, meinen Mantel holen.

Da fiel mir ein, daß mein Freund den Garderobenzettel hatte für unsere gemeinsam abgegebenen Mäntel. Zurückzugehen und ihn verlangen, wäre ohne umständliche Begründung nicht möglich gewesen, anderseits die Stunde mit Dir preisgeben, die seit Jahren ersehnte, dies wollte ich nicht. So habe ich keine Sekunde gezögert: ich nahm nur den Schal über das Abendkleid und ging hinaus in die nebelfeuchte Nacht, ohne mich um den Mantel zu kümmern, ohne mich um den guten, zärtlichen Menschen zu kümmern, von dem ich seit Jahren lebte und den ich vor seinen Freunden zum lächerlichsten Narren erniedrigte, zu einem, dem seine Geliebte nach Jahren wegläuft auf den ersten Pfiff eines fremden Mannes. Oh, ich war mir ganz der Niedrigkeit, der Undankbarkeit, der Schändlichkeit, die ich gegen einen ehrlichen Freund beging, im Tiefsten bewußt, ich fühlte, daß ich lächerlich handelte und mit meinem Wahn einen gütigen Menschen für immer tödlich kränkte, fühlte, daß ich mein Leben mitten entzweiriß – aber was war mir Freundschaft, was meine Existenz gegen die Ungeduld, wieder einmal Deine Lippen zu fühlen, Dein Wort weich gegen mich gesprochen zu hören. So habe ich Dich geliebt, nun kann ich es Dir sagen, da alles vorbei ist und vergangen. Und ich glaube, riefest Du mich von meinem Sterbebette, so käme mir plötzlich die Kraft, aufzustehen und mit Dir zu gehen.

Ein Wagen stand vor dem Eingang, wir fuhren zu Dir. Ich hörte wieder Deine Stimme, ich fühlte Deine zärtliche Nähe und war genau so betäubt, so kindisch-selig verwirrt wie damals. Wie stieg ich, nach mehr als zehn Jahren, zum erstenmal wieder die Treppe empor – nein,

nein, ich kann Dirs nicht schildern, wie ich alles immer doppelt fühlte in jenen Sekunden, vergangene Zeit und Gegenwart, und in allem und allem immer nur Dich. In Deinem Zimmer war weniges anders, ein paar Bilder mehr, und mehr Bücher, da und dort fremde Möbel, aber alles doch grüßte mich vertraut. Und am Schreibtisch stand die Vase mit den Rosen darin – mit meinen Rosen, die ich Dir tags vorher zu Deinem Geburtstag geschickt als Erinnerung an eine, an die Du Dich doch nicht erinnertest, die Du doch nicht erkanntest, selbst jetzt, da sie Dir nahe war, Hand in Hand und Lippe an Lippe. Aber doch: es tat mir wohl, daß Du die Blumen hegtest: so war doch ein Hauch meines Wesens, ein Atem meiner Liebe um Dich.

Du nahmst mich in Deine Arme. Wieder blieb ich bei Dir eine ganze herrliche Nacht. Aber auch im nackten Leibe erkanntest Du mich nicht. Selig erlitt ich Deine wissenden Zärtlichkeiten und sah, daß Deine Leidenschaft keinen Unterschied macht zwischen einer Geliebten und einer Käuflichen, daß Du Dich ganz gibst an Dein Begehren mit der unbedachten verschwenderischen Fülle Deines Wesens. Du warst so zärtlich und lind zu mir, der vom Nachtlokal Geholten, so vornehm und so herzlichachtungsvoll und doch gleichzeitig so leidenschaftlich im Genießen der Frau; wieder fühlte ich, taumelig vom alten Glück, diese einzige Zweiheit Deines Wesens, die wissende, die geistige Leidenschaft in der sinnlichen, die schon das Kind Dir hörig gemacht. Nie habe ich bei einem Manne in der Zärtlichkeit solche Hingabe an den Augenblick gekannt, ein solches Ausbrechen und Entgegenleuchten des tiefsten Wesens – freilich um dann hinzulöschen in eine unendliche, fast unmenschliche Vergeßlichkeit. Aber auch ich vergaß mich selbst: wer war ich nun im Dunkel neben Dir? War ich's, das brennende Kind von einst, war ich's, die Mutter Deines Kindes, war ich's, die Fremde? Ach, es war so vertraut, so erlebt alles, und alles wieder so rauschend neu in dieser leidenschaftlichen Nacht. Und ich betete, sie möchte kein Ende nehmen.

Aber der Morgen kam, wir standen spät auf, Du ludest mich ein, noch mit Dir zu frühstücken. Wir tranken zusammen den Tee, den eine unsichtbar dienende Hand diskret in dem Speisezimmer bereitgestellt hatte, und plauderten. Wieder sprachst Du mit der ganzen offenen, herzlichen Vertraulichkeit Deines Wesens zu mir und wieder ohne alle indiskreten Fragen, ohne alle Neugier nach dem Wesen, das ich war. Du fragtest nicht nach meinem Namen, nicht nach meiner Wohnung: ich war Dir wiederum nur das Abenteuer, das Namenlose, die heiße Stunde, die im Rauch des Vergessens spurlos sich löst. Du erzähltest, daß Du jetzt weit weg reisen wolltest, nach Nordafrika für zwei oder drei Monate; ich zitterte mitten in meinem Glück, denn schon hämmerte es mir in den Ohren: vorbei, vorbei und vergessen! Am liebsten wäre ich hin zu Deinen Knien gestürzt und hätte geschrien: »Nimm mich mit, damit Du mich endlich erkennst, endlich, endlich nach so vielen Jahren!« Aber ich war ja so scheu, so feige, so sklavisch, so schwach vor Dir. Ich konnte nur sagen: »Wie schade.« Du sahst mich lächelnd an: »Ist es Dir wirklich leid?«

Da faßte es mich wie eine plötzliche Wildheit. Ich stand auf, sah Dich an, lange und fest. Dann sagte ich: »Der Mann, den ich liebte, ist auch immer weggereist.« Ich sah Dich an, mitten in den Stern Deines Auges. »Jetzt, jetzt wird er mich erkennen!« zitterte, drängte alles in mir. Aber Du lächeltest mir entgegen und sagtest tröstend: »Man kommt ja wieder zurück.« »Ja«, antwortete ich, »man kommt zurück, aber dann hat man vergessen«.

Es muß etwas Absonderliches, etwas Leidenschaftliches in der Art gewesen sein, wie ich Dir das sagte. Denn auch Du standest auf und sahst mich an, verwundert und sehr liebevoll. Du nahmst mich bei den Schultern: »Was gut ist, vergißt sich nicht, Dich werde ich nicht vergessen«, sagtest Du, und dabei senkte sich Dein Blick ganz in mich hinein, als wollte er dies Bild sich festprägen. Und wie ich diesen Blick in mich eindringen fühlte, suchend, spürend, mein ganzes Wesen an sich saugend, da glaubte ich endlich, endlich den Bann der Blindheit gebrochen. Er wird mich erkennen, er wird mich erkennen! Meine ganze Seele zitterte in dem Gedanken.

Aber Du erkanntest mich nicht. Nein, Du erkanntest mich nicht, nie war ich Dir fremder jemals als in dieser Sekunde, denn sonst – sonst hättest Du nie tun können, was Du wenige Minuten später tatest. Du hattest mich geküßt, noch einmal leidenschaftlich geküßt. Ich mußte mein Haar, das sich verwirrt hatte, wieder zurechtrichten, und während ich vor dem Spiegel stand, da sah ich durch den Spiegel – und ich glaubte hinsinken zu müssen vor Scham und Entsetzen – da sah ich, wie Du in diskreter Art ein paar größere Banknoten in meinen Muff schobst. Wie habe ichs vermocht, nicht aufzuschreien, Dir nicht ins Gesicht zu schlagen in dieser Sekunde – mich, die ich Dich liebte von Kindheit an, die Mutter Deines Kindes, mich zahltest Du für diese Nacht! Eine Dirne aus dem Tabarin war ich Dir, nicht mehr – bezahlt, bezahlt hattest Du mich! Es war nicht genug, von Dir vergessen, ich mußte noch erniedrigt sein.

Ich tastete rasch nach meinen Sachen. Ich wollte fort, rasch fort. Es tat mir zu weh. Ich griff nach meinem Hut, er lag auf dem Schreibtisch, neben der Vase mit den weißen Rosen, meinen Rosen. Da erfaßte es mich mächtig, unwiderstehlich: noch einmal wollte ich es versuchen, Dich zu erinnern: »Möchtest Du mir nicht von Deinen weißen Rosen eine geben?« »Gern«, sagtest Du und nahmst sie sofort. »Aber sie sind Dir vielleicht von einer Frau gegeben, von einer Frau, die Dich liebt?« sagte ich. »Vielleicht«, sagtest Du, »ich weiß es nicht. Sie sind mir

– 195 –

gegeben und ich weiß nicht von wem; darum liebe ich sie so.« Ich sah Dich an. »Vielleicht sind sie auch von einer, die Du vergessen hast!«

Du blicktest erstaunt. Ich sah Dich fest an. »Erkenne mich, erkenne mich endlich!« schrie mein Blick. Aber Dein Auge lächelte freundlich und unwissend. Du küßtest mich noch einmal. Aber Du erkanntest mich nicht.

Ich ging rasch zur Tür, denn ich spürte, daß mir Tränen in die Augen schossen, und das solltest Du nicht sehen. Im Vorzimmer – so hastig war ich hinausgeeilt – stieß ich mit Johann, Deinem Diener, fast zusammen. Scheu und eilfertig sprang er zur Seite, riß die Haustür auf, um mich hinauszulassen, und da – in dieser einen, hörst Du? in dieser einen Sekunde, da ich ihn ansah, mit tränenden Augen ansah, den gealterten Mann, da zuckte ihm plötzlich ein Licht in den Blick. In dieser einen Sekunde, hörst Du? in dieser einen Sekunde, hat der alte Mann mich erkannt, der mich seit meiner Kindheit nicht gesehen. Ich hätte hinknien können vor ihm für dieses Erkennen und ihm die Hände küssen. So riß ich nur die Banknoten, mit denen Du mich gegeißelt, rasch aus dem Muff und steckte sie ihm zu. Er zitterte, sah erschreckt zu mir auf – in dieser Sekunde hat er vielleicht mehr geahnt von mir als Du in Deinem ganzen Leben. Alle, alle Menschen haben mich verwöhnt, alle waren zu mir gütig – nur Du, nur Du, Du hast mich vergessen, nur Du, nur Du hast mich nie erkannt!

Mein Kind ist gestorben, unser Kind – jetzt habe ich niemanden mehr in der Welt, ihn zu lieben, als Dich. Aber wer bist Du mir, Du, der Du mich niemals, niemals erkennst, der an mir vorübergeht wie an einem Wasser, der auf mich tritt wie auf einen Stein, der immer geht und weiter geht und mich läßt in ewigem Warten? Einmal vermeinte ich Dich zu halten, Dich, den Flüchtigen, in dem

Kinde. Aber es war Dein Kind: über Nacht ist es grausam von mir gegangen, eine Reise zu tun, es hat mich vergessen und kehrt nie zurück. Ich bin wieder allein, mehr allein als jemals, nichts habe ich, nichts von Dir – kein Kind mehr, kein Wort, keine Zeile, kein Erinnern, und wenn jemand meinen Namen nennen würde vor Dir, Du hörtest an ihm fremd vorbei. Warum soll ich nicht gerne sterben, da ich Dir tot bin, warum nicht weitergehen, da Du von mir gegangen bist? Nein, Geliebter, ich klage nicht wider Dich, ich will Dir nicht meinen Jammer hinwerfen in Dein heiteres Haus. Fürchte nicht, daß ich Dich weiter bedränge – verzeih mir, ich mußte mir einmal die Seele ausschreien in dieser Stunde, da das Kind dort tot und verlassen liegt. Nur dies eine Mal mußte ich sprechen zu Dir – dann gehe ich wieder stumm in mein Dunkel zurück, wie ich immer stumm neben Dir gewesen. Aber Du wirst diesen Schrei nicht hören, solange ich lebe – nur wenn ich tot bin, empfängst Du dies Vermächtnis von mir, von einer, die Dich mehr geliebt als alle und die Du nie erkannt, von einer, die immer auf Dich gewartet und die Du nie gerufen. Vielleicht, vielleicht wirst Du mich dann rufen, und ich werde Dir ungetreu sein zum erstenmal, ich werde Dich nicht mehr hören aus meinem Tod: kein Bild lasse ich Dir und kein Zeichen, wie Du mir nichts gelassen; nie wirst Du mich erkennen, niemals. Es war mein Schicksal im Leben, es sei es auch in meinem Tod. Ich will Dich nicht rufen in meine letzte Stunde, ich gehe fort, ohne daß Du meinen Namen weißt und mein Antlitz. Ich sterbe leicht, denn Du fühlst es nicht von ferne. Täte es Dir weh, daß ich sterbe, so könnte ich nicht sterben.

Ich kann nicht mehr weiter schreiben ... mir ist so dumpf im Kopfe ... die Glieder tun mir weh, ich habe Fieber ... ich glaube, ich werde mich gleich hinlegen müssen. Vielleicht ist es bald vorbei, vielleicht ist mir einmal das Schicksal gütig, und ich muß es nicht mehr sehen, wie sie das Kind wegtragen ... Ich kann nicht mehr schreiben. Leb wohl, Geliebter, leb wohl, ich danke Dir ... Es war gut, wie es war, trotz alledem ... ich will Dir's danken bis zum letzten Atemzug. Mir ist wohl: ich habe Dir alles gesagt, Du weißt nun, nein, Du ahnst nur, wie sehr ich Dich geliebt, und hast doch von dieser Liebe keine Last. Ich werde Dir nicht fehlen – das tröstet mich. Nichts wird anders sein in Deinem schönen, hellen Leben ... ich tue Dir nichts mit meinem Tod ... das tröstet mich, Du Geliebter.

Aber wer ... wer wird Dir jetzt immer die weißen Rosen senden zu Deinem Geburtstag? Ach, die Vase wird leer sein, der kleine Atem, der kleine Hauch von meinem Leben, der einmal im Jahre um Dich wehte, auch er wird verwehen! Geliebter, höre, ich bitte Dich ... es ist meine erste und letzte Bitte an Dich ... tu mir's zuliebe, nimm an jedem Geburtstag – es ist ja ein Tag, wo man an sich denkt – nimm da Rosen und tu sie in die Vase. Tu's Geliebter, tu es so, wie andere einmal im Jahre eine Messe lesen lassen für eine liebe Verstorbene. Ich aber glaube nicht an Gott mehr und will keine Messe, ich glaube nur an Dich, ich liebe nur Dich und will nur in Dir noch weiterleben ... ach, nur einen Tag im Jahr, ganz, ganz still nur, wie ich neben Dir gelebt ... Ich bitte Dich, tu es, Geliebter ... es ist meine erste Bitte an Dich und die letzte ... ich danke Dir ... ich liebe Dich, ich liebe Dich ... lebe wohl.

Er legte den Brief aus den zitternden Händen. Dann sann er lange nach. Verworren tauchte irgendein Erinnern auf an ein nachbarliches Kind, an ein Mädchen, an eine Frau im Nachtlokal, aber ein Erinnern, undeutlich und verworren, so wie ein Stein flimmert und formlos zittert am Grunde fließenden Wassers. Schatten strömten zu und fort, aber es wurde kein Bild. Er fühlte Erinnerungen des Gefühls und erinnerte sich doch nicht. Ihm war, als ob er

von all diesen Gestalten geträumt hätte, oft und tief geträumt, aber doch nur geträumt.

Da fiel sein Blick auf die blaue Vase vor ihm auf dem
Schreibtisch. Sie war leer, zum erstenmal leer seit Jahren
an seinem Geburtstag. Er schrak zusammen: ihm war, als
sei plötzlich eine Tür unsichtbar aufgesprungen, und kalte
Zugluft ströme aus anderer Welt in seinen ruhenden
Raum. Er spürte einen Tod und spürte unsterbliche Liebe:
innen brach etwas auf in seiner Seele, und er dachte an die
Unsichtbare körperlos und leidenschaftlich wie an eine
ferne Musik.

Praterfrühling
Eine Novelle

Wie ein Wirbelwind stürmte sie zur Tür herein.

»Ist mein Kleid schon gekommen?«

»Nein, gnädiges Fräulein«, antwortete das Dienstmädchen, »ich glaube auch kaum, daß es heute noch kommen wird.«

»Natürlich nicht, ich kenne ja diese faule Person«, rief sie mit einer Stimme, in der schon ein verhaltenes Schluchzen zitterte. »Jetzt ist zwölf Uhr, um halb zwei sollte ich hinunterfahren, in den Prater zum Derby. Und wegen der blöden Person kann ich nicht! Und dazu noch dieses schöne Wetter!«

Und wild, in heller Wut warf sie ihr schlankes Figürchen auf das schmale, persische Sofa hin, das mit Decken und Fransen überreich behängt, in einer Ecke des phantastisch-geschmacklos ausgestatteten Boudoirs stand. Ihr ganzer Körper zitterte vor Ärger, daß sie nicht das Derby mitmachen konnte, bei dem sie doch als bekannte Dame und berühmte Schönheit eine der wichtigsten Rollen spielte. Und heiße Tränen rannen ihr zwischen den schmalen, schwerberingten Fingern herab.

So lag sie ein paar Minuten, dann richtete sie sich ein wenig auf, so daß ihre Hand zu dem kleinen, englischen Tischchen greifen konnte, wo sie ihre Pralinébonbons wußte. Mechanisch steckte sie eines nach dem andern in den Mund und ließ sie langsam vergehen. Und ihre schwere Müdigkeit, die durchschwärmte Nacht, das kühle Halbdunkel des Zimmers und ihr großer Schmerz wirkten zusammen in der Weise, daß sie langsam einnickte.

– 200 –

Ungefähr eine Stunde ruhte sie diesen leichten, traumlosen, halb noch wirklichkeitsbewußten Schlaf. Sie war sehr hübsch, wenn auch die Augen, die sonst in ihrer fröhlichen Unbeständigkeit ihre stärkste Attraktion bildeten, jetzt geschlossen waren. Und nur die feingestrichenen Augenbrauen gaben ihr ein mondänes Aussehen, sonst hätte man sie für ein schlafendes Kind halten können, so zierlich und ebenmäßig waren ihre Züge, von denen der Schlaf den Schmerz über die verlorene Freude genommen hatte.

Gegen ein Uhr erwachte sie, etwas überrascht, daß sie geschlafen hatte, und nach und nach erinnerte sie sich wieder an alles. Auf ihr heftiges, nervös wiederholtes Klingeln erschien wieder das Mädchen.

»Ist mein Kleid gekommen?«

»Nein, gnädiges Fräulein!«

»Diese elende Person! Sie weiß doch, daß ich es brauche. Jetzt ist es aus, jetzt kann ich nicht fahren.«

Und erregt sprang sie auf, lief einigemale im engen Boudoir auf und ab, dann steckte sie den Kopf zum Fenster hinaus, ob ihr Wagen schon gekommen sei.

Natürlich, der war da. Alles hätte gepaßt, wenn nur diese verfluchte Schneiderin gekommen wäre. Und so mußte sie zu Hause bleiben. Sie verbohrte sich nach und nach in die Idee, daß sie todunglücklich sei, wie keine zweite Frau in der Welt.

Aber es machte ihr beinahe ein Vergnügen, traurig zu sein, sie fand unbewußt einen eigenen Reiz, darin sich selbst zu kasteien. Und in dieser Anwandlung befahl sie dem Mädchen, ihren Wagen wegzuschicken, ein Befehl, der von diesem mit überschwenglicher Freude akzeptiert wurde, weil er am Derbytag ein herrliches Geschäft machen konnte.

Kaum sah sie aber schon das elegante Coupé in scharfem Trab davonfahren, als sie ihr Befehl schon wieder

– 201 –

reute, und sie hätte ihn am liebsten selbst vom Fenster zurückgerufen, wenn sie sich nicht geniert hätte, denn sie wohnte im nobelsten Viertel Wiens, am Graben.

So, jetzt war's aus. Sie hatte Zimmerarrest, wie ein Soldat, dem das Verlassen der Kaserne strafweise untersagt ist.

Mißmutig ging sie herum. Es war ihr hier so ungemütlich in diesem engen Boudoir, das mit allen möglichen Dingen, Schund ärgster Sorte und erlesenen Kunstwerken wahl- und stillos vollgepfropft war. Und dazu noch dieser Geruch, der aus zwanzig verschiedenen Parfüms zusammenkomponiert war, und dieser durchdringende Zigarettenduft, der an allen Gegenständen haftete. Zum ersten Mal kam ihr das alles so widerwärtig vor, und auch die gelben Romanbände Prevosts hatten heute für sie keinen Reiz, weil sie immer wieder an den Prater, ihren Prater und an die Freudenau mit dem Derby dachte.

Und das alles nur, weil sie keine elegante Toilette hatte.

Es war zum Weinen. Gleichgiltig gegen jeden Gedanken lehnte sie im Fauteuil und wollte wieder schlafen, um so den Nachmittag totzuschlagen. Aber es ging nicht. Die Augenlider zogen doch immer wieder hinauf und sehnten sich nach Licht.

Dann ging sie wieder zum Fenster und blickte hinaus auf das Trottoir des Grabens, das heiß in der Sonne schimmerte, und auf die Menschen, die darauf eilten. Und der Himmel war so blau, die Luft so warm, daß ihre Sehnsucht nach dem Freien immer stärker und dringender wurde und immer lautere Stimmen fand. Und plötzlich kam ihr der Gedanke, allein in den Prater zu gehn, da sie ihn ja nicht missen konnte, um sich den Corso wenigstens anzusehen, wenn sie schon nicht mitfahren konnte. Dazu brauchte sie ja keine noble Toilette, ein einfaches Kleid war sogar besser, weil man sie da nicht erkennen konnte.

Der Plan wurde rasch zum Entschluß.

Sie öffnete ihren Kasten, um ihr Kleid zu wählen. Grelle, leuchtende, übermütige, schreiende Farben starrten ihr im bunten Wirbel entgegen, und es rauschte von Seide unter ihrer Hand, als sie die Wahl begann, die ihr recht schwer wurde, denn es waren fast nur Toiletten, die die prononcierte Absicht hatten, die Aufmerksamkeit auf sich zu lenken – gerade das, was sie heute vermeiden wollte. Endlich nach längerm Suchen flog auf einmal ein kindliches, frohes Lächeln über ihr Gesicht. Ganz in der Ecke, verstaubt und zerdrückt, hatte sie ein einfaches, fast ärmliches Kleid entdeckt und nicht der Fund allein war es, was sie lächeln machte, sondern die Vergangenheit, die dieses Andenken lebendig machte. Sie dachte an den Tag, wie sie mit ihrem Geliebten aus dem Elternhause in diesem Kleidchen entflohen war, an das viele Glück, das sie mit ihm gehabt, und dann an die Zeit, wo sie es mit reichen Toiletten vertauscht hatte, als Geliebte eines Grafen und dann eines andern und dann vieler anderer ...

Sie wußte nicht, wozu sie es noch besaß. Aber sie freute sich darüber: Und als sie sich umgezogen hatte und in den schweren Venetianer Spiegel sah, da mußte sie über sich lachen, so ehrbar, so bürgerlich-kindlich, so gretchenhaft sah sie aus ...

Nach einigem Herumkrabbeln fand sie auch den Hut, der zu diesem Kleid gehört hatte, dann warf sie noch einen lachenden Blick in den Spiegel, aus dem sie ein junges Bürgerfräulein im Sonntagsstaat ebenfalls lachend zurückgrüßte und ging.

Mit dem Lächeln auf den Lippen trat sie auf die Straße.

Zuerst hatte sie das Gefühl, es müsse ein jeder an ihr bemerken, daß sie nicht das sei, was sie vorgäbe.

Aber die spärlichen Leute, die eiligst in der Mittagshitze an ihr vorüberschossen, hatten größtenteils keine Zeit sie zu betrachten, und langsam fand sie sich in ihre neue Si-

tuation hinein und schritt nachdenklich die Rotenturm-
straße hinab.

Alles lag hier im Sonnenlichte gebadet, blank und
schimmernd da. Die Sonntäglichkeit war von den geputz-
ten, fröhlichen Menschen auf Tier und Ding übergegan-
gen, alles blitzte, blinkte, jubelte und grüßte ihr zu. Und
sie starrte hinein in das bunte Treiben, das sie eigentlich
niemals kennengelernt, – »wie eine Landpomeranze«,
sagte sie sich selbst, als sie vor Schauen und Betrachten
beinahe in einen Wagen hineingelaufen wäre.

Nun gab sie wieder etwas mehr acht, aber wie sie in
die Praterstraße gelangt war, da quoll wieder ihr Übermut frisch empor, als sie in einem eleganten Wagen, hart
neben sich, einen ihrer Verehrer vorbeirollen sah, so
nahe, daß sie ihn bei den Ohren hätte zupfen können, wie
sie es am liebsten getan hätte. Er aber bemerkte sie nicht,
weil er in vornehmer Weise nachlässig zurückgelehnt
war. Da lachte sie so laut, daß er sich umwandte und
wenn sie nicht blitzschnell ihr Taschentuch sich ins Gesicht gepreßt hätte, wäre sie ihm vielleicht doch nicht
entgangen.

Fröhlich schritt sie weiter und war bald mitten im Men-
schengewühle eingedrängt, das in hellen Scharen am
Sonntag zum Wiener Nationalheiligtume pilgert, in die
Prateralleen, die wie weiße Holzbalken in einem grünen
Rasen durch die waldreichen, pfadlosen Praterauen gelegt
sind. Und ihr Übermut ging in der freudigen Stimmung
der Menge unbemerkt verloren, denn eine Sonntagsfröh-
lichkeit und Naturbegeisterung machte jeden die sechs
staubigen, arbeitsschweren Wochentage vergessen, die
den Sonntag umschließen.

Sie trieb in dieser Menge, wie eine einzelne Welle im
Meer, plan- und ziellos, aber doch schäumend und sich
überschlagend im kraftbewußten Jubel.

Beinahe freute sie sich schon darüber, daß die Schneide-

– 204 –

rin ihr Kleid vergessen hatte, denn sie fühlte sich hier so glückselig, so frei, wie nie in ihrem Leben, ähnlich wie in ihrer Kindheit, als sie den Prater kennenlernte.

Und da kamen wieder alle diese Erinnerungen und Bilder, aber von ihrer fröhlichen Stimmung wie mit einem lichtgoldenen Saum umwoben, sie dachte wieder an ihre erste Liebe, aber nicht in traurigem Trotz, wie an etwas, das man ungern berührt, sondern wie an ein Geschick, das man so gern noch einmal wiederleben möchte, diese Liebe, die man schenkt, nicht verkauft ...

In tiefen Träumen schritt sie weiter und das Sprechen der Menge wurde ihr zum dumpfen Wogenbrausen, aus dem sie keinen einzelnen Laut vernahm. Sie war allein mit sich und ihren Gedanken, mehr als sie es je gewesen war, wenn sie untätig in ihrem Zimmer auf dem schmalen persischen Divan lag und Zigarettenringe in die stille, stockende Luft blies ...

Plötzlich sah sie auf.

Zuerst wußte sie nicht warum. Sie hatte nur eine dunkle Empfindung verspürt, die plötzlich einen Schleier über ihre Gedanken zog, der nicht zu entwirren war. Als sie jetzt aufblickte, bemerkte sie ein Paar Augen stetig auf sich gerichtet. Ihr weiblicher Instinkt hatte, obwohl sie nicht hingeblickt, doch diese Blicke richtig gedeutet, die sie aus ihren Träumen aufgestört.

Die Blicke kamen von einem Paar dunkler Augen, die in einem Jünglingsgesicht ihren Platz fanden, das sympathisch war durch den kindlichen Ausdruck, der trotz des stattlichen Bärtchens noch geblieben war. Die Tracht deutete auf einen Studenten hin, auch eine nationale Parteiblume, die im Knopfloch steckte, konnte diese Vermutung nur bestätigen. Ein Kalabreserhut, der schief die weichen, regelmäßigen Züge beschattete, gab diesem einfachen, fast gewöhnlichen Kopfe etwas Dichterhaftes, Ideales.

– 205 –

Ihre erste Bewegung war, verächtlich die Brauen zu-
sammenzuziehen und stolz wegzublicken. Was wollte
dieser gewöhnliche Mensch denn von ihr haben? Sie war
doch kein Mädchen von der Vorstadt, sie war ...

Plötzlich hielt sie inne und das übermütige Lachen
glänzte wieder in ihren Augen. Sie hatte sich momentan
wieder als Weltdame gefühlt und ganz vergessen, daß sie
die Maskerade eines bürgerlichen Mädchens angelegt
hatte, und kindisch freute sie sich darüber, daß die Ver-
kleidung so gut gelungen war.

Der junge Mann, der das Lächeln als Avance für sich
gedeutet hatte, trat näher an sie heran, sie unablässig mit
den Augen fixierend. Vergebens bemühte er sich, seinen
Zügen einen männlichen, siegesbewußten Ausdruck zu
geben, den aber die Zaghaftigkeit und Unentschlossen-
heit immer wieder zunichte machte. Und das war es gerade, was ihr an ihm gefiel, weil für sie Zurückhaltung
und Reserviertheit von Seiten der Männer etwas Unbekanntes war. Das Kindliche, das in diesem jungen Menschen noch nicht verwaschen war, bot ihr etwas Unbekanntes, eine neue, in ihrer Natürlichkeit unvergleichliche
Sensation. Es war für sie ein Lustspiel von unendlichem
Humor, zu beobachten, wie der Student Dutzende Male
die Lippen ansetzte, um sie anzusprechen, und immer
wieder im entscheidenden Augenblicke absetzte, von
Furcht und verschämter Angst erfaßt. Und sie mußte
ganz fest auf die Lippen beißen, um ihm nicht ins Gesicht
zu lachen.

Zu den guten Eigenschaften dieses Jünglings zählte
noch die, daß er nicht blind war. Und so konnte er deutlich das verräterische Zucken um die feinen Mundwinkel
bemerken, was seinen Mut bedeutend erhöhte.

Und ganz unvermittelt platzte er auf einmal mit der
höflichen Frage heraus, ob er sie ein wenig begleiten
dürfe. Motive gab er dazu keine an, schon aus dem höchst

einfachen Grunde, weil er trotz angestrengtestem Nachdenken keine verwendbaren gefunden hatte.

Sie selbst war trotz seiner langwierigen Vorbereitungen im kritischen Momente der Fragestellung selbst überrascht. Sollte sie annehmen? Warum nicht? Nur nicht gleich jetzt daran denken, wie die Sache enden solle. Sie wollte, da sie schon im Kostüm war, die Rolle auch spielen; wie ein bürgerliches Mädchen wollte sie auch einmal mit ihrem Verehrer in den Prater gehn. Vielleicht war es sogar amüsant?

Sie beschloß also anzunehmen und sagte ihm, sie danke, er möge sie nicht begleiten, weil er zu viel Zeit verlieren würde. Das »Ja« lag in diesem Falle im Kausalsatz.

Er verstand dies auch sofort und trat an ihre Seite.

Bald kam ein Gespräch in Fluß.

Es war ein junger, lustiger Student, noch nicht allzuviel Jahre dem Gymnasium entronnen, von dem er ein hübsches Stückchen Übermut ins Leben mitgenommen hatte. Erlebt und erfahren hatte er noch wenig, geliebt zwar nach Knabenweise unendlich viel, aber »die Abenteuer«, nach denen sich die meisten jungen Leute sehnen, waren ihm sehr, sehr selten, wenn nicht niemals passiert, weil ihm die aggressive Keckheit, die Hauptbedingung für solche Erlebnisse fehlte. Seine Liebe war meistens im bloßen Schmachten steckengeblieben, das behutsam aus der Ferne bewundert und sich in Gedichten und Träumen verliert.

Sie hingegen wunderte sich über sich selbst, was sie mit einem Male für eine Plaudertasche geworden war, um was für Dinge sie sich zu kümmern begann – und wie sie plötzlich in ihren alten Wiener Dialekt hineingekommen war, den sie nun vielleicht fünf Jahre nicht gesprochen oder gedacht hatte. Und es war ihr, als seien diese fünf Jahre des eleganten, tollen Lebens spurlos verschwunden, versunken, als sei sie wieder das schmächtige lebensdurstige Vorstadtkind von einstmals, daß den Prater und seinen Zauber so geliebt.

Ohne daß sie es gemerkt hatte, waren sie langsam vom Wege abgekommen, heraus aus dem brausenden Menschenstrom in die weiten Praterauen, wo voller Frühling war.

In tiefem Grün waren die hundertjährigen, ästebreiten Kastanienbäume, die sich wie Riesen emporhoben. Und wie verliebtes Flüstern klang es, wenn sie die blütenschweren Zweige gegeneinander rauschen ließen, daß die weißen, feinbeblätterten Flocken wie Winterschnee herabstäubten in das dunkelgrüne Gras, in dem die bunten Blumen eigenartige Muster eingewirkt hatten. Und ein süßer, schwerer Duft quoll aus der Erde auf und floß in weichen Wellen dahin, an jeden sich anschmiegend, so eng und fest, daß man gar nicht mehr ein bestimmtes Bewußtsein des Genusses hatte, sondern nur ein vages Gefühl von etwas Süßem, Lieblichem, Einschläferndem. Wie ein Saphir wölbte sich der Himmel über den Bäumen, so blau, so blank und rein. Und die Sonne breitete ihr reichstes Gold über ihre wundervolle, unvergängliche, unvergleichliche Schöpfung – den Praterfrühling.

Praterfrühling! –

Das Wort lag förmlich in der Luft, sie fühlten alle den tiefen Zauber um sich, aber auch in ihnen war das Empfinden des Knospens in reichen Blüten aufgegangen. Arm in Arm wandelten Liebespaare durch die weiten, unbegrenzten Auen dahin, glückstrahlend, und in den Kindern, denen dieses Glück noch fremd war, war ein eigenes Regen erwacht, das sie zwang, zu springen und zu tanzen und zu jubeln, daß die fröhlichen Stimmen weit in Wind und Wald verklangen.

Wie eine Glorie krönte alle diese arbeitsbefreiten, glücklichen Menschen der Praterfrühling.

Die beiden hatten es gar nicht gemerkt, wie sich der Zauber auch langsam um ihre Seelen gesponnen, aber nach und nach hatte sich in ihr fröhliches Scherzen eine herzliche Intimität eingeschlichen, ein ungeladener, aber gern gesehener Gast. Sie waren einander Freund geworden, er war voll Entzücken über dieses reizende, muntere und fröhliche Mädchen, das in ihrem souveränen Übermut wie eine verkleidete Prinzessin erschien und auch sie hatte den frischen Burschen recht gern gewonnen. Und die Komödie, die sie mit ihm begonnen hatte, war ihr jetzt selbst ein wenig ernst geworden, mit dem Kleide von damals hatte sie auch wieder die Empfindung von damals angezogen, sie war wieder voll Sehnsucht nach einem Glücke, nach der Seligkeit der ersten Liebe ...

Es war ihr, als möchte sie dies jetzt alles zum ersten Male erleben, dieses scherzende Bewundern, dieses verborgene Begehren, diese einfache, stille Seligkeit. –

Leise hatte er seinen Arm unter den ihren geschoben und sie wehrte es ihm nicht. Und sie fühlte seinen warmen Atem an ihrem Haar, wie er ihr tausend Dinge erzählte, von seiner Jugend, seinen Erlebnissen und dann, daß er Hans hieße und studiere und daß er sie furchtbar gern habe. Halb spaßend, halb ernst machte er ihr eine Liebeserklärung, die sie von Fröhlichkeit und Glück erbeben ließ. Sie hatte schon Hunderte gehört, vielleicht auch in schöneren Worten, sie hatte auch schon viele erhört, aber keine hatte ihr die Wangen in ein so leuchtendes Rot getaucht, als diese einfache innige herzliche Sprache, die heut an ihrem Ohre flüsterte und von innerer Erregung leise vibrierte. Wie ein süßer Traum, den man zu erleben sehnt, klangen die zitternden Worte und ihr Beben lief weiter durch ihren ganzen Körper, bis sie selig erschauerte. Und wie berauscht fühlte sie den Druck seines Armes auf den ihren immer stärker und stärker werden, in wilder, trunkener Zärtlichkeit.

Tief waren sie schon drinnen in den weiten men-
schenleeren Auen, in die nur noch leise und murmelnd das
Getöse der Wagen hineinsummte, fast allein. Nur hie und
da blitzten aus dem Grün helle Sommerkleider auf, wie
weiße Schmetterlinge, die wieder weiter ihren Weg ziehen, selten klang eine Menschenstimme zu ihnen her, alles
war wie im tiefen, sonnenmüden Schlafe ...

Nur seine Stimme wurde nicht müde, tausend Zärtlichkeiten zu flüstern, von denen eine mehr herzlich und bi-
zarr war wie die andere. Und sie hörte betäubt zu, wie
man im Einschlafen einem fernen Musikstücke horcht,
ohne die einzelnen Töne zu vernehmen, sondern nur das
Rhythmische, Melodische des Klanges.

Und sie wehrte es auch nicht, als er ihren Kopf mit den
Händen zu sich herüberzog und sie küßte, mit einem langen innigen Kusse, in dem unzählige, verschwiegene Lie-
besworte lagen.

Und mit diesem Kusse war ihre ganze Erinnerung ver-
flogen, sie fühlte ihn wie den ersten Liebeskuß ihres Lebens. Und das Spiel, das sie mit dem jungen Menschen
treiben wollte, war jetzt volles Leben und Empfinden.
Eine tiefe Zuneigung hatte in ihr Wurzel gefaßt, die sie
ihre ganze Vergangenheit vergessen ließ, so wie ein
Schauspieler in den Augenblicken höchster Kunst sich
selbst als König oder Held fühlt und nicht mehr an seinen
Beruf denkt.

Es war ihr, als ob sie die erste Liebe durch ein Wunder
noch einmal leben dürfte ...

Ein paar Stunden waren sie so planlos umhergeirrt, Arm
in Arm, im süßen Rausch der Zärtlichkeit. Der Himmel
brannte schon in tiefem Rot, in das die Wipfel wie dunkel-
schwarze Hände hineingriffen, die Umrisse und Konturen wurden im Dämmer immer unsicherer und ver-

schwommener, und der Abendwind raschelte in den Blättern.

Hans und Lise – gewöhnlich nannte sie sich Lizzie, aber ihr Kindername war ihr mit einem Male wieder so lieb und vertraut geworden, daß sie ihm denselben nannte – waren auch schon umgekehrt und gingen jetzt dem Volksprater zu, dem Wurstlprater, der sich schon von weitem durch den hundertfältigen Wirrwar von möglichen und unmöglichen Geräuschen bemerkbar machte.

Ein bunter Menschenstrom floß hier an den Buden vorbei, die mit grellen Lichtern leuchteten, Soldaten mit ihren Geliebten, junge Leute, jubelnde Kinder, die sich an den unerhörten Sehenswürdigkeiten nicht sattsehen konnten. Und dazwischen ein entsetzliches Chaos von Tönen. Militärkapellen und andere Musiker, die sich gegenseitig zu übertönen suchten, Werkel, Ausrufer, die mit schon heiserer Stimme ihre Schätze anpriesen, Gewehrschüsse aus den Schießbuden und Kinderstimmen in jeder Tonlage. Das ganze Volk war hier zusammengedrängt, mit seinen wichtigsten Vertretern, seinen Wünschen, die die Buden- und Wirtshausbesitzer zu stillen suchten und mit seiner kompakten Masse, die aus der Mannigfaltigkeit die Einheit formt.

Für Lise war dieser Prater ein neuentdecktes oder besser ein wiedergefundenes Land ihrer Kindheit. Sie kannte nurmehr die Hauptallee mit der stolzen Wagenflucht, der Eleganz und Noblesse, aber jetzt fand sie hier alles entzückend, wie ein Kind, das man in eine Spielwarenhandlung führt, wo es begehrlich nach jedem Dinge greift. Sie war wieder übermütig und lustig geworden und die träumerische, fast lyrische Stimmung war vergangen. Wie zwei ausgelassene Kinder lachten und tollten die beiden in dem großen Menschenmeer.

Bei jeder Bude blieben sie stehen und ergötzten sich an dem monotonen, marktschreierischen Rufen der Budenbesitzer, die »die größte Dame der Welt« oder den »kleinsten Menschen des Kontinents« oder Schlangenmenschen, Wahrsagerinnen, Untiere, Meerwunder in der possierlichsten Weise anpriesen. Sie fuhren im Karussell, ließen sich wahrsagen, machten alles mögliche mit, und waren so fröhlich und lustig, daß ihnen alle Leute überrascht nachsahen.

Nach einiger Zeit fand Hans heraus, daß auch der Magen in seine Rechte treten müsse. Sie war einverstanden und so gingen sie zusammen in ein Wirtshaus, das nicht mitten drin im ärgsten Trubel lag. Dort verbrauste das Lärmen zu einem ununterbrochenen Sausen, das immer leiser und immer stiller wurde.

Und dort saßen sie beisammen, eng aneinandergeschmiegt. Er erzählte ihr hunderterlei fröhliche Geschichten und wußte in jede ein paar Schmeicheleien geschickt einzuflechten und ihre Lustigkeit zu erhalten. Er gab ihr komische Namen, die sie zu tollem Lachen zwangen, machte ihr Kindereien vor, die sie laut jubeln ließen. Und auch sie, die sonst eine vornehme, ruhige Selbstbeherrschung liebte, war jetzt so übermütig wie nie. Geschichten aus ihrer Kindheit, die sie lange vergessen hatte, fielen ihr wieder ein, Gestalten, die sie aus ihrem Gedächtnis verloren, tauchten auf und formten sich wieder in humoristischer Weise. Sie war wie verzaubert, so anders, so verjüngt.

Lange schwatzten sie so zusammen. –

Die Nacht war schon längst mit ihren dunklen Schleiern gekommen, aber sie hatte die Schwüle des Abends nicht hinweggetragen. Dumpf lastete die Luft, wie ein schwerer Bann. Und fern zuckte ein Wetterleuchten durch die Stille, die immer voller wurde. Langsam verlöschten die Lampen und die Menschen verloren sich in verschiedenen Richtungen, jeder seinem Heim zu.

Auch Hans erhob sich.

»Komm, Liserl, laß uns gehn.«

Sie folgte und sie gingen Arm in Arm aus dem Prater, der dunkel und geheimnisvoll ihnen nachstarrte. Und wie leuchtende Tigeraugen blitzten die letzten farbigen Lichter aus den leise rauschenden Bäumen.

Sie gingen über die Praterstraße, die hell vom Monde beglänzt dalag, ohne viel Menschen, fast schon ruhend. Jeder Schritt hallte laut auf dem Pflaster und die Schatten huschten in scheuer Hast an den Laternen vorbei, die gleichgültig ihr spärliches Licht ausstrahlten.

Sie hatten nicht über die Richtung des Weges gesprochen, aber stillschweigend hatte Hans die Führung übernommen. Sie ahnte, daß er seiner Wohnung zustrebte, wollte aber nicht sprechen.

So schritten sie mit wenig Worten hin. Sie kamen über die Donaubrücke, weiterhin über den Ring gegen den VIII. Bezirk hin, der Wiens Studentenviertel bildet, vorbei an dem blitzenden, mächtigen Steinbau der Universität, vorbei an dem Rathause gegen engere, ärmlichere Gassen zu.

Und plötzlich begann er zu ihr zu sprechen.

Glühende, heiße Worte sagte er zu ihr, das Verlangen der jugendlichen Liebe verkündete er in den brennendsten Farben, die nur der Augenblick des wildesten Begehrens leiht. In seinen Worten lag die ganze wilde Sehnsucht eines jungen Lebens nach Glück und Genießen, nach dem reichsten Ziel der Liebe. Und immer strömender, verlangender wurden seine Worte, wie gierige Flammen flackerten sie hoch empor, das ganze Wesen des Mannes hatte in ihm den höchsten Grad der Steigerung erreicht. Wie ein Bettler flehte er um ihre Liebe ...

Ihr ganzer Körper bebte unter seinen Worten.

Ihr Ohr war voll von einem seligen Brausen von Worten und wilden Liedern. Sie verstand seine Rede nicht, aber sein Drängen wuchs aus ihrer eigenen Seele ihr mächtig empor und strebte dem seinen entgegen.

Wie ein kostbares, unvergleichliches Märchengeschenk versprach sie ihm, was sie hundert anderen als einen Bettellohn gegeben.

Vor einem alten, schmalen Hause blieb er stehen und läutete an, während Seligkeit aus seinen Augen glomm. –

Es wurde rasch aufgetan.

Zuerst ein schmaler, feuchtkalter Gang, den sie rasch durchschritten. Und dann viele, viele, enge ausgetretene Wendeltreppen. Aber das merkte sie nicht. Denn er hatte sie mit seinen starken Armen wie einen Federball hinaufgetragen und das erwartungsfreudige Beben seiner Hände floß in ihren Körper hinüber, während sie wie träumend immer höher kam.

Hoch oben hielt er inne und öffnete ein kleines Zimmer. Es war ein enger, dunkler Raum, in dem man nur mit Mühe die Gegenstände unterscheiden konnte, denn die lichten Strahlen des Mondes zerstreuten sich an einer weißen, zerrissenen Gardine, die das schmale Dachfenster deckte.

Leise ließ er sie niedergleiten, um sie nur noch stürmischer zu umfassen. Heiße Küsse rannen durch ihre Adern, ihre Glieder bebten unter der Liebkosung der seinen, und ihre Worte erstarben in sehnsüchtigem Flüstern . . .

Dunkel und eng ist der Raum.

Aber ein unendliches Glück hält darin seine Flügel ausgespannt in stiller, zufriedener Ruhe. Und heißer Sonnenschein der Liebe leuchtet in dem tiefen Dunkeln . . .

Es ist noch früh. Vielleicht erst sechs Uhr.

Soeben ist Lizzie wieder nach Hause gekommen, in ihr eigenes elegantes Boudoir.

Das erste ist, daß sie beide Fenstern aufreißt, um die frische Morgenluft zu schöpfen, denn es ekelt sie vor diesem faden, süßlichen Parfümgeruch, der sie an ihr jetziges

Leben erinnert. Früher hatte sie gleichgiltig, ohne Gedanken, das Leben hingenommen, wie es war, blind, fatalistisch. Aber dieses Erlebnis von gestern, das wie ein lichter, froher Jugendtraum in ihr Geschick gefallen, hat ihr plötzlich ein Bedürfnis nach Liebe gegeben.

Aber sie fühlt, daß sie nicht mehr zurück kann. Jetzt wird sich bald einer ihrer Verehrer einstellen und dann ein anderer wieder. Sie erschrickt förmlich bei diesem Gedanken.

Und sie fürchtet sich vor dem Tage, welcher langsam heller und deutlicher wird. –

Aber langsam beginnt sie wieder zu sinnen und zu denken an den vergangenen Tag, der wie ein verlorener Sonnenstrahl in ihr Leben gefallen ist, das so dunkel und trübe ist. Und sie vergißt alles, was da kommen wird.

Auf ihren Lippen spielt das Lächeln eines Kindes, das frühmorgens selig aus einem herrlichen Traume erwacht.

Zwei Einsame

Wie ein breiter dunkelflutender Strom drängte sich die hastig bewegte Masse der Fabriksarbeiter durch das Tor. Auf der Straße staute sich einen Augenblick die Menge, Abschiedsworte und flüchtige Händedrücke wurden getauscht, dann wanderten die einzelnen Abteilungen in die Richtung ihrer Wohnorte, um sich im Wege in noch kleinere Teile zu zerbröckeln. Nur auf der großen Landstraße, die zur Stadt hinführte, zogen alle gemeinsam hin, ein enges farbiges Durcheinander mit fröhlichen lauten Stimmen, die zu einem einheitlichen dumpfen Geräusche verklangen. Das helle Lachen der Mädchen klang allein wie ein lichter Oberton heraus, der weit in die Abendstille wie eine Silberglocke irrte.

Ziemlich weit hinter der geschlossenen Schar kam ein Arbeiter allein. Er war noch nicht alt und durchaus nicht schwächlich, aber er konnte mit jenen nicht Schritt halten, weil ihn sein gelähmter Fuß nicht so rasch weitertrug. Von Ferne hallten noch die fröhlichen Stimmen. Er hörte hin, ohne die heitere Stimmung dieser Geselligkeit schmerzhaft zu empfinden. Sein Gebrechen hatte ihn längst daran gewöhnt, einsam zu sein, und in der Einsamkeit war er ein verschlossener Philosoph geworden, der das Leben mit der Gleichgültigkeit des Verzichtenden empfand.

Langsam hinkend schritt er vorwärts. Von den dunklen Feldern, die in der Ferne lagen, strömte der volle warme Duft baldiger Reife, den der kühle Abendnebel nicht ersticken konnte. Das Gelächter in der Ferne war verstummt. Ab und zu zirpte noch eine einsame Grille. Sonst

– 216 –

war überall Stille, jene tieftraurige Stille, in der die verschwiegenen Gedanken zu sprechen beginnen.

Plötzlich horchte er auf. Es war ihm, als hätte er jemanden schluchzen gehört. Er lauschte in die Stille. Alles war stumm, wie in traumlosem Schlafe. Aber im nächsten Augenblick hörte er wieder das Aufstöhnen jäher und schmerzvoller. Und im unsicheren Dämmerlichte sah er an der Straße eine Gestalt, die auf einem Haufen aufgeschichteter Eisenbahnschienen saß und weinte. Zuerst wollte er achtlos vorübergehen. Als er aber näherkam, erkannte er das Mädchen, das unaufhaltsam schluchzte.

Sie war eine Arbeiterin aus derselben Fabrik, wo auch er arbeitete. Er kannte sie von dort, wie jeder sie kannte als die »schieche Jula«. Denn ihre Häßlichkeit war so auffallend, daß sie ihr diesen Namen eingetragen hatte, den sie schon seit frühester Kindheit trug. Ihr Gesicht war grob und unregelmäßig, dabei von einer so unreinlichen schmutziggelben Hautfarbe, daß es abstoßend wirkte. Dazu kam noch die fühlbare Disharmonie in ihrem Bau, ein kindlichschwacher magerer Oberkörper, der von breiten, ein wenig verkrümmten Hüften getragen wurde. Das einzig Schöne waren ihre ruhigen glanzvollen Augen, die alle verächtlichen und abscheuvollen Blicke als sanfte Ergebenheit wiederspiegelten.

Er hatte selbst schon zu viel geheimes Leid getragen, um mitleidslos weitergehen zu können. Er trat näher zu ihr hin und legte ihr die Hand begütend auf die Schulter.

Sie fuhr auf, jäh wie aus einem Traum.

»Laß mich!«

Sie wußte nicht, zu wem sie sprach und hatte nur aus ihrem wilden Schmerz heraus geschrien. Jetzt wie sie den Fremden erkannte, wurde sie ruhiger. Sie hatte sich ihn gemerkt, weil er einer von den wenigen in der Fabrik war, die sie nie verspottet hatten. Sie murmelte nur mehr abwehrend.

»Laß mich! Ich mach's schon allein aus. «

Er antwortete nichts, sondern setzte sich zu ihr hin. Ihr Schluchzen wurde immer heftiger und krampfhafter. Tröstend sagte er zu ihr:

»Sei doch nicht so, Jula! Durch Weinen wird's nicht besser. «

Sie schwieg. Er fragte vorsichtig:

»Was haben sie dir denn wieder getan?«

Die Frage rief sie wieder zu sich selbst zurück. Das Blut schoß ihr jäh in die Wangen, und ihre Worte überhasteten sich, wie sie zornig erzählte:

»Nach Feierabend, wie wir nach Hause gegangen sind, haben sie über den morgigen Sonntag geredet. Sie wollten aufs Land, in die Dörfer hinaus. Einer hat den Vorschlag gemacht, und gleich waren alle dabei. Und wie man die Stimmen zählt, da bin ich so dumm und meld mich auch. Natürlich lachen alle und fangen mit ihren Bosheiten und ihrer Verspottung wieder an und treiben's so arg wie noch nie, bis ich endlich wild bin. Und – ich weiß nicht was mit mir geschehen ist – mir ist die Geduld gerissen und ich hab ihnen einmal so ganz gesagt, was sie für niederträchtige Kerle sind. Und – da – haben sie – mich – geschlagen . . . «

Sie verfiel wieder in ihr jähes Schluchzen. Er war im tiefsten bewegt und fühlte das Bedürfnis, dem armen Wesen ein paar Worte zu sagen. Und um sie zu trösten, fing er an von seinem eigenen Leid zu erzählen.

»Schau, Jula, so etwas muß man nicht so arg nehmen. Du gehst morgen eben allein hinaus in die Felder. Es gibt noch andere, die am Sonntag nicht mithalten können. Die nicht einmal allein hinausgehen können, weil sie die Füße kaum von der Fabrik bis zur Stadt tragen. Die haben auch kein leichtes Leben, die immer humpeln müssen und dazu noch allein, weil es jedem andern zu langweilig ist, mit ihnen zu gehen. – Du darfst das nicht so bös nehmen, Jula! Wegen so ein paar dummer Kerle!«

Sie erwiderte ihm hastig. Denn sie wollte sich ihren Schmerz nicht verringern lassen, die Märtyrerseligkeit, die jeder Leidende empfindet, nicht aufgeben.

»Die sind's ja nicht, die mich kränken. Es ist ja alles, das ganze Leben. Manchmal, wenn ich so an mich denke, kommt's mir selber wie ein Ekel an. Warum bin ich denn so schiech? Ich kann ja nichts dafür. Und doch trag' ich's schon mein ganzes Leben. Schon als Kind habe ich's spüren müssen, daß sie über mich gelacht haben. Und darum habe ich auch nie mit andern spielen wollen, weil ich sie gefürchtet habe und weil ich sie beneidet hab!«

Er hörte zitternd zu, wie sie ihm so viel Schmerz offenbarte, den er so ganz verstehen konnte. Denn das aufgespeicherte Leid von Tausenden bangen Stunden, das er schon tot geglaubt, erwachte wieder aus seinem Schlafe. Längst hatte er vergessen, daß er hier trösten wollte. Ganz unwillkürlich erzählte auch er sein Schicksal, weil er jemanden fand, der ihn begreifen konnte. Leise begann er:

»Es war auch einmal einer, der hat mit den andern spielen wollen, aber er konnte nicht. Wenn sie tollten und gelaufen sind und gesprungen, ist er immer mühselig nachgehinkt und kam immer zu spät. Und immer war er wehrlos und tölpisch, daß die andern ihn ausgelacht haben. Der hat's vielleicht noch schlimmer gehabt als du mit deinen gesunden Beinen, der doch noch die ganze Welt gehört.«

Ihre innere Bewegung wuchs immer mehr. Sie fühlte den Schmerz ihres Lebens aus allen Tiefen brechen.

»Es kann's keiner schlimmer haben wie ich. Ich habe nie eine Mutter gekannt, kein Mensch hat mir je ein gutes Wort gesagt. Wenn jedes Mädel mit ihrem Geliebten geht, bin ich allein. Und dabei spür ich's noch so, daß das noch immer so bleiben wird und immer so bleiben muß, wenn man auch so fühlt wie alle die andern. Mein Gott, wenn ich nur wüßt, warum das so ist!«

Was sie nie jemand gesagt hatten, kaum sich selbst eingestanden hatten, das verrieten sich die zwei, die fast noch Fremde waren. Jeder Schrei ihrer Seele fand ein Echo, weil beide verwandt waren im Leid. Er erzählte ihr, wie er nie eine Geliebte gehabt, weil er kein Mädchen ansprechen konnte mit seinem langsam hinkenden Fuß und weil keine so vorsichtig mit ihm gehen wollte. Wie er angewiesen sei, schmutzigen Dirnen seinen Wochenlohn hinzuwerfen und wie er täglich trauriger und lebensmüder werde. –

Das Geräusch von herannahenden Schritten unterbrach ihre leidvollen Geständnisse. Ein paar Leute kamen vorüber, ihre Schatten waren nur schwach und unsicher zu erkennen. Als sie vorbei waren, erhob er sich und sagte ihr schlicht und bittend: »Komm!«

Sie ging mit ihm. Es war schon ganz dunkel geworden. Er konnte ihr Gesicht nicht mehr sehen, und sie merkte gar nicht, daß sie in ihrem milden Schmerzverlorensein ihren Gang dem seinen angepaßt hatte. So schritten sie beide langsam mitsammen. Ein blindes Gefühl des Verstehens war über die Einsamen gekommen wie eine Seligkeit. Immer inniger und leiser waren ihre Worte geworden, und sie mußten ganz nahe gehen, um sich verständigen zu können.

Und plötzlich merkte sie mit einem dumpfen Glücksgefühl, wie sich seine Hand in sanfter, leise tastender Zärtlichkeit um ihre breite, verwachsene Hüfte legte . . .

Widerstand der Wirklichkeit

»Da bist du!« Mit ausgestreckten, beinahe ausgebreiteten Armen ging er ihr entgegen. »Da bist du«, wiederholte er noch einmal und die Stimme stieg die immer hellere Skala auf von Überraschung zu Beglückung, indes zärtlicher Blick die geliebte Gestalt umfing. »Ich hatte schon gefürchtet, du würdest nicht kommen!«

»Wirklich, so wenig Vertrauen hast du zu mir?« Aber nur die Lippe spielte lächelnd mit diesem leichten Vorwurf: von den Augensternen, den klar erhellten, strahlte blaue Zuversicht.

»Nein, nicht das, ich habe nicht gezweifelt – was ist denn verläßlicher in dieser Welt als dein Wort? Aber, denk' dir, wie töricht! – nachmittags plötzlich, ganz unvermutet, ich weiß nicht warum, packte mich mit einmal ein Krampf sinnloser Angst, es könnte dir etwas zugestoßen sein. Ich wollte dir telegrafieren, ich wollte zu dir hin, und jetzt, wie die Uhr vorrückte und ich dich noch immer nicht sah, riß mich's durch, wir könnten einander noch einmal versäumen. Aber Gottlob, jetzt bist du da –«

»Ja – jetzt bin ich da«, lächelte sie, wieder strahlte der Stern aus tiefem Augenblau. »Jetzt bin ich da und bin bereit. Wollen wir gehen?«

»Ja, gehen wir!« wiederholten unbewußt die Lippen. Aber der reglose Leib rührte keinen Schritt, immer und immer wieder umfing zärtlicher Blick das Unglaubhafte ihrer Gegenwart. Über ihnen, rechts und links klirrten die Geleise des Frankfurter Hauptbahnhofes von schütterndem Eisen und Glas, Pfiffe schnitten scharf in den Tumult der durchrauchten Halle, auf zwanzig Tafeln stand befehlshaberisch je eine Zeit mit Stunden und Minuten, indes er mitten im Quirl strömender Menschen nur sie als einzig Vorhandenes fühlte, zeitentwandt, raumentwandt in einer merkwürdigen Trance leidenschaftlicher Benommenheit. Schließlich mußte sie mahnen »Es ist höchste Zeit, Ludwig, wir haben noch keine Billette.« Da erst löste sich sein verhafteter Blick, voll zärtlicher Ehrfurcht nahm er ihren Arm.

Der Abendexpress nach Heidelberg war ungewohnt stark besetzt. Enttäuscht in ihrer Erwartung, dank der Billette Erster Klasse miteinander allein zu sein, nahmen sie nach vergeblicher Umschau schließlich mit einem Abteil vorlieb, wo nur ein einzelner grauer Herr halb schlafend in der Ecke lehnte. Schon freuten sie sich, vorgenießend, vertrauten Gespräches, da, knapp vor dem Abfahrtspfiff, stapften noch drei Herren mit dicken Aktentaschen keuchend ins Coupé, Rechtsanwälte offenbar und von eben erst beendetem Prozesse dermaßen erregt, daß ihre prasselnde Diskussion jede Möglichkeit anderen Gesprächs vollkommen niederschlug. So blieben die beiden resigniert einander gegenüber, ohne ein Wort zu versuchen. Und nur wenn einer von ihnen den Blick aufhob, sah er, dunkelwolkig überflogen vom ungewissen Lampenschatten, den zärtlichen Blick des andern sich liebend zugewandt.

Mit lockerem Ruck setzte sich der Zug in Bewegung. Das Räderrattern dämpfte und zerschlug das rechtsanwältliche Gespräch zu bloßem Geräusch. Dann aber wurde aus Stoß und Schüttern allmählich rhythmisches Schwanken, stählerne Wiege schaukelte in Träumerei. Und während unten knatternde Räder unsichtbar in ein Vorwärts liefen, jedem anders zuerfüllt, schwebten die Gedanken der beiden träumerisch ins Vergangene zurück.

Sie waren einander vor mehr als neun Jahren zum erstenmal begegnet und, seitdem getrennt durch undurchstoßbare Ferne, fühlten sie nun mit vervielfachter Gewalt dies wieder erste wortlose Nah-Beisammensein. Mein Gott, wie lange, wie weiträumig das war, neun Jahre, viertausend Tage, viertausend Nächte bis zu diesem Tage, bis zu dieser Nacht! Wieviel Zeit, wieviel verlorene Zeit, und doch sprang ein einziger Gedanke in einer Sekunde zurück zum Anfang des Anfangs. Wie war es nur? Genau entsann er sich: als Dreiundzwanzigjähriger war er zum erstenmal in ihr Haus gekommen, scharf schon die Lippe gekerbt unter dem sanften Flaum jungen Bartes. Vorzeitig losgerungen von einer durch Armut gedemütigten Kindheit, aufgewachsen an Freitischen, sich durchfrettend als Hauslehrer und Nachhelfer, verbittert vor der Zeit durch Entbehrung und kümmerliches Brot. Tagsüber die Pfennige scharrend für Bücher, nachts mit ermüdeten und krampfig gespannten Nerven dem Studium folgend, hatte er als Erster die chemischen Studien absolviert und, besonders empfohlen von seinem Ordinarius, war er zu dem berühmten Geheimrat G., dem Leiter der großen Fabrik bei Frankfurt am Main gekommen. Dort teilte man ihm zunächst subalterne Arbeiten im Laboratorium zu, aber bald des zähen Ernstes dieses jungen Menschen gewahr, der mit der ganzen gestauten Kraft eines fanatischen Zielwillens sich tief in die Arbeit schraubte, begann sich der Geheimrat für ihn besonders zu interessieren. Probeweise teilte er ihm immer verantwortlichere Arbeit zu, die jener, die Möglichkeit des Entkommens aus dem Kellergewölbe der Armut erkennend, gierig ergriff. Je mehr Arbeit man ihm auflud, desto energischer reckte sich sein Wille: so wurde er in kürzester Frist aus einem dutzendmäßigen Gehilfen der Adlatus wohlbehüteter Experimente, der »junge Freund«, wie ihn der Geheimrat schließlich wohlwollend zu benennen liebte. Denn ohne

– 223 –

daß er [es] wußte, beobachtete ihn hinter [der] Tapetentür des Chefzimmers ein prüfender Blick auf höhere Eignung, und indes der Ehrgeizige blindwütig Tägliches zu bewältigen meinte, ordnete ihm der fast immer unsichtbare Vorgesetzte schon höhere Zukunft zu. Durch eine sehr schmerzhafte Ischias häufig zu Haus, oftmals sogar ans Bett gefesselt, spähte seit Jahren der alternde Mann nach einem unbedingt verläßlichen und geistig zureichendem Privatsekretär, mit dem er die geheimsten Patente und die in notwendiger Verschwiegenheit ausgeführten Versuche besprechen konnte: endlich schien er gefunden. Eines Tages trat der Geheimrat an den Erstaunten mit dem unerwarteten Vorschlag heran, ob er nicht, um ihm näher zur Hand zu sein, sein möbliertes Zimmer in der Vorstadt aufgeben und in ihrer geräumigen Villa als Privatsekretär Wohnung nehmen wolle. Der junge Mann war erstaunt von so unerwartetem Vorschlage, noch erstaunter aber der Geheimrat, als jener nach eintägiger Überlegungsfrist den ehrenvollen Vorschlag rundweg ablehnte, die nackte Weigerung ziemlich unbeholfen hinter schlottrigen Ausflüchten verbergend. Eminent als Gelehrter, war doch in seelischen Dingen der Geheimrat nicht erfahren genug, um den wahren Grund dieser Weigerung zu erraten, und vielleicht sich selbst gestand der Trotzige sein letztes Gefühl nicht ein. Und dies war nichts anderes als ein krampfig verbogener Stolz, die verwundete Scham einer in bitterster Armut verbrachten Kindheit. Als Hauslehrer in parvenühaften beleidigenden Häusern der Reichen aufgewachsen, ein namenlos amphibisches Wesen zwischen Diener und Hausgenossen, dabei und auch nicht dabei, Zierstück wie die Magnolien am Tische, die man aufstellte und abräumte nach Bedarf, hatte er die Seele randvoll von Haß gegen die Oberen und ihre Sphäre, die schweren wuchtigen Möbel, die vollen üppigen Zimmer, die übermäßig fülligen Mahlzeiten, all dies Reichliche, daran er nur als Geduldeter Anteil nahm. Alles hatte er dort erlebt, die Beleidigungen frecher Kinder und das noch beleidigendere Mitleid der Hausfrau, wenn sie ihm am Monatsende ein paar Noten hinstreifte, die höhnisch ironischen Blicke der immer gegen den höher Dienenden grausamen Mägde, wenn er mit seinem plumpen Holzkoffer in ein neues Haus angerückt kam und den einzigen Anzug, die grau zerstopfte Wäsche, diese untrügbaren Zeichen seiner Armut, in einem geliehenen Kasten verstauen mußte. Nein, nie mehr, hatte er sich's geschworen, nie mehr in fremdes Haus, nie mehr in den Reichtum zurück, ehe er ihm nicht selber gehörte, nie mehr sich ausspähen lassen in seiner Dürftigkeit und blessiert durch unedel dargebotene Geschenke. Nie mehr, nie mehr. Nach außen deckte ja jetzt der Doktortitel, ein billiger, aber doch undurchdringlicher Mantel, die Niedrigkeit seiner Stellung, im Büro verhüllte die Leistung die schwärende Wunde seiner geschändeten, von Armut und Almosen vereiterten Jugend: nein, für kein Geld mehr wollte er diese Handvoll Freiheit verkaufen, diese Undurchdringlichkeit seines Lebens. Und darum lehnte er die ehrende Einladung, auf die Gefahr hin seine Karriere zu verderben, mit ausflüchtender Begründung ab.

Aber bald ließen ihm unvorhergesehene Umstände nicht mehr freie Wahl. Das Leiden des Geheimrates verschlimmerte sich dermaßen, daß er längere Zeit das Bett hüten mußte und selbst von telefonischem Verkehr mit seinem Büro ausgeschaltet war. So wurde ein Privatsekretär zur unentbehrlichen Notwendigkeit, und der dringlich wiederholten Aufforderung seines Protektors konnte er sich schließlich nicht mehr entziehen, wollte er nicht auch seiner Stellung verlustig gehen. Ein schwerer Gang, weiß Gott, wurde ihm diese Übersiedlung: noch genau erinnerte er sich des Tages, da er zum erstenmal die Klingel in jener vornehmen, ein wenig altfränkischen

Villa an der Bockenheimer Landstraße rührte. Abends vorher hatte er noch eilig von seinen geringen Ersparnissen – eine alte Mutter und zwei Schwestern in einer verlorenen Provinzstadt zehrten an seinem kargen Gehalt – sich frische Wäsche, einen passablen schwarzen Anzug, neue Schuhe gekauft, um nicht allzu deutlich seine Bedürftigkeit zu verraten, auch trug diesmal ein Lohndiener die häßliche, ihm von vieler Erinnerung verhaßte Truhe mit seinen Habseligkeiten voraus: dennoch quoll das Unbehagen wie Brei in die Kehle, als ein Diener in weißen Handschuhen ihm förmlich auftat und schon von der Vorhalle der dicke satte Brodem des Reichtums ihm entgegenschlug. Da warteten tiefe Teppiche, die den Schritt weich einschluckten, rund gespannte Gobelins schon im Vorraum, die feierliches Aufblicken forderten, da standen geschnitzte Türen mit schweren bronzenen Klinken, sichtlich bestimmt, nicht von eigener Hand berührt, sondern vom servilen Diener mit gebuckeltem Rücken aufgerissen zu werden: alles das drückte betäubend und widrig zugleich auf seine trotzige Erbitterung. Und als der Diener ihn dann in das dreifenstrige Fremdenzimmer führte, ihm als ständiger Wohnraum zugedacht, überwog das Gefühl des Ungehörigen und Eindringlings: er, gestern noch im zugigen Hinterzimmerchen des vierten Stockes, mit hölzernem Bett und blechernem Waschnapf, sollte hier heimisch sein, wo jedes Gerät mit frecher Üppigkeit und seines Geldwertes bewußt dastand und höhnisch auf den bloß Geduldeten sah. Was er mitgebracht, ja er selbst in seiner eigenen Kleidung, schrumpfte erbärmlich zusammen in diesem weiten, lichtdurchstrahlten Raum. Wie ein Gehenkter pendelte lächerlich sein einziger Rock in dem breiten fülligen Kleiderschrank, seine paar Waschsachen, sein vertragenes Rasierzeug, wie Auswurf lag's oder wie ein von einem Polier vergessenes Arbeitszeug auf dem geräumigen, marmorgekachelten

Waschtisch; und unwillkürlich versteckte er die harte klotzige Holztruhe unter einem Überwurf, sie beneidend, daß sie hier sich verkriechen und verstecken konnte, indes er selbst wie ein ertappter Einbrecher in dem verschlossenen Raum stand. Vergebens pumpte er sein beschämtes und verärgertes Nichtigkeitsgefühl mit dem Zusprechen auf, er sei ja der Gebetene, der Geforderte. Aber immer wieder drückte das behäbige Ringsumher der Dinge die Argumente nieder, er fühlte sich wieder klein, geduckt und besiegt, von dem Gewicht der protzigen, prahlerischen Geldwelt, Diener, Knecht, Tellerschlucker, menschliches Möbel, gekauft und verleihbar, bestohlen um sein eigenes Sein. Und als jetzt der Diener mit leisem Knöchel die Türe berührend, eingefrorenen Gesichts und steifer Haltung meldete, die gnädige Frau lasse Herrn Doktor bitten, da spürte er, indes er zögernd die Flucht der Zimmer nachschritt, wie seit Jahren zum erstenmal seine Haltung einschrumpfte und die Schultern sich im voraus duckten zur servilen Verbeugung und nach Jahren in ihm wieder die Unsicherheit und Verwirrung des Knaben begann.

Aber kaum daß er ihr erstmalig entgegentrat, löste sich wohltuend dieser innere Krampf: noch ehe sein Blick aus der Verbeugung auftastend, Antlitz und Gestalt der Sprechenden umfing, war ihm ihr Wort schon unwiderstehlich entgegengegangen. Und dieses erste Wort war Dank, dermaßen freimütig und natürlich gesprochen, daß es all dieses Gewölk des Unmuts um ihn zerteilte, unmittelbar das auflauschende Gefühl berührend. »Ich danke Ihnen vielmals, Herr Doktor«, und herzlich bot sie ihm zugleich die Hand, »daß Sie der Einladung meines Mannes endlich Folge geleistet haben, und ich wünschte, es wäre mir gegeben, Ihnen bald erweisen zu dürfen, wie sehr ich Ihnen dafür dankbar bin. Es mag Ihnen nicht leicht gefallen sein: man gibt seine Freiheit ja nicht gern auf, aber vielleicht beruhigt Sie das Gefühl, zwei Menschen dadurch auf das äußerste verpflichtet zu haben. Was meinerseits geschehen kann, Sie das Haus vollkommen als das Ihre fühlen zu lassen, soll von Herzen gern geschehen.« In ihm horchte etwas auf. Wieso wußte sie das von der ungern verkauften Freiheit, wieso griff sie gleich mit dem ersten Wort an das Wunde, das Aufgeschürfte und Empfindlichste seines Wesens, gleich hin an jene pulsende Stelle der Angst, seine Freiheit zu verlieren und nur ein Geduldeter, ein Gemieteter, ein Bezahlter zu sein? Wie hatte sie gleich mit der ersten Bewegung der Hand dieses alles von ihm weggestreift. Unwillkürlich sah er zu ihr auf, nun erst gewahr werdend eines warmen anteilnehmenden Blickes, der den seinen vertrauend erwartete.

Etwas sicher Sanftes, Beruhigendes und heiter Selbstbewußtes ging von diesem Antlitz aus, Klarheit strahlte hier von reiner Stirn, die, noch jugendlich blank, beinahe vorzeitig den ernsten Scheitel der Matrone trug, ein dunkel geschichtetes Haar mit tiefen Wellen niederwölbend, indes vom Hals her ein gleich dunkles Kleid die fülligen Schultern umschloß: um so heller wirkte dieses Antlitz mit seinem beruhigten Licht. Wie eine bürgerliche Madonna sah sie aus, ein wenig nonnenhaft im hochgeschlossenen Kleid, und die Gütigkeit gab jeder Bewegung eine Aura von Mütterlichkeit. Nun trat sie einen Schritt näher voll weicher Bewegung, Lächeln nahm ihm den Dank von den zögernden Lippen. »Nur eine Bitte, die erste gleich in erster Stunde. Ich weiß, ein Zusammenleben, wenn man einander nicht seit lange kennt, ist immer ein Problem. Und da hilft nur eines: Aufrichtigkeit. So bitte ich Sie, wenn bei irgendeiner Gelegenheit Sie sich hier bedrückt, von irgendeiner Einstellung oder Einrichtung gehemmt fühlen, sich frei mir gegenüber zu äußern. Sie sind der Helfer meines Mannes, ich bin seine Frau, diese doppelte Pflicht bindet uns zusammen: lassen Sie uns also aufrichtig sein gegeneinander.«

Er nahm ihre Hand: der Pakt war geschlossen. Und von der ersten Sekunde an fühlte er sich dem Haus verbunden: das Kostbare der Räume drückte nicht mehr feindlich an ihn heran, ja im Gegenteil, er empfand es sofort als notwendigen Rahmen der Vornehmheit, die hier alles, was außen feindselig, wirr und gegensätzlich herandrängte, zur Harmonie abdämpfte. Allmählich erkannte er erst, ein wie erlesener Kunstsinn hier das Kostbare einer höheren Ordnung untertan machte und wie unwillkürlich jener gedämpfte Rhythmus des Daseins in sein eigenes Leben, ja in sein Wort eindrang. In sonderbarer Weise fühlte er sich beruhigt: alle spitzen, vehementen und leidenschaftlichen Gefühle verloren ihre Bösartigkeit, Gereiztheit, es war, als saugten die tiefen Teppiche, die bespannten Wände, die farbigen Stores Licht und Lärm der Gasse heimlich in sich ein, und gleichzeitig fühlte er, daß diese schwebende Ordnung nicht leer aus sich selbst geschah, sondern der Gegenwart der schweigsamen und immer mit gütigem Lächeln umhüllten Frau entstammten. Und was er in den ersten Minuten magisch empfunden, machten ihm die nächsten Wochen und Monate wohltätig bewußt: mit einem diskreten Taktgefühl zog diese Frau ihn mählich, ohne daß er Zwang geübt fühlte, in den innern Lebenskreis des Hauses. Behütet, aber nicht bewacht, spürte er eine einfühlende Aufmerksamkeit mit sich gleichsam von ferne beschäftigt: seine kleinen Wünsche erfüllen sich, kaum daß er sie angedeutet, in einer so diskret heinzelmännischen Art, daß sie besonderen Dank unmöglich machten. Hatte er, eine Mappe kostbarer Stiche durchblätternd, eines Abends einen von ihnen, den Faust von Rembrandt, maßlos bewundert, so fand er zwei Tage später die Reproduktion schon gerahmt über seinem Schreibtisch hängend. Hatte er eines Buches Erwähnung getan als gerühmt von einem Freunde, so fand er es zufällig in den nächsten Tagen in der Reihe der Bibliothek.

– 229 –

Unbewußt formte sich das Zimmer seinen Wünschen und Gewohnheiten zu: oft merkte er zunächst gar nicht, was sich in den Einzelheiten verwandelt, nur wohnlicher geworden spürte er es, farbiger und durchwärmter, bis er dann etwa wahrnahm, daß die gestickte orientalische Decke derart, wie er sie einmal in einem Schaufenster bewundert, die Ottomane bedeckte oder die Lampe in himbeerfarbener Seide leuchtend geworden war. Immer mehr zog ihn die Atmosphäre an sich: ungern verließ er mehr das Haus, in dem er bei einem elfjährigen Knaben einen leidenschaftlichen Freund fand, und liebte es sehr, ihn und seine Mutter in Theater oder Konzerte zu begleiten: ohne daß er es wußte, stand sein ganzes Tun in den Stunden außerhalb seiner Arbeit im milden Mondlicht ihrer ruhigen Gegenwart.

Von der ersten Begegnung an hatte er diese Frau geliebt, aber so leidenschaftlich unbedingt dieses Gefühl ihn bis in seine Träume hinein überwogte, so fehlte ihm dennoch das Entscheidende einer durchschütternden Wirkung, nämlich die bewußte Erkenntnis, daß das, was er ausflüchtend vor sich selber noch mit dem Namen Bewunderung, Ehrfucht und Anhänglichkeit überdeckte, durchaus schon Liebe war, eine fanatische, fessellos, unbedingt leidenschaftliche Liebe. Aber irgendein Serviles in ihm dämmerte diese Erkenntnis gewaltsam zurück: so fern schien sie ihm, zu hoch, zu weit weg, diese klare, von einem Sternenreif umstrahlte, von Reichtum umpanzerte Frau, von all dem, was er bisher als weiblich erfahren. Als blasphemisch vor ihm selbst hätte er es empfunden, sie gleich zu erkennen dem Geschlechte und gleichem Gesetz des Blutes unterworfen als die paar andern Frauen, die ihm seine versklavte Jugend gestattet, jene Mägde am Gutshof, die gerade einmal ihre Tür dem Hauslehrer aufgetan, neugierig zu sehen, ob der Studierte es anders täte als der Kutscher und der Knecht, oder die Nähmädchen, die er im Halbschatten der Laternen beim Heimgang getroffen. Nein, dies war anders. Sie leuchtete von einer andern Sphäre der Unbegehrlichkeit, rein und unantastbar, und selbst der leidenschaftlichste seiner Träume erkühnte sich nicht, sie zu entkleiden. Knabenhaft verwirrt hing er dem Duft ihrer Gegenwart an, jede Bewegung genießend wie Musik, glücklich ihres Vertrauens und unablässig erschreckt, ihr etwas zu verraten vor dem übermäßigen Gefühl, das ihn erregte: Gefühl, das noch namenlos war, aber längst schon geformt und durchglutet in seiner Verhüllung.

Aber Liebe wird erst wahrhaft sie selbst, sobald sie sich, sofern sie nicht mehr embryonisch dunkel im Innern des Leibes schmerzhaft wogt, sondern mit Atem und Lippe sich zu benennen, [sobald sie sich] zu bekennen wagt. So beharrlich ein solches Gefühl sich verpuppt, immer durchstößt eine Stunde plötzlich das verwirrte Gespinst und stürzt dann, von allen Höhen in die unterste Tiefe fallend, mit verdoppelter Wucht in das aufschreckende Herz. Dies geschah, spät genug, im zweiten Jahre seiner Hausgenossenschaft.

Der Geheimrat hatte eines Sonntags ihn in sein Zimmer gebeten: schon daß er ungewohnter Weise nach flüchtiger Begrüßung die Tapetentür hinter ihnen abschloß und durch das Haustelefon Auftrag gab, jede Störung abzuweisen, schon dies kündigte besondere Mitteilung bedeutsam an. Der alte Mann bot ihm eine Zigarre, entzündete sie umständlich, gleichsam um Zeit zu gewinnen für eine offenbar genau durchdachte Rede. Zunächst begann er mit ausführlichem Dank für seine Dienste. In jeder Hinsicht hätte er sein Vertrauen und innere Hingabe sogar übertroffen, niemals habe er bereuen müssen, auch die intimsten Geschäftlichkeiten dem so kurz Verbundenen anvertraut zu haben. Nun sei gestern in ihr Unternehmen von Übersee her wichtige Nachricht gelangt, die er ihm anzuvertrauen keinen Anstand nehme: das neue chemische Verfahren von dem er Kenntnis habe, erfordere große Quantitäten bestimmter Erze, und eben hätte nun ein Telegramm gemeldet, daß große Vorkommnisse dieser Metalle in Mexiko festgestellt worden seien. Hauptsache sei nun Geschwindigkeit, sie rasch für das Unternehmen zu erwerben, an Ort und Stelle Förderung und Ausnützung zu organisieren, ehe amerikanische Konzerne sich der Gelegenheit bemächtigten. Dies erfordere einen verläßlichen, andererseits jungen und energischen Mann. Für ihn persönlich sei es nun ein schmerzlicher Schlag, den vertrauten und zuverlässigen Adlatus zu entbehren: dennoch habe er es für seine Pflicht gehalten, in der Sitzung des Verwaltungsrates ihn als den tüchtigsten und einzig Geeigneten vorzuschlagen. Persönlich würde er entschädigt durch die Gewißheit, ihm eine glänzende Zukunft gewährleisten zu können. In zwei Jahren der Installierung könne er sich nicht nur, dank der reichlichen Dotierung ein kleines Vermögen sichern, sondern bei seiner Rückkehr sei ihm auch ein führender Posten in dem Unternehmen vorbehalten. »Überhaupt«, endigte der Geheimrat, glückwünschend die Hand breitend, »habe ich das Vorgefühl, als würden Sie noch einmal hier auf meinem Stuhle sitzen und zu Ende führen, was ich alter Mann vor drei Jahrzehnten begonnen habe.«

Ein solcher Antrag, plötzlich aus heiterm Himmel ihm zufallend, wie sollte er nicht einen Ehrgeizigen verwirren? Da war sie endlich, die Tür, wie von Explosion aufgerissen, die ihn aus dem Kellergewölbe der Armut, aus der lichtlosen Welt des Dienstes und Gehorchens, aus der immerwährenden gebückten Haltung des zur Bescheidenheit Gezwungenen und Denkenden herausführen sollte: gierig starrte er in die Papiere und Telegramme, wo aus hieroglyphischen Zeichen allmählich in großen und ungewissen Konturen der gewaltige Plan sich formte. Zahlen brausten auf ihn plötzlich nieder, Tausende, Hunderttausende, Millionen, die zu verwalten, zu verrechnen, zu gewinnen waren, feurige Atmosphäre der gebietenden Macht, in die er betäubt und klopfenden Herzens plötzlich wie in einem Traumballon aus der servilen dumpfen Sphäre seines Daseins emporstieg. Und überdies: nicht nur Geld allein, nicht nur Geschäft, Unternehmen, Spiel und Verantwortung – nein, ein ungleich Lockenderes griff hier versucherisch nach ihm. Hier war Gestaltung, Schöpfung, hohe Aufgabe, der zeugende Beruf, aus Gebirgen, wo seit Jahrtausenden in sinnlosem Schlaf das Gestein unter der Haut der Erde dämmerte, [etwas zu fördern, in sie] nun Stollen einzubohren, Städte zu schaffen mit wachsenden Häusern, aufschießenden Straßen, wühlenden Maschinen und kreisenden Kranen. Hinter dem kahlen Gestrüpp der Kalkulationen begann es tropisch zu blühen von fantastischen und doch plastischen Gebilden, Gehöfte, Farmen, Fabriken, Magazine, ein neues Stück Menschenwelt, das er gebietend und ordnend mitten ins Leere zu stellen hatte. Seeluft, gebeizt vom Rausch der Ferne drang plötzlich ein in das kleine verpolsterte Zimmer, Zahlen stuften sich zu fantastischer Summe. Und in einem immer heißeren Taumel von Begeisterung, der jeder Entschließung die zuckende Form des Fluges gab, wurde alles in großen Zügen beschlossen und auch das rein Praktische vereinbart. Ein Scheck in für ihn unerwarteter Höhe, zu Reiseanschaffungen bestimmt, knisterte plötzlich in seiner Hand, und nach nochmaligem Gelöbnis wurde die Abfahrt für den nächsten Dampfer der Südlinie in zehn Tagen beschlossen. Noch ganz heiß vom Wirbel der Zahlen, umtaumelt vom Quirl der aufgewühlten Möglichkeiten, war er danach aus der Tür des Arbeitszimmers getreten, eine Sekunde irr um sich starrend, ob dies ganze Gespräch nicht nur eine Phantasmagorie überreizten Wunsches gewesen. Ein Flügelschlag hatte ihn aus der Tiefe emporgetragen in die funkelnde Sphäre der Erfüllung: das Blut brauste noch von so stürmischer Auffahrt, für einen Augenblick mußte er die Augen schließen. Er schloß die Augen so, wie man Atem tief in sich zieht, einzig, um ganz bei sich selbst zu sein, das innere Ich abgesonderter, mächtiger zu genießen. Eine Minute dauerte dies: aber dann, wie er neuerdings, gleichsam erfrischt aufsah und der Blick den gewohnten Vorraum übertastete, blieb er von ungefähr auf einem Bild haften, das über der großen Truhe hing: ihr Bild. Mit ruhig gebuchteten, sanft verschlossenen Lippen sah es ihn an, lächelnd und tiefdeutig zugleich, als hätte es jedes Wort seines Innern verstanden. Und da, in dieser Sekunde, überblitzte ihn plötzlich der ganz vergessene Gedanke, daß jene Stellung an[zu]nehmen, doch auch bedeutet, dies Haus zu verlassen. Mein Gott, sie verlassen: wie ein Messer fuhr das durch das stolz geblähte Segel seiner Freude. Und in dieser einen kontrollosen Sekunde des Überraschtseins stürzte das ganze künstlich getürmte Gebälk von Verstellung über seinem Herzen ein, und mit einem jähen Zukken im Herzmuskel spürte er, wie schmerzlich, wie tödlich fast der Gedanke ihn zerriß, sie zu entbehren. Sie, mein Gott, sie verlassen: wie hatte er daran denken können, wie sich entscheiden, gleichsam, als ob er sich selbst noch gehöre, als ob er nicht mit allen Klammern und Wurzeln des Gefühls hier verhaftet wäre an ihre Gegenwart! Gewaltsam brach es aus, elementar, ein ganz deutlicher zuckender physischer Schmerz, ein Schlag quer durch den ganzen Leib vom Stirndach bis ins Fundament des Herzens, ein Riß, der alles aufhellte wie Blitz über nächtlichem Himmel: und nun in diesem blendenden Licht war es vergebens, nicht zu erkennen, daß jeder Nerv und jede Fiber seines Innern in Liebe zu ihr blühte, der Geliebten. Und kaum daß er wortlos das magische Wort aussprach, stürzten schon mit jener unerklärlichen Ge-

– 234 –

schwindigkeit, die nur das äußerste Erschrecken aufpeitscht, unzählige kleine Assoziationen und Erinnerungen funkelnd durch sein Bewußtsein, jedes grell sein Gefühl erhellend, Einzelheiten, die er niemals bisher gewagt hatte einzugestehen oder zu erläutern. Und jetzt erst wußte er, wie restlos er ihr seit Monaten schon verfallen war.

War es nicht diese Osterwoche noch gewesen, wo sie für drei Tage zu ihren Verwandten gefahren, daß er wie ein Verlorener von Zimmer zu Zimmer getappt, unfähig ein Buch zu lesen, aufgewühlt, ohne sich zu sagen, warum – und dann in der Nacht, da sie kommen sollte, hatte er nicht bis ein Uhr nachts gewartet, ihren Schritt zu hören? Hatte ihn nicht unzählige Male nervöse Ungeduld vorzeitig die Treppen hinabgescheucht, ob der Wagen nicht schon käme? Er erinnerte sich des Schauers kalt über die Hände bis in den Nacken hinauf, wenn zufällig im Theater seine Hand die ihre gestreift: hundert solcher kleiner zuckender Erinnerungen, kaum wach gefühlter Nichtigkeiten stürzten jetzt wie durch gesprengte Schleusen brausend in sein Bewußtsein ein, in sein Blut, und alle trafen wieder geradewegs hin auf sein Herz. Unwillkürlich mußte er seine Hand auf seine Brust pressen, so hart schlug es dort heraus, und nun half nichts mehr, er durfte sich nicht länger wehren, einzugestehen, was ein gleichzeitig scheuer und ehrfürchtiger Instinkt mit allerhand vorsichtigen Abblendungen so lange verdunkelt hatte: daß er nicht mehr leben könnte ohne ihre Gegenwart. Zwei Jahre, zwei Monate, zwei Wochen bloß ohne dies milde Licht auf seinem Wege, ohne die guten Gespräche in abendlicher Stunde dabei – nein, nein, es war nicht zu ertragen. Und was ihn vor zehn Minuten noch mit Stolz erfüllt hatte, die Mission nach Mexiko, der Aufstieg in schöpferische Macht, in einer Sekunde war dies eingeschrumpft, zerplatzt wie eine funkelnde Seifenblase, es war nurmehr Ferne, Wegsein, Kerker, Verbanntsein,

– 235 –

Exil, Vernichtung, ein nicht zu überlebendes Abgespal-
tensein. Nein, es war nicht möglich – schon zuckte die
Hand zur Klinke zurück, schon wollte er noch einmal hinein in das Zimmer, dem Geheimrat zu melden, er ver-
zichte, er fühle sich nicht würdig für den Auftrag und
bleibe lieber im Haus. Aber da meldete sich warnend die
Angst: nicht jetzt! Nicht vorzeitig ein Geheimnis verraten, das ihm selbst sich erst zu entschleiern begann. Und
müde ließ er die fiebrige Hand von dem kühlen Metall.

Noch einmal sah er auf das Bild: immer tiefer schienen
die Augen ihn anzublicken, nur das Lächeln um den
Mund, er fand es nicht mehr. Sah sie nicht ernst, beinahe
traurig vielmehr aus dem Bild, gleichsam als wollte sie
sagen: »Du hast mich vergessen wollen.« Er ertrug ihn
nicht, diesen gemalten und doch lebendigen Blick, taumelte hin in sein Zimmer, hinsinkend auf das Bett mit
einem sonderbaren, fast ohnmachtsähnlichen Gefühl von
Grauen, das aber merkwürdig durchdrungen war von ge-
heimnisvoller Süßigkeit. Gierig sann er sich alles zurück,
was er in diesem Haus seit der ersten Stunde erlebt, und
alles, auch die nichtigste Einzelheit, hatte nun andere
Schwere und anderes Licht: alles war angestrahlt von jenem innern Licht des Erkennens, alles war leicht und
schwebte empor in der erhitzten Luft der Leidenschaft. Er
besann sich aller Güte, die er von ihr erfahren. Ringsum
waren noch ihre Zeichen, er tastete die Dinge an mit den
Blicken, die ihre Hand berührt, und jedes hatte etwas vom
Glück ihrer Gegenwart: sie war da in diesen Dingen, er
fühlte ihre freundschaftlichen Gedanken darin. Und diese
Gewißheit ihrer ihm zugewandten Güte überwogte ihn
leidenschaftlich: aber doch tief unten in dieser Strömung
war in seinem Wesen noch etwas Widerstrebendes wie ein
Stein, etwas nicht Gehobenes, etwas nicht Weggeräum-
tes, das weggeschafft werden mußte, damit ganz frei sein
Gefühl entströmen könne. Ganz vorsichtig tastete er

– 236 –

heran an dieses Dunkle in seinem Untersten des Gefühls, schon wußte er, was es bedeutet, und wagte es doch nicht anzufassen. Immer aber trieb ihn die Strömung zurück zu dieser einen Stelle, zu dieser einen Frage. Und die hieß: war – Liebe wagte er nicht zu sagen – aber doch Neigung ihrerseits in all diesen kleinen Aufmerksamkeiten, eine linde, wenn auch leidenschaftslose Zärtlichkeit in dem Umlauschen und Umhüllen seiner Gegenwart? Dumpf ging diese Frage durch ihn hin, schwere schwarze Wellen des Blutes rauschten sie immer wieder auf, ohne sie doch fortwälzen zu können. »Wenn ich doch nur klar mich besinnen könnte!« fühlte er, aber zu leidenschaftlich wogten die Gedanken ineinander mit wirren Träumen und Wünschen und jener von der äußersten Tiefe immer aufgewühlte Schmerz. So lag er fühllos, ganz sich selbst entwandert auf dem Bett, verdumpft von einer betäubenden Mischung der Gefühle, eine Stunde vielleicht oder zwei, bis plötzlich ein zartes Pochen an der Tür ihn aufschreckte, ein Pochen vorsichtiger dünner Knöchel, das er zu erkennen meinte. Er sprang auf und stürzte zur Tür.

Sie stand vor ihm, lächelnd. »Aber Doktor, warum kommen Sie nicht? Es hat schon zweimal zu Tisch geläutet.«

Übermütig beinahe war das gesagt, als hätte sie eine kleine Freude, ihn bei einer Nachlässigkeit zu ertappen. Aber kaum sie sein Antlitz sah, versträhnt das feuchte Haar, die Augen wirr ausweichend und scheu, wurde sie selber blaß.

»Um Gottes willen, was ist Ihnen zugestoßen?« stammelte sie, und dieser umkippende Ton des Schreckens fuhr ihn an wie eine Lust. »Nein, nein«, zwang er sich rasch zusammen, »ich war irgendwie in Gedanken. Die ganze Sache ist allzu rasch über mich gekommen.«

»Was denn? Welche Sache? So sprechen Sie doch!«

»Wissen Sie denn nicht? Hat Sie der Geheimrat nicht verständigt?«

»Nichts, nichts!« drängte sie ungeduldig, beinahe irr gemacht von seinem fahrigen, heißen, ausweichenden Blick. »Was ist geschehen? Sagen Sie es mir doch!«

Da preßte er alle Muskeln zusammen, um sie klar und ohne Erröten anzusehen. »Der Herr Geheimrat war so gütig, mir eine große und verantwortliche Aufgabe zuzuteilen, und ich habe sie angenommen. Ich reise in zehn Tagen nach Mexiko – für zwei Jahre.«

»Für zwei Jahre! Um Gottes willen!« Ganz von innen fuhr schußhaft und heiß ihr Erschrecken heraus, mehr Schrei als Wort. Und in unwillkürlicher Abwehr spreizte sie die Hände zurück. Vergebens, daß sie in der nächsten Sekunde sich bemühte, das herausgeschleuderte Gefühl zu verleugnen, schon hatte er (wie war es geschehen?) ihre Hände, die von Angst leidenschaftlich vorgerissenen, in den seinen, ehe sie es wußten, schlugen ihre beiden bebenden Körper in Flammen zusammen, und in einem unendlichen Kuß tranken sich unzählige Stunden und Tage unbewußten Dürstens und Verlangens satt.

Nicht er hatte sie an sich gerissen und nicht sie ihn, sie waren ineinandergefahren, wie von einem Sturm zusammengerissen, miteinander, ineinander stürzend in ein bodenloses Unbewußtes, in das hinabzusinken eine süße und zugleich brennende Ohnmacht war – ein zu lang aufgestautes Gefühl entlud sich, vom Magnet des Zufalls gezündet, in einer einzigen Sekunde. Und erst allmählich, als die verklammerten Lippen sich lösten, noch taumelnd vor Unwahrscheinlichkeit, sah er in ihre Augen, in Augen mit fremdem Licht hinter der zärtlichen Dunkelheit. Und da erst überkam ihn strömend das Erkennen, daß diese Frau, die geliebte, lange schon, wochenlang, monatelang, jahrelang ihn geliebt haben mußte, zärtlich verschwiegen, glühend mütterlich, ehe solche Stunde ihr die Seele durch-

– 238 –

schlug. Und gerade dieses, das Unglaubhafte wurde nun Trunkenheit: er, er geliebt und geliebt von ihr, der Unnahbaren, – ein Himmel wuchs da auf, lichtdurchbreitet und ohne Ende, strahlender Mittag seines Lebens, aber gleichzeitig schon niederstürzend in der nächsten Sekunde mit schneidenden Splittern. Denn dies Erkennen war diesmal Abschied zugleich.

Die zehn Tage bis zur Abreise verbrachten die beiden in einem fanatischen Zustand unablässiger rauschhafter Raserei. Die plötzliche Explosion ihres einbekannten Gefühls hatte mit der ungeheuren Wucht ihres Luftdruckes alle Dämme und Hemmungen, alle Sitte und Vorsicht weggesprengt: wie Tiere, heiß und gierig fielen sie einander an, wenn sie in einem dunklen Gange, hinter einer Tür, in einer Ecke, zwischen zwei gestohlenen Minuten einander begegneten; Hand wollte Hand fühlen, Lippe die Lippe, das unruhige Blut das geschwisterliche fühlen, alles fieberte nach allem, jeder Nerv brannte, Fuß, Hand, Kleid, irgendeinen lebendigen Teil des lechzenden Leibes sinnlich zu fühlen. Dabei mußten sie gleichzeitig sich beherrschen im Hause, sie vor ihrem Mann, ihrem Sohn, ihren Dienstleuten die immer wieder vorfunkelnde Zärtlichkeit verstecken, er um den Kalkulationen, Konferenzen und Berechnungen, mit denen er verantwortlich beschäftigt war, geistig gewachsen zu sein. Immer haschten sie nur Sekunden, zuckende, diebische, gefährlich umlauerte Sekunden, nur mit den Händen, nur mit den Lippen, mit Blicken, mit gierig errafftem Kuß konnten sie fliegend einander nahen, und die dünstige, schwülende, schwälende Gegenwart des andern selbst Berauschten berauschte sie. Aber nie war es genug, beide fühlten sie es: nie genug. Und so schrieben sie einander brennende Zettel, wirre lodernde Briefe steckten sie einander wie Schulknaben in die Hände, abends fand er sie knisternd unter dem schlaflosen Kissen, sie wieder die seinen in den Ta-

schen ihres Mantels, und alle endeten sie im verzweifelten
Schreien der unseligen Frage: wie es ertragen, ein Meer,
eine Welt, unzählige Monate, unzählige Wochen, zwei
Jahre zwischen Blut und Blut, zwischen Blick und Blick?
Sie dachten nichts anderes, sie träumten nichts anderes,
und keiner von ihnen wußte Antwort, nur die Hände, die
Augen, die Lippen, die unwissenden Knechte ihrer Leidenschaft sprangen hin und wieder, lechzend nach Verbundensein, nach inniger Verpflichtung. Und darum
wurden jene diebischen Augenblicke des Sich-Fassens,
zuckenden Umschlingens zwischen angelehnten Türen,
diese angstvollen Augenblicke so bacchantisch überflie-
ßend von gleichzeitiger Lust und Angst.

Aber nie war ihm, dem Lechzenden, ganzer Besitz des
geliebten Leibes vergönnt, den er hinter dem unfühlsa-
men, hemmenden Kleid leidenschaftlich gebäumt sich
doch nackt und heiß entgegendrängend fühlte – nie kam
er ihm in dem überhellten, immer wachen und men-
schendurchhorchten Haus wirklich nahe. Nur am letzten
Tag, als sie unter dem Vorwand, ihm einpacken zu helfen,
in Wahrheit, um letzten Abschied zu nehmen, in sein
schon abgeräumtes Zimmer kam und, gierig angerissen,
taumelnd unter der Wucht seines Ansprungs gegen die
Ottomane stürzte und fiel, als seine Küsse schon unter
dem aufgezerrten Kleid ihre gebäumte Brust überglühten
und gierig die weiße heiße Haut entlang bis dort, wo ihr
Herz ihm keuchend entgegenschlug, da, als sie in diesen
nachgebenden Minuten beinahe schon sein war mit ihrem
hingegebenen Leibe, da – da stammelte sie aus ihrem Er-
griffensein ein letztes flehendes »Nicht jetzt! Nicht hier!
Ich bitte dich darum«.

Und so gehorsam, so unterjocht war selbst sein Blut
noch der Ehrfurcht vor der so lange heilig Geliebten, daß
er noch einmal seine schon strömenden Sinne zurückriß
und zurückwich von ihr, die taumelnd aufstand und das

Gesicht vor ihm verbarg. Er selbst blieb zuckend und mit sich selbst im Kampfe, gleichfalls abgewendet und so sichtlich der Trauer seiner Enttäuschung untertan, daß sie fühlte, wie sehr seine unbegnadete Zärtlichkeit an ihr litt. Da trat sie, ganz wieder Herrin ihres Gefühls, ihm nah und tröstete ihn leise: »Ich durfte es nicht hier, nicht hier in meinem, in seinem Haus. Aber wenn du wiederkommst, wann immer du willst.«

Der Zug hielt ratternd an, aufkreischend unter dem Zangengriff der angezogenen Bremse. Wie ein Hund unter der Peitsche erwachend, tauchte sein Blick aus dem Träumerischen auf, aber – beglückte Erkenntnis! – siehe, da saß sie ja, die Geliebte, die lang Entfernte, da saß sie ja, still und atemnah. Die Krempe des Hutes verschattete ein wenig das zurückgelehnte Gesicht. Aber als hätte sie unbewußt verstanden, daß sein Wunsch sich nach ihrem Antlitz sehne, richtete sie sich jetzt auf, und ein lindes Lächeln kam ihm entgegen. »Darmstadt«, sagte sie hinausblickend, »noch eine Station.« Er antwortete nicht. Er saß und sah sie nur an. Ohnmächtige Zeit, dachte er innen, Ohnmacht der Zeit wider unser Gefühl: neun Jahre seitdem und nicht ein Ton ihrer Stimme ist anders geworden, nicht ein Nerv meines Leibes hört anders ihr zu. Nichts ist verloren, nichts ist vergangen, zärtliche Beglückung wie damals ihre Gegenwart.

Leidenschaftlich sah er auf ihren still lächelnden Mund, den einmal geküßt zu haben, er sich kaum entsinnen konnte, und sah hin auf ihre Hände, die ausgeruht und locker auf dem Schoße glänzten: unendlich gern hätte er sich niedergebeugt und sie mit den Lippen berührt oder die stillgefalteten in seine genommen, eine Sekunde nur, eine Sekunde! Aber schon begannen die gesprächigen Herren im Coupé ihn neugierig zu mustern und um sein Geheimnis zu hüten, lehnte er sich wieder wortlos zurück.

Wieder blieben sie einander ohne Zeichen und Wort gegenüber, und nur ihre Blicke küßten einander.

Draußen schrillte ein Pfiff, der Zug hub wieder an zu rollen, und seine schwingende Monotonie schaukelte, stählerne Wiege, ihn wieder in die Erinnerung zurück. Oh, dunkle und unendliche Jahre zwischen damals und heute, graues Meer zwischen Ufer und Ufer, zwischen Herz und Herz! Wie war es nur gewesen? Irgendeine Erinnerung war da, an die wollte er nicht rühren, nicht sich besinnen an jene Stunde des letzten Abschieds, die Stunde am Perron der gleichen Stadt, wo er heute aufgeweiteten Herzens ihrer gewartet. Nein, weg damit, vorbei daran, nicht mehr daran denken, es war zu fürchterlich. Weiter zurück, weiter zurück flatterten die Gedanken: andere Landschaft, andere Zeit tat sich träumerisch auf, vom rasch ratternden Takt der Räder hergerissen. Er war damals zerrissener Seele nach Mexiko gegangen, und die ersten Monate, die ersten entsetzlichen Wochen, ehe er von ihr eine Nachricht empfangen hatte, vermochte er nicht anders zu ertragen, [als] daß er sich das Gehirn vollstopfte mit Zahlen und Entwürfen, den Körper todmüdete mit Ritten ins Land und Expeditionen, von endlosen und doch entschlossen zu Ende geführten Unterhandlungen und Untersuchungen. Von Früh bis Nacht schloß er sich ein in dieses zahlenhämmernde, redende, schreibende, pausenlos werkende Maschinenhaus des Betriebs, nur um zu hören, wie die innere Stimme einen Namen, ihren Namen verzweifelt aufrief. Er übertäubte sich mit Arbeit wie mit Alkohol oder Gift, nur um die Gefühle, die übermächtigen, dumpf zu machen. Jeden Abend aber, so müde er auch war, setzte er sich hin, um Blatt auf Blatt, Stunde um Stunde alles zu verzeichnen, was er tagsüber getan, und mit jeder Post sandte er ganze Stöße solcher zitternd beschriebener Blätter an eine vereinbarte Deckadresse, damit die ferne Geliebte genau so wie im Haus an

– 242 –

seinem Leben stündlich teilnehmen könne und er den milden Blick über tausend Meermeilen, Hügel und Horizonte ahnungshaft auf seinem Tagewerk ruhen fühlte. Dank dafür boten die Briefe, die er von ihr erhielt. Aufrechter Schrift und ruhigen Wortes, Leidenschaft verratend, aber doch in gebändigter Form: sie erzählten ernst, ohne zu klagen, von der Tage Gang, und ihm war, als fühlte er blau das sichere Auge auf sich gerichtet, nur das Lächeln fehlte darin, das leicht begütigende Lächeln, das allem Ernst seine Schwere nahm. Diese Briefe waren Trank und Speise des Einsamen geworden. Leidenschaftlich nahm er sie mit sich auf Reisen durch Steppen und Gebirge, in den Sattel hatte er eigene Taschen nähen lassen, daß sie geschützt waren gegen die plötzlichen Wolkenbrüche und die Nässe der Flüsse, die sie auf Expeditionen durchqueren mußten. So oft hatte er sie gelesen, daß er sie auswendig wußte, Wort um Wort, so oft entfaltet, daß die Bugstellen darin durchsichtig geworden waren und einzelne Worte verwischt von Küssen und Tränen. Manchmal, wenn er allein war und niemand um sich wußte, nahm er sie vor, um sie Wort für Wort in ihrem Stimmfall zu sprechen und so die Gegenwart der Entfernten magisch zu beschwören. Manchmal stand er plötzlich auf in der Nacht, wenn ihm ein Wort, ein Satz, eine Schlußformel entfallen war, entzündete Licht, um sie wiederzufinden und in ihren Schriftzügen sich das Bildnis der Hand zu erträumen, und von der Hand empor, Arm, Schulter, Haupt, die ganze über Meer und Land hergetragene Gestalt. Und wie ein Holzfäller im Urwald, so hieb er mit Berserkerwut und Kraft hinein in die vor ihm wilde und undurchdringlich noch drohende Zeit, ungeduldig schon, sie licht zu sehen, den Ausblick der Rückkehr, die Stunde der Reise, den Ausblick, den tausendmal vorgetäuschten, des wieder ersten Umfangens. In dem rasch gezimmerten, blechgedeckten Holzhaus der neugeschaffe-

– 243 –

nen Arbeiterkolonie hatte er sich über dem roh gezimmerten Bett einen Kalender aufgehängt, darin strich er jeden Abend, oft schon ungeduldig am Mittag den abgewerkten Tag ab und zählte und überzählte die immer kürzere schwarz-rote Reihe der noch zu ertragenden: 420, 419, 418 Tage bis zur Wiederkehr. Denn er zählte nicht wie die andern Menschen seit Christi Geburt von einem Anfang an, sondern immer nur auf eine bestimmte Stunde zu, die Stunde der Heimkehr. Und immer wenn diese Zeitspanne zu einer runden Zahl sich formte, zu 400, zu 350 oder 300, oder wenn ihr Geburtstag, ihr Namenstag oder jene heimlichen Festtage, etwa da er sie zum erstenmal gesehen, oder jener, da sie ihm zum erstenmal ihr Gefühl verraten, – immer gab er dann den unwissend staunenden und fragenden Leuten um sich eine Art Fest. Er beschenkte die schmierigen Kinder der Mestizen mit Geld und die Arbeiter mit Branntwein, daß sie johlten und sprangen wie braune wilde Füllen, er zog sein Sonntagskleid an, ließ Wein holen und die besten Konserven. Eine Fahne flatterte dann, Flamme der Freude, von eigens aufgestockter Stange, und kamen Nachbarn und Helfer neugierig, welchen Heiligen oder kuriosen Anlaß er feiere, so lächelte er nur und sagte: »Was geht's euch an? Freut euch mit mir!«

So ging es Woche und Monat, so werkte sich ein Jahr zu Tode und weiter ein halbes Jahr, schon waren es nur mehr sieben kleine winzige armselige Wochen bis zur bestimmten Rückkehr. Längst hatte er sich in maßloser Ungeduld die Bootsfahrt ausgerechnet und zum Staunen der Booker seinen Kabinenplatz auf der ›Arcansas‹ hundert Tage früher schon belegt und ausbezahlt: da kam jener katastrophische Tag, der mitleidslos nicht nur seinen Kalender durchriß, sondern Millionen Schicksale und Gedanken gleichgiltig zerfetzte. Katastrophischer Tag: frühmorgens war der Geometer mit zwei Vorarbeitern und hinten ein

Trupp eingeborener Diener mit Pferden und Mauleseln aus der schwefelgelben Ebene hinauf in das Gebirge geritten, um eine neue Bohrungsstelle zu untersuchen, wo man Magnesit vermutete: zwei Tage hämmerten, gruben, pochten und forschten die Mestizen unter den senkrechten Stichen einer unerbittlichen Sonne, die rechtwinkelig ab vom nackten Gestein noch ein zweitesmal gegen sie sprang: aber wie ein Besessener trieb er die Arbeiter an, gönnte seiner durstigen Zunge nicht die hundert Schritte zur rasch gegrabenen Wassergrube – er wollte zurück sein zur Post, ihren Brief sehen, ihre Worte. Und als am dritten Tage die Tiefe noch nicht erreicht war, die Probe noch nicht endgiltig, überfiel ihn die unsinnige Leidenschaft nach ihrer Botschaft, der Durst nach ihren Worten dermaßen wahnwitzig, daß er beschloß, allein die ganze Nacht zurückzureiten, nur um jenen Brief zu holen, der gestern mit der Post gekommen sein mußte. Gleichmütig ließ er die andern in dem Zelt zurück und ritt, nur von einem Diener begleitet, auf gefährlich dunklem Saumpfad die ganze Nacht bis zur Eisenbahnstation. Aber als sie am Morgen auf dampfenden Pferden, durchfroren von der eisigen Felsengebirgskälte endlich in den kleinen Ort einritten, überraschte sie ungewohnter Anblick. Die paar weißen Ansiedler hatten ihre Arbeit gelassen und umstanden inmitten eines schreienden, fragenden, dumm glotzenden Wirbels von Mestizen und Eingeborenen die Station. Es kostete Mühe, den aufgeregten Knäuel zu durchstoßen. Dort erfuhren sie dann am Amt unvermutete Nachricht. Von der Küste waren Telegramme gekommen, Europa stände im Krieg, Deutschland gegen Frankreich, Österreich gegen Rußland. Er wollte es nicht glauben, stieß dem stolpernden Gaul die Sporen so grimmig in die Weichen, daß das erschrockene Tier wiehernd aufbockte, und jagte hin zum Regierungsgebäude, um dort noch niederschmetterndere Botschaft zu hören: es war

– 245 –

richtig und noch ärger, England hatte gleichfalls den Krieg erklärt, das Weltmeer für Deutsche verschlossen. Der Eiserne Vorhang zwischen dem einen Kontinent und dem andern war für unberechenbare Zeit schneidend niedergefallen.

Vergebens, daß er in erster Wut mit geballter Faust auf den Tisch schlug, als wollte er damit das Unsichtbare treffen: so wüteten ja Millionen machtloser Menschen jetzt gegen die Kerkerwand des Schicksals. Sofort erwog er alle Möglichkeiten, sich hinüberzuschmuggeln auf listige, auf gewaltsame Weise, dem Schicksal Schach zu bieten – aber der englische, zufällig anwesende Konsul, ihm befreundet, deutete ihm mit vorsichtiger Warnung an, er sei gezwungen, von nun an jeden seiner Schritte zu bewachen. So tröstete ihn einzig die Hoffnung, die bald betrogene von Millionen anderer Menschen, ein solcher Wahnwitz könne nicht lange dauern, in einigen Wochen, einigen Monaten müsse dieser Tölpelstreich entfesselter Diplomaten und Generäle zu Ende sein. Und diesem dünnen Fusel Hoffnung gab bald ein anderes Element, ein noch blühenderes, stärker betäubendes Kraft: die Arbeit. Durch Kabeldepeschen über Schweden erhielt er von seiner Firma den Auftrag, um einer möglichen Sequestration vorzubeugen, das Unternehmen selbständig zu machen und als mexikanische Compagnie mit einigen Strohmännern zu führen. Das erforderte äußerste Energie der Bewältigung, bedurfte doch auch der Krieg, dieser herrische Unternehmer, Erz aus den Gruben, der Abbau mußte beschleunigt, der Betrieb intensiviert werden. Das spannte alle Kräfte, überdröhnte jeden eigenmächtigen Gedanken. Er arbeitete zwölf, vierzehn Stunden des Tages mit fanatischer Verbissenheit, um dann abends erschlagen von diesem Katapult von Zahlen traumlos ermüdet und unbewußt ins Bett zu sinken.

Aber doch: indes er noch unverwandt zu fühlen meinte,

– 246 –

lockerte sich von innen her allmählich die leidenschaftliche Umspannung. Es liegt nicht im Wesen der menschlichen Natur, einzig von Erinnerungen zu leben, und so wie die Pflanzen und jegliches Gebilde Nährkraft des Bodens und immer neu gefiltertes Licht des Himmels brauchen, damit ihre Farben nicht verblassen und die Kelche [nicht] welk zerblättern, so bedürfen selbst Träume, auch sie, die scheinbar unirdischen, einer gewissen Nahrung vom Sinnlichen her, einer zarten und bildhaften Nachhilfe, sonst gerinnt ihr Blut und ihre Leuchtkraft verblaßt. So geschah es auch diesem Leidenschaftlichen, ehe er es selbst bemerkte – als Wochen, Monate und schließlich ein Jahr und dann ein zweites keine einzige Botschaft, kein geschriebenes Wort, kein Zeichen von ihr mehr herüberkam, da begann allmählich ihr Bild zu verdämmern. Jeder in Arbeit verbrannte Tag legte ein paar Stäubchen Asche über die Erinnerung; noch glühte sie durch wie rote Glut unter dem Rost, doch schließlich war der graue Belag dichter und dichter. Noch nahm er manchmal die Briefe hervor, aber die Tinte war blaß geworden, die Worte schlugen nicht mehr hinein in sein Herz, und einmal erschrak er im Anblick ihrer Fotografie, weil er sich nicht entsinnen konnte der Farbe ihrer Augen. Und immer seltener zog er die einst so kostbaren Zeugnisse, die magisch belebenden, heran, ohne es zu wissen, schon müde ihres ewigen Stilleseins, des sinnlosen Sprechens mit einem Schatten, der keine Antwort gab. Außerdem hatte die rasch entstandene Unternehmung Menschen und Gefährten hergebracht, er suchte Gesellschaft, suchte Freunde, suchte Frauen. Und als ihn eine Geschäftsreise im dritten Jahr des Krieges in das Haus eines deutschen Großkaufmannes führte, nach Vera Cruz, und er dort seine Tochter kennenlernte, still, blond und von häuslicher Art, da überwältigte ihn die Angst vor diesem unablässigen Alleinsein inmitten einer vom Haß, Krieg und Tollheit hinabstürzenden Welt. Er entschloß sich rasch und heiratete das Mädchen. Dann kam ein Kind, ein zweites folgte, lebende blühende Blumen über dem vergessenen Grab seiner Liebe: nun war der Kreis rund geschlossen, außen lärmende Tätigkeit, innen häusliches Ruhen, und von dem früheren Menschen, der er gewesen, wußte er nach vier oder fünf Jahren nichts mehr.

Nur einmal kam ein Tag, [ein] brausender, glockenstürmender Tag, da die Telegrafendrähte zuckten und in allen Gassen der Stadt zugleich schreiende Stimmen, faustgroße Lettern die endliche Botschaft des Friedensschlusses aufriefen, da die Engländer und Amerikaner des Ortes mit rücksichtslosem Hurra-Rufen in allen Fenstern die Vernichtung seiner Heimat schmetterten, – an diesem Tag stand, aufgerissen von all den Erinnerungen an das gerade im Unglück wieder geliebte Land, auch jene Gestalt wieder in ihm auf, zwingend trat sie in sein Gefühl. Wie mochte es ihr ergangen sein während all dieser Jahre des Elends und der Entbehrungen, das hier die Zeitungen mit behaglicher Breite und journalistischer frecher Betriebsamkeit breit und spaßend auswälzten? War ihr Haus, sein Haus, verschont geblieben von den Revolten und Plünderungen, ihr Mann, ihr Sohn, lebten sie noch? Mitten in der Nacht stand er auf von der Seite seiner atmenden Frau, zündete Licht an und schrieb fünf Stunden lang bis zum Morgengrauen einen nicht enden wollenden Brief, in dem er ihr, monologisch zu sich selber sprechend, sein ganzes Leben in diesem Jahrfünft erzählte. Nach zwei Monaten, schon hatte er des eigenen Briefes vergessen, kam die Antwort: unschlüssig wog er das umfangreiche Couvert in den Händen, aufrührerisch schon durch die innig vertraute Schrift: er wagte nicht gleich das Siegel zu brechen, als hielte, Pandorens Gefäß gleich, dieses Verschlossene ein Verbotenes in sich. Zwei Tage lang trug er ihn uneröffnet in der Brusttasche: manchmal spürte er wie sein Herz dawiderschlug. Aber der Brief, endlich eröffnet, war einerseits ohne andrängende Vertraulichkeit und doch jeder kalten Förmlichkeit bar: unverstellt atmete er in ruhigen Schriftzügen jene zarte Neigung aus, die ihn von je an ihr so sehr beglückte. Ihr Mann war gestorben, gleich zu Anfang des Krieges, fast wage sie dies nicht zu beklagen, denn so sei ihm erspart geblieben, die Gefährdung seines Unternehmens, die Besetzung ihrer Stadt und das Elend seines allzu vorzeitig siegestrunkenen Volkes zu sehen. Sie selbst und ihr Sohn seien gesund, und wie freue es sie, von ihm Günstiges zu erfahren, Besseres als sie selbst zu berichten habe. Zur Verheiratung beglückwünschte sie ihn klar und in ehrlichen Worten: unwillkürlich horchte er sie mißtrauischen Herzens an, aber kein versteckter, verschlagener Nebenton dämpfte ihren klaren Anschlag. Alles war rein gesagt, ohne jede ostentative Übertriebenheit oder sentimentalische Rührung, alles Vergangene schien rein gelöst in fortwirkende Teilnahme, die Leidenschaft lichthaft geklärt zu kristallener Freundschaft. Nie hatte er es anders von ihrer Herzensvornehmheit erwartet, aber doch, diese klare sichere Art fühlend (er meinte mit einmal wieder in ihre Augen zu blicken), ernst und doch lächelnd in einem Widerglanz der Güte, da überkam ihn eine Art dankbarer Rührung: sofort setzte er sich hin, schrieb ihr lange und ausführlich, und die langentbehrte Gewohnheit des gegenseitigen Lebensberichts war wieder einverständlich aufgenommen – hier hatte der Wettersturz einer Welt nichts zu zerstören vermocht.

Mit tiefer Dankbarkeit empfand er nun die klare Form seines Lebens. Der Aufstieg war gelungen, das Unternehmen prosperierte, im Haus wuchsen Kinder aus zarter Blumenhaftigkeit allmählich zu sprechenden, freundlich blickenden Spielwesen empor, die ihm den Abend erheiterten. Und vom Vergangenen her, von jenem Feuer-

– 249 –

brand seiner Jugend, in dem seine Nächte, seine Tage qualvoll sich verzehrten, kam nurmehr ein Leuchten her, ein stilles gutes Freundschaftslicht, ohne Forderung und Gefahr. So war es ein nur selbstverständlicher Gedanke, als er zwei Jahre später, von einer amerikanischen Compagnie beauftragt, in Berlin wegen chemischer Patente zu verhandeln, in Deutschland mit der nun zur Freundin gewordenen Geliebten von einst einen Gruß naher Gegenwart zu tauschen. Kaum in Berlin eingelangt, war es sein erstes, im Hotel telefonisch Frankfurt zu verlangen: symbolisch war es ihm, daß die Nummer sich nicht verändert hatte in diesen neun Jahren. Gute Vorbedeutung, dachte er, nichts hat sich verändert. Da klirrte schon auf dem Tisch frech die Klingel des Apparates, und plötzlich zitterte er im Vorgefühl, nun nach Jahren und Jahren wieder ihre Stimme zu vernehmen, hergeschleudert über Felder, Äcker, Häuser und Kamine, aufgerufen von seinem Klang, nah über diese Meilen von Jahren und Wasser und Erde. Und kaum daß er seinen Namen genannt und plötzlich mit einem aufschreckenden Schrei staunender Überraschung ihr »Ludwig, bist du es?« ihm entgegendrang, in die horchenden Sinne zuerst und dann gleich hinabpochend in die plötzlich gestaute Herzkammer des Blutes – da hielt ihn plötzlich etwas in Feuer: er hatte Mühe weiterzusprechen, das leichte Hörrohr taumelte in seiner Hand. Dieser helle aufschreckende Ton ihres Überraschtseins, dieser klingende Stoß der Freude, mußte irgendeinen verborgenen Nerv seines Lebens getroffen haben, denn er fühlte das Blut an die Schläfen surren, mit Mühe verstand er ihre Worte. Und ohne daß er es selbst wußte und wollte, gleichsam als hätte es ihm jemand zugeflüstert, versprach er, was er gar nicht sagen gewollt, er würde übermorgen nach Frankfurt kommen. Und damit war seine Ruhe dahin; fiebrig erledigte er die Geschäfte, jagte in Automobilen herum, um die Verhandlungen mit dop-

– 250 –

pelter Geschwindigkeit zu perfektionieren. Und als er am nächsten Morgen aufwachend dem Traum dieser Nacht nachspürte, wußte er: seit Jahren, seit vier Jahren wieder zum erstenmal hatte er von ihr geträumt.

Zwei Tage später, als er, angekündigt durch ein Telegramm nach durchfrorener Nacht morgens sich ihrem Hause näherte, da merkte er plötzlich, auf seine eigenen Füße schauend: das ist nicht mein Schritt, nicht mein Schritt von drüben, mein fester, gerade fortsteuernder, sicherer Schritt. Warum gehe ich wieder so wie der schüchterne, ängstliche Dreiundzwanzigjährige von damals, der beschämt seinen abgeschabten Rock noch einmal zitternden Fingers abstaubt und sich die neuen Handschuhe über die Hände zieht, ehe er an die Klingel rührt? Warum schlägt mir mit einmal das Herz, warum bin ich befangen? Damals da spürte geheime Ahnung das Schicksal hinter dieser kupfernen Türe hocken, mich anzufassen, zärtlich oder böse. Aber heute, warum ducke ich mich, warum löst diese aufschwellende Unruhe wieder alles Feste und Sichere in mir? Vergebens bemühte er sich seiner zu besinnen, rief seine Frau, die Kinder, sein Haus, sein Unternehmen, das fremde Land in seinen Sinn. Aber wie weggetragen von gespenstigem Nebel dämmerte dies alles: er spürte sich allein und noch immer wie ein Bittender, wie der ungelenke Knabe vor ihrer Nähe. Und die Hand ward zitternd und heiß, die er nun auf die metallene Klinke legte.

Aber kaum eingetreten, verschwand schon die Fremdheit, denn der alte Diener, abgemagert und in sich eingetrocknet, hatte fast Tränen in den Augen. »Der Herr Doktor«, stammelte er über ein Schluchzen hinweg. Odysseus, mußte der mit ihm Erschütterte denken, die Hunde im Hause erkennen dich: wird dich die Herrin erkennen? Aber da schob sich schon die Portiere beiseite, gebreiteter Hände kam sie ihm entgegen. Einen Augenblick, indes die Hände ineinander blieben, sahen sie sich an. Kurz und doch magisch erfüllte Pause des Vergleichens, Betrachtens, Abtastens, feurigen Nachdenkens, beschämter Beglückung und das Beglücktsein schon wieder verbergender Blicke. Dann erst löste sich die Frage in ein Lächeln, der Blick in vertraulichen Gruß. Ja, sie war es noch, ein wenig gealtert allerdings, links bog sich silberne Strähne durch das immer noch gleich gescheitelte Haar, noch stiller um einen Ton, noch ernster machte dieser Silberschein ihr mildes trauliches Gesicht und den Durst unendlicher Jahre fühlte er nun, wie er diese Stimme trank, die sanfte, durch weichen Dialekt so sehr trauliche, die ihn nun grüßte: »Wie lieb von dir, daß du gekommen bist.«

Wie das klang, rein und frei, als sei eine Stimmgabel tönend angeschlagen: nun hatte das Gespräch seinen Ton und Halt, Fragen und Erzählen ging wie rechte und linke Hand über die Tasten, klingend und klar ineinander. Alle die gestaute Schwüle und Befangenheit war gelöst vom ersten Wort ihrer Gegenwart. Solange sie sprach, gehorchte ihr jeder Gedanke. Aber kaum daß sie einmal, ergriffen nachdenkend, schwieg, die sinnend gesenkten Lider die Augen unsichtbar machten, huschte wie ein Schatten plötzlich leichtfüßig die Frage durch ihn hin: »Sind das nicht die Lippen, die ich geküßt?« Und als sie dann für einen Augenblick ans Telefon gerufen, ihn im Zimmer allein ließ, drängte ungebärdig von überall Vergangenes auf ihn zu. Solange ihre klare Gegenwart herrschte, duckte sich diese unsichere Stimme, jetzt aber hatte jeder Sessel, jedes Bild eine leise Lippe, und alle sprachen sie auf ihn ein, unhörbares Geflüster, ihm allein verständlich und offenbar. In diesem Haus habe ich gelebt, mußte er denken, etwas von mir ist zurückgeblieben, etwas noch da von jenen Jahren, ich bin noch nicht ganz drüben, nicht ganz noch in meiner Welt. Sie trat wieder zurück in das Zimmer, heiter selbstverständlich, und wieder duckten sich die Dinge. »Du bleibst doch zu Mittag, Ludwig«, sagte sie mit heiterer Selbstverständlichkeit. Und er blieb, blieb den ganzen Tag an ihrer Seite, und sie blickten zusammen im Gespräch in die vergangenen Jahre zurück, und ihm schienen sie erst wirklich wahr, seit er sie hier erzählte. Und als er endlich Abschied nahm, ihre mütterlich milde Hand geküßt und die Tür hinter sich geschlossen hatte, war ihm, als sei er niemals weg gewesen.

Nachts aber, allein im fremden Hotelzimmer, nur das Ticken der Uhr neben ihm und mitten in der Brust ein noch heftiger schlagendes Herz, wich dieses beruhigte Gefühl. Er konnte nicht schlafen, stand auf und zündete Licht, löschte wieder ab, um schlaflos weiterzuliegen. Immer mußte er an ihre Lippen denken und daß er sie anders gekannt als in dieser sanft redenden Vertraulichkeit. Und mit einmal wußte er, daß alle diese plaudernde Gelassenheit zwischen ihnen doch Lüge war, daß irgend noch ein Unerlöstes und Ungelöstes in ihrer Beziehung war und daß alle Freundschaft nur künstlich aufgetane Maske war über einem nervösen, fahrigen, von Unruhe und Leidenschaft verwirrten Gesicht. Zu lange, in zuviel Nächten, im Lagerfeuer drüben in seiner Hütte, zuviele Jahre, zuviele Tage hatte er dieses Wiedersehen anders gedacht – ineinanderstürzend, brennende Umfassung, letzte Hingabe, stürzendes Kleid – als daß dieses Freundlichsein, dieses höfliche Plaudern und sich Erkunden ganz wahrhaft sein könnte. Schauspieler, sagte er sich und Schauspielerin, einer dem andern gegenüber, aber keiner betrügt doch den andern. Gewiß schläft sie ebensowenig wie ich diese Nacht.

Als er dann am nächsten Morgen zu ihr kam, mußte ihr das Unbeherrschte, Fahrige seines Wesens, der ausweichende Blick sofort aufgefallen sein, denn ihr erstes Wort war schon wirr, doch später fand sie nicht mehr das unbeschwerte Gleichgewicht des Gesprächs. Es zuckte hoch,

– 253 –

fiel ab, es gab Pausen und Spannungen, die mit gewaltsamem Druck weggestoßen werden mußten. Irgend etwas stand zwischen ihnen, an dem sich die Fragen und Antworten unsichtbar zerstießen wie Fledermäuse gegen die Wand. Und beide spürten sie es, daß sie über etwas [aneinander] vorbei oder über etwas hinweg sprachen, und schließlich, schon taumelig von diesem vorsichtigen Im-Kreise-Herumgehen der Worte, ermüdete das Gespräch. Er erkannte es rechtzeitig und schützte, als sie ihn wiederum zum Mittagessen einlud, eine dringende Besprechung in der Stadt vor.

Sie bedauerte das sehr und wirklich, jetzt wagte die scheue Wärme der Herzlichkeit sich wieder aus ihrer Stimme. Aber doch, sie wagte nicht ernstlich, ihn zu halten. Indes sie ihn hinausbegleitete, sahen sie nervös aneinander vorbei. Irgend etwas knisterte in den Nerven, immer wieder stolperte das Gespräch über das Unsichtbare, das mit ihnen von Zimmer zu Zimmer, von Wort zu Wort ging und nun ihnen schon, gewaltsam wachsend, den Atem drückte. So war es Erleichterung, als er, den Mantel schon umgeworfen, bei der Türe stand. Aber mit einmal wandte er sich entschlossen wieder zurück. »Ich wollte dich eigentlich noch etwas bitten, ehe ich fortgehe.« »Du mich bitten, gern!« lächelte sie, schon wieder angestrahlt von der Freude, ihm einen Wunsch erfüllen zu können.

»Es ist vielleicht töricht«, sagte er zögernden Blicks, »aber gewiß, du wirst es begreifen, ich hätte gern noch einmal das Zimmer gesehen, mein Zimmer, wo ich zwei Jahre gewohnt. Ich bin immer unten in den Empfangsräumen, den Zimmern für die Fremden gewesen, und siehst du, wenn ich jetzt heimginge, hätte ich gar nicht das Gefühl, zu Hause gewesen zu sein. Wenn man älter wird, sucht man seine eigene Jugend und hat seine dumme Freude an kleinen Erinnerungen.«

»Du und älter werden, Ludwig«, entgegnete sie fast übermütig, »daß du so eitel bist! Sieh lieber mich an, da dieser graue Streif hier im Haar. Wie ein Knabe bist du noch gegen mich und will schon vom Altern reden: lasse mir doch das kleine Vorrecht! Aber wie vergeßlich von mir, daß ich dich nicht gleich in dein Zimmer führte, denn dein Zimmer ist es ja noch immer. Nichts wirst du verändert finden: in diesem Hause ändert sich nichts.«

»Ich hoffe, du auch nicht«, versuchte er zu scherzen, aber da sie ihn ansah, wurde sein Blick unwillkürlich zärtlich und warm. Sie errötete leicht. »Man altert, aber man bleibt derselbe.«

Sie gingen hinauf in sein Zimmer. Schon beim Eintreten ereignete sich eine leichte Peinlichkeit: sie war öffnend zurückgewichen, um ihm den Vortritt zu lassen, und durch die gleichzeitige Bewegung beiderseitiger Höflichkeit stießen flüchtig ihre Schultern im Türrahmen zusammen. Beide schreckten unwillkürlich zurück, aber schon dieses flüchtigste Anstreifen von Leib an Leib genügte, sie verlegen zu machen. Wortlos umschlug sie, doppelt fühlbar im lautlosen leeren Raum, eine lähmende Befangenheit: nervös hastete sie an den Zugstreifen des Fensters, die Gardinen hochzuziehen, damit mehr Licht in die gleichsam geduckte Dunkelheit der Dinge falle. Aber kaum, daß jetzt im plötzlichen Guß Grelligkeit hereinstürzte, war es, als ob alle Gegenstände plötzlich Blicke bekämen und unruhig aufgeschreckt sich regten. Alles trat bedeutsam vor und sprach eine Erinnerung zudringlich aus. Hier der Schrank, den ihre sorgende Hand immer heimlich für ihn geordnet, dort die Bücherwand, die sich sinnvoll nach seinen flüchtigsten Wünschen gefüllt, da – schwüler sprechend noch – das Bett, unter dessen übergebreiteter Decke er unzählige Träume von ihr begraben wußte. Dort in der Ecke – heiß fuhr ihn der Gedanke an – die Ottomane, wo sie sich ihm damals entwunden:

– 255 –

überall spürte er, entzündet von der nun brennenden, auf-
flackernden Leidenschaft Zeichen und Botschaft von ihr,
von derselben, die jetzt neben ihm stand, still atmend, gewaltsam fremd, abgewandten, unfaßbaren Blicks. Und
dieses Schweigen, das von Jahren her dick und eingesackt in
dem Raume ruhte, blähte sich jetzt aufgeschreckt von der
Gegenwart der Menschen mächtig auf, wie ein Luftdruck
lag es auf der Lunge und dem niedergedrückten Herzen.
Etwas mußte jetzt gesagt sein, etwas mußte dieses
Schweigen wegstoßen, damit es nicht erdrückte – beide
spürten sie es. Und sie tat's – plötzlich sich umwendend.

»Nicht wahr, es ist alles genau so wie früher«, begann
sie mit dem festen Willen, etwas Gleichgiltiges, Argloses
zu sprechen (und doch zitterte ihre Stimme wie belegt).
Aber er nahm den verbindlichen Konversationston nicht
an, sondern preßte die Zähne.

»Ja, alles«, stieß ihm ein plötzlich aufschießender Ingrimm erbittert durch die Zähne. »Alles ist wie früher,
nur wir nicht, wir nicht!«

Ein Biß, fuhr dieses Wort auf sie los. Erschreckt wandte
sie sich um.

»Wie meinst du das, Ludwig?« Aber sie fand nicht seinen Blick. Denn seine Augen griffen jetzt nicht nach den
ihren, sondern starrten stumm und lodernd zugleich auf
ihre Lippen, auf die Lippen, die er seit Jahren und Jahren
nicht berührt und die doch einst Fleisch brannten an seinem Fleisch, diese Lippen, die er gefühlt, feucht und in-
wendig wie eine Frucht. Geniert verstand sie das Sinnliche
seines Anschauens, eine Röte überflog ihr Gesicht, geheimnisvoll sie verjüngend, so daß sie ihm die gleiche
schien wie damals zur Stunde des Abschieds in dem gleichen Zimmer. Noch einmal versuchte sie, um diesen sau-
genden, diesen gefährlichen Blick von sich wegzuhalten,
mit Absicht das Unverkennbare mißzuverstehen.

»Wie meinst du das, Ludwig?« wiederholte sie noch

– 256 –

einmal, aber mehr Bitte war es, nicht sich zu erklären, als eine Frage um Antwort.

Da machte er eine feste entschlossene Bewegung, männlich stark faßte sein Blick jetzt den ihren. »Du willst mich nicht verstehen, aber ich weiß, du verstehst mich doch. Erinnerst du dich dieses Zimmers – und erinnerst du dich, was du mir in diesem Zimmer zugeschworen ... wenn ich wiederkomme ...«

Ihre Schultern zitterten, noch versuchte sie abzuwehren: »Laß das, Ludwig ... das sind alte Dinge, rühren wir nicht daran. Wo ist die Zeit?«

»In uns ist die Zeit«, antwortete er fest, »in unserem Willen. Ich habe neun Jahre gewartet mit verbissenen Lippen. Aber ich habe nichts vergessen. Und ich frage dich, erinnerst du dich noch?«

»Ja«, blickte sie ihn ruhiger an, »auch ich habe nichts vergessen.«

»Und willst du« – er mußte Atem holen, damit das Wort wieder Kraft fände – »willst du es erfüllen?«

Wieder sprang die Röte auf und wogte nun bis unter das Haar. Sie trat begütigend auf ihn zu: »Ludwig, besinn dich doch! Du sagtest, du hast nichts vergessen. Aber vergiß nicht, ich bin beinahe eine alte Frau. Mit grauen Haaren hat man nichts mehr zu wünschen, hat man nichts mehr zu geben. Ich bitte dich, laß das Vergangene sein.«

Aber wie eine Lust kam es über ihn, jetzt hart und entschlossen zu sein. »Du weichst mir aus«, drängte er ihr nach, »aber ich habe zu lange gewartet, ich frage dich, erinnerst du dich deines Versprechens?«

Ihre Stimme schwankte bei jedem Wort: »Warum fragst du mich? Es hat doch keinen Sinn, daß ich es dir jetzt sage, jetzt, wo alles zu spät ist. Aber wenn du es forderst, so antworte ich dir. Ich hätte dir nie etwas verweigern können, immer habe ich dir gehört, seit dem Tage da ich dich kannte.«

Er sah sie an: wie sie doch aufrecht war, selbst in der Verwirrung, wie klar, wie wahr, ohne Feigheit, ohne Ausflucht, immer dieselbe, die Geliebte, wundervoll sich bewahrend in jedem Augenblick, verschlossen und aufgetan zugleich. Unwillkürlich trat er auf sie zu, aber kaum sie das Ungestüme seiner Bewegung sah, wehrte sie schon bittend ab.

»Komme jetzt, Ludwig, komm, bleiben wir nicht hier, gehen wir hinunter; es ist Mittag, jeden Augenblick kann mich das Dienstmädchen hier suchen, wir dürfen nicht länger hier bleiben.«

Und so unwiderstehlich bog ihres Wesens Gewalt seinen Willen, daß er, genau wie damals, ihr wortlos gehorchte. Sie gingen hinab zum Empfangszimmer, durch den Flur und bis [zur] Tür, ohne ein Wort zu versuchen, ohne einander anzusehen. Bei der Tür wandte er sich plötzlich um und ihr zu.

»Ich kann jetzt nicht zu dir sprechen, verzeihe mir's. Ich will dir schreiben.«

Sie lächelte ihm dankbar zu. »Ja, schreibe mir, Ludwig, es ist besser so.«

Und kaum in sein Hotelzimmer zurückgelangt, warf er sich hin an den Tisch und schrieb ihr einen langen Brief, von Wort zu Wort, von Seite zu Seite immer zwanghafter hingerissen von der plötzlich verstoßenen Leidenschaft. Es sei sein letzter Tag in Deutschland für Monate, für Jahre, für immer vielleicht, und er wolle, er könne nicht so von ihr gehen mit der Lüge des kühlen Gesprächs, der Unwahrhaftigkeit gezwungen gesellschaftlichen Beisammenseins, er wolle, er müsse sie noch einmal sprechen, allein, losgelöst vom Haus, von der Angst und Erinnerung und Dumpfheit der überwachten, der abhaltenden Räume. Und so schlug er ihr vor, ihn mit dem Abendzug nach Heidelberg zu begleiten, wo sie beide einmal vor einem Jahrzehnt zu einem kurzen Aufenthalt gewesen,

– 258 –

fremd einander noch und doch bewegt schon von der Ahnung innerer Nähe: heute aber solle es Abschied sein, der letzte, der tiefste, den er noch begehrte. Diesen Abend, diese Nacht fordere er noch von ihr. Hastig siegelte er den Brief, sandte ihn mit einem Boten in ihr Haus hinüber. In einer Viertelstunde schon war er zurück, ein kleines gelbgesiegeltes Couvert in den Händen. Zitternder Hand riß er es auf, nur ein Zettel war darin, ein paar Worte in ihrer festen entschlossenen Schrift, hastig und doch stark hingeschrieben:

»Es ist Torheit, was du verlangst, aber nie konnte, nie werde ich dir etwas verweigern; ich komme.«

Der Zug verlangsamte seine Fahrt, eine Station, lichterflimmernd, gebot ihm zurückhaltenden Gang. Unwillkürlich hob des Träumenden Blick sich von innen heraus und griff suchend vor, um wieder zärtlich die sich ihm zugewandte, ganz ins Helldunkle gebettete Gestalt seines Traumes zu erkennen. Ja, da war sie ja, die immer Getreue, die still Liebende, sie war gekommen, mit ihm, zu ihm – immer wieder umfing er das Handgreifliche ihrer Gegenwart. Und als hätte etwas in ihr dieses Suchende seines Blickes, diese scheu liebkosende Berührung von ferne gefühlt, so richtete sie sich jetzt empor und blickte durch die Scheibe, hinter der eine ungewisse Landschaft feucht und frühlingsdunkel wie glitzerndes Wasser vorbeistrich.

»Wir müssen gleich ankommen«, sagte sie wie zu sich selber.

»Ja«, seufzte er tief, »es hat so lange gedauert.«

Er wußte selbst nicht, meinte er die Fahrt mit diesem ungeduldig aufstöhnenden Wort oder all die langen Jahre bis heran an diese Stunde: Verwirrung zwischen Traumhaftigkeit und Wirklichkeit durchwogte ihm das Gefühl. Er spürte nur, daß unter ihm knatternde Räder liefen, auf irgend etwas zu, irgendeinem Augenblick entgegen, den er sich aus einer merkwürdigen Dumpfheit nicht verdeutlichen konnte. Nein, nicht denken daran, nur so tief sich tragen lassen von einer unsichtbaren Macht, irgend etwas Geheimnisvollem entgegen, verantwortungslos, mit entspannten Gliedern. Eine Art bräutlichen Erwartens war das, süß und sinnlich und doch auch dunkel durchmengt von der Vorangst der Erfüllung, von jenem mystischen Schauer, wenn plötzlich ein unendlich Ersehntes leibhaftig herantritt an das aufstaunende Herz. Nein, nur nichts ausdenken jetzt, nichts wollen, nicht begehren, nur so bleiben, traumhaft gerissen ins Ungewisse, getragen von fremder Flut, nicht sich berührend und doch sich fühlend, sich begehrend und sich nicht erreichend, ganz hingeschwungen ins Schicksal und zurück ins Eigene gefügt. Nur so bleiben, noch stundenlang, eine Ewigkeit lang in dieser dauernden Dämmerung, umhüllt von Träumen: und schon wie eine leise Bangnis meldete sich der Gedanke, dies könnte bald zu Ende sein.

Aber da flirrten schon, Johanniskäfern gleich, da und dort, hüben und drüben, immer lichter und lichter elektrische Funken im Tal, Laternen schossen zusammen in schnurgeraden Doppelreihen, Geleise überklirrten sich, und da wölbte bereits eine blasse Kuppel helleren Dunst aus der Dunkelheit.

»Heidelberg«, sagte aufstehend einer der Herren zu den anderen. Alle drei verstauten ihre geblähten Reisetaschen und hasteten, um früher beim Ausgang zu sein, aus dem Coupé. Schon ratterten stolperig die angebremsten Räder in das Bahnhofsrelais, es gab einen harten, aufrüttelnden Ruck, dann stockte die Geschwindigkeit, nur einmal noch quarrten die Räder wie ein gequältes Tier. Eine Sekunde saßen sie beide allein sich gegenüber, gleichsam erschreckt von der plötzlichen Wirklichkeit.

»Sind wir schon da?« Unwillkürlich klang es beängstigt.

»Ja«, antwortete er und stand auf. »Kann ich dir helfen?« Sie wehrte ab und ging hastig voraus. Aber bei dem Trittbrett des Waggons blieb sie noch einmal stehen: wie vor eiskaltem Wasser zauderte der Fuß einen Augenblick, hinabzusteigen. Dann gab sie sich einen Ruck, er folgte stumm. Und beide standen sie auf dem Perron dann einen Augenblick nebeneinander, hilflos, fremd, peinlich berührt, und der kleine Koffer pendelte ihm schwer in der Hand. Da stieß plötzlich die wieder anschneubende Maschine neben ihnen grell ihren Dampf aus. Sie zuckte zusammen, sah ihn dann blaß an, mit verwirrten und unsicheren Augen.

»Was hast du?« fragte er.

»Schade, es war so schön. Man fuhr so hin. Ich wäre gern noch so Stunden und Stunden gefahren.«

Er schwieg. Genau dasselbe hatte er in dieser Sekunde gedacht. Aber nun war es vorbei: etwas mußte geschehen.

»Wollen wir nicht gehen?« fragte er behutsam.

»Ja, ja gehen wir«, murmelte sie kaum verständlich. Aber dennoch blieben sie beide locker nebeneinander stehen, als wäre etwas in ihnen zerbrochen. Dann erst (er vergaß ihren Arm zu nehmen) wandten sie sich unschlüssig und verwirrt dem Ausgang zu.

Sie traten aus dem Bahnhof, aber kaum aus der Tür, stieß ein Brausen wie Sturm gegen sie, zerknattert von Trommeln, überschrillt von Pfeifen, wuchtiger tönender Lärm – eine vaterländische Demonstration der Kriegervereine und Studenten. Wandernde Mauer, Viererreihen nach Viererreihen, von Fahnen bewimpelt, krachend im Paradeschritt marschierten militärisch gewandete Männer in einem Takt wie ein einziger Mann, den Nacken starr rückgestoßen, gewaltsame Entschlossenheit, den Mund aufgehöhlt zum Gesang, eine Stimme, ein Schritt, ein Takt. In der ersten Reihe Generäle, weißhaarige Würdenträger, ordensüberdeckt flankiert von der Jungmannschaft, die in athletischer Starrheit riesige Fahnen steil senkrecht trugen, Totenköpfe, Hakenkreuz, alte Reichsbanner im Winde wehend, breit gespannt die Brust, vorgestoßen die Stirn, als ginge es feindlichen Batterien entgegen. Wie von einer taktierenden Faust vorgestoßen, geometrisch, geordnet, marschierten Massen, zirkelhaft genau Abstand haltend und Schritt bewahrend, von Ernst jeder Nerv gespannt, Drohblick im Gesicht, und jedesmal wenn eine neue Reihe – Veteranen, Jungvolk, Studenten – an der erhöhten Estrade vorbeikam, wo das trommelnde Schlagwerk beharrlich im Rhythmus Stahl auf einem unsichtbaren Amboß zerschlug, ging militärisch stramm ein Ruck durch die Menge der Köpfe: links warfen eines Willens, einer Bewegung sich die Nacken herüber, aufzuckten wie auf Schnüren gerissen die Fahnen vor dem Heerführer, der steinernen Angesichts hart die Parade der Zivilisten abnahm. Bartlose, Flaumige oder Zerkerbte mit Falten, Arbeiter, Studenten, Soldaten oder Knaben, alle hatten sie diese Sekunde dasselbe Gesicht durch den harten, entschlossenen zornigen Blick, das aufgestoßene Kinn des Trotzes und die unsichtbare Geste des Schwertgriffes. Und immer wieder von Truppe zu Truppe hämmerte der prasselnde, in seiner Monotonie doppelt aufrührerische Trommeltakt die Rücken straff, die Augen hart – Schmiede des Krieges, der Rache, unsichtbar aufgestellt auf friedlichem Platz in einen von linden Wolken süß überflogenen Himmel hinein.

»Wahnsinn«, stammelte der Überraschte auftaumelnd zu sich selbst. »Wahnsinn! Was wollen sie? Noch einmal, noch einmal?«

Noch einmal diesen Krieg, der eben ihm sein ganzes Leben zerschlagen? Mit einem fremden Schauer sah er hinein in diese jungen Gesichter, starrte er hin auf diese schwarz wandelnde Masse, die viergereihte, dies quadra-

– 262 –

tische Filmband, das aus der engen Gasse einer dunklen
Schachtel sich aufrollte, und jedes Antlitz, das er anfaßte,
war gleich starr von entschlossener Erbitterung, eine
Drohung, eine Waffe. Warum diese Drohung klirrend
hinaufgereckt in einen milden Juniabend, hineingehäm-
mert in eine freundlich hinträumende Stadt?

»Was wollen sie? Was wollen sie?« Noch immer
würgte ihn diese Frage. Noch eben hatte er die Welt gläsern hell und klingend gefühlt, übersonnt von Zärtlichkeit und Liebe, war eingeschlagen gewesen in eine Melodie der Güte und des Vertrauens, und plötzlich da tappte
dieser eherne Massenschritt alles nieder, militärisch ge-
gürtet, tausendstimmig, tausendartig und doch nur eines
atmend in Schrei und Blick, Haß, Haß, Haß.

Unwillkürlich faßte er ihren Arm, etwas Warmes zu
fühlen, Liebe, Leidenschaft, Güte, Mitleid, ein weiches
beschwichtendes Gefühl, aber die Trommeln prasselten
ihm die innere Stille entzwei, und jetzt, da alle die Tausende von Stimmen zu einem unverständlichen Kriegsge-
sang zusammendröhnten, die Erde bebte vom takthaft
geschlagenen Schritt, die Luft explodierte von dem plötzlichen Hurra-Geschrei der riesigen Rotte, da war ihm als
zerbreche innen etwas Zartes und Klingendes an diesem
gewaltsamen, laut vordringenden Gedröhn der Wirklichkeit.

Eine leichte Berührung an seiner Seite schreckte ihn
auf: ihre Hand mit behandschuhten Fingern, zart die seine
mahnend, nicht so wild sich zur Faust zu krampfen. Da
wandte er den verhafteten Blick – sie sah ihn bittend an
ohne Worte, nur am Arme fühlte er leise drängenden Zug.

»Ja, gehen wir«, murmelte er sich zusammenfassend,
zog die Schultern hoch wie in Abwehr gegen etwas Un-
sichtbares und gab sich gewaltsamen Abstoß durch den
dünstig gedrängten Menschengallert, der wortlos wie er
selbst und gebannt auf den unaufhörlichen Vormarsch der

militärischen Legionen starrte. Er wußte nicht, wohin er sich durchrang, nur heraus aus diesem tosenden Tumult, weg von hier, von diesem Platz, wo ein klirrender Mörser in unerbittlichem Takt alles Leise und Traumhafte in ihm zerstampfte. Nur fort sein, allein sein mit ihr, dieser einen, umwölbt von Dunkel, von einem Dach, ihren Atem fühlen, zum erstenmal seit zehn Jahren unbewacht, ungestört in ihre Augen schauen, ausgenießen dieses Alleinsein, vorgeschworen in unzähligen Träumen und nun schon fast weggeschwemmt von dieser wirbelnden, in Schrei und Schritt sich selbst immer wieder überrennenden Menschenwoge. Sein Blick griff nervös die Häuser ab, fahnenüberwimpelt sie alle, dazwischen manche, wo goldene Lettern Firmen ankündigten, und manche einen Gasthof. Mit einmal spürte er das leise Ziehen des kleinen Koffers mahnend in der Hand: irgendwo rasten, zu Hause sein, allein! Sich eine Handvoll Stille kaufen, ein paar Quadratmeter Raum! Und gleichsam Antwort gebend, sprang jetzt vor hoher steinerner Fassade der goldglitzernde Name eines Hotels vor, und ihnen entgegen wölbte es sein gläsernes Portal. Sein Schritt wurde klein, sein Atem dünn. Beinahe betroffen blieb er stehen, unwillkürlich löste sich sein Arm aus dem ihren. »Dies soll ein gutes Hotel sein, man hat es mir empfohlen«, log stammelnd seine nervöse Verlegenheit.

Sie wich erschreckt zurück, Blut übergoß das blasse Gesicht. Ihre Lippen bewegten sich und wollten etwas sagen – vielleicht das Gleiche wie vor zehn Jahren, das aufgestörte »Nicht jetzt! Nicht hier«.

Aber da sah sie seinen Blick auf sich gerichtet, ängstlich, verstört, nervös. Und da senkte sie das Haupt in wortlosem Einverständnis und folgte ihm mit kleinen mutlosen Schritten die Schwelle des Eingangs empor.

In der Empfangsecke des Hotels stand, farbig bekappt und wichtigtuerisch wie der Kapitän am verantwortlichen Auslug des Schiffes, spielend der Portier hinter seinem distanzierenden Verschlag. Keinen Schritt ging er den zögernd Eintretenden entgegen, bloß ein flüchtig und schon geringschätzender, rasch taxierender Blick streifte den kleinen Toilettenkoffer. Er wartete, und man mußte bis an ihn heran, der mit einmal wieder emsig in den breit aufgeschlagenen Folioblättern der riesigen Strazze beschäftigt schien. Erst als der Einlaßwerbende schon ganz knapp vor ihm stand, hob er kühlen Blick und examierte sachlich streng: »Haben die Herrschaften bestellt?«, um dann die beinahe schuldbewußte Verneinung mit einem neuerlichen Blättern zu beantworten. »Ich fürchte, es ist alles besetzt. Wir hatten heute Fahnenweihe, aber –«, fügte er gnädig hinzu, »ich werde sehen, was sich machen läßt.«

Ihm eine in die Fresse schlagen können, diesem galonierten Feldwebel, dachte der Gedemütigte erbittert, Bettler hier wieder, Gnadennehmer und Eindringling zum erstenmal seit einem Jahrzehnt. Aber inzwischen hatte der Wichtigtuerische seine umständliche Prüfung beendet. »Nummer 27 ist eben frei geworden, ein zweibettiges Zimmer, wenn Sie darauf reflektieren.« Was blieb übrig, als dumpf grollend ein rasches »Gut« zu sagen, und schon nahm die unruhige Hand den dargereichten Schlüssel, ungeduldig schon, schweigende Wände zwischen sich und dem Menschen zu haben. Da drängte von rückwärts noch einmal die strenge Stimme »Einschreiben, bitte«, und ein rechteckiges Blatt wurde ihm vorgelegt, zerschachtelt in zehn oder zwölf Rubriken, die er ausfüllen mußte, Stand, Name, Alter, Herkunft, Ort und Heimat, die aufdringliche Frage des Amts an den lebendigen Menschen. Das Widerwärtige ward fliegenden Stifts getan: nur als er ihren Namen eintragen mußte, unwahrerweise (was sonst einst geheimster Wunsch gewe-

– 265 –

sen) dem seinen ehelich verbindend – da zitterte der
leichte Bleistift ihm täppisch in der Hand. »Hier noch
Dauer des Aufenthalts«, reklamierte der Unerbittliche,
das Geschriebene nachprüfend und deutete mit fleischi-
gem Finger auf die noch leere Rubrik. »Einen Tag«,
zeichnete der Stift zornig ein: schon fühlte der Erregte
seine Stirne feucht, er mußte den Hut abnehmen, so
drückte ihn diese fremde Luft.

»Erster Stock links«, erläuterte flink zuspringend ein
höflich beflissener Kellner, als der Erschöpfte sich jetzt
zur Seite wandte. Aber er suchte nur sie: sie hatte krampfhaft interessiert während der ganzen Prozedur vor einem
Plakat reglos gestanden, das den Schubertabend einer unbekannten Sängerin verhieß, doch über die Schultern lief
während dieses reglosen Dastehens eine zitternde Welle
wie Wind über eine Wiese. Er merkte, beschämt, ihre gewaltsam beherrschte Erregtheit: wozu habe ich sie aus ihrer Stille gerissen, hierher, dachte er wider seinen Willen?
Aber nun gab es kein Zurück. »Komm«, drängte er leise.
Sie löste sich, ohne ihm ihr Gesicht zu zeigen, von dem
fremden Plakat und ging die Treppe voraus, langsam,
mühsam mit schweren Schritten: wie eine alte Frau,
dachte er unwillkürlich.

Eine Sekunde nur hatte er es gedacht, wie sie, die Hand
am Geländer, die wenigen Stufen sich hinaufmühte, und
sofort den häßlichen Gedanken weggestoßen. Aber etwas
Kaltes, Wehtuendes blieb an der Stelle der gewaltsam
fortgestoßenen Empfindung.

Endlich waren sie oben im Gange: eine Ewigkeit diese
zwei schweigenden Minuten. Eine Tür stand offen, es war
ihr Zimmer: das Stubenmädchen manipulierte noch darin
mit Staubtuch und Besen. »Einen Augenblick, ich mache
gleich fertig«, entschuldigte sie sich, »das Zimmer ist eben
geräumt worden, aber die Herrschaften können schon
eintreten, ich bringe nur frisches Bettzeug.«

Sie traten ein. Die Luft stockte dick und süßlich im verschlossenen Raum, es roch nach Olivenseife und kaltem Zigarettenrauch, irgendwo duckte sich noch fremder Menschen gestaltlose Spur.

Frech und vielleicht noch menschenwarm stand in der Mitte das aufgewühlte Doppelbett als offenbarer Sinn und Zweck des Raumes: ihn ekelte vor dieser Deutlichkeit: unwillkürlich flüchtete er zum Fenster hin und stieß es auf: feuchte weichliche Luft, durchmengt mit verdunstetem Lärm der Straße quoll langsam vorbei an den zurückweichenden schwankenden Gardinen. Er blieb beim offenen Fenster und blickte angespannt hinaus auf die schon abgedunkelten Dächer: wie häßlich dieses Zimmer war, wie beschämend dies Hiersein, wie enttäuschend dies seit Jahren ersehnte Zuzweitsein, das weder er noch sie so plötzlich, so schamlos nackt gewollt! Drei, vier, fünf Atemzüge lang – er zählte sie – blickte er hinaus, feige vor dem ersten Wort; dann nein, das ging nicht an, zwang er sich herum. Und ganz wie er es vorausgefühlt, wie er es gefürchtet, stand sie steinern starr in ihrem grauen Staubmantel, mit niederhängenden, gleichsam geknickten Armen mitten im Zimmer als etwas, das hier nicht hineingehörte und nur durch gewaltsamen Zufall, durch Versehen in den widrigen Raum geraten war. Sie hatte die Handschuhe abgestreift, offenbar um sie abzulegen, aber es mußte sie geekelt haben, sie an irgendeine Stelle dieses Zimmers zu tun: so pendelten sie, leere Hülsen, ihr leer in den Händen. Ihre Augen stockten wie hinter einem Schleier von Starre: nun da er sich wandte, strömten sie flehend ihm zu. Er verstand. »Wollen wir nicht« – die Stimme stolperte über den gepreßten Atem – »wollen wir nicht noch ein wenig spazierengehen? ... Es ist doch so dumpf hier.«

»Ja ... ja.« Wie befreit strömte das Wort ihr aus – losgekettete Angst. Und schon griff ihre Hand gegen die Türklinke. Er folgte ihr langsamer und sah: ihre Schultern zitterten wie die eines Tieres, das tödlicher Umkrallung entkommen.

Die Straße wartete warm und menschenüberwogt, noch war ihr strömiger Gang vom Kielwasser des festlichen Aufmarsches unruhig bewegt – so bogen sie seitab zu stilleren Gassen, zu dem waldigen Weg, dem gleichen, der sie vor einem Jahrzehnt auf sonntäglichem Ausflug zum Schlosse emporgeführt. »Erinnerst du dich, es war ein Sonntag«, sagte er unwillkürlich laut und sie, offenbar mit gleicher Erinnerung innerlich beschäftigt, antwortete leise. »Nichts mit dir habe ich vergessen. Otto ging mit seinem Schulfreund, sie eilten so ungestüm voraus – fast hätten wir sie verloren im Wald. Ich rief nach ihm und rief, er möchte zurückkommen, und tat's doch wider Willen, denn mich drängte es doch mit dir allein zu sein. Aber damals waren wir einander noch fremd. «

»Und heute«, versuchte er zu scherzen. Aber sie blieb stumm. Ich hätte es nicht sagen sollen, fühlte er dumpf: was drängt mich, immer zu vergleichen, heute und damals. Aber warum glückt mir kein Wort heute zu ihr: immer drängt sich dies Damals dazwischen, vergangene Zeit.

Sie stiegen schweigend die Höhe empor. Schon bückten sich matten Geleuchts die Häuser unter ihnen zusammen, aus dämmerigem Tal wölbte immer heller schon der geschwungene Fluß, indes hier die Bäume rauschten und Dunkel über sie herabsenkten. Niemand kam ihnen entgegen, nur vor ihnen schoben sich schweigend ihre Schatten. Und immer wenn schräge eine Laterne ihre Gestalten überleuchtete, schmolzen die Schatten vor ihnen zusammen, als umarmten sie sich, sie dehnten sich und sehnten sich zueinander, Leib in Leib eine Gestalt, wichen wieder auseinander, um neu sich zu umfangen, indes sie selbst laß und atemweit schritten. Wie gebannt sah er dies sonderbare Spiel, dieses Fliehen und Fassen und Wiedereinanderlassen dieser unbeseelten Gestalten, schattender Leiber, die doch nur Widerschein ihrer eigenen waren, mit einer kranken Neugier sah er dieser wesenlosen Figuren Flucht und Verstrickung, und fast vergaß er der Lebendigen neben ihm [= sich] über dem schwarzen fließenden und flüchtenden Bild. Er dachte an nichts deutlich dabei und fühlte doch dumpf, daß an irgend etwas dies scheue Spiel ihn mahnte, an irgend etwas, das brunnenhaft tief in ihm lag und nun unruhig aufwogte, als tastete der Eimer des Erinnerns unruhig und drohend heran. Was war es nur? – Er spannte alle Sinne, woran gemahnte ihn dieser Schattengang hier im schlafenden Wald: Worte mußten es sein, eine Situation, ein Erlebtes, Gehörtes, Gefühltes, irgend gehüllt in eine Melodie, ein ganz tief Vergrabenes, an das er Jahre und Jahre nicht gerührt.

Und plötzlich brach es auf, blitzender Spalt im Dunkel des Vergessens: Worte waren es, ein Gedicht, das sie ihm einmal vorgelesen abends im Zimmer. Ein Gedicht, ja, französisch, er wußte die Worte, und wie hergerissen von einem heißen Wind waren sie mit einmal bis hoch an die Lippen, er hörte über ein Jahrzehnt weg mit ihrer Stimme diese vergessenen Verse aus einem fremden Gedicht:

Dans le vieux parc solitaire et glacé
Deux Spectres cherchent le passé

Und kaum daß sie aufleuchteten im Gedächtnis, diese Verse, fügte sich magisch schnell ein ganzes Bild daran: die Lampe golden glühend im verdunkelten Salon, wo sie ihm eines Abends das Gedicht Verlaines vorgelesen. Er sah sie, vom Schatten der Lampe abgedunkelt, wie sie damals saß, nah und fern zugleich, geliebt und unerreichbar, fühlte mit einmal sein eigenes Herz von damals häm-

mernd vor Erregung, ihre Stimme schwingen zu hören
auf der klingenden Woge des Verses, sie im Gedicht,
– wenn auch im Gedicht nur – die Worte »Sehnsucht« zu
hören und »Liebe«, fremder Sprache zwar und Fremden
zugemeint, aber doch berauschend zu hören von dieser
Stimme, ihrer Stimme. Wie hatte er's vergessen können,
jahrelang, dies Gedicht, diesen Abend wo sie allein im
Haus und verwirrt vom Alleinsein flüchteten von gefähr-
dendem Gespräch in der Bücher umgänglicheres Gefild,
wo hinter Worten und Melodie manchmal deutsam Geständnis innigeren Gefühls aufblitzte wie Licht im Ge-
sträuch, unfaßbar funkelnd und doch beglückend ohne
Gegenwart. Wie hatte er's vergessen können so lange?
Aber wie auch war es plötzlich wiedergekommen, dies
verlorene Gedicht? Unwillkürlich sagte, übersetzte er sich
die Zeilen:

> Im alten Park, eisstarrend und verschneit
> Zwei Schatten suchen die Vergangenheit

und kaum, daß er sich's gesagt, so verstand er sie schon,
lag schon schwer und funkelnd der Schlüssel in seiner
Hand, die Assoziation, die aus schlafendem Schacht das
Erinnern, dies eine, plötzlich so sinnlich hell, so scharf
emporgerissen: Die Schatten da waren es über dem Weg,
die Schatten, sie hatten ihr eigenes Wort berührt und erweckt, ja, aber noch mehr. Und schauernd fühlte er plötzlich erschreckten Erkennens Sinn; Worte wahrsagenden
Sinns: waren sie es nicht selbst, diese Schatten, die ihre
Vergangenheit suchten, dumpfe Fragen richteten an ein
Damals, das nicht mehr wirklich war, Schatten, Schatten,
die lebendig werden wollten und es nicht mehr vermoch-
ten, nicht sie, nicht er mehr dieselben und sich doch suchend in vergebenem Bemühen, sich fliehend und sich
haltend in wesenlosen kraftlosen Bemühungen wie diese
schwarzen Gespenster vor ihrem Fuß?

Unbewußt mußte er aufgestöhnt haben, denn sie wandte sich herum: »Was hast du, Ludwig? Woran denkst du?«

Aber er wehrte nur ab »Nichts! Nichts!« Und er horchte nur tiefer in das Innen hinein, in das Damals zurück, ob nicht nochmals diese Stimme, die wahrsagende des Erinnerns zu ihm sprechen wolle und mit Vergangenheit ihm die Gegenwart enthüllen.

War er es?

Persönlich bin ich soviel wie gewiß, daß er der Mörder gewesen ist, aber mir fehlt der letzte, der unumstößliche Beweis. »Betsy«, sagt mein Mann immer zu mir, »du bist eine kluge Frau, du beobachtest rasch und scharf, aber du läßt dich von deinem Temperament verleiten und urteilst oft zu voreilig.« Schließlich, mein Mann kennt mich seit zweiunddreißig Jahren und vielleicht, ja sogar wahrscheinlich, hat er recht mit seiner Mahnung. Ich muß mich also gewaltsam zwingen, da mir jener letzte Beweis fehlt, meinen Verdacht vor allen andern zu unterdrücken. Aber jedesmal, wenn ich ihm begegne und er kommt bieder und freundlich auf mich zu, stockt mir das Herz. Und eine innere Stimme sagt mir: er und nur er war der Mörder.

Ich will also versuchen, vor mir selbst und für mich allein den ganzen Hergang noch einmal zu rekonstruieren. Vor etwa sechs Jahren hatte mein Mann seine Dienstzeit in den Kolonien als hoher Regierungsbeamter beendet, und wir beschlossen, uns an einen stillen Ort in der englischen Provinz zurückzuziehen, um dort gemächlich – unsere Kinder sind längst verheiratet – mit den kleinen stillen Dingen des Lebens wie Blumen und Büchern die restlichen, schon ein wenig abendkühlen Tage unseres Alters zu verbringen. Unsere Wahl fiel auf einen kleinen ländlichen Ort in der Nähe von Bath. Von dieser alten, ehrwürdigen Stadt zieht sich, nachdem er sich durch vielerlei Brücken hindurchgeschlängelt, ein schmaler, gemächlicher Wasserlauf gegen das immer grüne Tal von

Limpley Stoke, der Kenneth-Avon-Kanal. Vor mehr als einem Jahrhundert war diese Wasserstraße sehr kunstvoll und kostspielig mit vielen hölzernen Schleusen und Wärterstationen angelegt worden, um die Kohle von Cardiff bis nach London zu befördern. Auf dem schmalen Seitenweg rechts und links von dem Kanal zogen Pferde in schwerem Trott die breiten, schwarzen Barken gemächlich den weiten Weg entlang. Es war eine großzügige Anlage und vielversprechend für ein Zeitalter, dem die Zeit noch wenig galt. Aber dann kam die Eisenbahn, die rascher, billiger und bequemer die schwarze Fracht nach der Hauptstadt beförderte. Der Verkehr stockte, die Schleusenwärter wurden entlassen, der Kanal verödete und versumpfte, aber eben diese völlige Verlassenheit und Nutzlosigkeit macht ihn heute so romantisch und zauberhaft. In dem stockenden schwarzen Wasser wachsen die Algen vom Grunde so dicht empor, daß die Fläche dunkelgrün schimmert wie Malachit, Wasserrosen schaukeln sich farbig auf der glatten Fläche, die in ihrer schlafenden Unbewegtheit die blumenbestandenen Hänge, die Brücken und Wolken mit photographischer Treue spiegelt; ab und zu liegt halb eingesunken und schon mit buntem Gewächs überwuchert, ein alter zerbrochener Kahn aus jener geschäftigen Vorzeit am Ufer, und die eisernen Nägel an den Schleusen sind längst verrostet und von dichtem Moos überzogen. Niemand kümmert sich mehr um diesen alten Kanal, selbst die Badegäste von Bath kennen ihn kaum, und wenn wir beiden ältlichen Leute den ebenen Weg an seinem Rande, von dem früher die Pferde die Barken an den Seilen mühsam vorwärtsschleppten, entlanggingen, begegneten wir stundenlang niemandem andern als etwa einem heimlichen Liebespaar, das sein junges Glück, solange es noch nicht durch Verlöbnis oder Heirat befestigt war, in diesem Abseits vor dem Gerede der Nachbarn verbergen wollte.

Gerade dieser stille romantische Wasserlauf inmitten einer milden und hügligen Landschaft gefiel uns über alle Maßen. Wir kauften uns an einer Stelle, wo der Hügel von Bathampton sich als schöne üppige Wiese bis zum Kanal freundlich niedersenkt, mitten im Leeren ein Grundstück. Auf der Höhe bauten wir ein kleines ländliches Haus, von dem sich dann ein Garten mit behaglichen Pfaden, vorbei an Früchten, Gemüsen und Blumen, bis zum Kanal niederzog, so daß wir, wenn wir an seinem Rande auf unserer kleinen freien Gartenterrasse saßen, im Wasserspiegel noch einmal Wiese, Haus und Garten beschauen konnten. Das Haus war friedlicher und behaglicher, als ich es mir jemals geträumt, und ich klagte nur, daß es ein wenig einsam sei, ohne jede Nachbarn. »Sie werden schon kommen«, tröstete mein Mann, »wenn sie erst sehen, wie schön wir hier wohnen.« Und tatsächlich, noch hatten unsere Pfirsichbäumchen und Pflaumen nicht recht angesetzt, so erschienen schon eines Tages die Vorboten nachbarlichen Baus, erst geschäftige Agenten, dann die Vermesser und nach ihnen Maurer und Zimmerleute. Innerhalb eines Dutzends von Wochen stellte sich ein Häuschen mit roter Ziegelmütze freundlich neben das unsere; schließlich rollte das Lastautomobil mit den Möbeln an. Wir hörten in der stillen Atmosphäre unablässig hämmern und pochen, aber noch immer hatten wir unsere Nachbarn nicht zu Gesicht bekommen.

An einem Morgen klopfte es an unsere Tür. Eine schmale hübsche Frau mit gescheiten freundlichen Augen, kaum älter als acht- oder neunundzwanzig Jahre, stellte sich als die Nachbarin vor und bat, ihr eine Säge zu leihen; die Handwerker hätten die ihre vergessen. Wir kamen ins Gespräch. Sie erzählte, ihr Mann sei in Bristol bei einer Bank angestellt, aber es wäre schon lang beider Wunsch gewesen, lieber etwas abseits und mehr in der Landschaft zu wohnen, und unser Haus hätte, als sie einmal sonntags den Kanal entlangschlenderten, es ihnen sofort angetan. Für ihren Mann bedeute es freilich morgens und abends je eine Stunde Fahrt von Haus zu Haus, aber er würde unterwegs schon Gesellschaft zu finden wissen und sich leicht daran gewöhnen. Wir machten ihr den nächsten Tag Gegenbesuch. Sie war noch immer allein im Haus und erzählte heiter, ihr Mann käme erst herüber, wenn alles fertig sei. Vorher könne sie ihn nicht brauchen, und schließlich sei es ja nicht so eilig. Ich weiß nicht warum, aber die gleichgültige, beinahe zufriedene Art, mit der sie von der Abwesenheit ihres Mannes sprach, gefiel mir nicht. Ich machte dann, als wir zu Hause allein bei Tisch saßen, eine Bemerkung, es scheine ihr nicht viel an ihm gelegen zu sein. Mein Mann wies mich zurecht, ich solle nicht immer derart vorschnell urteilen, die Frau wäre durchaus sympathisch, klug und angenehm; hoffentlich sei es auch der Mann.

Nun, es dauerte nicht lange, bis wir ihn kennenlernten. Als wir Samstag unser Haus zu dem gewohnten Spaziergang abends verließen, hörten wir hastige schwere Schritte uns nachkommen, und da wir uns umwandten, stand ein massiver Mann heiter da und streckte uns eine breite, rote, sommersprossige Hand entgegen. Er sei der neue Nachbar und habe gehört, wie freundlich wir zu seiner Frau gewesen seien. Natürlich zieme es sich nicht, daß er uns so in Hemdsärmeln nachlaufe, statt vorerst formellen Besuch zu machen. Aber seine Frau hätte ihm soviel Nettes von uns erzählt, daß es ihn nicht eine Minute geduldet hätte, uns zu danken. Und da sei er nun, John Charleston Limpley, und wäre es nicht eigentlich famos, daß sie das Tal schon im voraus ihm zu Ehren Limpley Stoke benannt hätten, noch ehe er selber ahnen konnte, daß er hier jemals Hausung nehmen wollte, – ja, da sei er nun und hoffe hier zu bleiben, solange ihn Gott leben ließe. Er finde es hier herrlicher als irgendwo in der Welt

– 275 –

und er wolle uns gleich mit Hand und Herz zusagen, ein guter und anständiger Nachbar zu sein. Er sprach so rasch und munter und in so fließendem Zuge, daß man kaum Gelegenheit hatte, ihn zu unterbrechen. So blieb mir wenigstens reichlich Zeit, ihn gründlich anzusehen. Dieser Limpley war ein mächtiges Stück Mann, mindestens sechs Fuß hoch und mit breitgequaderten Schultern, die einem Lastträger Ehre gemacht hätten, aber wie oft die Riesen, zeigte er sich von einer kindlichen Gutmütigkeit. Seine engen, ein wenig wäßrigen Augen zwinkerten mit ihren rötlichen Augenlidern einem voll Vertrauen zu. Ununterbrochen zeigte er lachend im Sprechen seine weißen, blanken Zähne; er wußte nicht recht, was mit seinen großen schweren Händen anzufangen, er hatte Mühe, sie ruhig zu halten, und man spürte, er hätte einem am liebsten damit kameradschaftlich auf die Schulter geschlagen, und so ließ er, um seine Kraft loszuwerden, wenigstens die Finger ein wenig in den Gelenken knacken. Ob er uns auf unserem Spaziergang begleiten dürfe, so wie er sei, in Hemdsärmeln? Und als wir bejahten, wanderte er mit uns und erzählte kreuz und quer, daß er mütterlicherseits von Schotten abstamme, aber in Kanada aufgewachsen sei, und zwischendurch deutete er da auf einen üppigen Baum oder einen schönen Hang, wie herrlich, wie unvergleichlich herrlich das sei. Er sprach, er lachte, er begeisterte sich fast ohne Pause; es ging von diesem wuchtigen, gesunden, vitalen Menschen ein erquickender Strom von Kraft und Glück aus, der einen unwillkürlich mitriß. Als wir uns schließlich verabschiedeten, waren wir beide gleichsam wie erwärmt. »Ich bin eigentlich schon lange keinem so herzlichen, so vollblütigen Menschen begegnet«, äußerte mein Mann, der, wie ich vordem schon bemerkte, sonst immer sehr vorsichtig und zurückhaltend in seinem Urteil über Menschen war.

Aber es dauerte nicht lange und unsere erste Freude an

– 276 –

dem neuen Nachbarn begann merklich nachzulassen. Menschlich war gegen Limpley nicht das mindeste einzuwenden. Er war gutmütig bis zum Überschwang, er war anteilnehmend und dermaßen gefällig, daß man eigentlich ständig seine Angebote ablehnen mußte, er war überdies anständig, bieder, offen und keineswegs dumm. Aber er wurde schwer erträglich durch die laute, lärmende Art, mit der er permanent glücklich war. Seine wäßrigen Augen strahlten immer von Zufriedenheit, über alles und jedes. Was ihm gehörte, was ihm begegnete, war herrlich, war wonderful; seine Frau war die beste Frau der Welt, seine Rosen die schönsten Rosen, seine Pfeife die beste Pfeife mit dem besten Tabak. Er konnte eine Viertelstunde auf meinen Mann einreden, um ihm zu beweisen, daß man eine Pfeife eben nur genau so stopfen müsse, wie er sie stopfe, und daß sein Tabak um einen Penny billiger sei und doch besser als die teuren Marken. Ständig dampfend von überschüssiger Begeisterung an ganz nichtigen, gleichgültigen und selbstverständlichen Dingen, hatte er das Bedürfnis, diese banalen Entzückungen ausführlich zu begründen und zu erläutern. Nie stand der lärmende Motor in ihm still. Limpley konnte nicht im Garten arbeiten, ohne laut zu singen, nicht sprechen, ohne zu lachen und zu gestikulieren, nicht die Zeitung lesen, ohne bei einer Nachricht, die ihn erregte, sofort aufzuspringen und zu uns hinüberzulaufen. Seine breiten, sommersprossigen Hände waren wie sein weites Herz immer aggressiv. Nicht nur, daß er jedes Pferd abklopfte und jeden Hund streichelte, auch mein Mann mußte, obwohl gute fünfundzwanzig Jahre älter, es sich gefallen lassen, daß er ihm beim gemütlichen Zusammensitzen mit kameradschaftlich-kanadischer Unbefangenheit auf die Knie schlug. Weil an allem mit seinem warmen, übervollen und gleichsam von Gefühl ständig explodierenden Herzen teilnehmend, hielt er auch bei allen andern Teilnahme für selbst-

– 277 –

verständlich, und man mußte hundert kleine Listen erfinden, um sich seiner aufdringlichen Gutmütigkeit zu erwehren. Er respektierte keine Ruhestunde und keinen Schlaf, weil er in seiner Kraftfülle es sich gar nicht denken konnte, daß ein anderer müde oder mißgelaunt sein könne, und man hätte heimlich gewünscht, durch eine tägliche Injektion von Brom seine prächtige, aber kaum erträgliche Vitalität auf ein normales Maß zu lindern. Mehrmals ertappte ich meinen Mann dabei, daß, wenn Limpley eine Stunde bei uns gesessen – oder vielmehr er saß nicht, sondern sprang dazwischen immer auf und stürzte im Zimmer herum –, instinktiv das Fenster aufmachte, wie wenn der Raum durch die Gegenwart dieses dynamischen und irgendwie barbarischen Menschen überheizt worden wäre. Solange man ihm gegenüberstand und in seine hellen, guten, ja von Güte überströmenden Augen blickte, konnte man ihm nicht böse sein; erst nachher spürte man an der eigenen Erschöpfung, daß man ihn zu allen Teufeln wünschte. Nie, ehe wir Limpley kannten, hatten wir alten Leute geahnt, daß derart rechtschaffene Eigenschaften wie Gutmütigkeit, Herzlichkeit, Offenheit und Wärme des Gefühls durch ein penetrantes Übermaß einen zur Verzweiflung treiben könnten.

Nun verstand ich auch, was mir zuerst unverständlich gewesen war, daß es keineswegs Mangel an Anhänglichkeit seitens seiner Frau bedeutete, wenn sie seine Abwesenheit mit so heiterer Genugtuung empfand. Denn sie war das eigentliche Opfer seiner Übertreiblichkeit. Selbstverständlich liebte er sie leidenschaftlich, wie er alles leidenschaftlich liebte, was ihm oder zu ihm gehörte. Es war rührend, mit welcher Zärtlichkeit er sie umgab, mit welcher Sorge er sie behütete; sie mußte nur einmal hüsteln, und schon lief er und holte ihr einen Mantel oder stöberte im Kamin, um das Feuer frisch anzufachen, und wenn sie zur Stadt ging, gab er ihr tausend Ratschläge, als

– 278 –

hätte sie eine gefährliche Reise zu bestehen. Nie habe ich ein unfreundliches Wort zwischen den beiden gehört, im Gegenteil, er liebte es, sie derart anzupreisen und zu rühmen, daß es bis ins Peinliche ging. Auch in unserer Gegenwart konnte er sich nicht enthalten, sie zu streicheln und ihr über das Haar zu fahren und vor allem alle erdenkbaren Vorzüge aufzuzählen. »Haben Sie eigentlich schon gesehen, was für reizende Fingernägelchen meine Ellen hat?« konnte er plötzlich fragen, und trotz ihres beschämten Protestes mußte sie dann ihre Hände zeigen. Und dann sollte ich wieder bewundern, wie geschickt sie ihr Haar aufsteckte, und selbstverständlich mußten wir jede kleine Marmelade kosten, die sie angefertigt hatte und die nach seiner Meinung unvergleichlich besser war als alle der berühmtesten Fabriken Englands. Die stille, bescheidene Frau saß bei solchen peinlichen Gelegenheiten dann immer mit bestürzt gesenkten Augen da. Anscheinend hatte sie es schon aufgegeben, sich gegen das kataraktische Gehaben ihres Mannes zu wehren. Sie ließ ihn reden und erzählen und lachen und streute höchstens ein mattes »Ach« oder »So« ein. »Sie hat es nicht leicht«, äußerte mein Mann einmal, als wir nach Hause gingen. »Aber man kann ihm eigentlich nichts übelnehmen. Er ist doch ein grundguter Mensch, und sie kann glücklich mit ihm sein.«

»Zum Teufel mit seinem Glücklichsein«, sagte ich erbittert. »Es ist eine Unverschämtheit, so ostentativ glücklich zu sein und mit seinen Gefühlen so schamlos herumzulizitieren. Ich würde toll werden bei einem solchen Exzeß, bei einem solchen Abzeß von Anständigkeit. Siehst du denn nicht, daß er mit seiner Glücksprotzerei und seiner mörderischen Vitalität diese Frau schwer unglücklich macht?«

»Übertreib' nicht immer«, rügte mein Mann, und eigentlich hatte er recht. Limpleys Frau war keineswegs unglücklich oder vielmehr, sie war nicht einmal das mehr. Sie war schon unfähig, irgend etwas deutlich zu fühlen, sie war einfach gelähmt und erschöpft von diesem Unmaß an Vitalität. Wenn Limpley morgens in sein Office ging und sein letztes abschiednehmendes »Hallo« an der Gartenpforte verklungen, beobachtete ich, daß sie sich zunächst einmal hinsetzte oder hinstreckte, ohne irgend etwas zu tun, um nur das Ungewohnte zu genießen, daß es still um sie war. Und den ganzen Tag war dann noch in ihren Bewegungen etwas leicht Müdes. Es war nicht leicht, mit ihr ins Gespräch zu kommen, denn eigentlich hatte sie in den acht Jahren ihrer Ehe das Sprechen beinahe verlernt. Einmal erzählte sie mir, wie es zu der Heirat gekommen sei. Sie hatte bei ihren Eltern am Lande gewohnt, er war auf einem Ausflug vorübergewandert, und mit seinem wilden Überschwang hatte er sich mit ihr verlobt und sie eigentlich schon geheiratet, ohne daß sie recht wußte, wer er war und was für einen Beruf er hatte. Mit keinem Wort, keiner Silbe aber deutete die stille, nette Frau an, daß sie nicht glücklich sei, und dennoch spürte ich an ihrer ausweichenden Art als Frau genau, wo die wirkliche Crux dieser Ehe lag. Im ersten Jahre hatten sie ein Kind erwartet und ebenso im zweiten und im dritten; dann, nach sechs und sieben Jahren, hatten sie die Hoffnung aufgegeben, und nun war ihr Tag zu leer und der Abend wiederum zu überfüllt durch seine polternde Turbulenz. »Am besten«, dachte ich im stillen, »sie würde ein fremdes Kind ins Haus nehmen, oder sie müßte Sport treiben oder irgendeine Beschäftigung suchen. Dieses Stillsitzen muß zur Melancholie führen, und diese Melancholie wieder zu einer Art Haß gegen seine provokante und einen normalen Menschen erschöpfende Fröhlichkeit. Irgend jemand, irgend etwas müßte um sie sein, sonst wird die Spannung zu stark. «

Nun wollte es der Zufall, daß ich einer Jugendfreundin,

– 280 –

die in Bath wohnte, seit Wochen Besuch schuldig war. Wir plauderten gemütlich; dann erinnerte sie sich plötzlich, sie wolle mir etwas Reizendes zeigen, und führte mich hinaus in den Hof. In einer Scheune sah ich im Halbdunkel zuerst nur, daß etwas sich dort im Stroh balgte und überschlug und wild durcheinanderkroch. Es waren vier junge Bulldoggen, sechs oder sieben Wochen alt, die tölpisch mit ihren breiten Pfoten herumtappten und ab und zu ein kleines quäkendes Gebell versuchten. Sie waren reizend, wie sie aus dem Korb stolperten, in dem massig und mißtrauisch die Mutter lag. Ich hob einen an dem überschüssigen weichen Fell empor; er war braun und weiß gefleckt und mit seiner entzückenden Stupsnase machte er dem vornehmen Pedigree, das mir seine Herrin erklärte, volle Ehre. Ich konnte mich nicht enthalten, mit ihm zu spielen, ihn zu ärgern, zu necken und ungeschickt nach meinen Fingern schnappen zu lassen. Meine Freundin fragte, ob ich ihn nicht mitnehmen möchte, sie liebe die Hunde sehr und sei bereit, sie zu verschenken, wenn sie nur in ein richtiges Haus kämen, wo sie gute Pflege hätten. Ich zögerte, denn ich wußte, mein Mann hatte es sich verschworen, seit er seinen geliebten Spaniel verloren, nicht ein zweitesmal sein Herz an einen anderen Hund zu hängen. Aber da fiel mir ein, ob dieses reizende Tier nicht ein richtiger Spielfreund für Mrs. Limpley sein könnte, und ich versprach meiner Freundin, ihr am nächsten Tag Bescheid zu geben. Abends brachte ich meinen Vorschlag den Limpleys vor. Die Frau schwieg; sie war gewöhnt, keine Meinung zu äußern, aber Limpley stimmte mit seiner gewohnten Begeisterung zu. Ja, das sei das Einzige, was noch gefehlt habe. Ein Haus sei kein richtiges Haus ohne Hund. Am liebsten hätte er mich in seinem Ungestüm gezwungen, noch in der Nacht mit ihm nach Bath hineinzufahren, bei meiner Freundin einzubrechen und das Tier zu holen. Aber da ich diese Übertreiblichkeit ab-

– 281 –

wehrte, mußte er sich bescheiden. Und erst am nächsten Tag wurde in einem Körbchen, maulend und höchst befremdet über die unvermutete Reise, der junge Bulldogg ihnen ins Haus gebracht.

Das Resultat war eigentlich wesentlich anders, als wir vorausgesehen hatten. Meine Absicht war gewesen, der stillen, tagsüber etwas vereinsamten Frau einen Gefährten in das leere Haus zu geben. Aber es war Limpley selbst, der sich mit seinem ganzen unerschöpflichen Zärtlichkeitsbedürfnis auf den Hund stürzte. Seine Begeisterung über das kleine drollige Tier war grenzenlos und wie immer bei ihm übertreiblich und ein wenig lächerlich. Selbstverständlich war Ponto – so wurde er aus einem unerfindlichen Grund benannt – der schönste, der klügste aller Hunde auf Erden, und jeden Tag, jede Stunde entdeckte Limpley neue Herrlichkeiten und Talente bei ihm. Was es an aparten Toilettegegenständen für Vierfüßler gab, Leine, Körbchen, Maulkorb, Schüsselchen, Spielzeug, Bälle und Knöchelchen wurde verschwenderisch gekauft; Limpley studierte alle Aufsätze und Inserate in den Zeitungen, die sich mit Hundepflege und Ernährung befaßten, und abonnierte zur Erlangung soliderer Fachkenntnis sogar eine Hundezeitschrift; die gewaltige Industrie, die ausschließlich von solchen Hundenarren lebt, gewann an ihm einen neuen und unermüdlichen Kunden; bei dem kleinsten Anlaß wurde der Tierarzt bemüht. Es benötigte Bände, um all die Übertreiblichkeiten zu schildern, welche diese neue Leidenschaft in ununterbrochener Folge zeitigte; oft hörten wir ein heftiges Bellen vom Nachbarhaus. Aber es war nicht der Hund, der bellte, sondern sein Herr, der flach auf dem Boden lag und sich bemühte, durch Nachahmung der Hundesprache, seinen Liebling zu einem allen übrigen Irdischen unverständlichen Dialog anzuregen. Die Verpflegung des verwöhnten Tieres beschäftigte ihn mehr als seine eigene, sie folgte ängstlich allen diätetischen Anweisungen der Hundeprofessoren; Ponto speiste viel vornehmer als Limpley und seine Frau, und als einmal in der Zeitung etwas von einem Typhus stand – in einer ganz anderen Provinz übrigens – bekam das Tier nur Mineralwasser; erfrechte sich ab und zu ein respektloser Floh, dem Unnahbaren einen Besuch abzustatten und ihn niederträchtigerweise zu einem Pfotenkratzen oder beißendem Suchen zu entwürdigen, so übernahm Limpley erregt das klägliche Geschäft der Flohjagd; in Hemdsärmeln über den Bottich mit desinfiziertem Wasser gebückt, arbeitete er mit Kamm und Bürste unentwegt, bis der letzte der lästigen Gäste gemordet war. Keine Mühe war ihm zuviel, keine Entwürdigung zu beschämend, und kein Königskind konnte zärtlicher und behutsamer behütet sein. Erfreulich inmitten all dieser Narrheiten war einzig der Umstand, daß infolge dieser Fixierung aller Gefühlskräfte auf das neue Objekt die Frau Limpleys und auch wir von Limpleys Impetuosität wesentlich entlastet wurden; er ging stundenlang mit dem Hund spazieren, redete auf ihn ein, ohne daß der Dickfellige sich dadurch in seinem Herumschnüffeln sonderlich stören ließ, und die Frau blickte lächelnd und ohne jede Eifersucht zu, wie ihr Mann seinen täglichen Götzendienst vor dem vierbeinigen Altar verrichtete. Was er ihr an Gefühl entzog, war nur der lästige und schwer erträgliche Überschuß, und ihr blieb noch immer ein volles Maß an Zärtlichkeit. So war es unverkennbar, daß der neue Hausgenosse die Ehe womöglich noch glücklicher gemacht hatte als vordem.

Inzwischen wuchs von Woche zu Woche Ponto heran. Die dicken kindischen Falten an seinem Fell füllten sich mit hartem, festem, gut durchmuskeltem Fleisch, er wurde ein mächtiges Tier mit breiter Brust, starkem Gebiß und harten, straff gebürsteten Hinterbacken. An sich durchaus gutmütig, wurde er erst unbehaglich, sobald er

– 283 –

seine dominierende Stellung im Hause erkannte, dank derer er sich ein hochmütiges und herrisches Auftreten zulegte. Das kluge, scharf beobachtende Tier hatte nicht lange gebraucht, um festzustellen, daß sein Gebieter oder vielmehr sein Sklave ihm jede Ungezogenheit entschuldigte; zuerst nur ungehorsam, nahm er bald tyrannische Manieren an und verweigerte aus Prinzip alles, was als Unterwürfigkeit gedeutet werden konnte. Vor allem duldete er im Hause keinerlei privacy. Nichts durfte ohne seine Anwesenheit und eigentlich ohne seine ausdrückliche Zustimmung geschehen. Immer wenn Besuch kam, warf er sich gebieterisch gegen die geschlossene Tür, völlig gewiß, daß Limpley dienstfertig aufspringen würde, ihm zu öffnen, und stieg dann stolz, ohne die Gäste eines Blicks zu würdigen, auf einen Fauteuil, um ihnen sichtbar zu zeigen, er sei der eigentliche Herr im Hause und ihm gebühre vor allem Bewunderung und Reverenz. Daß kein anderer Hund auch nur an den Zaun sich wagen durfte, war selbstverständlich, aber auch gewisse Leute, gegen die er einmal seine Abneigung murrend bekundet hatte, wie der Briefbote oder der Milchmann, sahen sich gezwungen, ihre Pakete oder Flaschen vor der Schwelle abzulegen, statt sie ins Haus bringen zu dürfen. Je mehr sich Limpley in seiner kindlichen Liebeswut erniedrigte, um so schlechter behandelte ihn das freche Tier, allmählich ersann sich Ponto sogar, so unwahrscheinlich es klingen mag, ein ganzes System, um ihm zu beweisen, daß er Liebkosungen und Begeisterung zwar gnädig dulde, aber sich keineswegs durch diese täglichen Huldigungen zu irgendeiner Dankbarkeit verpflichtet fühle. Aus Prinzip ließ er Limpley bei jedem Anruf warten, und Pontos infernalische Verstellung ging allmählich so weit, daß er zwar den ganzen Tag über wie ein normaler vollblütiger Hund herumjagte, Hühner hetzte, im Wasser herumschwamm, gierig fraß, was ihm in den Weg kam und sei-

– 284 –

nem Lieblingsvergnügen frönte, in lautlos raschem Lauf
heimtückisch die Wiese zum Kanal mit der Wucht einer
Petarde hinunterzusausen und die am Kanal aufgestellten
Waschkörbe und Bottiche mit einem boshaft wilden
Kopfstoß in das Wasser zu stoßen und dann mit einem
riesigen Triumphgeheul die verzweifelten Frauen und
Mädchen zu umtanzen, die ihre Wäsche Stück für Stück
aus dem Wasser herausholen mußten. Sofort aber, wie die
Stunde fällig war, da Limpley aus seinem Office kam,
legte der raffinierte Komödiant die übermütige Haltung
ab und nahm die unnahbare eines Sultans an. Faul hinge-
lehnt und ohne das geringste Zeichen einer Bewillkom-
mung erwartete er seinen Herrn, der mit heftigem »Hallo,
Ponty« sich auf ihn stürzte, noch ehe er seine Frau begrüßt
oder den Rock abgelegt hatte. Ponto regte nicht einmal
das Schweifende zum Gegengruß. Manchmal ließ er sich
großmütig auf den Rücken rollen und das weiche seidige
Bauchfell kraulen, aber auch in solchen gnädigen Augenblicken hütete er sich wohl, durch irgendein Schnaufen
oder behagliches Grunzen zu verraten, daß diese Liebkosung ihm wohltat; deutlich sollte sein höriger Knecht sehen, daß es nur eine Gnade sei, wenn er von ihm derlei
Zärtlichkeiten sich überhaupt gefallen ließe. Und mit einem kurzen Knurren, das etwa sagen mochte: »Jetzt aber
genug!«, drehte er sich dann plötzlich um und machte mit
dem Spiel Schluß. Ebenso ließ er sich jedesmal bitten, die
geschnittene Leber, die ihm Limpley Stückchen für
Stückchen bis vor das Maul schob, zu verspeisen. Manchmal schnüffelte er sie nur an und ließ sie trotz alles Zure-
dens verächtlich liegen, um nur darzutun, daß er nicht immer dann geruhe, seine Mahlzeiten zu sich zu nehmen,
wenn dieser zweibeinige Knecht sie ihm servierte. Zu einem Spaziergang aufgefordert, drehte und reckte er sich
zunächst erst faul und gähnte so ausführlich, daß man bis
tief in seinen schwarzgefleckten Schlund sehen konnte;

– 285 –

jedesmal bestand er zuerst darauf, mit irgendeiner frechen Haltung zu zeigen, daß ihm persönlich an einer Promenade nicht viel gelegen sei und er nur Limpley zuliebe sich von dem Sofa erhebe. Verwöhnt und dadurch unverschämt geworden, zwang er mit hunderterlei solchen Tricks seinen Herrn, vor ihm ständig die Haltung des Bettelnden und Bittenden einzunehmen; eigentlich mußte man eher die servile Passioniertheit Limpleys »hündisch« nennen, als das Benehmen des impertinenten Tieres, das die Rolle eines orientalischen Paschas mit der größten schauspielerischen Vollendung spielte.

Wir beide, mein Mann und ich, konnten diese Unverschämtheiten dieses Tyrannen einfach nicht länger mitansehen. Klug wie er war, merkte Ponto bald unsere respektlose Einstellung und befliß sich nun seinerseits, in der gröblichsten Weise uns seine Mißachtung darzutun. Daß er Charakter besaß, war nicht zu leugnen; seit dem Tage, da ihn unser Mädchen, als er eine unverkennbare Spur seines Vorbeiwandelns in einem Rosenbeet zurückgelassen, energisch aus unserem Garten hinausgewiesen hatte, durchschlüpfte er nie mehr die dichte Hecke, die unsere Grundstücke friedlich abgrenzte und weigerte sich trotz Limpleys Zureden oder Bitten, unsere Schwelle auch nur zu betreten. Auf seinen Besuch nun verzichteten wir mit Vergnügen; peinlicher war dagegen, daß, wenn wir Limpley in seiner Begleitung auf der Straße oder vor dem Hause trafen und der gutmütig geschwätzige Mann mit uns ein Gespräch begann, das tyrannische Tier eine längere freundschaftliche Konversation, durch sein provokatorisches Benehmen verunmöglichte. Nach zwei Minuten begann er zornig zu jaulen oder zu knurren und stupste rücksichtslos Limpleys Bein mit dem vorgestemmten Kopf, was unverkennbar hieß: »Schluß jetzt! Schwätze nicht mit solchen widerlichen Leuten.« Und beschämenderweise muß ich berichten, daß Limpley dann jedesmal unruhig wurde. Zuerst versuchte er den Ungezogenen zu begütigen: »Gleich, gleich! Wir gehen schon«, aber der Tyrann ließ sich nicht abfertigen, und so nahm – etwas beschämt und verwirrt – der arme Hörige Abschied von uns. Und mit stolz aufgereckten Hinterbacken, sichtlich triumphierend, daß er uns seine unbeschränkte Macht gezeigt, trabte das hochmütige Tier von hinnen; ich bin sonst nicht gewalttätig, aber mir juckte dann immer die Hand, einmal, nur einmal diesem verwöhnten Luder eins mit der Peitsche überzuziehen.

Derart hatte Ponto, ein ganz gewöhnlicher Hund, es vermocht, unsere vormals so freundschaftlichen Beziehungen merklich abzukühlen. Limpley litt sichtlich darunter, daß er nicht mehr wie einst jeden Augenblick zu uns herüberstürmen konnte; die Frau wiederum genierte sich, weil sie fühlte, wie sehr ihr Mann sich vor uns allen mit seiner Hörigkeit lächerlich machte. Mit diesen kleinen Plänkeleien verging abermals ein Jahr, während dessen das Tier womöglich noch frecher und herrschsüchtiger und vor allem noch raffinierter in seinen Demütigungen Limpleys wurde, bis dann eines Tages sich eine Veränderung ereignete, die alle Beteiligten in gleichem Maße überraschte, die einen freilich in heiterer, den Hauptbeteiligten in tragischer Art. Ich hatte nicht umhin können, meinem Mann zu berichten, daß Frau Limpley seit den letzten zwei oder drei Wochen mit einer merkwürdigen Scheu jedem längeren Gespräch auswich. Als gute Nachbarinnen liehen wir einander sonst gelegentlich dies und jenes, was jedesmal Anlaß zu einer gemütlichen Plauderei ergab, denn ich mochte diese stille, bescheidene Frau wirklich von Herzen. Seit kurzem aber nahm ich bei ihr eine peinliche Hemmung wahr, mir nahezukommen; sie sandte lieber das Hausmädchen, wenn sie etwas wünschte, sie zeigte sich, wenn ich sie ansprach, sichtlich befangen und ließ sich nicht recht in die Augen sehen. Mein Mann, der für sie eine besondere Neigung hatte, redete mir zu, einfach zu ihr hinüberzugehen und sie geradewegs zu fragen, ob wir sie unbewußt in irgendeiner Weise gekränkt hätten. »Man soll derlei kleine Verstimmungen zwischen Nachbarn nicht aufkommen lassen. Und vielleicht ist es genau das Gegenteil von dem, was du befürchtest, vielleicht – und ich glaube es sogar – will sie dich um etwas bitten und hat nur nicht den Mut.« Ich nahm mir seinen Rat zu Herzen. Ich ging hinüber und fand sie in dem Gartensessel so völlig in ihre Träumerei vertieft, daß sie mein Kommen gar nicht hörte. Ich legte ihr die Hand auf die Schulter und sagte ganz ehrlich: »Frau Limpley, ich bin eine alte Frau, ich brauche keine Scheu mehr zu haben. Lassen Sie mich den Anfang machen. Wenn Sie irgendwie verstimmt sind gegen uns, sagen Sie mir offen, weshalb und warum.« Die arme kleine Frau fuhr ganz erschrocken auf. Wie ich so etwas denken könnte! Sie sei nur nicht gekommen, weil … Sie errötete statt weiterzusprechen und begann zu schluchzen, aber es war, wenn ich so sagen darf, ein gutes, ein glückliches Schluchzen. Schließlich gestand sie mir alles ein. Nach neunjähriger Ehe hätte sie längst alle Hoffnung aufgegeben, Mutter zu werden, und selbst als in den letzten Wochen ihr Verdacht sich gemehrt hätte, daß das Unerwartete eintreten könnte, habe sich nicht den Mut gehabt, daran zu glauben. Vorgestern sei sie nun heimlich zum Arzt gegangen und sei nun gewiß. Aber sie habe es noch nicht über sich gebracht, ihrem Mann davon Mitteilung zu machen, ich kenne ihn ja, wie er sei; sie habe beinahe Angst vor der Überschwenglichkeit seiner Freude. Ob es nicht das Beste wäre – sie hätte nur nicht den Mut gehabt, uns zu bitten –, daß wir es übernehmen würden, ihn ein wenig vorzubereiten. Ich erklärte mich gern dazu bereit; meinem Mann machte es besonderen Spaß, und er zäumte die Sache mit Absicht besonders vergnüglich auf. Er hinterließ Limpley einen Zettel, er lasse ihn bitten, sofort, wenn er vom Amt heimkehre, zu uns herüberzukommen. Und selbstverständlich stürmte in seiner prächtigen Beflissenheit der brave Kerl zu uns herüber, ohne auch nur sich Zeit zu nehmen, seinen Mantel abzunehmen. Er war sichtlich besorgt, daß bei uns etwas geschehen sei, und andererseits geradezu glücklich, seine freundschaftliche Dienstwilligkeit zu beweisen – fast möchte ich sagen: auszutoben. Atemlos stand er vor uns. Mein Mann bat ihn, sich an den Tisch zu setzen. Diese ungewohnte Feierlichkeit beunruhigte ihn, und er wußte wieder einmal nicht, wohin mit seinen großen, schweren, sommersprossigen Händen.

»Limpley«, begann mein Mann, »ich habe über Sie nachgedacht gestern abends, als ich in einem alten Buch las, daß jeder Mensch sich nicht zu viel wünschen sollte, sondern immer nur eines, nur eine einzige Sache. Da dachte ich mir: was würde sich zum Beispiel unser guter Nachbar wünschen, wenn ein Engel oder eine Fee oder sonst eines dieser liebenwürdigen Wesen ihn fragte: Limpley, was fehlt dir eigentlich noch? Einen einzigen Wunsch gebe ich dir frei.«

Limpley sah verdutzt auf. Die Sache machte ihm Spaß, aber er traute dem Spaß nicht ganz. Er hatte noch immer das beunruhigte Gefühl, daß hinter dieser feierlichen Vorladung etwas Besonderes sich versteckte.

»Nun, Limpley, betrachten Sie mich als diese freundliche Fee«, beruhigte mein Mann seine Verdutztheit. »Haben Sie gar keinen Wunsch?«

Limpley, halb ernst, halb lachend kraute sich im kurzgeschorenen rötlichen Haar.

»Eigentlich gar keinen«, gestand er schließlich. »Ich habe doch alles, was ich will, mein Haus, meine Frau, meine sichere Stellung, meinen ...« – ich merkte, daß er sagen wollte: meinen Hund, aber im letzten Augenblick

– 289 –

es doch als unpassend empfand »... ja, ich habe eigentlich alles.«

»Also keinen Wunsch an den Engel oder die Fee?«

Limpley wurde immer heiterer. Er fühlte sich strahlend glücklich, einmal aussprechen zu können, wie restlos glücklich er war. »Nein ... gar keinen.«

»Schade«, sagte mein Mann. »Sehr schade, daß Ihnen gar nichts einfallen will«, und schwieg.

Limpley wurde es etwas unbehaglich unter dem prüfenden Blick. Er glaubte sich entschuldigen zu müssen.

»Etwas mehr Geld könnte man brauchen natürlich ... ein kleines Avancement ... aber wie gesagt, ich bin zufrieden ... ich wüßte nicht, was ich mir sonst wünschen könnte.«

»Armer Engel«, sagte mit gespielter Feierlichkeit mein Mann. »So muß er mit leeren Händen zurückkommen, weil Mr. Limpley sich gar nichts mehr zu wünschen weiß. Nun, glücklicherweise ist er nicht gleich zurückgegangen, der gute gefällige Engel und hat zuvor noch Mrs. Limpley angefragt, und es scheint, er hat bei ihr etwas mehr Glück gehabt.«

Limpley stutzte. Der biedere Mann sah mit seinen wäßrigen Augen und seinem halboffenen Mund jetzt etwas einfältig aus. Aber er nahm sich zusammen und sagte beinahe ärgerlich – er konnte es nicht fassen, daß jemand, der zu ihm gehörte, nicht völlig zufrieden sein könnte –: »Meine Frau? Was kann die noch zu wünschen haben?«

»Nun – vielleicht etwas anderes als einen Hund.«

Jetzt begriff Limpley. Es war wie ein Blitzschlag: unwillkürlich riß er die Augen im guten Schrecken so weit auf, daß man das Weiße statt der Pupille sah. Mit einem Ruck sprang er dann empor und rannte, seinen Mantel vergessend, und ohne sich bei uns zu entschuldigen, hinüber und stürmte wie ein Irrsinniger in das Zimmer seiner Frau.

– 290 –

Wir lachten beide. Aber wir wunderten uns nicht. Wir hatten, seine famose Impetuosität kennend, nichts anderes erwartet.

Aber jemand anderer wunderte sich. Jemand anderer, der faul und mit blinzelnden halbgeschlossenen Augen auf dem Sofa lag und auf die zu jener Abendstunde ihm schuldige – oder schuldig vermeinte – Reverenz seines Herrn wartete: der schöngebürstete und selbstherrliche Ponto. Aber was war das? Da stürmte, ohne ihn zu begrüßen, ohne ihm zu schmeicheln, der Mann an ihm vorüber in das Schlafzimmer, und er hörte Lachen und Weinen und Reden und Schluchzen, und das dauerte und dauerte und niemand kümmerte sich um ihn, dem doch nach Recht und Brauch der erste zärtliche Gruß gebührte. Eine Stunde verging. Das Mädchen brachte ihm das Geschirr mit dem Essen. Ponto ließ es verächtlich stehen. Er war gewohnt, gebeten, gedrängt, gefüttert zu werden. Böse knurrte er das Mädchen an. Man sollte sehen, daß er sich nicht so gleichgültig abfertigen lasse. Aber niemand bemerkte überhaupt an jenem erregten Abend, daß er sein Essen verschmähte. Er war und blieb vergessen. Limpley sprach ohne Unterlaß auf seine Frau ein, überhäufte sie mit besorgten Anweisungen und umschmeichelte sie; für Ponto hatte er in seinem Glücksüberschwang keinen Blick, und das hochmütige Tier war wiederum zu stolz, sich durch ein Herandrängen in Erinnerung zu bringen. Zusammengekauert blieb er in seiner Ecke und wartete, es konnte sich doch nur um ein Mißverständnis handeln, um eine einmalige, wenn auch kaum entschuldbare Vergeßlichkeit. Aber er wartete vergeblich. Auch am nächsten Morgen stürmte Limpley, der über seinen ungezählten Mahnungen, wie die junge Frau sich schonen sollte, beinahe den Autobus versäumt hätte, ohne jeden Gruß an ihm vorbei.

Das Tier war klug, ohne Zweifel. Aber diese plötzliche

Veränderung ging über seinen Verstand. Zufällig stand ich gerade beim Fenster, als Limpley in den Autobus stieg, und sah, wie, kaum er entschwunden war, ganz langsam – und ich möchte sagen: gedankenvoll – Ponto aus dem Hause herausschlich und dem wegrollenden Gefährt nachblickte. Eine halbe Stunde verharrte er so unbeweglich, offenbar hoffend, sein Herr werde zurückkehren und den vergessenen Abschiedsgruß nachholen. Dann erst schob er sich langsam zurück. Den ganzen Tag über spielte und tollte er nicht, er umstrich nur langsam und nachdenklich das Haus; vielleicht – wer von uns weiß, in welcher Weise und bis zu welchem Grade in einem tierischen Gehirn Vorstellungsreihen sich zu formen vermögen? – grübelte er nach, ob er etwa selbst durch irgendein ungeschicktes Gehaben das unverständliche Ausbleiben der gewohnten Huldigung verschuldet habe. Gegen Abend, etwa eine halbe Stunde bevor Limpley zurückzukehren pflegte, wurde er sichtlich nervös; er schlich mit eingezogenen Ohren immer wieder und wieder zum Zaun, um den Autobus rechtzeitig zu erspähen. Aber selbstverständlich hütete er sich zu zeigen, wie ungeduldig er gewartet hatte: kaum der Autobus zur gewohnten Stunde in Sicht kam, huschte er in das Zimmer zurück, legte sich wie sonst auf das Sofa und wartete.

Aber auch diesmal wartete er vergeblich. Auch diesmal eilte Limpley an ihm vorbei, und so ging es nun Tag für Tag. Einmal oder zweimal bemerkte ihn Limpley, rief ihm ein flüchtiges »Ach, da bist du ja, Ponto« zu und streichelte ihn im Vorübergehen. Aber es war nur eine gleichgültige, eine gedankenlose Liebkosung. Es war nicht mehr das alte Werben und Dienen, es gab kein Kosewort, kein Spiel, keinen Spaziergang mehr, nichts, nichts, nichts. An dieser schmerzlichen Gleichgültigkeit war nun Limpley, dieser grundgütige Mann, wirklich kaum schuldig zu nennen. Denn er hatte tatsächlich keinen anderen

– 292 –

Gedanken, keine andere Sorge mehr als seine Frau. Kaum nach Hause gekommen, begleitete er sie auf jedem Wege und führte sie auf genau bemessenen Spaziergängen sorgfältig am Arm, nur damit sie keinen zu hastigen oder unvorsichtigen Schritt tue; er überwachte ihre Kost und ließ sich vom Mädchen genauen Bericht über jede Stunde des Tages erstatten. Spät nachts, wenn sie zur Ruhe gegangen war, kam er fast täglich zu uns herüber, um bei mir als einer erfahrenen Frau Ratschlag und Trost zu holen; er kaufte in den Warenhäusern schon die Ausstattung für das erwartete Kind zusammen, und all das tat er in einem Zustand ununterbrochener geschäftiger Erregung. Sein eigenes persönliches Leben war völlig ausgelöscht, er vergaß manchmal zwei Tage lang, sich zu rasieren, und kam mehrmals zu spät in sein Amt, weil er mit seinen unaufhörlichen Ratschlägen den Autobus versäumt hatte. So war es nicht im mindesten Böswilligkeit oder innere Untreue, wenn er verabsäumte, Ponto spazierenzuführen oder sich um ihn zu bekümmern; es war nur die Verworrenheit eines sehr passionierten und beinahe monomanisch veranlagten Menschen, der sich mit allen seinen Sinnen, Gedanken und Gefühlen an eine einzige Sache verlor. Aber wenn schon Menschen trotz ihres logisch voraus- und zurückdenkenden Verstandes kaum fähig sind, eine ihnen zugefügte Zurücksetzung ohne Groll zu entschuldigen, wie hätte das dumpfe Tier dies vermögen können. Ponto wurde von Woche zu Woche mehr nervös und gereizt. Sein Ehrgefühl ertrug nicht, daß man über ihn, den Herrn des Hauses, so einfach hinweglebte und er zur Nebenperson degradiert worden war. Wäre er vernünftig gewesen, er hätte sich bittend und schmeichelnd an Limpley herangedrängt; dann hätte sein alter Gönner gewiß sich seiner Versäumnisse erinnert. Aber noch war Ponto zu stolz, um auf dem Bauche zu kriechen. Nicht er, sondern sein Herr sollte den ersten Schritt zur Versöh-

– 293 –

nung tun. So beschloß er durch allerhand Kunststücke auf sich aufmerksam zu machen. In der dritten Woche begann er plötzlich zu hinken und das linke Hinterbein wie lahm nachzuziehen. Unter normalen Umständen hätte Limpley ihn sofort zärtlich und aufgeregt untersucht, ob er sich nicht etwa einen Dorn in die Pfote getreten. Er hätte ihn bemitleidet und dringlich dem Tierarzt telephoniert, er wäre zweifelsohne des Nachts drei- oder viermal aufgestanden, um nach seinem Befinden zu sehen. Diesmal nahm jedoch weder er noch jemand anderer im Hause Notiz von dem komödiantischen Hinken, und Ponto blieb nichts anderes übrig, als es erbittert einzustellen. Abermals ein paar Wochen später versuchte er es mit einem Hungerstreik. Zwei Tage hindurch ließ er opfermutig seine Mahlzeiten stehen. Aber niemand kümmerte sich um seinen schlechten Appetit, während sonst, wenn er einmal in tyrannischer Anwandlung sein Süppchen nicht bis zum Grund ausgeleckt, Limpley eilfertig ihm besondere Biscuits oder eine Wurstscheibe gebracht. Schließlich besiegte der animalische Hunger seinen Willen, er vertilgte seine Mahlzeit heimlich und mit schlechtem Gewissen, ohne daß sie ihm mundete. Ein anderes Mal versuchte er es wiederum, auf sich aufmerksam zu machen, indem er für einen Tag sich versteckte. Vorsichtigerweise hatte er sich irgendwo in der Nähe hingekauert, in dem alten, unbenutzten Holzschuppen, von dem aus er den besorgten Ruf »Ponto! Ponto!« mit Genugtuung hören konnte. Aber niemand rief, niemand bemerkte oder erregte sich über seine Abwesenheit. Seine Tyrannis war gebrochen. Er war abgesetzt, erniedrigt, vergessen und ahnte nicht einmal, warum.

Ich glaube, ich war die erste, welche die Veränderung bemerkte, die in diesen Wochen mit dem Hund begann. Er magerte ab, er bekam einen anderen Gang. Statt wie früher aufrecht mit emporgestemmten Hinterbacken frech zu stolzieren, schlich er wie geprügelt herum, sein Fell, vordem täglich auf das sorglichste gebürstet, verlor seinen seidigen Glanz. Wenn man ihm begegnete, bückte er den Kopf, daß man seine Augen nicht sehen konnte und strich eilig vorbei. Aber obwohl man ihn erbärmlich erniedrigt hatte, war sein alter Stolz noch immer nicht gebrochen; noch schämte er sich vor uns andern, und seine innere Wut fand keinen anderen Auslauf als in verdoppelten Angriffen auf die Waschkörbe: in einer Woche stieß er nicht weniger als drei in den Kanal, um gewaltsam zu zeigen, daß er vorhanden sei und man ihn zu respektieren habe. Aber auch dies half ihm nichts, außer daß die erregten Mägde ihn mit Prügel bedrohten. Alle seine Künste und Schliche, sein Fasten, sein Hinken, sein Fortbleiben, sein spähendes Herumsuchen erwiesen sich als vergeblich – und unnütz quälte sich sein schwerer quadratischer Kopf: etwas Geheimnisvolles mußte sich damals an jenem Tage ereignet haben, das er nicht verstand. Etwas war und blieb seitdem im Hause und bei allen Menschen im Hause verändert, und mit Verzweiflung erkannte Ponto, daß er machtlos war gegen das Hinterhältige, was dort geschah oder geschehen war. Zweifellos: jemand stand gegen ihn, irgendeine fremde, böse Macht. Er, Ponto, hatte einen Feind. Einen Feind, der mächtiger war als er, und dieser Feind war unsichtbar, war unfaßbar. Man konnte ihn nicht anpacken, ihn nicht zerfleischen, ihm nicht die Knochen zerbeißen, diesem schurkischen, tückischen, feigen Widersacher, der ihm alle Macht im Hause genommen. Da half kein Schnüffeln an allen Türen, kein Spähen, kein mit gespitzten Ohren Lauern, kein Grübeln, kein Beobachten, er war und blieb unsichtbar, dieser Feind, dieser Teufel, dieser Dieb. Wie ein Irrer trieb Ponto sich rastlos in diesen Wochen rings um den Zaun herum, um eine Spur dieses Unsichtbaren, dieses Teufels zu entdecken, aber er spürte nur mit seinen aufgeregten Sinnen, daß im

Hause sich etwas vorbereitete, das er nicht verstand und mit diesem Erzfeind zu tun haben müßte. Vor allem war da plötzlich eine ältliche Frau erschienen – die Mutter Frau Limpleys – und schlief nachts auf dem Sofa im Speisezimmer, »seinem« Sofa, auf dem er sonst zu lungern pflegte, wenn ihm sein großer wohlgepolsterter Korb nicht behagte. Dann wieder wurden – wozu? – allerhand Gegenstände gebracht, Leinenzeug und Pakete, immer wieder schellte es an der Tür, und mehrmals zeigte sich ein bebrillter schwarzgekleideter Herr, der nach etwas Scheußlichem, nach scharfen, unmenschlichen Tinkturen roch. Die Tür zum Schlafzimmer der Frau ging ständig auf und zu und immer wieder wurde dahinter getuschelt, oder sie saßen, die Frauen, beisammen und klimperten mit dem Nähzeug. Was hatte das alles zu bedeuten, und warum war er ausgeschlossen und entrechtet? Ponto bekam von dem unablässigen Grübeln allmählich einen stieren, beinahe gläsernen Blick; was den Tierverstand vom Menschenverstand unterscheidet, ist ja, daß er ausschließlich im Vergangenen und Gegenwärtigen begrenzt ist und Zukünftiges nicht zu imaginieren oder zu errechnen vermag. Und hier, das spürte dieses dumpfe Tier mit verzweifelter Qual, war etwas im Werden und Geschehen, das wider ihn ging und das er doch nicht abwehren oder bekämpfen konnte.

Sechs Monate dauerte es im ganzen, ehe der stolze, herrische, verwöhnte Ponto, erschöpft von diesem vergeblichen Kampf, demütig kapitulierte, und seltsamerweise war ich es, vor der er die Waffen streckte. Ich hatte mich an jenem Sommerabend, während mein Mann im Zimmer seine Patiencen legte, noch ein wenig in den Garten gesetzt; auf einmal spürte ich ganz leicht und zaghaft etwas Warmes sich an mein Knie anschmiegen. Es war Ponto, der in seinem gekränkten Hochmut anderthalb Jahre unseren Garten nicht mehr betreten hatte und jetzt

– 296 –

in seiner Verstörung bei mir Zuflucht suchte. Ich mochte ihn vielleicht in jenen Wochen, während alle andern ihn vernachlässigten, einmal im Vorübergehen angerufen oder gestreichelt haben, so daß er sich meiner in dieser seiner letzten Verzweiflung entsann, und nie werde ich den bittenden, drängenden Blick vergessen, mit dem er nun zu mir aufschaute. Der Blick eines Tieres vermag in höchster Not viel eindringlicher, fast möchte ich sagen, sprechender zu werden als der des Menschen, denn wir geben das Meiste unserer Gefühle, unserer Gedanken an das vermittelnde Wort, indes das der Sprache nicht mächtige Tier genötigt ist, allen Ausdruck in seine Pupille zusammenzudrängen – nie habe ich Ratlosigkeit so rührend und so verzweifelt gesehen als damals in Pontos unbeschreiblichem Blick, während seine Pfote leise an meinem Rocksaum kratzte und bettelte. Er bat, ich verstand es bis zur Erschütterung: »Erkläre mir doch, was hat mein Herr, was haben sie alle gegen mich? Was geht dort im Hause gegen mich vor? Hilf mir doch, sag' mir doch: was soll ich tun?« Ich wußte wirklich nicht, was zu tun angesichts dieser rührenden Bitte. Unwillkürlich streichelte ich ihn und murmelte halblaut: »Mein armer Ponto, deine Zeit ist vorbei. Du wirst dich daran gewöhnen müssen, wie wir uns gewöhnen müssen an Vieles und Schlimmes.« Ponto spitzte bei meinen Worten die Ohren, die Falten zogen auf seiner Stirn sich qualvoll zusammen, als ob er durchaus meine Worte erraten wollte. Ungeduldig scharrte er dann mit der Pfote, es war eine drängende, ungeduldige Geste, die etwa meinte: »Ich verstehe dich nicht. Erklär's mir doch! Hilf mir doch!« Aber ich wußte, daß ich ihm nicht helfen konnte. Ich streichelte und streichelte ihn, um ihn zu beruhigen. Doch zutiefst spürte er, daß ich keinen Trost für ihn hatte. Still stand er auf und verschwand, ohne sich umzublicken, so lautlos wie er gekommen war.

Einen ganzen Tag, eine ganze Nacht blieb Ponto verschwunden; wäre er ein Mensch gewesen, mich hätte die Sorge gepackt, er habe Selbstmord verübt. Erst am Abend des nächsten Tages tauchte er auf, verschmutzt, hungrig, verwildert und etwas zerbissen; er dürfte in seiner ohnmächtigen Wut irgendwo fremde Hunde angefallen haben. Aber neue Erniedrigung erwartete ihn. Das Mädchen ließ ihn überhaupt nicht ins Haus und trug ihm die volle Schüssel vor die Schwelle, ohne ihn weiter zu beachten. Diese grobe Beleidigung war nun durch besondere Umstände gerechtfertigt, denn gerade war die schwere Stunde der Frau gekommen und die Räume voll beschäftigter Menschen. Limpley stand ratlos herum mit rotem Kopf und zitternd vor Aufregung, die Hebamme lief hin und her, assistiert vom Arzt, die Schwiegermutter saß tröstend neben dem Bett, und das Mädchen hatte alle Hände voll zu tun. Auch ich selbst war herübergekommen und wartete im Speisezimmer, um notfalls behilflich sein zu können, und so hätte Pontos Anwesenheit tatsächlich nur eine lästige Störung bedeutet. Aber wie sollte er dies mit seinem dumpfen Hundegehirn erfassen? Das erregte Tier begriff nur, daß man ihn zum erstenmal aus dem Hause – aus seinem Hause – wie einen Fremden, wie einen Bettler, wie einen Störenfried hinausgewiesen hatte, daß man ihn tückisch von etwas Wichtigem fernhielt, das dort hinter verschlossenen Türen vor sich ging. Seine Wut war unbeschreiblich, und er zerknackte mit seinen mächtigen Zähnen die hingeworfenen Knochen, als wären sie der Nacken des unsichtbaren Feindes. Dann schnupperte er herum; seine geschärften Sinne rochen, daß hier andere fremde Menschen ins Haus – in sein Haus – gedrungen, er witterte auf dem Estrich die ihm schon bekannte Spur des verhaßten schwarzgekleideten Mannes mit der Brille. Aber da waren noch andere mit im Bunde, und was taten sie drinnen? Das erregte Tier horchte mit aufgestellten Ohrenspitzen. Es hörte, eng angeschmiegt

– 298 –

an die Wand, leise und laute Stimmen, Stöhnen und Schreien und dann Plätschern, Schritte, die hastig gingen, Gegenstände, die gerückt wurden, Klirren von Gläsern und Metall – etwas, etwas, etwas geschah dort drinnen, was er nicht verstand. Aber instinktiv spürte er, es war das Gegen-Ihn. Es war das, was seine Erniedrigung, seine Entrechtung verschuldet hatte – es war der Feind, der unsichtbare, der infame, der feige, der schurkische Feind, und jetzt war er wirklich zur Stelle. Jetzt war er sichtbar, Jetzt konnte man ihn packen und ihm endlich den verdienten Genickfang geben. Mit gespannten, vor Erregung zitternden Muskeln duckte das mächtige Tier sich zusammen neben die Haustür, um sofort, wenn sie sich auftun sollte, hineinzuschießen. Diesmal sollte er ihm nicht mehr entkommen, der tückische Feind, der Usurpator seines Rechts und Vorrechts, der Mörder seines Friedens!

Von all dem ahnten wir im Hause nichts. Wir waren zu erregt und zu beschäftigt. Ich mußte – und das bedeutete keine geringe Mühe – Limpley beruhigen und trösten, dem der Arzt und die Hebamme den Zugang in das Schlafzimmer verboten hatten; er litt mit seinem ungeheuren Mitgefühl in diesen zwei Stunden des Wartens vielleicht mehr als die Wöchnerin. Endlich kam die gute Kunde, und nach einer Weile wurde der in Freude und Angst hinschwankende Mann vorsichtig in das Schlafzimmer gelassen, um sein Kind – ein Mädchen, wie die Hebamme schon vordem berichtet hatte – und die Mutter zu sehen. Er blieb lange, und wir, die Schwiegermutter und ich, die selbst schon solche Stunden erlebt, tauschten, allein gelassen, unterdessen lange Erinnerungen freundschaftlich aus. Endlich tat sich die Türe auf, Limpley erschien, gefolgt von dem Arzt. Er trug das Kind im Wikkelkissen, um es uns stolz zu zeigen, und er trug es wie ein Priester die Monstranz; sein biederes, breites, ein wenig einfältiges Gesicht war von einem Glanz des Glücks bei-

– 299 –

nahe schön erhellt. Unaufhaltsam liefen ihm die Tränen nieder, die er nicht zu trocknen wußte, denn mit beiden Händen hielt er das Kind wie etwas unsagbar Kostbares und Zerbrechliches. Der Arzt hinter ihm, an derlei Szenen gewöhnt, zog sich unterdessen den Mantel an. »Mein Geschäft ist hier zu Ende«, lachte er, grüßte und ging arglos zur Tür.

Aber in der knappen Sekunde, da der Arzt die Tür ahnungslos öffnete, schoß an seinen Beinen etwas vorbei, etwas, das dort mit gespannten Muskeln gelegen und gekauert hatte, und schon war Ponto mitten im Zimmer und füllte es mit einem rasenden Geheul. Er hatte sofort gesehen, daß Limpley einen neuen Gegenstand hielt, zärtlich hielt, den er nicht kannte, etwas Kleines und Rotes und Lebendiges, das wie eine Katze jaulte und nach Mensch roch – ha! das war der Feind, der langgesuchte, der versteckte, verborgene Feind, der Räuber seiner Macht, der Mörder seines Friedens! Zerreißen! Zerfleischen! Und mit gefletschten Zähnen sprang er Limpley an, um ihm das Kind zu entreißen. Ich glaube, wir alle schrien gleichzeitig auf, denn der Ansprung des mächtigen Tieres war so jäh und gewaltsam, daß der schwere, vierschrötige Mann unter der Wucht des Anpralls taumelte und gegen die Wand hinfiel. Aber im letzten Augenblick hatte er noch instinktiv das Wickelkissen mit dem Kinde hochgehalten, damit nur dem Kinde nichts geschehe, und mit raschem Griff hatte ich es an mich genommen, bevor er hinstürzte. Sofort warf sich der Hund gegen mich. Glücklicherweise schleuderte der Arzt, der bei unserem gellenden Aufschrei zurückgestürzt war, geistesgegenwärtig einen schweren Sessel gegen das rasende, mit blutunterlaufenen Augen und geifrigem Mund schäumende Tier, daß ihm die Knochen krachten. Ponto heulte auf vor Schmerz und wich einen Augenblick zurück, aber nur, um mich dann sofort von neuem in seiner frenetischen Wut anzufallen. Jedoch dieser eine Augenblick hatte genügt, daß Limpley sich von seinem Fall aufraffen konnte und mit einem Zorn, der dem seines Hundes grauenhaft ähnlich war, sich auf das Tier stürzte. Ein furchtbarer Kampf begann. Limpley, breit, schwer und kräftig, hatte sich mit der ganzen Wucht seines Körpers über Ponto geworfen, um ihn mit seinen starken Händen zu erwürgen, und beide wälzten sich als eine einzige ringende Masse auf dem Boden. Ponto schnappte und Limpley würgte, das Knie auf die Brust des Tieres gestemmt, das immer wieder seinem eisernen Griff sich entwand; wir alten Frauen flüchteten, um das Kind zu schützen, in das Nebenzimmer, während der Arzt und das Mädchen sich jetzt gleichfalls auf das rasende Tier stürzten. Sie schlugen auf Ponto ein mit allem, was ihnen gerade in die Hand kam, es klirrte und krachte von Holz und Glas, sie hämmerten mit den Fäusten und trampelten mit den Füßen zu dritt so lange auf ihn los, bis das tolle Bellen in ein keuchendes Röcheln überging; schließlich wurde das nur mehr schwach und zuckend atmende, völlig erschöpfte Tier an Vorderbeinen und Hinterbeinen vom Arzt und dem Mädchen und meinem Mann, der auf den Lärm hin herbeigeeilt war, mit seiner eigenen Lederleine und Stricken gefesselt und mit einem niedergerissenen Tischtuch geknebelt. Völlig wehrlos gemacht und halb betäubt wurde er dann aus dem Zimmer geschleift. Vor der Schwelle warf man ihn hin wie einen Sack, und nun erst eilte der Arzt zurück, um zu helfen.

Limpley war unterdessen, schwankend wie ein Betrunkener, hinübergetorkelt in das andere Zimmer, um nach dem Kinde zu sehen. Es war unverletzt und starrte aus kleinen schläfrigen Augen auf ihn. Auch für die Frau, die durch das Getöse aus ihrem schweren erschöpften Schlummer erwacht war, bestand keinerlei Gefahr; mühsam und zärtlich wandte sie ein blasses Lächeln ihrem

Manne zu, der ihre Hände streichelte. Jetzt erst vermochte er an sich zu denken. Er sah furchtbar aus, weiß das Gesicht mit den irren Augen, der Kragen abgerissen, die Kleider zerknittert und bestaubt; erschreckt bemerkten wir, daß aus seinem rechten zerfetzten Ärmel Blut den Estrich entlang troff und tropfte. Er selbst war in seinem Furor gar nicht gewahr geworden, daß ihn das gewürgte Tier in verzweifelter Gegenwehr zweimal tief ins Fleisch gebissen; man entkleidete ihn und der Arzt eilte sich, ihm einen Verband anzulegen. Das Mädchen brachte unterdess einen Brandy, denn der Erschöpfte war vor Erregung und durch den Blutverlust einer Ohnmacht nahe, und mit Mühe gelang es uns, ihn auf ein Sofa zu betten; dort verfiel er, der schon zwei Nächte vor erregter Erwartung nicht richtig geruht hatte, in einen tiefen Schlaf.

Unterdessen überlegten wir, was mit Ponto zu beginnen. »Abschießen«, rief mein Mann und wollte schon hinüber, um seinen Revolver zu holen. Aber der Arzt erklärte, es sei seine Pflicht, das Tier ohne eine Minute Zeitverlust an eine Beobachtungsstelle zu bringen, um aus seinem Sputum festzustellen, ob er nicht tollwütig sei, weil in diesem Fall Limpleys Biß noch besondere Vorsichtsmaßregeln erfordern würde; er wolle Ponto gleich auf sein Auto laden. Wir gingen alle hinaus, dem Arzt behilflich zu sein. Vor der Tür lag – ein Anblick, den ich nie vergessen werde – wehrlos in seinen Fesseln das Tier; kaum es uns kommen hörte, drehte sich das blutunterlaufene Auge gewaltsam vor, als wollte es aus den Lidern springen. Er knirschte mit den Zähnen und würgte und schluckte, um den Knebel auszuspeien, während seine Muskeln sich zugleich wie Stricke spannten: der ganze gekrümmte Leib vibrierte in einem einzigen krampfigen Zittern; ich muß offen gestehen, daß, obwohl wir ihn verläßlich gebunden wußten, wir einer wie der andere zögerten, ihn anzupakken; nie im Leben hatte ich etwas Ähnliches an zusammengeballtem, mit allen bösen Instinkten geladenem Zorn gesehen, nie so viel Haß in einem irdischen Auge als in dem blutunterlaufenen und blutgierigen Blick. Und unwillkürlich durchzuckte mich die Angst, ob mein Mann nicht Recht habe mit seinem Vorschlag, das Tier einfach abzuschießen. Aber der Arzt bestand auf dem sofortigen Abtransport, und so wurde das gefesselte Tier in das Auto geschleift und trotz seines ohnmächtigen Widerstrebens wegbefördert.

Mit diesem wenig rühmlichen Abgang verschwand Ponto für längere Zeit aus unserem Gesichtskreise. Gelegentlich erfuhr mein Mann, die mehrtägige Beobachtung auf der Pasteurabteilung habe auch nicht das geringste Anzeichen für das Vorhandensein von infektiöser Tollwut ergeben, und da eine Rückkehr an die Stätte seiner Untat ausgeschlossen war, habe man Ponto einem Fleischermeister in Bath geschenkt, der auf der Suche nach einem kräftigen, bullenbeißerischen Tier gewesen. Wir dachten nicht weiter an ihn, und auch Limpley, der nur zwei oder drei Tage den Arm hatte in der Binde tragen müssen, vergaß ihn ganz; seine Leidenschaft und Sorge konzentrierte sich, seit seine Frau vom Kindbett genesen war, ganz auf das winzige Töchterchen, und ich brauche kaum zu erwähnen, daß sie ebenso fanatisch, ebenso übertreiblich sich gebärdete wie zu Pontos Zeiten und womöglich noch närrischer. Der schwere, mächtige Mann kniete vor dem Wägelchen mit dem Kinde wie auf den Bildern der alten italienischen Meister die Heiligen Drei Könige vor der Krippe; jeden Tag, jede Stunde, jede Minute entdeckte er andere Herrlichkeiten an dem – an und für sich reizenden – rosigen Geschöpfchen. Die stille bescheidene Frau lächelte diesen väterlichen Anbetungen ungleich freundlicher zu als seinerzeit den sinnlosen Vergötterungen des anmaßenden Vierfüßlers, und auch für uns ergab sich manche gute Stunde, denn vollkommenes,

– 303 –

wolkenloses Glück in der Nachbarschaft zu haben, legt unwillkürlich ein freundliches Licht um das eigene Haus.

An Ponto hatten wir alle, wie gesagt, schon vollkommen vergessen, als ich eines Abends an sein Vorhandensein in überraschender Weise erinnert wurde. Ich war mit meinem Mann spät nachts aus London zurückgekommen, wo wir einem Konzert Bruno Walters beigewohnt hatten, und ich konnte nicht einschlafen, ich wußte nicht, warum. Waren es die nachschwingenden Melodien der Jupiter-Symphonie, die ich unbewußt zurückzufinden mich bemühte, war es die weiße, mondhelle weiche Sommernacht? Ich stand auf – es mochte schon gegen zwei Uhr morgens sein – und blickte hinaus. Der Mond segelte hoch oben mit leiser Gewalt, wie von einem unsichtbaren Wind getrieben, durch den von seinem Licht silbern erhellten Wolkenflor, und jedesmal, wenn er rein und blank vortrat, leuchtete der ganze Garten wie in Schnee gehüllt. Alles lag lautlos still; ich hatte das Gefühl, wenn ein einziges Blatt sich gerührt hätte, wäre es mir nicht entgangen. So erschrak ich beinahe, als ich plötzlich bemerkte, daß in dieser absoluten Stille sich an der Hecke zwischen unsern beiden Gärten etwas lautlos bewegte, etwas Schwarzes, das sich weich und unruhig vom erhellten Rasen abzeichnete. Unwillkürlich interessiert, blickte ich hin. Es war kein Wesen, es war nichts Lebendiges, nichts Körperliches, das dort unruhig sich bewegte. Es war ein Schatten. Nur ein Schatten. Aber es mußte der Schatten eines lebendigen Wesens sein, das, selbst von der Hecke gedeckt, sich vorsichtig und schleicherisch bewegte, der Schatten eines Menschen oder eines Tieres. Ich weiß es vielleicht nicht richtig auszudrücken, aber das Gedrückte, das Hinterhältige, das Lautlose dieses Schleichens hatte etwas Beunruhigendes; ich dachte, wie Frauen immer ängstlich sind, zuerst an einen Einbrecher oder Mörder,

– 304 –

und das Herz begann mir in die Kehle zu pochen. Aber da war dieser Schatten schon von der Gartenhecke an die obere Terrasse gelangt, wo der Zaun begann, und den Stäben entlang schlich jetzt, merkwürdig zusammengezogen, das Lebendige selbst vor seinem Schatten – es war ein Hund, und ich erkannte ihn sofort; es war Ponto. Ganz langsam, ganz vorsichtig, und, man sah es, bereit, beim ersten Geräusch wegzuflüchten, schnupperte sich Ponto an Limpleys Haus heran; es war – ich weiß nicht, warum mir dieser Gedanke blitzartig kam –, als ob er etwas auskundschaften wollte, denn es war keineswegs das freie, lockere Spüren eines Hundes, der eine Spur suchte; es war in seinem Gehaben etwas von einem, der etwas Verbotenes tut oder etwas Heimtückisches plant. Er hielt die Schnauze nicht etwa schnuppernd am Boden, er lief nicht mit entspannten Muskeln, sondern schob sich, den Bauch beinahe ganz an die Erde gepreßt, um sich weniger sichtbar zu machen, Zoll für Zoll vor, wie ein Jagdhund sich an sein Opfer heranpirscht. Unwillkürlich beugte ich mich vor, um ihn besser zu beobachten. Aber dabei mochte ich ungeschickterweise das Fenster angestreift und ein leises Geräusch gemacht haben, denn mit einem lautlosen Sprung war Ponto im Dunkel verschwunden. Es schien, als hätte ich all das nur geträumt. Leer, weiß, blank, unbewegt lag der Garten wiederum im Mondlicht.

Ich weiß nicht warum, aber ich schämte mich, meinem Mann davon zu erzählen; es konnte ja wirklich nur eine Sinnestäuschung gewesen sein. Aber als ich am nächsten Morgen Limpleys Hausmädchen auf der Straße traf, fragte ich sie ganz beiläufig, ob sie Ponto in der letzten Zeit wieder einmal gesehen. Das Mädchen wurde unruhig und ein wenig verlegen; erst lebhaft ermutigt, gestand sie mir, mehrmals und unter sonderbaren Umständen ihm begegnet zu sein. Sie könne es eigentlich nicht erklären, aber sie habe Angst vor ihm. Vor vier Wochen sei sie

– 305 –

mit dem Kinderwagen in der Stadt gewesen, und plötzlich habe sie ein gräßliches Gebell gehört; von dem vorbeifahrenden Fleischerkarren habe Ponto gegen sie oder, wie sie glaubte, gegen den Wagen mit dem Kinde losgeheult und hätte sich schon zum Sprung zusammengeduckt. Glücklicherweise sei das Lastautomobil so rasch gefahren, daß er den Sprung nicht wagen konnte, aber sein wütendes Gebell sei ihr durch Mark und Bein gegangen. Natürlich habe sie Mr. Limpley nicht verständigt. Es hätte ihn nur unnötig aufgeregt, und sie habe doch auch gemeint, der Hund sei in Bath in sicherer Hut. Aber jüngst, am Nachmittag, als sie aus der alten Holzhütte ein paar Scheite hätte holen wollen, habe sich dort im Dunkel etwas gerührt; sie hätte schon aufschreien wollen vor Angst, da habe sie erkannt, daß es Ponto sei, der sich dort versteckt habe, und sofort sei er weggewischt durch die Hecke in unserem Garten. Seitdem habe sie den Verdacht, daß er öfters hier sich verberge, und er müsse auch nachts um das Haus herumstreichen, denn jüngst nach dem schweren Gewitter in der Nacht habe sie deutlich auf dem nassen Sand Pfotenspuren gesehen, und sie hätten deutlich gezeigt, daß er mehrmals das ganze Haus umkreist habe. Offen gezeigt habe er sich freilich niemals; zweifellos schleiche er sich nur dann heimlich durch unsere Hecke oder die der Nachbarn, sobald er sicher sei, daß niemand ihn beobachte. Ob ich mir denken könne, daß er noch einmal zurückwolle? Mister Limpley würde ihn doch nie mehr ins Haus lassen, und Hunger könne er auch nicht leiden bei einem Fleischer, sonst hätte er doch zuerst bei ihr in der Küche gebettelt. Irgendwie sei ihr das Herumschleichen unheimlich, und ob ich meine, daß sie nicht doch Mr. Limpley oder wenigstens seiner Frau davon sagen sollte. Wir überlegten und kamen überein, daß, wenn er sich noch einmal zeigen sollte, wir seinen neuen Herrn, den Fleischer, verständigen würden, damit er Pontos seltsame Besuche abstelle; Limpley wollten wir zunächst gar nicht an die Existenz des verhaßten Tieres erinnern.

Ich glaube, das war ein Fehler von uns, denn vielleicht – wer kann es sagen? – wäre verhindert worden, was am nächsten, an dem gräßlich unvergeßbaren Sonntag geschah. Mein Mann und ich waren zu den Limpleys hinübergegangen, und wir saßen auf leichten Gartensesseln plaudernd an der kleinen unteren Terrasse, von der dann in ziemlich steilem Abhang die Wiese zum Kanal hinunterging. Neben uns auf derselben flachen Rasenterrasse stand der Kinderwagen, und ich muß nicht sagen, daß der närrische Vater jede fünf Minuten mitten im Gespräch aufstand, um sich an dem Kinde zu entzücken. Schließlich, es war ein reizendes Kind geworden, und es sah an jenem goldenleuchtenden Nachmittag wirklich entzückend aus, wie es vom Schatten des aufgeschlagenen Wagendachs mit blinzelnden blauen Augen in den Himmel lachte und mit seinen zierlichen, noch ein wenig täppischen Händchen nach den Sonnenkringeln auf der Decke griff – der Vater jubelte dazu, als habe ein solches Wunder der Vernunft sich noch nie ereignet, und wir taten ihm den Gefallen, gleichfalls zu tun, als ob wir derlei noch niemals gesehen. Dieser Anblick, dieser letzte glückliche, ist mir für immer im Gedächtnis geblieben. Dann rief von der oberen Terrasse, die von der Veranda des Hauses beschattet war, Frau Limpley zum Tee. Limpley beruhigte das Kindchen, als ob es ihn verstehen könnte: »Gleich! Gleich kommen wir zurück!« Wir ließen den Wagen mit dem Kinde auf dem schönen Rasenplatz, der von der schärfsten Sonne durch ein Laubdach kühlend geschützt war, und schlenderten langsam die wenigen Minuten – es mochten etwa zwanzig Meter von der unteren zur oberen Terrasse sein, die beide durch eine Pergola mit Rosen gegeneinander unsichtbar waren – zum gewohnten Teeplatz im Schatten empor. Wir plauderten, und ich brauche kaum zu sagen, wovon wir plauderten: Limpley war wunderbar heiter, aber seine Heiterkeit wirkte diesmal gar nicht unstatthaft angesichts eines so seidigblauen Himmels, eines derart sonntäglichen Friedens und im Schatten eines gesegneten Hauses; sie war gleichsam nur eine menschliche Spiegelung dieses seltenen Sommertags.

Plötzlich wurden wir aufgeschreckt. Vom Kanal her kamen grelle entsetzte Schreie, Stimmen von Kindern und Angstrufe von Frauen. Wir stürzten den grünen Abhang hinunter, Limpley uns allen voran. Sein erster Gedanke galt dem Kinde. Aber zu unserem Entsetzen stand die untere Terrasse, wo wir noch vor wenigen Minuten den Wagen mit dem heiter schlummernden Baby in voller Sicherheit zurückgelassen, leer, und die Schreie vom Kanal her schrillten immer greller und aufgeregter. Wir eilten hinab. An dem andern Ufer gestikulierten eng aneinandergepreßt einige Frauen mit ihren Kindern und starrten auf den Kanal. Und da schwamm umgestülpt im Wasser der Kinderwagen, den wir friedlich und sicher auf der unteren Terrasse vor zehn Minuten verlassen hatten. Ein Mann hatte bereits einen Kahn losgelöst, um das Kind zu retten, ein anderer war hinabgetaucht. Aber alles war zu spät. Erst nach einer Viertelstunde konnte die Leiche des Kindes aus dem grünlich mit Algen durchzogenen Brackwasser emporgeholt werden.

Ich kann die Verzweiflung der unseligen Eltern nicht schildern. Oder vielmehr, ich will gar nicht versuchen, sie zu schildern, denn ich möchte an diese entsetzlichen Augenblicke nie in meinem Leben mehr zurückdenken. Telephonisch verständigt, erschien ein Polizeikommissär, um festzustellen, wie sich das Furchtbare ereignet habe. Ob Fahrlässigkeit von seiten der Eltern oder ein Unfall oder ein Verbrechen vorläge. Man hatte den schwimmenden Kinderwagen längst aus dem Wasser gezogen und stellte ihn auf Anweisung des Kommissärs genau an sei-

– 308 –

nen alten Platz auf der unteren Terrasse. Dann versuchte der Chief Constable persönlich, ob, wenn man es leicht anstieß, das Wägelchen von selbst den Abhang hinunterrollen könne. Aber die Räder rührten sich kaum in dem dichten hohen Gras. Es war also ausgeschlossen, daß etwa ein Windstoß ein solches jähes Herabrollen von dem durchaus ebenen Terrain hätte verursachen können. Der Kommissär versuchte ein zweites Mal und stieß nun etwas heftiger. Der Wagen rollte einen halben Schritt und blieb dann stehen. Aber die Terrasse war mindestens sieben Meter breit und der Wagen hatte – die Räderspur bewies es – fest und sicher in ziemlicher Entfernung von der Senkung gestanden. Erst als der Kommissär mit wirklich vehementem Anschwung gegen den Wagen anrannte, lief er den Hügel entlang und kam ins Niederrollen. Es mußte also etwas Unvorhergesehenes den Wagen plötzlich in Bewegung gesetzt haben. Aber wer oder was? Das war das Rätsel. Der Polizeikommissär nahm die Kappe von der schwitzenden Stirn und kraute immer nachdenklicher das struppige Haar; er verstünde das nicht. Ob schon je ein Gegenstand – auch nur ein Spielball – von selbst die Terrasse heruntergerollt sei. »Nein! Niemals!« beteuerten alle. Ob irgendein Kind in der Nähe oder im Garten sich aufgehalten habe, ein Kind, das vielleicht übermütig mit dem Wagen gespielt haben könnte? Nein! Niemand! Ob sonst jemand in der Nähe sich befunden hätte? Nein! Niemand! Die Gartenpforte sei verschlossen gewesen, und keiner von den Spaziergängern am Kanal hatte irgendeinen Menschen kommen oder sich entfernen gesehen. Als einziger tatsächlicher Augenzeuge konnte nur jener Arbeiter gelten, der entschlossen ins Wasser gesprungen war, um das Kind zu retten; aber noch ganz triefend und verstört, wußte er nicht mehr zu berichten, als daß seine Frau und er nichtsahnend am Rande des Kanals spazierengegangen seien. Da wäre plötzlich von dem Hange des

– 309 –

Gartens der Kinderwagen herabgerollt, rascher und immer rascher, und im Wasser sofort umgeschlagen. Da er zu sehen glaubte, daß ein Kind im Wasser schwimme, sei er sofort herangelaufen, hätte den Rock abgeworfen und es aus dem Wasser zu retten versucht, aber sei durch das dichte Gewirr der Algen nicht so rasch durchgekommen, wie er gehofft habe. Mehr wisse er nicht.

Der Kommissär wurde immer verzweifelter. Einen solchen abstrusen Fall hätte er noch nie erlebt. Er könne sich das einfach nicht ausdenken, wie der Wagen habe ins Rollen kommen können. Die einzige Möglichkeit sei, daß das Kind sich vielleicht plötzlich aufgerichtet oder zur Seite geworfen haben könnte und dadurch das leichte Wägelchen aus dem Gleichgewicht geraten sei. Aber das sei doch kaum glaubhaft, er zumindest könne sich das nicht recht vorstellen. Ob irgend jemand von uns vielleicht eine andere Vermutung hätte?

Unwillkürlich sah ich das Hausmädchen an. Unsere Blicke begegneten sich. Wir dachten beide in der gleichen Sekunde dasselbe. Wir wußten beide, daß der Hund das Kind tödlich haßte. Wir wußten, daß er in letzter Zeit sich wiederholt hinterlistig im Garten versteckt hatte. Wir wußten, daß er oft und oft mit boshaftem Stoß Wäschekörbe in den Kanal gestoßen. Beide – ich sah es an ihren unruhig und blaß zuckenden Lippen – hatten wir den gleichen Verdacht, daß das verschlagene und bösartig gewordene Tier, endlich die Gelegenheit zur Rache wahrnehmend, kaum wir das Kind ein paar Minuten alleingelassen, aus einem Versteck sich herangeschlichen, mit einem wilden, raschen Stoß den Wagen mit dem verhaßten Nebenbuhler gegen den Kanal hinabgestoßen habe und dann ebenso lautlos wie sonst geflüchtet sei. Aber beide sprachen wir unseren Verdacht nicht aus. Ich wußte, daß schon der bloße Gedanke, er hätte sein Kind retten können, wenn er damals das rasende Tier getötet hätte,

– 310 –

Limpley rasend machen würde. Und dann: trotz aller logischen Indizien fehlte doch der letzte, der faktische Beweis. Weder wir beide noch die andern hatten den Hund an jenem Nachmittage heranschleichen oder wegschleichen sehen. Die Holzhütte, sein Lieblingsversteck – ich sah sofort nach – war völlig leer, das trockene Erdreich zeigte nicht die geringste Spur, wir hatten keinen Ton gehört jenes wilden Gebells, das Ponto sonst immer triumphierend erschallen ließ, wenn er einen Korb in den Kanal gestoßen. Wir konnten darum nicht behaupten, daß er es gewesen. Es war nur eine quälende, eine grausam quälende Vermutung. Es war nur ein berechtigter, ein furchtbar berechtigter Verdacht. Aber es fehlte die letzte, die unumstößliche Gewißheit.

Und doch, ich wurde seit jener Stunde diesen gräßlichen Verdacht nicht mehr los – im Gegenteil, er bestärkte sich noch in den nächsten Tagen beinahe zur Gewißheit. Es war eine Woche später – das arme Kind war längst begraben, Limpleys hatten das Haus verlassen, weil sie den Anblick des verhängnisvollen Kanals nicht ertragen konnten – da ereignete sich etwas, das mich im tiefsten erregte. Ich hatte in Bath einige Kleinigkeiten für unser Haus zu besorgen; plötzlich schrak ich auf, denn neben dem Fleischerwagen sah ich Ponto, an den ich unbewußt in all diesen Schreckensstunden ununterbrochen gedacht, gemächlich hinschreiten, und im gleichen Augenblick erkannte er mich. Er blieb sofort stehen und ich ebenso. Und nun geschah, was mir noch heute die Seele bedrückt: während in all den Wochen seit seiner Erniedrigung ich Ponto immer nur verstört gesehen und er jede Begegnung, den Blick weggewandt, den Buckel schief niedergeduckt, scheu ausgewichen war, reckte er diesmal unbefangen den Kopf hoch und sah mich – ich kann es nicht anders sagen – mit stolzer, selbstsicherer Gelassenheit an; er war über Nacht wieder das stolze, hochmütige Tier von einst geworden. Eine Minute verharrte er in dieser provokatorischen Geste. Dann ging er, in den Schenkeln sich schaukelnd und beinahe tänzelnd über die Straße mit einer gespielten Freundlichkeit auf mich zu und blieb einen Schritt vor mir stehen, als wollte er sagen: »Nun, da bin ich! Was hast du gegen mich zu sagen oder zu klagen?«

Ich war wie gelähmt. Ich hatte keine Kraft, ihn wegzustoßen, keine Kraft, diesen selbstbewußten und fast möchte ich sagen: selbstzufriedenen Blick zu ertragen. Ich flüchtete rasch weiter. Gott schütze mich, daß ich ein Tier, geschweige einen Menschen unschuldig eines Verbrechens beschuldige. Aber seit dieser Stunde werde ich den grauenhaften Gedanken nicht mehr los: »Er war es. Er hat es getan.«

Ein Mensch, den man nicht vergißt
Ein Erlebnis

Undankbar wäre es, wollte ich den Menschen vergessen, der mich zwei der schwierigsten Dinge des Lebens gelehrt hat: einmal, aus völliger innerer Freiheit heraus sich der stärksten Macht der Welt, der Macht des Geldes nicht unterzuordnen, und dann, unter seinen Mitmenschen zu leben, ohne sich auch nur einen einzigen Feind zu schaffen.

Ich lernte diesen einzigartigen Menschen auf ganz einfache Weise kennen. Eines Nachmittags – ich wohnte damals in einer Kleinstadt – nahm ich meinen Spaniel auf einen Spaziergang mit. Plötzlich begann der Hund sich recht merkwürdig zu gebärden. Er wälzte sich am Boden, scheuerte sich an den Bäumen und jaulte und knurrte dabei fortwährend.

Noch ganz verwundert darüber, was er nur haben könne, gewahrte ich, daß jemand neben mir ging – ein Mann von ungefähr dreißig Jahren, ärmlich gekleidet und ohne Kragen und Hut. Ein Bettler, dachte ich und war schon dabei, in die Tasche zu greifen. Aber der Fremde lächelte mich ganz ruhig mit seinen klaren blauen Augen an wie ein alter Bekannter.

»Dem armen Tier fehlt was«, sagte er und zeigte auf den Hund. »Komm mal her, wir werden das gleich haben.«

Dabei duzte er mich, als wären wir gute Freunde; aus seinem Wesen sprach eine solch warmherzige Freundlichkeit, daß ich gar keinen Anstoß an dieser Vertraulichkeit nahm. Ich folgte ihm zu einer Bank und setzte mich neben ihn. Er rief den Hund mit einem scharfen Pfiff heran.

– 313 –

Und nun kommt das Merkwürdigste: mein Kaspar, sonst Fremden gegenüber äußerst mißtrauisch, kam heran und legte gehorsam seinen Kopf auf die Knie des Unbekannten. Der machte sich daran, mit seinen langen empfindsamen Fingern das Fell des Hundes zu untersuchen. Endlich ließ er ein befriedigtes »Aha« hören und nahm dann eine anscheinend recht schmerzhafte Operation vor, denn Kaspar jaulte mehrmals auf. Trotzdem machte er keine Miene wegzulaufen. Plötzlich ließ ihn der Mann wieder frei.

»Da haben wir's«, meinte er lachend und hielt etwas in die Höhe. »Nun kannst du wieder springen, Hundchen.« Während sich der Hund davonmachte, erhob sich der Fremde, sagte mit einem Kopfnicken »Grüß Gott« und ging seines Wegs. Er entfernte sich so rasch, daß ich nicht einmal daran denken konnte, ihm für seine Bemühung etwas zu geben, geschweige denn mich bedankte. Mit der gleichen selbstverständlichen Bestimmtheit, mit der er aufgetaucht war, verschwand er wieder.

Zu Hause angelangt, mußte ich noch immer an das seltsame Gehaben des Mannes denken und berichtete meiner alten Köchin von der Begegnung.

»Das war der Anton«, sagte sie. »Der hat ein Auge für solche Sachen.«

Ich fragte sie, was der Mann von Beruf sei und was er treibe, um seinen Lebensunterhalt zu verdienen.

Als sei meine Frage so erstaunlich, antwortete sie:

»Gar nichts. Einen Beruf? Was sollte er auch mit einem Beruf?«

»Na, schön und gut«, meinte ich, »aber schließlich muß doch jeder von irgend einer Beschäftigung leben?«

»Der Anton nicht«, sagte sie. »Dem gibt jeder von sich aus, was er nötig hat. Dem ist Geld ganz gleichgültig. Das braucht der gar nicht.«

Tatsächlich ein seltsamer Fall. In dieser kleinen Stadt,

– 314 –

wie in jeder anderen kleinen Stadt auf der Welt, mußte man jedes Stück Brot und jedes Glas Bier mit Geld bezahlen. Man mußte sein Nachtquartier bezahlen und seine Kleidung. Wie brachte es dieser unscheinbare Mann in seinen abgerissenen Hosen fertig, ein so festgefügtes Gesetz zu umgehen und glücklich, frei von Sorgen dahinzuleben?

Ich beschloß, hinter das Geheimnis seines Tuns zu kommen und stellte dabei sehr bald fest, daß meine Köchin recht gehabt hatte. Dieser Anton hatte wirklich keine bestimmte Beschäftigung. Er begnügte sich damit, von früh bis abend in der Stadt herumzuschlendern – scheinbar ziellos –, aber mit seinen wachen Augen beobachtete er alles. So hielt er den Kutscher eines Wagens an und machte ihn darauf aufmerksam, daß sein Pferd schlecht angeschirrt sei. Oder er bemerkte, daß ein Pfosten in einem Zaun morsch geworden war. Dann rief er den Besitzer und riet ihm, den Zaun ausbessern zu lassen. Meistens übertrug man ihm dann die Arbeit, denn man wußte, daß er niemals aus Habgier Ratschläge erteilte, sondern aus aufrichtiger Freundlichkeit.

An wie vieler Leute Arbeit habe ich ihn nicht Hand anlegen sehen! Einmal fand ich ihn in einem Schusterladen Schuhe ausbessern, ein andermal als Aushilfskellner bei einer Gesellschaft, wieder ein andermal führte er Kinder spazieren. Und ich entdeckte, daß alle Leute sich in Notfällen an Anton wandten. Ja, eines Tages sah ich ihn auf dem Markt unter den Marktweibern sitzen und Äpfel verkaufen und erfuhr, daß die Eigentümerin des Standes im Kindbett lag und ihn gebeten hatte, sie zu vertreten.

Es gibt sicher in allen Städten viele Leute, die jede Arbeit verrichten. Das Einzigartige bei Anton aber war, daß er sich, wie hart seine Arbeit auch war, immer ganz entschieden weigerte, mehr Geld anzunehmen, als er für einen Tag brauchte. Und wenn es ihm gerade gut ging, dann nahm er überhaupt keine Bezahlung an.

»Ich sehe Sie schon noch mal wieder«, sagte er, »wenn ich wirklich was brauchen sollte. «

Mir wurde bald klar, daß der merkwürdige kleine Mann, diensteifrig und zerlumpt wie er war, für sich selbst ein ganz neues Wirtschaftssystem erfunden hatte. Er rechnete auf die Anständigkeit seiner Mitmenschen. Anstatt Geld auf die Sparkasse zu legen, zog er es vor, sich bei seiner Umwelt ein Guthaben moralischer Verpflichtungen zu schaffen. Er hatte ein kleines Vermögen in sozusagen unsichtbaren Krediten angelegt. Und selbst den kaltherzigsten Menschen war es nicht möglich, sich dem Gefühl der Verpflichtung gegenüber einem Manne zu entziehen, der ihnen seine Dienste wie eine freundliche Gunst erwies, ohne dafür jemals Bezahlung zu fordern.

Man brauchte Anton nur auf der Straße zu sehen, um zu erkennen, auf welch besondere Art man ihn schätzte. Alle Welt grüßte ihn herzlich, jedermann gab ihm die Hand. Der einfache freimütige Mann in seinem schäbigen Anzug wandelte durch die Stadt wie ein Grundeigentümer, der mit großzügigem und freundlichem Wesen seine Besitzungen überwacht. Alle Türen standen ihm offen, und er konnte sich an jedem Tisch niederlassen, alles stand zu seiner Verfügung. Nie habe ich so gut begriffen, welche Macht ein Mensch ausüben kann, der nicht für morgen sorgt, sondern einfach auf Gott vertraut.

Ich muß ehrlich gestehen, daß es mich zuerst ärgerte, wenn der Anton nach der Sache mit meinem Hunde mich nur im Vorbeigehen mit einem kleinen Kopfnicken grüßte, als wäre ich ein beliebiger Fremder für ihn. Offensichtlich wünschte er keinen Dank für seinen kleinen Dienst. Ich aber fühlte mich durch diese höfliche Unbefangenheit aus einer großen und freundschaftlichen Gemeinschaft ausgeschlossen. Als nun eine Reparatur im

Hause zu machen war – aus einer undichten Dachrinne tropfte Wasser –, veranlaßte ich meine Köchin, Anton holen zu lassen.

»Den kann man nicht einfach holen. Er hält sich nie lange am gleichen Ort auf. Aber ich kann ihn benachrichtigen.« Das war ihre Antwort.

So erfuhr ich, daß dies sonderbare Menschenwesen gar kein Zuhause hatte. Trotzdem war nichts leichter als ihn zu erreichen, eine Art drahtlose Telegraphie schien ihn mit der ganzen Stadt zu verbinden. Man konnte dem ersten Besten, den man traf, sagen: »Ich könnte jetzt den Anton gut brauchen.« Die Bestellung lief dann von Mund zu Mund, bis ihn zufällig jemand traf. Tatsächlich kam er auch noch am selben Nachmittag zu mir. Er ließ seinen prüfenden Blick rundherum gehen, meinte beim Gang durch den Garten, daß hier eine Hecke gestutzt werden müsse und dort ein junger Baum das Umpflanzen nötig hätte. Endlich sah er sich die Dachrinne an und machte sich an die Arbeit.

Zwei Stunden später erklärte er, nun sei die Sache in Ordnung und ging weg – wieder bevor ich ihm danken konnte. Aber diesmal hatte ich wenigstens die Köchin beauftragt, ihn anständig zu bezahlen. So erkundigte ich mich, ob Anton zufrieden gewesen sei.

»Aber natürlich«, gab sie zur Antwort, »der ist immer zufrieden. Ich wollte ihm sechs Schilling geben, aber er nahm nur zwei. Damit käme er für heute und morgen gut aus. Aber, wenn der Herr Doktor vielleicht einen alten Mantel für ihn übrig hätte – meinte er.«

Ich kann nur schwer mein Vergnügen beschreiben, diesem Mann – übrigens dem ersten Menschen in meiner Bekanntschaft, der weniger nahm, als man ihm anbot – einen Wunsch erfüllen zu können. Ich rannte ihm nach.

»Anton, Anton«, rief ich den Abhang hinunter, »ich habe einen Mantel für dich!«

Wieder begegneten meine Augen seinem leuchtenden ruhigen Blick. Er war nicht im geringsten erstaunt, daß ich hinter ihm hergelaufen kam. Es war für ihn nur natürlich, daß ein Mensch, der einen überzähligen Mantel besaß, ihn einem andern schenkte, der ihn bitter nötig hatte.

Meine Köchin mußte nun alle meine alten Sachen heraussuchen. Anton sah den Haufen durch, nahm sich dann einen Mantel heraus, probierte ihn an und sagte ganz ruhig: »Der hier wäre recht für mich!«

Er hatte das mit der Miene eines Herrn gesagt, der in einem Geschäft aus vorgelegten Waren seine Auswahl trifft. Dann warf er noch einen Blick auf die anderen Kleidungsstücke.

»Diese Schuhe könntest du dem Fritz in der Salsergasse schenken, der braucht nötig ein Paar! Und die Hemden da dem Joseph aus der Hauptstraße, die könnte er sich richten. Wenn's dir recht ist, bringe ich die Sachen für dich hin.«

Dies brachte er im hochherzigen Tone eines Menschen vor, der einem eine spontane Gunst erweist. Ich hatte das Gefühl, ihm dafür danken zu müssen, daß er meine Sachen an Leute verteilen wollte, die ich überhaupt nicht kannte. Er packte Schuhe und Hemden zusammen und fügte hinzu:

»Du bist wirklich ein anständiger Kerl, das alles so wegzuschenken!«

Und er verschwand.

Tatsächlich hat mir aber niemals eine lobende Kritik über eins meiner Bücher so viel Freude gemacht wie dies schlichte Kompliment. Ich habe in späteren Jahren noch oft voll Dankbarkeit an Anton denken müssen, denn kaum jemand hat mir so viel moralische Hilfe geleistet. Häufig, wenn ich mich über kleine Geldscherereien aufregte, habe ich mich an diesen Mann erinnert, der ruhig und vertrauensvoll in den Tag hineinlebte, weil er nie

– 318 –

mehr wollte, als was für einen Tag reichte. Immer führte mich das zu der gleichen Überlegung: Wenn alle Welt sich gegenseitig vertrauen würde, gäbe es keine Polizei, keine Gerichte, keine Gefängnisse und ... kein Geld. Wäre es nicht vielleicht besser um unser kompliziertes Wirtschaftsleben bestellt, wenn alle lebten wie dieser Mensch, der sich immer ganz und gar einsetzte und doch nur annahm, was er unbedingt brauchte?

Viele Jahre habe ich nichts mehr von Anton gehört. Aber ich kann mir kaum jemand vorstellen, um den es einem weniger bange zu sein braucht: er wird niemals von Gott verlassen werden und, was viel seltener ist, auch niemals von den Menschen.

Unvermutete Bekanntschaft
mit einem Handwerk

Herrlich an jenem merkwürdigen Aprilmorgen 1931 war schon die nasse, aber bereits wieder durchsonnte Luft. Wie ein Seidenbonbon schmeckte sie süß, kühl, feucht und glänzend, gefilterter Frühling, unverfälschtes Ozon, und mitten auf dem Boulevard de Strasbourg atmete man überrascht einen Duft von aufgebrochenen Wiesen und Meer. Dieses holde Wunder hatte ein Wolkenbruch vollbracht, einer jener kapriziösen Aprilschauer, mit denen der Frühling sich oftmals auf ungezogenste Weise anzukündigen pflegt. Unterwegs schon war unser Zug einem dunklen Horizont nachgefahren, der vom Himmel schwarz in die Felder schnitt; aber erst bei Meaux – schon streuten sich die Spielzeugwürfel der Vorstadthäuser ins Gelände, schon bäumten sich schreiend die ersten Plakattafeln aus dem verärgerten Grün, schon raffte die betagte Engländerin mir gegenüber im Coupé ihre vierzehn Taschen und Flaschen und Reiseetuis zusammen – da platzte sie endlich auf, jene schwammige, vollgesogene Wolke, die bleifarben und böse seit Epernay mit unserer Lokomotive um die Wette lief. Ein kleiner blasser Blitz gab das Signal, und sofort stürzten mit Trompetengeprassel kriegerische Wassermassen herab, um unseren fahrenden Zug mit nassem Maschinengewehrfeuer zu bestreichen. Schwer getroffen weinten die Fensterscheiben unter den klatschenden Schlägen des Hagels, kapitulierend senkte die Lokomotive ihre graue Rauchfahne zur Erde. Man sah nichts mehr, man hörte nichts als dies erregt triefende Geprassel auf Stahl und Glas, und wie ein gepeinigtes Tier

– 320 –

lief der Zug, dem Wolkenbruch zu entkommen, über die blanken Schienen. Aber siehe da, noch stand man, glücklich angelangt, unter dem Vorbau des Gare de l'Est und wartete auf den Gepäckträger, da blitzte hinter dem grauen Schnürboden des Regens schon wieder hell der Prospekt des Boulevards auf; ein scharfer Sonnenstrahl stieß seinen Dreizack durch das entflüchtende Gewölk, und sofort blinkten die Häuserfassaden wie poliertes Messing, und der Himmel leuchtete in ozeanischem Blau. Goldnackt wie Aphrodite Anadyomene aus den Wogen, so stieg die Stadt aus dem niedergestreiften Mantel des Regens, ein göttlicher Anblick. Und sofort, mit einem Flitz, stoben rechts und links aus hundert Unterschlupfen und Verstecken die Menschen auf die Straße, schüttelten sich, lachten und liefen ihren Weg, der zurückgestaute Verkehr rollte, knarrte, schnarrte und fauchte wieder mit hundert Vehikeln quirlend durcheinander, alles atmete und freute sich des zurückgegebenen Lichtes. Selbst die hektischen Bäume des Boulevards, festgerammt im harten Asphalt, griffen, noch ganz begossen und betropft, wie sie waren, mit ihren kleinen, spitzen Knospenfingern in den neuen, sattblauen Himmel und versuchten ein wenig zu duften. Wahrhaftig, es gelang ihnen. Und Wunder über Wunder: man spürte deutlich ein paar Minuten das dünne, ängstliche Atmen der Kastanienblüten mitten im Herzen von Paris, mitten auf dem Boulevard de Strasbourg.

Und zweite Herrlichkeit dieses gesegneten Apriltages: ich hatte, frisch angekommen, keine einzige Verabredung bis tief hinein in den Nachmittag. Niemand von den viereinhalb Millionen Stadtbürgern von Paris wußte von mir oder wartete auf mich, ich war also göttlich frei, zu tun, was ich wollte. Ich konnte ganz nach meinem Belieben entweder spazieren schlendern oder Zeitung lesen, konnte in einem Café sitzen oder essen oder in ein Museum gehen, Auslagen anschauen oder die Bücher des Quais, ich konnte Freunde antelephonieren oder bloß in die laue, süße Luft hineinstarren. Aber glücklicherweise tat ich aus wissendem Instinkt das Vernünftigste: nämlich nichts. Ich machte keinerlei Plan, ich gab mich frei, schaltete jeden Kontakt auf Wunsch und Ziel ab und stellte meinen Weg ganz auf die rollende Scheibe des Zufalls, das heißt, ich ließ mich treiben, wie mich die Straße trieb, locker vorbei an den blitzenden Ufern der Geschäfte und rascher über die Stromschnellen der Straßenübergänge. Schließlich warf mich die Welle hinab in die großen Boulevards; ich landete wohlig müde auf der Terrasse eines Cafés, Ecke Boulevard Haussmann und Rue Drouot.

Da bin ich wieder, dachte ich, locker in den nachgiebigen Strohsessel gelehnt, während ich mir eine Zigarre anzündete, und da bist du, Paris! Zwei ganze Jahre haben wir alten Freunde einander nicht gesehen, jetzt wollen wir uns fest in die Augen schauen. Also vorwärts, leg los, Paris, zeig, was du seitdem dazugelernt hast, vorwärts, fang an, laß deinen unübertrefflichen Tonfilm »Les Boulevards de Paris« vor mir abrollen, dies Meisterwerk von Licht und Farbe und Bewegung mit seinen tausend und tausend unbezahlten und unzählbaren Statisten, und mach dazu deine unnachahmliche, klirrende, ratternde, brausende Straßenmusik! Spar nicht, gib Tempo, zeig, was du kannst, zeig, wer du bist, schalte dein großes Orchestrion ein mit atonaler, pantonaler Straßenmusik, laß deine Autos fahren, deine Camelots brüllen, deine Plakate knallen, deine Hupen dröhnen, deine Geschäfte funkeln, deine Menschen laufen – hier sitze ich, aufgetan wie nur je, und habe Zeit und Lust dir zuzuschauen, dir zuzuhören, bis mir die Augen schwirren und das Herz dröhnt. Vorwärts, vorwärts, spar nicht, verhalte dich nicht, gib mehr und immer mehr, wilder und immer wilder, immer andere und immer neue Schreie und Rufe, Hupen und zersplitterte Töne, mich macht es nicht müd, denn alle Sinne stehen dir offen, vorwärts und vorwärts, gib dich ganz mir hin, so wie ich bereit bin, ganz mich dir hinzugeben, du unerlernbare und immer wieder neu bezaubernde Stadt!

Denn – und dies war die dritte Herrlichkeit dieses außerordentlichen Morgens – ich fühlte schon an einem gewissen Prickeln in den Nerven, daß ich wieder einmal meinen Neugiertag hatte, wie meist nach einer Reise oder einer durchwachten Nacht. An solchen Neugiertagen bin ich gleichsam doppelt und sogar vielfach ich selbst; ich habe dann nicht genug an meinem eigenen umgrenzten Leben, mich drängt, mich spannt etwas von innen, als müßte ich aus meiner Haut herausschlüpfen wie der Schmetterling aus seiner Puppe. Jede Pore dehnt sich, jeder Nerv krümmt sich zu einem feinen, glühenden Enterhaken, eine fanatische Hellhörigkeit, Hellsichtigkeit überkommt mich, eine fast unheimliche Luzidität, die mir Pupille und Trommelfell schärfer spannt. Alles wird mir geheimnisvoll, was ich mit dem Blick berühre. Stundenlang kann ich einem Straßenarbeiter zusehen, wie er mit dem elektrischen Bohrer den Asphalt aufstemmt, und so stark spüre ich aus dem bloßen Beobachten sein Tun, daß jede Bewegung seiner durchschütterten Schulter unwillkürlich in die meine übergeht. Endlos kann ich vor irgendeinem fremden Fenster stehen und mir das Schicksal des unbekannten Menschen ausphantasieren, der vielleicht hier wohnt oder wohnen könnte, stundenlang irgendeinem Passanten zusehen und nachgehen, von Neugier magnetisch-sinnlos nachgezogen und voll bewußt dabei, daß dieses Tun völlig unverständlich und narrhaft wäre für jeden anderen, der mich zufällig beobachtete, und doch ist diese Phantasie und Spiellust berauschender für mich als jedes schon gestaltete Theaterstück oder das Abenteuer eines Buches. Mag sein, daß dieser Überreiz, diese nervöse Hellsichtigkeit sehr natürlich mit der plötzlichen

Ortsveränderung zusammenhängt und nur Folge ist der Umstellung des Luftdruckes und der dadurch bedingten chemischen Umschaltung des Blutes – ich habe nie versucht, mir diese geheimnisvolle Erregtheit zu erklären. Aber immer, wenn ich sie fühle, scheint mir mein sonstiges Leben wie ein blasses Hindämmern und alle anderen durchschnittlichen Tage nüchtern und leer. Nur in solchen Augenblicken spüre ich mich und die phantastische Vielfalt des Lebens völlig.

So ganz aus mir herausgebeugt, so spiellüstern und angespannt saß ich auch damals an jenem gesegneten Apriltag auf meinem Sesselchen am Ufer des Menschenstromes und wartete, ich wußte nicht worauf. Aber ich wartete mit dem leisen fröstelnden Zittern des Anglers auf jenen gewissen Ruck, ich wußte instinkthaft, daß mir irgend etwas, irgend jemand begegnen mußte, weil ich so tauschgierig, so rauschgierig war, meiner Neugierlust etwas zum Spielen heranzuholen. Aber die Straße warf mir vorerst nichts zu, und nach einer halben Stunde wurden meine Augen der vorbeigewirbelten Massen müde, ich nahm nichts einzelnes mehr deutlich wahr. Die Menschen, die der Boulevard vorbeispülte, begannen für mich ihre Gesichter zu verlieren, sie wurden ein verschwommener Schwall von gelben, braunen, schwarzen, grauen Mützen, Kappen und Käppis, leeren und schlecht geschminkten Ovalen, ein langweiliges Spülicht schmutzigen Menschenwassers, das immer farbloser und grauer strömte, je ermüdeter ich blickte. Und schon war ich erschöpft, wie von einem undeutlich zuckenden und schlecht kopierten Film, und wollte aufstehen und weiter. Da endlich, da endlich entdeckte ich ihn.

Er fiel mir zuerst auf, dieser fremde Mensch, dank der simplen Tatsache, daß er immer wieder in mein Blickfeld kam. Alle die andern Tausende und Tausende Menschen, welche mir diese halbe Stunde vorüberschwemmte, stoben wie von unsichtbaren Bändern weggerissen fort, sie zeigten hastig ein Profil, einen Schatten, einen Umriß, und schon hatte die Strömung sie für immer mitgeschleppt. Dieser eine Mensch aber kam immer wieder und immer an dieselbe Stelle; deshalb bemerkte ich ihn. So wie die Brandung manchmal mit unbegreiflicher Beharrlichkeit eine einzige schmutzige Alge an den Strand spült und sofort mit ihrer nassen Zunge wieder zurückschluckt, um sie gleich wieder hinzuwerfen und zurückzunehmen, so schwemmte diese eine Gestalt immer wieder mit dem Wirbel heran, und zwar jedesmal in gewissen, fast regelmäßigen Zeitabständen und immer an derselben Stelle und immer mit dem gleichen geduckten, merkwürdig überdeckten Blick. Ansonsten erwies sich dieses Stehaufmännchen als keine große Sehenswürdigkeit; ein dürrer, ausgehungerter Körper, schlecht eingewickelt in ein kanariengelbes Sommermäntelchen, das ihm sicher nicht eigens auf den Leib geschneidert war, denn die Hände verschwanden ganz unter den überhängenden Ärmeln; es war in lächerlichem Maße zu weit, überdimensional, dieses kanariengelbe Mäntelchen einer längstverschollenen Mode, für dies dünne Spitzmausgesicht mit den blassen, fast ausgelöschten Lippen, über denen ein blondes Bürstchen wie ängstlich zitterte. Alles an diesem armen Teufel schlotterte falsch und schlapp – schiefschultrig mit dünnen Clownbeinen schlich er bekümmerten Gesichts bald von rechts, bald von links aus dem Wirbel, blieb dann anscheinend ratlos stehen, sah ängstlich auf wie ein Häschen aus dem Hafer, schnupperte, duckte sich und verschwand neuerdings im Gedränge. Außerdem – und dies war das zweite, das mir auffiel – schien dieses abgeschabte Männchen, das mich irgendwie an einen Beamten aus einer Gogolschen Novelle erinnerte, stark kurzsichtig oder besonders ungeschickt zu sein, denn zweimal, dreimal, viermal beobachtete ich, wie eiligere, zielbewußtere Passanten dies kleine Stückchen Straßenelend anrannten und beinahe umrannten. Aber dies schien ihn nicht sonderlich zu bekümmern; demütig wich er zur Seite, duckte sich und schlüpfte neuerdings vor und war immer da, immer wieder, jetzt vielleicht schon zum zehnten- oder zwölftenmal in dieser knappen halben Stunde.

Nun, das interessierte mich. Oder vielmehr, ich ärgerte mich zuerst, und zwar über mich selbst, daß ich, neugierig, wie ich an diesem Tage war, nicht gleich erraten konnte, was dieser Mensch hier wollte. Und je vergeblicher ich mich bemühte, desto ärgerlicher wurde meine Neugier. Donnerwetter, was suchst du eigentlich, Kerl? Auf was, auf wen wartest du da? Ein Bettler, das bist du nicht, der stellt sich nicht so tolpatschig mitten ins dickste Gewühl, wo niemand Zeit hat, in die Tasche zu greifen. Ein Arbeiter bist du auch nicht, denn die haben Schlag elf Uhr vormittags keine Gelegenheit, hier so lässig herumzulungern. Und auf ein Mädchen wartest du schon gar nicht, mein Lieber, denn solch einen armseligen Besenstiel sucht sich nicht einmal die Älteste und Abgetakeltste aus. Also Schluß, was suchst du da? Bist du vielleicht einer jener obskuren Fremdenführer, die, von der Seite leise anschleichend, unter dem Ärmel obszöne Photographien herausvoltigieren und dem Provinzler alle Herrlichkeiten Sodoms und Gomorras für einen Bakschisch versprechen? Nein, auch das nicht, denn du sprichst ja niemanden an, im Gegenteil, du weichst jedem ängstlich aus mit deinem merkwürdig geduckten und gesenkten Blick. Also zum Teufel, was bist du, Duckmäuser? Was treibst du da in meinem Revier? Schärfer und schärfer nahm ich ihn aufs Korn, in fünf Minuten war es für mich schon Passion, schon Spiellust geworden, herauszubekommen, was dieses kanariengelbe Stehaufmännchen hier auf dem Boulevard wollte. Und plötzlich wußte ich es: es war ein Detektiv.

– 326 –

Ein Detektiv, ein Polizist in Zivil, ich erkannte das instinktiv an einer ganz winzigen Einzelheit, an jenem schrägen Blick, mit dem er jeden einzelnen Vorübergehenden hastig visitierte, jenem unverkennbaren Agnoszierungsblick, den die Polizisten gleich im ersten Jahre ihrer Ausbildung lernen müssen. Dieser Blick ist nicht einfach, denn einerseits muß er rapid wie ein Messer die Naht entlang von unten den ganzen Körper herauflaufen bis zum Gesicht und mit diesem erhellenden Blinkfeuer einerseits die Physiognomie erfassen und anderseits innerlich mit dem Signalement bekannter und gesuchter Verbrecher vergleichen. Zweitens aber – und das ist vielleicht noch schwieriger – muß dieser Beobachtungsblick ganz unauffällig eingeschaltet werden, denn der Spähende darf sich nicht als Späher vor dem andern verraten. Nun, dieser mein Mann hatte seinen Kurs ausgezeichnet absolviert; duselig wie ein Träumer schlich er scheinbar gleichgültig durch das Gedränge, ließ sich lässig stoßen und schieben, aber zwischendurch schlug er dann immer plötzlich – es war wie der Blitz eines photographischen Verschlusses – die schlaffen Augenlider auf und stieß zu wie mit einer Harpune. Niemand ringsum schien ihn bei seinem amtlichen Handwerk zu beobachten, und auch ich selber hätte nichts bemerkt, wäre dieser gesegnete Apriltag nicht glücklicherweise auch mein Neugiertag gewesen und ich so lange und ingrimmig auf der Lauer gelegen.

Aber auch sonst mußte dieser heimliche Polizist ein besonderer Meister seines Faches sein, denn mit wie raffinierter Täuschungskunst hatte er es verstanden, Gehaben, Gang, Kleidung oder vielmehr die Lumpen eines richtigen Straßentrotters für seinen Vogelfängerdienst nachzuahmen. Ansonsten erkennt man Polizisten in Zivilkleidung unweigerlich auf hundert Schritte Distanz, weil diese Herren sich in allen Verkleidungen nicht entschließen können, den letzten Rest ihrer amtlichen Würde abzulegen, niemals lernen sie bis zur täuschenden Vollkommenheit jenes scheue, ängstliche Geducktsein, das all den Menschen ganz natürlich in den Gang fällt, denen jahrzehntelange Armut die Schultern drückt. Dieser aber, Respekt, hatte die Verlotterung eines Stromers geradezu stinkend wahrgemacht und bis ins letzte Detail die Vagabundenmaske durchgearbeitet. Wie psychologisch richtig schon dies, daß der kanariengelbe Überzieher, der etwas schiefgelegte braune Hut mit letzter Anstrengung eine gewisse Eleganz markierte, während unten die zerfransten Hosen und oben der abgestoßene Rock das nackte Elend durchschimmern ließen: als geübter Menschenjäger mußte er beobachtet haben, daß die Armut, diese gefräßige Ratte, jedes Kleidungsstück zunächst an den Rändern anknabbert. Auf eine derart triste Garderobe war auch die verhungerte Physiognomie vortrefflich charakteristisch abgestimmt, das dünne Bärtchen (wahrscheinlich angeklebt), die schlechte Rasur, die künstlich verwirrten und zerknitterten Haare, die jeden Unvoreingenommenen hätten schwören lassen, dieser arme Teufel habe die letzte Nacht auf einer Bank verbracht oder auf einer Polizeipritsche. Dazu noch ein kränkliches Hüsteln mit vorgehaltener Hand, das frierende Zusammenziehen des Sommermäntelchens, das schleicherisch leise Gehen, als stecke Blei in den Gliedern; beim Zeus: hier hatte ein Verwandlungskünstler ein vollendetes klinisches Bild von Schwindsucht letzten Grades geschaffen.

Ich schäme mich nicht einzugestehen: ich war begeistert von der großartigen Gelegenheit, hier einen offiziellen Polizeibeobachter privat zu beobachten, obwohl ich es in einer anderen Schicht meines Gefühls zugleich niederträchtig fand, daß an einem solchen gesegneten Azurtag mitten unter Gottes freundlicher Aprilsonne hier ein verkleideter pensionsberechtigter Staatsangestellter nach irgendeinem armen Teufel angelte, um ihn aus diesem son-

– 328 –

nenzitternden Frühlingslicht in irgendeinen Kotter zu schleppen. Immerhin, es war erregend, ihm zu folgen, immer gespannter beobachtete ich jede seiner Bewegungen und freute mich jedes neuentdeckten Details. Aber plötzlich zerfloß meine Entdeckungsfreude wie Gefrornes in der Sonne. Denn etwas stimmte mir nicht in meiner Diagnose, etwas paßte mir nicht. Ich wurde wieder unsicher. War das wirklich ein Detektiv? Je schärfer ich diesen sonderbaren Spaziergänger aufs Korn nahm, desto mehr bestärkte sich der Verdacht, diese seine zur Schau getragene Armseligkeit sei doch um einen Grad *zu* echt, *zu* wahr, um bloß eine Polizeiattrappe zu sein. Da war vor allem, erstes Verdachtsmoment, der Hemdkragen. Nein, etwas dermaßen Verdrecktes hebt man nicht einmal vom Müllhaufen auf, um sich's mit eigenen nackten Fingern um den Hals zu legen; so etwas trägt man nur in wirklicher verzweifeltster Verwahrlosung. Und dann – zweite Unstimmigkeit – die Schuhe, sofern es überhaupt erlaubt ist, derlei kümmerliche, in völliger Auflösung befindliche Lederfetzen noch Schuhe zu nennen. Der rechte Stiefel war statt mit schwarzen Senkeln bloß mit grobem Bindfaden zugeschnürt, während beim linken die abgelöste Sohle bei jedem Schritt aufklappte wie ein Froschmaul. Nein, auch ein solches Schuhwerk erfindet und konstruiert man sich nicht zu einer Maskerade. Vollkommen ausgeschlossen, schon gab es keinen Zweifel mehr, diese schlotterige, schleichende Vogelscheuche war kein Polizist und meine Diagnose ein Fehlschluß. Aber wenn kein Polizist, was dann? Wozu dieses ewige Kommen und Gehen und Wiederkommen, dieser von unten her geschleuderte, hastig spähende, suchende, kreisende Blick? Eine Art Zorn packte mich, daß ich diesen Menschen nicht durchschauen konnte, und am liebsten hätte ich ihn an der Schulter gefaßt: Kerl, was willst du? Kerl, was treibst du hier?

Aber mit einemmal, wie eine Zündung schlug es die Nerven entlang, ich zuckte auf, so kernschußhaft fuhr die Sicherheit in mich hinein – auf einmal wußte ich alles und nun ganz bestimmt, nun endgültig und unwiderleglich. Nein, das war kein Detektiv – wie hatte ich mich so narren lassen können? –, das war, wenn man so sagen darf, das Gegenteil eines Polizisten: es war ein Taschendieb, ein echter und rechter, ein geschulter, professioneller, veritabler Taschendieb, der hier auf dem Boulevard nach Brieftaschen, Uhren, Damentaschen und anderen Beutestükken krebsen ging. Diese seine Handwerkszugehörigkeit stellte ich zuerst fest, als ich merkte, daß er gerade dort dem Gedränge zutrieb, wo es am dicksten war, und nun verstand ich auch seine scheinbare Tolpatschigkeit, sein Anrennen und Anstoßen an fremde Menschen. Immer klarer, immer eindeutiger wurde mir die Situation. Denn daß er sich gerade diesen Posten vor dem Kaffeehaus und ganz nahe der Straßenkreuzung ausgesucht, hatte seinen Grund in dem Einfall eines klugen Ladenbesitzers, der sich für sein Schaufenster einen besonderen Trick ausgesonnen hatte. Die Ware dieses Geschäftes bestand an sich zwar bloß aus ziemlich uninteressanten und wenig verlockenden Gegenständen, aus Kokosnüssen, türkischen Zuckerwaren und verschiedenen bunten Karamels, aber der Besitzer hatte die glänzende Idee gehabt, die Schaufenster nicht nur mit falschen Palmen und tropischen Prospekten orientalisch auszustaffieren, sondern mitten in dieser südlichen Pracht ließ er – vortrefflicher Einfall – drei lebendige Äffchen sich herumtreiben, die in den possierlichsten Verrenkungen hinter der Glasscheibe voltigierten, die Zähne fletschten, einander Flöhe suchten, grinsten und spektakelten und sich nach echter Affenart ungeniert und unanständig benahmen. Der kluge Verkäufer hatte richtig gerechnet, denn in dicken Trauben blieben die Vorübergehenden vor diesem Fenster kleben, insbesondere die Frauen schienen nach ihren Ausrufen und Schreien an diesem Schauspiel unermeßliches Ergötzen zu haben. Jedesmal nun, wenn sich ein gehöriges Bündel neugieriger Passanten vor diesem Schaufenster besonders dicht zusammenschob, war mein Freund schnell und schleicherisch zur Stelle. Sanft und in falsch bescheidener Art drängte er sich mitten hinein unter die Drängenden; so viel aber wußte ich immerhin schon von dieser bisher nur wenig erforschten und meines Wissens nie recht beschriebenen Kunst des Straßendiebstahls, daß Taschendiebe zum guten Griff ein gutes Gedränge ebenso notwendig brauchen wie die Heringe zum Laichen, denn nur im Gepreßt- und Geschobensein spürt das Opfer nicht die gefährliche Hand, indes sie die Brieftasche oder die Uhr mardert. Außerdem aber – das lernte ich erst jetzt zu – gehört offenbar zum rechten Coup etwas Ablenkendes, etwas, das die unbewußte Wachsamkeit, mit der jeder Mensch sein Eigentum schützt, für eine kurze Pause chloroformiert. Diese Ablenkung besorgten in diesem Falle die drei Affen mit ihrem possierlichen und wirklich amüsanten Gebaren auf unüberbietbare Art. Eigentlich waren sie, die feixenden, grinsenden, nackten Männchen, ahnungsloserweise die ständig tätigen Hehler und Komplicen dieses meines neuen Freundes, des Taschendiebes.

Ich war, man verzeihe es mir, von dieser meiner Entdeckung geradezu begeistert. Denn noch nie in meinem Leben hatte ich einen Taschendieb gesehen. Oder vielmehr, um ganz ehrlich zu bleiben, einmal in meiner Londoner Studentenzeit, als ich, um mein Englisch zu verbessern, öfters in Gerichtsverhandlungen des Zuhörens halber ging, kam ich zurecht, wie man einen rothaarigen, pickeligen Burschen zwischen zwei Policemen vor den Richter führte. Auf dem Tisch lag eine Geldbörse, Corpus delicti, ein paar Zeugen redeten und schworen, dann murmelte der Richter einen englischen Brei, und der rothaarige Bursche verschwand – wenn ich recht verstand, für sechs Monate. Das war der erste Taschendieb, den ich sah, aber – dies der Unterschied – ich hatte dabei keineswegs feststellen können, daß dies wirklich ein Taschendieb sei. Denn nur die Zeugen behaupteten seine Schuld, ich hatte eigentlich nur der juristischen Rekonstruktion der Tat beigewohnt, nicht der Tat selbst. Ich hatte bloß einen Angeklagten, einen Verurteilten gesehen und nicht wirklich den Dieb. Denn ein Dieb ist doch Dieb nur eigentlich in dem Augenblick, da er diebt, und nicht zwei Monate später, da er für seine Tat vor dem Richter steht, so wie der Dichter wesenhaft nur Dichter ist, während er schafft, und nicht etwa, wenn er ein paar Jahre hernach am Mikrophon sein Gedicht vorliest; wirklich und wahrhaft ist der Täter einzig nur im Augenblick seiner Tat. Jetzt aber war mir Gelegenheit dieser seltensten Art gegeben, ich sollte einen Taschendieb in seinem charakteristischsten Augenblick erspähen, in der innersten Wahrheit seines Wesens, in jener knappen Sekunde, die sich so selten belauschen läßt wie Zeugung und Geburt. Und schon der Gedanke dieser Möglichkeit erregte mich.

Selbstverständlich war ich entschlossen, eine so gloriose Gelegenheit nicht zu verpassen, nicht eine Einzelheit der Vorbereitung und der eigentlichen Tat zu versäumen. Ich gab sofort meinen Sessel am Kaffeehaustisch preis, hier fühlte ich mich zu sehr im Blickfeld behindert. Ich brauchte jetzt einen übersichtlichen, einen sozusagen ambulanten Posten, von dem ich ungehemmt zuspähen konnte, und wählte nach einigen Proben einen Kiosk, auf dem Plakate aller Theater von Paris buntfarbig klebten. Dort konnte ich unauffällig in die Ankündigungen vertieft scheinen, während ich in Wahrheit hinter dem Schutze der gerundeten Säule jede seiner Bewegungen auf das genaueste verfolgte. Und so sah ich mit einer mir heute kaum mehr begreiflichen Zähigkeit zu, wie dieser arme Teufel hier seinem schweren und gefährlichen Geschäft nachging, sah ihm gespannter zu, als ich mich entsinnen kann, je im Theater oder bei einem Film einem Künstler gefolgt zu sein. Denn in ihrem konzentriertesten Augenblick übertrifft und übersteigert die Wirklichkeit jede Kunstform. Vive la réalité!

Diese ganze Stunde von elf bis zwölf Uhr vormittags mitten auf dem Boulevard von Paris verging mir demnach auch wirklich wie ein Augenblick, obwohl – oder vielmehr weil – sie derart erfüllt war von unablässigen Spannungen, von unzähligen kleinen aufregenden Entscheidungen und Zwischenfällen; ich könnte sie stundenlang schildern, diese eine Stunde, so geladen war sie mit Nervenenergie, so aufreizend durch ihre Spielgefährlichkeit. Denn bis zu diesem Tag hatte ich niemals und nie auch nur in annähernder Weise geahnt, ein wie ungemein schweres und kaum erlernbares Handwerk – nein, was für eine furchtbare und grauenhaft anspannende Kunst der Taschendiebstahl auf offener Straße und bei hellem Tageslicht ist. Bisher hatte ich mit der Vorstellung: Taschendieb nichts verbunden als einen undeutlichen Begriff von großer Frechheit und Handfertigkeit, ich hatte dies Metier tatsächlich nur für eine Angelegenheit der Finger gehalten, ähnlich der Jongliertüchtigkeit oder der Taschenspielerei. Dickens hat einmal im »Oliver Twist« geschildert, wie dort ein Diebmeister die kleinen Jungen anlernt, ganz unmerkbar ein Taschentuch aus einem Rock zu stehlen. Oben an dem Rock ist ein Glöckchen befestigt, und wenn, während der Neuling das Tuch aus der Tasche zieht, dieses Glöckchen klingelt, dann war der Griff falsch und zu plump getan. Aber Dickens, das merkte ich jetzt, hatte nur auf das Grobtechnische der Sache geachtet, auf die Fingerkunst, wahrscheinlich hatte er einen Taschendiebstahl niemals am lebendigen Objekt beobachtet – er hatte wahrscheinlich nie Gelegenheit gehabt, zu bemerken (wie es mir jetzt durch einen glückhaften Zufall gegeben war), daß bei einem Taschendieb, der am hellichten Tage arbeitet, nicht nur eine wendige Hand im Spiel sein muß, sondern auch geistige Kräfte der Bereitschaft, der Selbstbeherrschung, eine sehr geübte, gleichzeitig kalte und blitzgeschwinde Psychologie und vor allem ein unsinniger, ein geradezu rasender Mut. Denn ein Taschendieb, dies begriff ich jetzt schon, nach sechzig Minuten Lehrzeit, muß die entscheidende Raschheit eines Chirurgen besitzen, der – jede Verzögerung um eine Sekunde ist tödlich – eine Herznaht vornimmt; aber dort, bei einer solchen Operation, liegt der Patient wenigstens schön chloroformiert, er kann sich nicht rühren, er kann sich nicht wehren, indes hier der leichte jähe Zugriff an den völlig wachen Leib eines Menschen fahren muß – und gerade in der Nähe ihrer Brieftasche sind die Menschen besonders empfindlich. Während der Taschendieb aber seinen Griff ansetzt, während seine Hand unten blitzhaft vorstößt, in eben diesem angespanntesten, aufregendsten Moment der Tat muß er überdies noch gleichzeitig in seinem Gesicht alle Muskeln und Nerven völlig beherrschen, er muß gleichgültig, beinahe gelangweilt tun. Er darf seine Erregung nicht verraten, darf nicht, wie der Gewalttäter, der Mörder, während er mit dem Messer zustößt, den Grimm seines Stoßes in der Pupille spiegeln – er muß, der Taschendieb, während seine Hand schon vorfährt, seinem Opfer klare, freundliche Augen hinhalten und demütig beim Zusammenprall sein »Pardon, Monsieur« mit unauffälligster Stimme sagen. Aber noch nicht genug an dem, daß er im Augenblick der Tat klug und wach und geschickt sein muß – schon *ehe* er zugreift, muß er seine Intelligenz, seine Menschenkenntnis bewähren, er muß als Psychologe, als Physiologe seine Opfer auf die Tauglichkeit prüfen. Denn nur die Unaufmerksamen, die Nichtmißtrauischen sind überhaupt in Rechnung zu stellen und unter diesen abermals bloß jene, die den Oberrock nicht zugeknöpft tragen, die nicht zu rasch gehen, die man also unauffällig anschleichen kann; von hundert, von fünfhundert Menschen auf der Straße, ich habe es in jener Stunde nachgezählt, kommen kaum mehr als einer oder zwei ins Schußfeld. Nur bei ganz wenigen Opfern wird sich ein vernünftiger Taschendieb überhaupt an die Arbeit wagen, und bei diesen wenigen mißlingt der Zugriff infolge der unzähligen Zufälle, die zusammenwirken müssen, meist noch in letzter Minute. Eine riesige Summe von Menschenerfahrung, von Wachsamkeit und Selbstbeherrschung ist (ich kann es bezeugen) für dieses Handwerk vonnöten, denn auch dies ist zu bedenken, daß der Dieb, während er bei seiner Arbeit mit angespannten Sinnen seine Opfer wählen und beschleichen muß, gleichzeitig mit einem anderen Sinn seiner krampfhaft angestrengten Sinne darauf zu achten hat, daß er nicht zugleich selbst bei seiner Arbeit beobachtet werde. Ob nicht ein Polizist oder ein Detektiv um die Ecke schielt oder einer der ekelhaft vielen Neugierigen, die ständig die Straße bevölkern; all dies muß er stets im Auge behalten, und ob nicht eine in der Hast übersehene Auslage seine Hand spiegelt und ihn entlarvt, ob nicht von innen aus einem Geschäft oder aus einem Fenster jemand sein Treiben überwacht. Ungeheuer ist also die Anstrengung und kaum in vernünftiger Proportion zur Gefahr, denn ein Fehlgriff, ein Irrtum kann drei Jahre, vier Jahre Pariser Boulevard kosten, ein kleines Zittern der Finger, ein vorschneller nervöser Griff die Freiheit. Taschendiebstahl am hellichten Tage auf einem Boulevard, ich weiß es jetzt, ist eine Mutleistung höchsten Ranges, und ich empfinde es seitdem als gewisse Ungerechtigkeit, wenn die Zeitungen diese Art Diebe gleichsam als die Belanglosen unter den Übeltätern in einer kleinen Rubrik mit drei Zeilen abtun. Denn von allen Handwerken, den erlaubten und unerlaubten unserer

Welt, ist dies eines der schwersten, der gefährlichsten: eines, das in seinen Höchstleistungen beinahe Anspruch hat, sich Kunst zu nennen. Ich darf dies aussprechen, ich kann es bezeugen, denn ich habe es einmal, an jenem Apriltage, erlebt und mitgelebt.

Mitgelebt: ich übertreibe nicht, wenn ich dies sage, denn nur anfangs, nur in den ersten Minuten gelang es mir, rein sachlich kühl diesen Mann bei seinem Handwerk zu beobachten; aber jedes leidenschaftliche Zuschauen erregt unwiderstehlich Gefühl, Gefühl wiederum verbindet, und so begann ich mich allmählich, ohne daß ich es wußte und wollte, mit diesem Dieb zu identifizieren, gewissermaßen in seine Haut, in seine Hände zu fahren, ich war aus dem bloßen Zuschauer seelisch sein Komplice geworden. Dieser Umschaltungsprozeß begann damit, daß ich nach einer Viertelstunde Zuschauens zu meiner eigenen Überraschung bereits alle Passanten auf Diebstauglichkeit oder -untauglichkeit abmusterte. Ob sie den Rock zugeknöpft trugen oder offen, ob sie zerstreut blickten oder wach, ob sie eine beleibte Brieftasche erhoffen ließen, kurzum, ob sie arbeitswürdig für meinen neuen Freund waren oder nicht. Bald mußte ich mir sogar eingestehen, daß ich längst nicht mehr neutral war in diesem beginnenden Kampfe, sondern innerlich unbedingt wünschte, ihm möge endlich ein Griff gelingen, ja ich mußte sogar den Drang, ihm bei seiner Arbeit zu helfen, beinahe mit Gewalt niederhalten. Denn so wie der Kiebitz heftig versucht ist, mit einem leichten Ellbogenstoß den Spieler zur richtigen Karte zu mahnen, so juckte es mich geradezu, wenn mein Freund eine günstige Gelegenheit übersah, ihm zuzublinzeln: den dort geh an! Den dort, den Dicken, der den großen Blumenstrauß im Arm trägt. Oder als einmal, da mein Freund wieder einmal im Geschiebe untergetaucht war, unvermutet um die Ecke ein Polizist segelte, schien es mir meine Pflicht, ihn zu war-

– 336 –

nen, denn der Schreck fuhr mir so sehr ins Knie, als sollte ich selber gefaßt werden, ich spürte schon die schwere Pfote des Polizisten auf seiner, auf meiner Schulter. Aber – Befreiung! Da schlüpfte schon das dünne Männchen wieder herrlich schlicht und unschuldig aus dem Gedränge heraus und an der gefährlichen Amtsperson vorbei. All das war spannend, aber mir noch nicht genug, denn je mehr ich mich in diesen Menschen einlebte, je besser ich aus nun schon zwanzig vergeblichen Annäherungsversuchen sein Handwerk zu verstehen begann, desto ungeduldiger wurde ich, daß er noch immer nicht zugriff, sondern immer nur tastete und versuchte. Ich begann mich über sein tölpisches Zögern und ewiges Zurückweichen ganz redlich zu ärgern. Zum Teufel, faß doch endlich einmal straff zu, Hasenfuß! Hab doch mehr Mut! Den dort nimm, den dort! Aber nur endlich einmal los!

Glücklicherweise ließ sich mein Freund, der von meiner unerwünschten Anteilnahme nichts wußte und ahnte, keineswegs durch meine Ungeduld beirren. Denn dies ist ja allemal der Unterschied zwischen dem wahren, bewährten Künstler und dem Neuling, dem Amateur, dem Dilettanten, daß der Künstler aus vielen Erfahrungen um das notwendig Vergebliche weiß, das vor jedes wahrhafte Gelingen schicksalhaft gesetzt ist, daß er geübt ist im Warten und Sichgedulden auf die letzte, die entscheidende Möglichkeit. Genau wie der dichterisch Schaffende an tausend scheinbar lockenden und ergiebigen Einfällen gleichgültig vorübergeht (nur der Dilettant faßt gleich mit verwegener Hand zu), um alle Kraft für den letzten Einsatz zu sparen, so ging auch dieses kleine, mickrige Männchen an hundert einzelnen Chancen vorbei, die ich, der Dilettant, der Amateur in diesem Handwerk, schon als erfolgversprechend ansah. Er probte und tastete und versuchte, er drängte sich heran und hatte sicher gewiß schon hundertmal die Hand an fremden Taschen und

Mänteln. Aber er griff niemals zu, sondern, unermüdlich in seiner Geduld, pendelte er mit der gleichen gut gespielten Unauffälligkeit immer wieder die dreißig Schritte zur Auslage hin und zurück, immer dabei mit einem wachen, schrägen Blick alle Möglichkeiten ausmessend und mit irgendwelchen mir, dem Anfänger, gar nicht wahrnehmbaren Gefahren vergleichend. In dieser ruhigen, unerhörten Beharrlichkeit war etwas, das mich trotz aller Ungeduld begeisterte und mir Bürgschaft bot für ein letztes Gelingen, denn gerade seine zähe Energie verriet, daß er nicht ablassen würde, ehe er nicht den siegreichen Griff getan. Und ebenso ehern war ich entschlossen, nicht früher wegzugehen, ehe ich seinen Sieg gesehen, und müßte ich warten bis Mitternacht.

So war es Mittag geworden, die Stunde der großen Flut, da plötzlich alle die kleinen Gassen und Gäßchen, die Treppen und Höfe viele kleine einzelne Wildbäche von Menschen in das breite Strombett des Boulevards schwemmen. Aus den Ateliers, den Werkstuben, den Bureaux, den Schulen, den Ämtern stürzen mit einem Stoß die Arbeiter und Nähmädchen und Verkäufer der unzähligen im zweiten, im dritten, im vierten Stock zusammengepreßten Werkstätten ins Freie; wie ein dunkler, zerflatternder Dampf quillt dann die gelöste Menge auf die Straße, Arbeiter in weißen Blusen oder Werkmänteln, die Midinettes zu zweien und dreien sich im Schwatzen unterfassend, Veilchensträußchen ans Kleid gespendet, die kleinen Beamten mit ihren glänzenden Bratenröcken oder der obligaten Ledermappe unter dem Arm, die Packträger, die Soldaten in bleu d'horizon, alle die unzähligen, undefinierbaren Gestalten der unsichtbaren und unterirdischen Großstadtgeschäftigkeit. All das hat lange und allzulange in stickigen Zimmern gesessen, jetzt reckt es die Beine, läuft und schwirrt durcheinander, schnappt nach Luft, bläst sie mit Zigarrenrauch voll, drängt heraus-

– 338 –

herein, eine Stunde lang bekommt die Straße von ihrer gleichzeitigen Gegenwart einen starken Schuß freudiger Lebendigkeit. Denn eine Stunde nur, dann müssen sie wieder hinauf hinter die verschlossenen Fenster, drechseln oder nähen, an Schreibmaschinen hämmern und Zahlenkolonnen addieren oder drucken oder schneidern und schustern. Das wissen die Muskeln, die Sehnen im Leib, darum spannen sie sich so froh und stark, und das weiß die Seele, darum genießt sie so heiter und voll die knapp bemessene Stunde; neugierig tastet und greift sie nach Helle und Heiterkeit, alles ist ihr willkommen für einen rechten Witz und eiligen Spaß. Kein Wunder, daß vor allem die Affenauslage von diesem Wunsch nach kostenloser Unterhaltung kräftig profitierte. Massenhaft scharten sich die Menschen um die verheißungsvolle Glasscheibe, voran die Midinettes, man hörte ihr Zwitschern wie aus einem zänkischen Vogelkäfig, spitz und scharf, und an sie drängten sich mit salzigen Witzen und festem Zugriff Arbeiter und Flaneure, und je dicker und dichter die Zuschauerschaft sich zum festen Klumpen ballte, desto munterer und geschwinder schwamm und tauchte mein kleiner Goldfisch im kanariengelben Überzieher bald da, bald dort durch das Geschiebe. Jetzt hielt es mich nicht länger auf meinem passiven Beobachtungsposten – jetzt galt es, ihm scharf und von nah auf die Finger zu blicken, um den eigentlichen Herzgriff des Handwerks kennenzulernen. Dies aber gab harte Mühe, denn dieser geübte Windhund hatte eine besondere Technik, sich glitschig zu machen und sich wie ein Aal durch die kleinsten Lücken eines Gedränges durchzuschlängeln – so sah ich ihn jetzt plötzlich, während er noch eben neben mir ruhig abwartend gestanden hatte, magisch verschwinden und im selben Augenblick schon ganz vorn an der Fensterscheibe. Mit einem Stoß mußte er sich durchgeschoben haben durch drei oder vier Reihen.

Selbstverständlich drängte ich ihm nach, denn ich befürchtete, er könnte, ehe ich meinerseits bis vorne ans Schaufenster gelangt sei, bereits wieder nach rechts oder links auf die ihm eigentümliche taucherische Art verschwunden sein. Aber nein, er wartete dort ganz still, merkwürdig still. Aufgepaßt! das muß einen Sinn haben, sagte ich mir sofort und musterte seine Nachbarn. Neben ihm stand eine ungewöhnlich dicke Frau, eine sichtlich arme Person. An der rechten Hand hielt sie zärtlich ein etwa elfjähriges blasses Mädchen, am linken Arm trug sie eine offene Einkaufstasche aus billigem Leder, aus der zwei der langen französischen Weißbrotstangen unbekümmert heraußstießen; ganz offensichtlich war in dieser Tragtasche das Mittagessen für den Mann verstaut. Diese brave Frau aus dem Volk – kein Hut, ein greller Schal, ein kariertes selbstgeschneidertes Kleid aus grobem Kattun – war von dem Affenschauspiel in kaum zu beschreibender Weise entzückt, ihr ganzer breiter, etwas schwammiger Körper schüttelte sich dermaßen vor Lachen, daß die weißen Brote hin und her schwankten, sie schmetterte so kollernde, juchzende Stöße von Lachen aus sich heraus, daß sie bald den andern ebensoviel Spaß bereitete wie ein Äffchen. Mit der naiven Urlust einer elementaren Natur, mit der herrlichen Dankbarkeit all jener, denen im Leben wenig geboten ist, genoß sie das seltene Schauspiel: ach, nur die Armen können so wahrhaft dankbar sein, nur sie, denen es höchster Genuß des Genusses ist, wenn er nichts kostet und gleichsam vom Himmel geschenkt wird. Immer beugte sich die Gutmütige zwischendurch zu dem Kind herab, ob es nur recht genau sehe und ihm keine der Possierlichkeiten entgehe. »Rrregarrde doonc, Maargueriete« munterte sie in ihrem breiten, meridionalen Akzent das blasse Mädchen immer wieder auf, das unter so viel fremden Menschen zu scheu war, sich laut zu freuen. Herrlich war diese Frau, diese Mutter anzusehen, eine

– 340 –

wahre Gäatochter, Urstamm der Erde, gesunde, blühende Frucht des französischen Volkes, und man hätte sie umarmen können, diese Treffliche, für ihre schmetternde, heitere, sorglose Freude. Aber plötzlich wurde mir etwas unheimlich. Denn ich merkte, wie der Ärmel des kanariengelben Überziehers immer näher an die Einkaufstasche heranpendelte, die sorglos offen stand (nur die Armen sind sorglos).

Um Gottes willen! Du willst doch nicht dieser armen, braven, dieser unsagbar gutmütigen und lustigen Frau die schmale Börse aus dem Einkaufskorb klauen? Mit einemmal revoltierte etwas in mir. Bisher hatte ich diesen Taschendieb mit Sportfreude beobachtet, ich hatte, aus seinem Leib, aus seiner Seele heraus denkend und mitfühlend, gehofft, ja gewünscht, es möge ihm endlich für einen so ungeheuren Einsatz an Mühe, Mut und Gefahr ein kleiner Coup gelingen. Aber jetzt, da ich zum erstenmal nicht nur den Versuch des Stehlens, sondern auch den Menschen leibhaftig sah, der bestohlen werden sollte, diese rührend naive, diese selig ahnungslose Frau, die wahrscheinlich für ein paar Sous stundenlang Stuben scheuerte und Stiegen schrubbte, da kam mich Zorn an. Kerl, schieb weg! hätte ich ihm am liebsten zugeschrien, such dir jemand anderen als diese arme Frau! Und schon drängte ich mich scharf vor und an die Frau heran, um den gefährdeten Einkaufskorb zu schützen. Aber gerade während meiner vorstoßenden Bewegung wandte sich der Bursche um und drängte glatt an mir vorbei. »Pardon, Monsieur«, entschuldigte sich beim Anstreifen eine sehr dünne und demütige Stimme (zum erstenmal hörte ich sie), und schon schlüpfte das gelbe Mäntelchen aus dem Gedränge. Sofort, ich weiß nicht warum, hatte ich das Gefühl: er hat bereits zugegriffen. Nur ihn jetzt nicht aus den Augen lassen! Brutal – ein Herr fluchte hinter mir, ich hatte ihn hart auf den Fuß getreten – drückte

– 341 –

ich mich aus dem Quirl und kam gerade noch zurecht, um zu sehen, wie das kanariengelbe Mäntelchen bereits um die Ecke des Boulevards in eine Seitengasse wehte. Ihm nach jetzt, ihm nach! Festbleiben an seinen Fersen! Aber ich mußte scharfe Schritte einschalten, denn – ich traute zuerst kaum meinen Augen –: dieses Männchen, das ich eine Stunde lang beobachtet hatte, war mit einemmal verwandelt. Während es vordem scheu und beinahe beduselt zu torkeln schien, flitzte es jetzt leicht wie ein Wiesel die Wand entlang mit dem typischen Angstschritt eines mageren Kanzlisten, der den Omnibus versäumt hat und sich eilt, ins Bureau zurecht zu kommen. Nun bestand kein Zweifel mehr für mich. Das war die Gangart nach der Tat, die Diebsgangart Nummer zwei, um möglichst schnell und unauffällig dem Tatort zu entflüchten. Nein, es bestand kein Zweifel: der Schuft hatte dieser hundearmen Person die Geldbörse aus der Einkaufstasche geklaut.

In erster Wut hätte ich beinahe Alarmsignal gegeben: Au voleur! Aber dann fehlte mir der Mut. Denn immerhin, ich hatte den faktischen Diebstahl nicht beobachtet, ich konnte ihn nicht voreilig beschuldigen. Und dann – es gehört ein gewisser Mut dazu, einen Menschen anzupakken und in Vertretung Gottes Justiz zu spielen: diesen Mut habe ich nie gehabt, einen Menschen anzuklagen und anzugeben. Denn ich weiß genau, wie gebrechlich alle Gerechtigkeit ist und welche Überheblichkeit es ist, von einem problematischen Einzelfall das Recht ableiten zu wollen in unserer verworrenen Welt. Aber während ich noch mitten im scharfen Nacheilen überlegte, was ich tun solle, wartete meiner eine neue Überraschung, denn kaum zwei Straßen weiter schaltete plötzlich dieser erstaunliche Mensch eine dritte Gangart ein. Er stoppte mit einemmal den scharfen Lauf, er duckte und drückte sich nicht mehr zusammen, sondern ging plötzlich ganz still

– 342 –

und gemächlich, er promenierte gleichsam privat. Offenbar wußte er die Zone der Gefahr überschritten, niemand verfolgte ihn, also konnte niemand mehr ihn überweisen. Ich begriff, nun wollte er nach der ungeheuren Spannung locker atmen, er war gewissermaßen Taschendieb außer Dienst, Rentner seines Berufes, einer von den vielen Tausenden Menschen in Paris, die still und gemächlich mit einer frisch angezündeten Zigarette über das Pflaster gehen; mit einer unerschütterlichen Unschuld schlenderte das dünne Männchen ganz ausgeruhten, bequemen, lässigen Ganges über die Chaussée d'Antin dahin, und zum erstenmal hatte ich das Gefühl, es musterte sogar die vorübergehenden Frauen und Mädchen auf ihre Hübschheit oder Zugänglichkeit.

Nun, und wohin jetzt, Mann der ewigen Überraschungen? Siehe da: in den kleinen, von jungem, knospendem Grün umbuschten Square vor der Trinité? Wozu? Ach, ich verstehe! Du willst dich ein paar Minuten ausruhen auf einer Bank, und wie auch nicht? Dieses unablässige Hinundherjagen muß dich gründlich müde gemacht haben. Aber nein, der Mann der unablässigen Überraschungen setzte sich nicht hin auf eine der Bänke, sondern steuerte zielbewußt – ich bitte jetzt um Verzeihung! – auf ein kleines, für allerprivateste Zwecke öffentlich bestimmtes Häuschen zu, dessen breite Tür er sorgfältig hinter sich schloß.

Im ersten Augenblick mußte ich blank herauslachen: endet Künstlertum an solch allmenschlicher Stelle? Oder ist dir der Schreck so arg in die Eingeweide gefahren? Aber wieder sah ich, daß die ewig possentreibende Wirklichkeit immer die amüsanteste Arabeske findet, weil sie mutiger ist als der erfindende Schriftsteller. Sie wagt unbedenklich, das Außerordentliche neben das Lächerliche zu setzen und boshafterweise das unvermeidbar Menschliche neben das Erstaunliche. Während ich – was blieb mir übrig? – auf einer Bank auf sein Wiederkommen aus dem grauen Häuschen wartete, wurde mir klar, daß dieser erfahrene und gelernte Meister seines Handwerks hierin nur mit der selbstverständlichen Logik seines Metiers handelte, wenn er vier sichere Wände um sich stellte, um seinen Verdienst abzuzählen, denn auch dies (ich hatte es vorhin nicht bedacht) gehörte zu den von uns Laien gar nicht erwägbaren Schwierigkeiten für einen berufsmäßigen Dieb, daß er rechtzeitig daran denken muß, sich der Beweisstücke seiner Beute völlig unkontrollierbar zu entledigen. Und nichts ist ja in einer so ewig wachen, mit Millionen Augen spähenden Stadt schwerer zu finden als vier schützende Wände, hinter denen man sich völlig verbergen kann; auch wer nur selten Gerichtsverhandlungen liest, erstaunt jedesmal, wie viele Zeugen bei dem nichtigsten Vorfall, bewaffnet mit einem teuflisch genauen Gedächtnis, prompt zur Stelle sind. Zerreiße auf der Straße einen Brief und wirf ihn in die Gosse: Dutzende schauen dir dabei zu, ohne daß du es ahnst, und fünf Minuten später wird irgendein müßiger Junge sich vielleicht den Spaß machen, die Fetzen wieder zusammenzusetzen. Mustere deine Brieftasche in einem Hausflur: morgen, wenn irgendeine in dieser Stadt als gestohlen gemeldet ist, wird eine Frau, die du gar nicht gesehen hast, zur Polizei laufen und eine so komplette Personsbeschreibung von dir geben wie ein Balzac. Kehr ein in ein Gasthaus, und der Kellner, den du gar nicht beachtest, merkt sich deine Kleidung, deine Schuhe, deinen Hut, deine Haarfarbe und die runde oder flache Form deiner Fingernägel. Hinter jedem Fenster, jeder Auslagenscheibe, jeder Gardine, jedem Blumentopf blicken dir ein paar Augen nach, und wenn du hundertmal selig meinst, unbeobachtet und allein durch die Straßen zu streifen, überall sind unberufene Zeugen zur Stelle, ein tausendmaschiges, täglich erneuertes Netz von Neugier umspannt unsere ganze Existenz. Vortrefflicher Gedanke darum, du gelernter Künstler, für fünf Sous dir vier undurchsichtige Wände für ein paar Minuten zu kaufen. Niemand kann dich bespähen, während du die gepaschte Geldbörse ausweidest und die anklägerische Hülle verschwinden läßt, und sogar ich, dein Doppelgänger und Mitgänger, der hier gleichzeitig erheitert und enttäuscht wartet, wird dir nicht nachrechnen können, wieviel du erbeutet hast.

So dachte ich zumindest, aber abermals kam es anders. Denn kaum daß er mit seinen dünnen Fingern die Eisentür aufgeklinkt hatte, wußte ich schon um sein Mißgeschick, als hätte ich innen das Portemonnaie mitgezählt: erbärmlich magere Beute! An der Art, wie er die Füße enttäuscht vorschob, ein müder, ausgeschöpfter Mensch, schlaff und dumpf die Augenlider über dem gesenkten Blick, erkannte ich sofort: Pechvogel, du hast umsonst gerobotet den ganzen langen Vormittag. In jener geraubten Geldtasche war zweifellos (ich hätte es dir voraussagen können) nichts Rechtes gewesen, im besten Falle zwei oder drei zerknitterte Zehnfrancsscheine – viel, viel zu wenig für diesen ungeheuren Einsatz an handwerklicher Leistung und halsbrecherischer Gefahr – viel nur leider für die unselige Aufwartefrau, die jetzt wahrscheinlich weinend in Belleville schon zum siebentenmal den herbeigeeilten Nachbarsfrauen von ihrem Mißgeschick erzählte, auf die elende Diebskanaille schimpfte und immer wieder mit zitternden Händen die ausgeraubte Einkaufstasche verzweifelt vorzeigte. Aber für den gleichfalls armen Dieb, das merkte ich mit einem Blick, war der Fang eine Niete, und nach wenigen Minuten sah ich meine Vermutung bereits bestätigt. Denn dieses Häufchen Elend, zu dem er jetzt, körperlich wie seelisch ermüdet, zusammengeschmolzen war, blieb vor einem kleinen Schuhgeschäft sehnsüchtig stehen und musterte lange die billigsten Schuhe in der Auslage. Schuhe, neue Schuhe, die brauchte

– 345 –

er doch wirklich statt der zerlöcherten Fetzen an seinen Füßen, er brauchte sie notwendiger als die hunderttausend anderen, die heute mit guten, ganzen Sohlen oder leisem Gummidruck über das Pflaster von Paris flanierten, er benötigte sie doch geradezu für sein trübes Handwerk. Aber der hungrige und zugleich vergebliche Blick verriet deutlich: zu einem solchen Paar, wie es da, blankgewichst und mit vierundfünfzig Francs angezeichnet, in der Auslage stand, hatte jener Griff nicht gereicht: mit bleiernen Schultern bog er sich weg von dem spiegelnden Glas und ging weiter.

Weiter, wohin? Wieder auf solch halsbrecherische Jagd? Noch einmal die Freiheit wagen für eine so erbärmliche, unzulängliche Beute? Nein, du Armer, ruh wenigstens ein bißchen aus. Und wirklich, als hätte er meinen Wunsch magnetisch gefühlt, bog er jetzt ein in eine Seitengasse und blieb endlich stehen vor einem billigen Speisehaus. Für mich war es selbstverständlich, ihm nachzufolgen. Denn alles wollte ich von diesem Menschen wissen, mit dem ich jetzt seit zwei Stunden mit pochenden Adern, mit bebender Spannung lebte. Zur Vorsicht kaufte ich mir rasch noch eine Zeitung, um mich besser hinter ihr verschanzen zu können, dann trat ich, den Hut mit Absicht tief in die Stirn gedrückt, in die Gaststube ein und setzte mich einen Tisch hinter ihn. Aber unnötige Vorsicht – dieser arme Mensch hatte zur Neugier keine Kraft mehr. Ausgeleert und matt starrte er mit einem stumpfen Blick auf das weiße Gedeck, und erst als der Kellner das Brot brachte, wachten seine mageren, knochigen Hände auf und griffen gierig zu. An der Hast, mit der er zu kauen begann, erkannte ich erschüttert alles: dieser arme Mensch hatte Hunger, richtigen, ehrlichen Hunger, einen Hunger seit frühmorgens und vielleicht seit gestern schon, und mein plötzliches Mitleid für ihn wurde ganz brennend, als ihm der Kellner das bestellte Getränk

– 346 –

brachte: eine Flasche Milch. Ein Dieb, der Milch trinkt! Immer sind es ja einzelne Kleinigkeiten, die wie ein aufflammendes Zündholz mit einem Blitz die ganze Tiefe eines Seelenraumes erhellen, und in diesem einen Augenblick, da ich ihn, den Taschendieb, das unschuldigste, das kindlichste aller Getränke, da ich ihn weiße, sanfte Milch trinken sah, hörte er sofort für mich auf, Dieb zu sein. Er war nur mehr einer von den unzähligen Armen und Gejagten und Kranken und Jämmerlichen dieser schief gezimmerten Welt, mit einmal fühlte ich mich in einer viel tieferen Schicht als jener der Neugierde ihm verbunden. In allen Formen der gemeinsamen Irdischkeit, in der Nacktheit, im Frost, im Schlaf, in der Ermüdung, in jeder Not des leidenden Leibes fällt zwischen Menschen das Trennende ab, die künstlichen Kategorien verlöschen, welche die Menschheit in Gerechte und Ungerechte, in Ehrenwerte und Verbrecher teilen, nichts bleibt übrig als das arme ewige Tier, die irdische Kreatur, die Hunger hat, Durst, Schlafbedürfnis und Müdigkeit wie du und ich und alle. Ich sah ihm zu wie gebannt, während er mit vorsichtigen kleinen und doch gierigen Schlucken die dicke Milch trank und schließlich noch die Brotkrumen zusammenscharrte, und gleichzeitig schämte ich mich dieses meines Zuschauens, ich schämte mich, jetzt schon zwei Stunden diesen unglücklichen gejagten Menschen wie ein Rennpferd für meine Neugier seinen dunklen Weg laufen zu lassen, ohne den Versuch, ihn zu halten oder ihm zu helfen. Ein unermeßliches Verlangen ergriff mich, auf ihn zuzutreten, mit ihm zu sprechen, ihm etwas anzubieten. Aber wie dies beginnen? Wie ihn ansprechen? Ich forschte und suchte bis aufs schmerzhafteste nach einer Ausrede, nach einem Vorwand, und fand ihn doch nicht. Denn so sind wir! Taktvoll bis zur Erbärmlichkeit, wo es ein Entscheidendes gilt, kühn im Vorsatz und doch jämmerlich mutlos, die dünne Luftschicht zu durchstoßen, die einen von einem anderen Menschen trennt, selbst wenn man ihn in Not weiß. Aber was ist, jeder weiß es, schwerer, als einem Menschen zu helfen, solange er nicht um Hilfe ruft, denn in diesem Nichtanrufen hat er noch einen letzten Besitz: seinen Stolz, den man nicht zudringlich verletzen darf. Nur die Bettler machen es einem leicht, und man sollte ihnen danken dafür, weil sie einem nicht den Weg zu sich sperren – dieser aber war einer von den Trotzigen, die lieber ihre persönliche Freiheit in gefahrvollster Weise einsetzen, statt zu betteln, die lieber stehlen, statt Almosen zu nehmen. Würde es ihn nicht seelenmörderisch erschrecken, drängte ich mich unter irgendeinem Vorwand und ungeschickt an ihn heran? Und dann, er saß so maßlos müde da, daß jede Störung eine Roheit gewesen wäre. Er hatte den Sessel ganz an die Mauer geschoben, so daß gleichzeitig der Körper am Sesselrücken und der Kopf an der Wand lehnte, die bleigrauen Lider für einen Augenblick geschlossen: ich verstand, ich fühlte, am liebsten hätte er jetzt geschlafen, nur zehn, nur fünf Minuten lang. Geradezu körperlich drang seine Ermüdung und Erschöpfung in mich ein. War diese fahle Farbe des Gesichtes nicht weißer Schatten einer gekalkten Gefängniszelle? Und dieses Loch im Ärmel, bei jeder Bewegung aufblitzend, verriet es nicht, daß keine Frau besorgt und zärtlich in seinem Schicksal war? Ich versuchte mir sein Leben vorzustellen: irgendwo im fünften Mansardenstock ein schmutziges Eisenbett im ungeheizten Zimmer, eine zerbrochene Waschschale, ein kleines Kofferchen als ganzen Besitz und in diesem engen Zimmer noch immer die Angst vor dem schweren Schritt des Polizisten, der die knarrenden Stufen treppauf steigt; alles sah ich in diesen zwei oder drei Minuten, da er erschöpft seinen dünnen knochigen Körper und seinen leicht greisenhaften Kopf an die Mauer lehnte. Aber der Kellner scharrte bereits auffällig die gebrauchten Gabeln und Messer zusammen: er

– 348 –

liebte derart späte und langwierige Gäste nicht. Ich zahlte als erster und ging rasch, um seinen Blick zu vermeiden; als er wenige Minuten später auf die Straße trat, folgte ich ihm; um keinen Preis wollte ich mehr diesen armen Menschen sich selbst überlassen.

Denn jetzt war es nicht mehr wie vormittags eine spielerische und nervenmäßige Neugier, die mich an ihn heftete, nicht mehr die verspielte Lust, ein unbekanntes Handwerk kennenzulernen, jetzt spürte ich bis in die Kehle eine dumpfe Angst, ein fürchterlich drückendes Gefühl, und würgender wurde dieser Druck, sobald ich merkte, daß er den Weg abermals zum Boulevard hin nahm. Um Gottes willen, du willst doch nicht wieder vor dieselbe Auslage mit den Äffchen? Mach keine Dummheiten! Überleg's doch, längst muß die Frau die Polizei verständigt haben, gewiß wartet sie dort schon, dich gleich an deinem dünnen Mäntelchen zu fassen. Und überhaupt: laß für heute von der Arbeit! Versuch nichts Neues, du bist nicht in Form. Du hast keine Kraft mehr in dir, keinen Elan, du bist müde, und was man in der Kunst mit Müdigkeit beginnt, ist immer schlecht getan. Ruh dich lieber aus, leg dich ins Bett, armer Mensch: nur heute nichts mehr, nur nicht heute! Unmöglich zu erklären, wieso dieser Angstgedanke über mich kam, diese geradezu halluzinatorische Gewißheit, daß er beim ersten Versuch heute unbedingt ertappt werden müßte. Immer stärker wurde meine Besorgnis, je mehr wir uns dem Boulevard näherten, schon hörte man das Brausen seines ewigen Katarakts. Nein, um keinen Preis mehr vor jene Auslage, ich dulde es nicht, du Narr! Schon war ich hinter ihm und hatte die Hand bereit, ihn am Arm zu fassen, ihn zurückzureißen. Aber als hätte er abermals meinen inneren Befehl verstanden, machte mein Mann unvermuteterweise eine Wendung. Er überquerte in der Rue Drouot, eine Straße vor dem Boulevard, den Fahrdamm und ging mit einer plötzlich sicheren Haltung, als hätte er dort seine Wohnung, auf ein Haus zu. Ich erkannte sofort dieses Haus: es war das Hôtel Drouot, das bekannte Versteigerungsinstitut von Paris.

Ich war verblüfft, nun, ich weiß nicht mehr zum wievielten Mal, durch diesen erstaunlichen Mann. Denn indes ich sein Leben zu erraten mich bemühte, mußte gleichzeitig eine Kraft in ihm meinen geheimsten Wünschen entgegenkommen. Von den hunderttausend Häusern dieser fremden Stadt Paris hatte ich mir heute morgens vorgenommen, gerade in dieses eine Haus zu gehen, weil es mir immer die anregendsten, kenntnisreichsten und zugleich amüsantesten Stunden schenkt. Lebendiger als ein Museum und an manchen Tagen ebenso reich an Schätzen, jederzeit abwechslungsvoll, immer anders, immer dasselbe, liebe ich dieses äußerlich so unscheinbare Hôtel Drouot als eines der schönsten Schaustücke, denn es stellt in überraschender Verkürzung die ganze Sachwelt des Pariser Lebens dar. Was sonst in den verschlossenen Wänden einer Wohnung sich zu einem organischen Ganzen bindet, liegt hier zu zahllosen Einzeldingen zerhackt und aufgelöst wie in einem Fleischerladen der zerstückelte Leib eines riesigen Tieres, das Fremdeste und Gegensätzlichste, das Heiligste und das Alltäglichste ist hier durch die gemeinste aller Gemeinsamkeiten gebunden: alles, was hier zur Schau liegt, will zu Geld werden. Bett und Kruzifix und Hut und Teppich, Uhr und Waschschüssel, Marmorstatuen von Houdon und Tombakbestecke, persische Miniaturen und versilberte Zigarettendosen, schmutzige Fahrräder neben Erstausgaben von Paul Valéry, Grammophone neben gotischen Madonnen, Bilder von van Dyck Wand an Wand mit schmierigen Öldrukken, Sonaten Beethovens neben zerbrochenen Öfen, das Notwendigste und das Überflüssigste, der niedrigste Kitsch und die kostbarste Kunst, groß und klein und echt und falsch und alt und neu, alles, was je von Menschenhand und Menschengeist erschaffen wurde, das Erhabenste wie das Stupideste, strömt in diese Auktionsretorte, die grausam gleichgültig alle Werte dieser riesigen Stadt in sich zieht und wieder ausspeit. Auf diesem unbarmherzigen Umschlagplatz aller Werte zu Münze und Zahl, auf diesem riesigen Krammarkt menschlicher Eitelkeiten und Notwendigkeiten, an diesem phantastischen Ort spürt man stärker als irgendwo sonst die ganze verwirrende Vielfalt unserer materiellen Welt. Alles kann der Notstand hier verkaufen, der Besitzende erkaufen, aber nicht Gegenstände allein erwirbt man hier, sondern auch Einblicke und Kenntnisse. Der Achtsame kann hier durch Zuschauen und Zuhören jede Materie besser verstehen lernen, Kenntnis der Kunstgeschichte, Archäologie, Bibliophilie, Briefmarkenbewertung, Münzkunde und nicht zum mindesten auch Menschenkunde. Denn ebenso vielfältig wie die Dinge, die aus diesen Sälen in andere Hände wandern wollen und sich nur für eine kurze Frist ausruhen von der Knechtschaft des Besitzes, ebenso vielfältig sind die Menschenrassen und -klassen, die neugierig und kaufgierig sich um die Versteigerungstische drängen, die Augen unruhig von der Leidenschaft des Geschäftes, dem geheimnisvollen Brand der Sammelwut. Hier sitzen die großen Händler in ihren Pelzen und sauber gebürsteten Melonenhüten neben kleinen schmutzigen Antiquaren und Bric-à-brac-Trödlern der Rive Gauche, die billig ihre Buden füllen wollen, zwischendurch schwirren und schwatzen die kleinen Schieber und Zwischenhändler, die Agenten, die Aufbieter, die »Raccailleurs«, die unvermeidlichen Hyänen des Schlachtfeldes, um rasch ein Objekt, ehe es billig zu Boden fällt, aufzuhaschen oder, wenn sie einen Sammler in ein kostbares Stück richtig verbissen sehen, ihn mit gegenseitigem Augenzwinkern hochzuwippen. Selber zu Pergament gewordene Bibliothekare

– 351 –

schleichen hier bebrillt herum wie schläfrige Tapire, dann rauschen wieder bunte Paradiesvögel, hochelegante, beperlte Damen herein, die ihre Lakaien vorausgeschickt haben, um ihnen einen Vorderplatz am Auktionstisch frei zu halten, in einer Ecke stehen unterdes wie Kraniche still und mit zurückhaltendem Blick die wirklichen Kenner, die Freimaurerschaft der Sammler. Hinter all diesen Typen aber, die das Geschäft oder die Neugier oder die Kunstliebe aus wirklicher Anteilnahme heranlockt, wogt jedesmal eine zufällige Masse von bloß Neugierigen, die sich einzig an der kostenlos gegebenen Heizung wärmen wollen oder sich an den funkelnden Fontänen der emporgeschleuderten Zahlen freuen. Jeden aber, der hierher kommt, treibt eine Absicht, jene des Sammelns, des Spielens, des Verdienens, des Besitzenwollens oder bloß des Sichwärmens, Sicherhitzens an fremder Hitze, und dieses gedrängte Menschenchaos teilt und ordnet sich in eine ganz unwahrscheinliche Fülle von Physiognomien. Eine einzige Spezies aber hatte ich niemals hier vertreten gesehen oder gedacht: die Gilde der Taschendiebe. Doch jetzt, da ich meinen Freund mit sicherem Instinkt einschleichen sah, verstand ich sofort, daß dieser eine Ort auch das ideale, ja vielleicht das idealste Revier von Paris für seine hohe Kunst sein müsse. Denn hier sind alle notwendigen Elemente aufs wunderbarste vereinigt, das gräßliche und kaum erträgliche Gedränge, die unbedingt erforderliche Ablenkung durch die Gier des Schauens, des Wartens, des Lizitierens. Und drittens: ein Versteigerungsinstitut ist, außer dem Rennplatz, beinahe der letzte Ort unserer heutigen Welt, wo alles noch bar auf den Tisch bezahlt werden muß, so daß anzunehmen ist, unter jedem Rock runde sich die weiche Geschwulst einer gefüllten Brieftasche. Hier oder niemals wartet große Gelegenheit für eine flinke Pfote, und wahrscheinlich, jetzt begriff ich's, war die kleine Probe am Vormittag für meinen Freund bloß eine Fingerübung gewesen. Hier aber rüstete er zum eigentlichen Meisterstreich.

Und doch: am liebsten hätte ich ihn am Ärmel zurückgerissen, als er jetzt lässig die Stufen zum ersten Stock hinaufstieg. Um Gottes willen, siehst du denn nicht dort das Plakat in drei Sprachen: »Beware of pickpockets!«, »Attention aux pickpockets!«, »Achtung vor Taschendieben!«? Siehst du das nicht, du leichtfertiger Narr? Man weiß hier um deinesgleichen, gewiß schleichen Dutzende von Detektiven hier durchs Gedränge, und nochmals, glaub mir, du bist heute nicht in Form! Aber kühlen Blickes das ihm anscheinend wohlbekannte Plakat streifend, stieg der ausgepichte Kenner der Situation ruhig die Stufen empor, ein taktischer Entschluß, den ich an sich nur billigen konnte. Denn in den unteren Sälen wird meist nur grober Hausrat verkauft, Wohnungseinrichtungen, Kasten und Schränke, dort drängt und quirlt die unergiebige und unerfreuliche Masse der Altwarenhändler, die vielleicht noch nach guter Bauernsitte sich die Geldkatze sicher um den Bauch schnüren und die anzugehen weder ergiebig noch ratsam sein dürfte. In den Sälen des ersten Stockes aber, wo die subtileren Gegenstände versteigert werden, Bilder, Schmuck, Bücher, Autographen, Juwelen, dort sind zweifellos die volleren Taschen und sorgloseren Käufer.

Ich hatte Mühe, hinter meinem Freund zu bleiben, denn kreuz und quer paddelte er vom Haupteingang aus in jeden einzelnen Saal, vor und wieder zurück, um in jedem die Chancen auszumessen; geduldig und beharrlich wie ein Feinschmecker ein besonderes Menü las er zwischendurch die angeschlagenen Plakate. Endlich entschied er sich für den Saal sieben, wo »La célèbre collection de porcelaine chinoise et japonaise de Mme. la Comtesse Yves de G ...« versteigert wurde. Zweifellos, hier gab es heute sensationell kostspielige Ware, denn die Leute standen derart dicht gedrängt, daß man vom Eingang zunächst den Auktionstisch hinter den Mänteln und Hüten überhaupt nicht wahrnehmen konnte. Eine enggeschlossene, vielleicht zwanzig- oder dreißigreihige Menschenmauer sperrte jede Sicht auf den langen, grünen Tisch, und von unserem Platz an der Eingangstür erhaschte man gerade noch die amüsanten Bewegungen des Auktionators, des Commissairepriseur, der von seinem erhöhten Pult aus, den weißen Hammer in der Hand, wie ein Orchesterchef das ganze Versteigerungsspiel dirigierte und über beängstigend lange Pausen immer wieder zu einem Prestissimo führte. Wahrscheinlich wie andere kleine Angestellte irgendwo in Ménilmontant oder sonst einer Vorstadt wohnhaft, zwei Zimmer, ein Gasherdchen, ein Grammophon als köstlichste Habe und ein paar Pelargonien vor dem Fenster, genoß er hier vor einem illustren Publikum, mit einem schnittigen Cutaway angetan, das Haar mit Pomade sorgfältig gescheitelt, sichtbar selig die unerhörte Lust, jeden Tag durch drei Stunden mit einem kleinen Hammer die kostbarsten Werte von Paris zu Geld zerschlagen zu dürfen. Mit der eingelernten Liebenswürdigkeit eines Akrobaten fing er von links, von rechts, vom Tisch und von der Tiefe des Saales die verschiedenen Angebote – »six-cents, six-cents-cinq, six-cents-dix« – graziös auf wie einen bunten Ball und schleuderte, die Vokale rundend, die Konsonanten auseinanderziehend, dieselben Ziffern gleichsam sublimiert zurück. Zwischendurch spielte er das Animiermädchen, mahnte, wenn ein Angebot ausblieb und der Zahlenwirbel stockte, mit einem verlockenden Lächeln, »Personne à droite? Personne à gauche?«, oder er drohte, eine kleine dramatische Falte zwischen die Augenbrauen schiebend und den entscheidenden Elfenbeinhammer mit der rechten Hand erhebend: »J'adjuge«, oder er lächelte ein »Voyons, Messieurs, c'est pas du tout cher«. Dazwischen grüßte er kennerisch

– 354 –

einzelne Bekannte, blinzelte manchen Bietern schlau aufmunternd zu, und während er die Ansage jedes neuen Auktionsstückes mit einer sachlich notwendigen Feststellung, »le numéro trente-trois«, ganz trocken begann, stieg mit dem wachsenden Preis sein Tenor immer bewußter ins Dramatische empor. Er genoß es sichtlich, daß durch drei Stunden drei- oder vierhundert Menschen atemlos gierig bald seine Lippen anstarrten, bald das magische Hämmerchen in seiner Hand. Dieser trügerische Wahn, er selbst habe zu entscheiden, indes er nichts als das Instrument der zufälligen Angebote war, gab ihm ein berauschendes Selbstbewußtsein; wie ein Pfau schlug er seine vokalischen Räder, was mich aber keineswegs hinderte, innerlich festzustellen, daß er mit all seinen übertriebenen Gesten meinem Freunde eigentlich nur denselben notwendigen Ablenkdienst erwies wie die drei possierlichen Äffchen des Vormittags.

Vorläufig konnte mein wackerer Freund aus dieser Komplicenhilfe noch keinen Vorteil ziehen, denn wir standen noch immer hilflos in der letzten Reihe, und jeder Versuch, sich durch diese kompakte, warme und zähe Menschenmasse bis zum Auktionstisch vorzukeilen, schien mir vollkommen aussichtslos. Aber wieder bemerkte ich, wie sehr ich noch Eintagsdilettant war in diesem interessanten Gewerbe. Mein Kamerad, der erfahrene Meister und Techniker, wußte längst, daß immer im Augenblick, da der Hammer endgültig niederfiel – siebentausendzweihundertsechzig Francs jubelte eben der Tenor –, daß sich in dieser kurzen Sekunde der Entspannung die Mauer lockerte. Die aufgeregten Köpfe sanken nieder, die Händler notierten die Preise in die Kataloge, ab und zu entfernte sich ein Neugieriger, für einen Augenblick kam Luft in die gepreßte Menge. Und diesen Moment benutzte er genial geschwind, um mit niedergedrücktem Kopf wie ein Torpedo sich vorzustoßen. Mit einem Ruck hatte er sich durch vier, fünf Menschenreihen gezwängt, und ich, der ich mir doch geschworen hatte, den Unvorsichtigen nicht sich selbst zu überlassen, stand plötzlich allein und ohne ihn. Ich drängte zwar jetzt gleichfalls vor, aber schon nahm die Auktion wieder ihren Gang, schon schloß sich die Mauer wieder zusammen, und ich blieb im prallsten Gedränge hilflos stecken wie ein Karren im Sumpf. Entsetzlich war diese heiße, klebrige Presse, hinter, vor mir, links, rechts fremde Körper, fremde Kleider und so nah heran, daß jedes Husten eines Nachbars in mich hineinschütterte. Unerträglich dazu noch die Luft, es roch nach Staub, nach Dumpfem und Saurem und vor allem nach Schweiß wie überall, wo es um Geld geht; dampfend vor Hitze, versuchte ich den Rock zu öffnen, um mit der Hand nach meinem Taschentuch zu fassen. Vergeblich, zu eng war ich eingequetscht. Aber doch, aber doch, ich gab nicht nach, langsam und stetig drängte ich weiter nach vorn, eine Reihe weiter und wieder eine. Jedoch zu spät! Das kanariengelbe Mäntelchen war verschwunden. Es steckte irgendwo unsichtbar in der Masse, niemand wußte von seiner gefährlichen Gegenwart, nur ich allein, dem alle Nerven bebten von einer mystischen Angst, diesem armen Teufel müsse heute etwas Entsetzliches zustoßen. Jede Sekunde erwartete ich, jemand würde aufschreien: Au voleur, ein Getümmel, ein Wortwechsel würde entstehen, und man würde ihn hinausschleifen, an beiden Ärmeln seines Mäntelchens gepackt – ich kann es nicht erklären, wieso diese grauenhafte Gewißheit in mich kam, es müsse ihm heute und gerade heute sein Zugriff mißlingen.

Aber siehe, nichts geschah, kein Ruf, kein Schrei; im Gegenteil, das Gerede, Gescharre und Gesurre hörte jählings auf. Mit einemmal wurde es merkwürdig still, als preßten diese zwei-, dreihundert Menschen alle auf Verabredung den Atem nieder, alle blickten sie jetzt mit ver-

– 356 –

doppelter Spannung zu dem Commissaire-priseur, der einen Schritt zurücktrat unter den Leuchter, so daß seine Stirn besonders feierlich erglänzte. Denn das Hauptstück der Auktion war an die Reihe gekommen, eine riesige Vase, die der Kaiser von China höchst persönlich vor dreihundert Jahren dem König von Frankreich mit einer Gesandtschaft als Präsent geschickt und die, wie viele andere Dinge, während der Revolution auf geheimnisvolle Weise Urlaub aus Versailles genommen hatte. Vier livrierte Diener hoben das kostbare Objekt – weißleuchtende Rundung mit blauem Adernspiel – mit besonderer und zugleich demonstrativer Vorsicht auf den Tisch, und nach einem feierlichen Räuspern verkündete der Auktionator den Ausrufpreis: »Einhundertunddreißigtausend Francs! Einhundertunddreißigtausend Francs« – ehrfürchtige Stille antwortete dieser durch viel Nullen geheiligten Zahl. Niemand wagte sofort daraufloszubieten, niemand zu sprechen oder nur den Fuß zu rühren; die dicht und heiß ineinandergekeilte Menschenmasse bildete einen einzigen starren Block von Respekt. Dann endlich hob ein kleiner weißhaariger Herr am linken Ende des Tisches den Kopf und sagte schnell, leise und fast verlegen: »Einhundertfünfunddreißigtausend«, worauf sofort der Commissaire-priseur entschlossen »Einhundertvierzigtausend« zurückschlug.

Nun begann aufregendes Spiel: der Vertreter eines großen amerikanischen Auktionshauses beschränkte sich darauf, immer nur den Finger zu heben, worauf wie bei einer elektrischen Uhr die Ziffer des Anbotes sofort um fünftausend vorsprang, vom anderen Tischende bot der Privatsekretär eines großen Sammlers (man raunte leise den Namen) kräftig Paroli; allmählich wurde die Auktion zum Dialog zwischen den beiden Bietern, die einander quer gegenübersaßen und störrisch vermieden, sich gegenseitig anzublicken: beide adressierten sie einzig ihre

Mitteilungen an den Commissaire-priseur, der sie mit
sichtlicher Befriedigung empfing. Endlich, bei zweihundertsechzigtausend, hob der Amerikaner zum erstenmal
nicht mehr den Finger; wie ein eingefrorner Ton blieb die
ausgerufene Zahl leer in der Luft hängen. Die Erregung
wuchs, viermal wiederholte der Commissaire-priseur:
»Zweihundertsechzigtausend ... zweihundertsechzigtausend ...« Wie einen Falken nach Beute warf er die Zahl
hoch in den Raum. Dann wartete er, blickte gespannt und
leise enttäuscht nach rechts und links (ach, er hätte noch
gern weitergespielt!): »Bietet niemand mehr?« Schweigen
und Schweigen. »Bietet niemand mehr?« Es klang fast
wie Verzweiflung. Das Schweigen begann zu schwingen,
eine Saite ohne Ton. Langsam erhob sich der Hammer.
Jetzt standen dreihundert Herzen still ... »Zweihundertsechzigtausend Francs zum ersten ... zum zweiten ...
zum ...«

Wie ein einziger Block lag das Schweigen auf dem ver-
stummten Saal, niemand atmete mehr. Mit fast religiöser
Feierlichkeit hob der Commissaire-priseur den Elfenbeinhammer über die verstummte Menge. Noch einmal
drohte er: »J'adjuge.« Nichts! Keine Antwort. Und dann:
»Zum drittenmal.« Der Hammer fiel mit trockenem und
bösem Schlag. Vorbei! Zweihundertsechzigtausend
Francs! Die Menschenmauer schwankte und zerbrach von
diesem kleinen, trockenen Schlag wieder in einzelne lebendige Gesichter, alles regte sich, atmete, schrie, stöhnte,
räusperte sich. Wie ein einziger Leib rührte und ent-
spannte sich die zusammengekeilte Menge in einer erregten Welle, in einem einzigen fortgetragenen Stoß.

Auch zu mir kam dieser Stoß, und zwar von einem
fremden Ellbogen mitten in die Brust. Zugleich murmelte jemand mich an: »Pardon, Monsieur.« Ich zuckte
auf. Diese Stimme! O freundliches Wunder, er war es, der
schwer Vermißte, der lang Gesuchte, die auflockernde

Welle hatte ihn – welch glücklicher Zufall – gerade zu mir hergeschwemmt. Jetzt hatte ich ihn, gottlob, wieder ganz nahe, jetzt konnte ich ihn endlich, endlich genau überwachen und beschirmen. Natürlich hütete ich mich wohl, ihm offen ins Antlitz zu sehen; nur von der Seite schielte ich leise hinüber, und zwar nicht nach seinem Gesicht, sondern nach seinen Händen, nach seinem Handwerkszeug, aber die waren merkwürdigerweise verschwunden: er hatte, bald merkte ich's, die beiden Unterärmel seines Mäntelchens dicht an den Leib gelegt und wie ein Frierender die Finger unter ihren schützenden Rand gezogen, damit sie unsichtbar würden. Wenn er jetzt ein Opfer antasten wollte, so konnte es nichts anderes als eine zufällige Berührung von weichem, ungefährlichem Stoff spüren, die stoßbereite Diebshand lag unter dem Ärmel verdeckt wie die Kralle in der samtenen Katzenpfote. Ausgezeichnet gemacht, bewunderte ich. Aber gegen wen zielte dieser Griff? Ich schielte vorsichtig zu seiner Rechten hin, dort stand ein hagerer, durchaus zugeknöpfter Herr und vor ihm, mit breitem und uneinnehmbarem Rücken, ein zweiter; so war mir zunächst nicht klar, wie er an einen dieser beiden erfolgreich herankommen könnte. Aber plötzlich, als ich jetzt einen leisen Druck an meinem eigenen Knie fühlte, packte mich der Gedanke – und wie ein Schauer rann es eisig durch mich: am Ende gilt diese Vorbereitung mir selbst? Am Ende willst du Narr hier den einzigen im Saale angehen, der von dir weiß, und ich soll jetzt – letzte und verwirrendste Lektion! – dein Handwerk am eigenen Leibe ausproben? Wahrhaftig, es schien mir zu gelten, gerade mich, gerade mich hatte der heillose Unglücksvogel sich anscheinend ausgesucht, gerade mich, seinen Gedankenfreund, den einzigen, der ihn kannte bis in die Tiefe seines Handwerks!

Ja, zweifellos galt es mir, jetzt durfte ich mich nicht länger täuschen, denn ich spürte bereits unverkennbar, wie sich der nachbarliche Ellbogen leise mir in die Seite drückte, wie Zoll um Zoll der Ärmel mit der verdeckten Hand sich vorschob, um wahrscheinlich bei der ersten erregten Bewegung innerhalb des Gedränges mit flinkem Griff mir wippend zwischen Rock und Weste zu fahren. Zwar: mit einer kleinen Gegenbewegung hätte ich mich jetzt noch völlig sichern können; es hätte genügt, mich zur Seite zu drehen oder den Rock zuzuknöpfen, aber sonderbar, dazu hatte ich keine Kraft mehr, denn mein ganzer Körper war hypnotisiert von Erregung und Erwartung. Wie angefroren stockte mir jeder Muskel, jeder Nerv, und während ich unsinnig aufgeregt wartete, überdachte ich rasch, wieviel ich in der Brieftasche hatte, und während ich an die Brieftasche dachte, spürte ich (jeder Teil unseres Körpers wird ja sofort gefühlsempfindlich, sobald man ihn denkt, jeder Zahn, jede Zehe, jeder Nerv) den noch warmen und ruhigen Druck der Brieftasche gegen die Brust. Sie war also vorläufig noch zur Stelle, und derart vorbereitet konnte ich seinen Angriff unbesorgt bestehen. Aber ich wußte merkwürdigerweise gar nicht, ob ich diesen Angriff wollte oder nicht wollte. Mein Gefühl war völlig verwirrt und wie zweigeteilt. Denn einerseits wünschte ich um seinetwillen, der Narr möge von mir ablassen, anderseits wartete ich mit der gleichen fürchterlichen Spannung wie beim Zahnarzt, wenn der Bohrer sich der gepeinigten Stelle nähert, auf seine Kunstprobe, auf den entscheidenden Stoß. Er aber, als ob er mich für meine Neugierde strafen wollte, beeilte sich keineswegs mit seinem Zustoß. Immer wieder hielt er inne und blieb doch warm nahe. Zoll um Zoll schob er sich bedächtig näher, und obwohl meine Sinne ganz an diese drängende Berührung gebunden waren, hörte ich gleichzeitig mit einem ganz anderen Sinn vollkommen deutlich die steigenden Anbote der Auktion vom Tisch herüber: »Dreitausendsiebenhundertfünfzig ... bietet niemand mehr?

Dreitausendsiebenhundertsechzig ... siebenhundertsieb-
zig ... siebenhundertachtzig ... bietet niemand mehr?
Bietet niemand mehr?« Dann fiel der Hammer. Abermals
ging der leichte Stoß der Auflockerung nach erfolgtem
Zuschlag durch die Masse, und im selben Moment fühlte
ich eine Welle davon an mich herankommen. Es war kein
wirklicher Griff, sondern etwas wie das Laufen einer
Schlange, ein gleitender körperlicher Hauch, so leicht und
schnell, daß ich ihn nie gefühlt hätte, wäre nicht alle meine
Neugier an jener bedrohten Stelle Posten gestanden; nur
eine Falte wie von zufälligem Wind kräuselte meinen
Mantel, etwas spürte ich zart wie das Vorüberstreifen eines Vogels und ...

Und plötzlich geschah, was ich nie erwartet hatte: meine
eigene Hand war von unten stoßhaft heraufgefahren und
hatte die fremde Hand unter meinem Rock gepackt. Niemals hatte ich diese brutale Abwehr geplant. Es war eine
mich selbst überrumpelnde Reflexbewegung meiner
Muskeln. Aus rein körperlichem Abwehrinstinkt war
meine Hand automatisch emporgestoßen. Und jetzt hielt
– entsetzlich – zu meinem eigenen Erstaunen und Erschrecken meine Faust eine fremde, eine kalte, eine zitternde Hand um das Gelenk gepreßt: nein, das hatte ich
nie gewollt!

Diese Sekunde kann ich nicht beschreiben. Ich war ganz
starr vor Schreck, plötzlich ein lebendiges Stück kalten
Fleisches eines fremden Menschen gewaltsam zu halten.
Und genau so schreckgelähmt war er. So wie ich nicht die
Kraft, nicht die Geistesgegenwart hatte, seine Hand loszu-
lassen, so hatte er keinen Mut, keine Geistesgegenwart, sie
wegzureißen. »Vierhundertfünfzig ... vierhundertsech-
zig ... vierhundertsiebzig ...«, schmetterte oben pathe-
tisch der Commissaire-priseur – ich hielt noch immer die
fremde kaltschauernde Diebshand. »Vierhundertacht-
zig ... vierhundertneunzig ...« – noch immer merkte nie-

– 361 –

mand, was zwischen uns beiden vorging, niemand ahnte, daß hier zwischen zwei Menschen ein ungeheures Spannungsschicksal bestand: einzig zwischen uns zweien, nur zwischen unseren fürchterlich angestrafften Nerven ging diese namenlose Schlacht. »Fünfhundert ... fünfhundertzehn ... fünfhundertzwanzig ...«, immer geschwinder sprudelten die Zahlen, »fünfhundertdreißig ... fünfhundertvierzig ... fünfhundertfünfzig ...« Endlich – das Ganze hatte kaum mehr als zehn Sekunden gedauert – kam mir der Atem wieder. Ich ließ die fremde Hand los. Sie glitschte sofort zurück und verschwand im Ärmel des gelben Mäntelchens.

»Fünfhundertsechzig ... fünfhundertsiebzig ... fünfhundertachtzig ... sechshundert ... sechshundertzehn ...«, rasselte es oben weiter und weiter, und wir standen noch immer nebeneinander, Komplicen der geheimnisvollen Tat, beide gelähmt von dem gleichen Erlebnis. Noch spürte ich seinen Körper ganz warm angedrückt an den meinen, und als jetzt in gelöster Erregung die erstarrten Knie mir zu zittern begannen, meinte ich zu fühlen, wie dieser leichte Schauer in die seinen überlief. »Sechshundertzwanzig ... dreißig ... vierzig ... fünfzig ... sechzig ... siebzig ...«, immer höher schnellten sich die Zahlen, und immer noch standen wir, durch diesen eisigen Ring des Grauens aneinandergekettet. Endlich fand ich die Kraft, wenigstens den Kopf zu wenden und zu ihm hinüberzusehen. Im gleichen Augenblick schaute er zu mir herüber. Ich stieß mitten in seinen Blick. Gnade, Gnade! Nicht mich anzeigen! schienen die kleinen wässerigen Augen zu betteln, die ganze Angst seiner zerpreßten Seele, die Urangst aller Kreatur strömte aus diesen runden Pupillen heraus, und das Bärtchen zitterte mit im Sturm seines Entsetzens. Nur diese aufgerissenen Augen nahm ich deutlich wahr, das Gesicht dahinter war vergangen in einem so unerhörten Ausdruck von Schreck, wie ich ihn

– 362 –

niemals vorher und nachher bei einem Menschen wahrge-
nommen. Ich schämte mich unsagbar, daß jemand so
sklavisch, so hündisch zu mir aufblickte, als ob ich Macht
hätte über Leben und Tod. Und diese seine Angst erniedri-
rigte mich; verlegen drückte ich den Blick wieder zur
Seite.

Er aber hatte verstanden. Er wußte jetzt, daß ich ihn nie
und nimmer anzeigen würde; das gab ihm seine Kraft zurück. Mit einem kleinen Ruck bog er seinen Körper von
mir fort, ich spürte, daß er sich für immer von mir loslö-
sen wollte. Zuerst lockerte sich unten das angedrängte
Knie, dann fühlte mein Arm die angepreßte Wärme vergehen, und plötzlich – mir war, als schwände etwas fort,
was zu mir gehörte – stand der Platz neben mir leer. Mit
einem Taucherstoß hatte mein Unglücksgefährte das Feld
geräumt. Erst atmete ich auf im Gefühl, wieder Luft um
mich zu haben. Aber im nächsten Augenblick erschrak
ich: der Arme, was wird er jetzt beginnen? Er braucht
doch Geld, und ich, ich schulde ihm doch Dank für diese
Stunden der Spannung, ich, sein Komplice wider Willen,
muß ihm doch helfen! Hastig drängte ich ihm nach. Aber
Verhängnis! Der Unglücksvogel mißverstand meinen
guten Eifer und fürchtete mich, da er mich von der Ferne
des Gangs erspähte. Ehe ich ihm beruhigend zuwinken
konnte, flatterte das kanariengelbe Mäntelchen schon die
Treppe hinab in die Unerreichbarkeit der men-
schendurchfluteten Straße, und unvermutet, wie sie begonnen, war meine Lehrstunde zu Ende.

Nachbemerkung des Herausgebers

»Alles Dichterische erinnert mich immer an den Process eines Entwickelns von Photografien – zuerst die leere Platte, dann setzen wir einen Schleier Linien an, werden deutlicher, sichtbarer, schärfer.« Das so entstehende Abbild einer real geschauten Welt in neuer Dimension fördert oft zunächst nicht beachtete Details, vor allem aber einen Gesamteindruck zutage, wie er bei der Konzentration auf Einzelnes von vornherein nicht selbstverständlich ist. Die Texte dieses Bandes, der zusammen mit ›Phantastische Nacht‹ (1982), ›Verwirrung der Gefühle‹ (1983), ›Der Amokläufer‹ (1984) und ›Buchmendel‹ (in Vorbereitung) und den Romanen die erzählerischen Schriften Stefan Zweigs innerhalb der Gesammelten Werke unter Einbeziehung des Nachlasses neu ordnet, gruppieren sich wesentlich um einen Aspekt; sie führen wie durch eine Lebensspanne: vom zwölfjährigen Knaben über den Studenten zum in Leben und Beruf erfahrenen Mann, in der Großstadt wie in der Provinz. Mit den Begriffen Eifersucht, Sehnsucht, Neugier und Abenteuerlust würde über die einzelnen Stücke dieses Bandes ein Grobraster gelegt – tatsächlich sind es psychologisch-literarische Studien, die die Eigenerfahrung des Autors weder ausklammern können noch wollen. Es wäre andererseits sicher nicht richtig, wollte man zu jeder dieser vorgestellten Verhaltensweisen nach einem Analogon zu Stefan Zweigs äußerer Biographie suchen. Doch dieser oder jener Ansatzpunkt mag zu einem intensiveren, vielleicht sogar persönlicheren Verständnis dieser Erzählungen führen, nicht zuletzt weil

Stefan Zweig seine eigene Begeisterungsfähigkeit im Schreiben zu einem Mißtreißen seiner Leser entwickelt hat.

Den eingangs zitierten Satz schrieb Stefan Zweig Anfang 1911 in einem Brief an seinen Freund Paul Zech – in dem Jahr, in dem sein zweiter Prosaband ›Erstes Erlebnis‹ erschien, der u. a. als »weitaus gekonnteste[s] und rund geformteste[s] Stück«, wie Zech in seiner Rezension schrieb, ›Brennendes Geheimnis‹ enthielt. Vermutlich durch diese Erzählung – 1914 brachte der Insel-Verlag eine Einzelausgabe heraus – wurde ihr Autor erstmals einem breiteren Publikum bekannt. Durch die Intensität der Beschreibung kindlichen Empfindens in dem Alter, in dem man sich nichts sehnlicher wünscht, als von den Erwachsenen anerkannt zu werden, wurden die Leser geradezu suggestiv an ihre eigenen Erfahrungen in dieser Entwicklungsphase erinnert. Und Zweig vermittelte ihnen dieses Gefühl durch sein eigenes starkes Zurückbesinnen an die Atmosphäre seines Elternhauses mit den gesellschaftlichen Ansprüchen und dem Flair des Fin de siècle. Stephan – wie er sich damals noch schrieb – ist *nicht* Edgar, und doch hat Edgar innere Kämpfe zu bestehen, die denen Stephans zu seiner Zeit ähneln. Rainer Maria Rilke, der diese Erzählung »sehr lobt«, wie Zweig im Tagebuch 1913 verzeichnet, wird es, in eigener Erinnerung, nicht anders empfunden haben. Aber zwanzig Jahre später, 1933, als »eine greuliche Zeit« anbrach, »und vielleicht doch besser als diejenige, die kommen wird« (Stefan Zweig an seine Frau Friderike), assoziierten die Menschen bei ›Brennendes Geheimnis‹ etwas ganz anderes. Robert Siodmak hatte »frei nach Stefan Zweigs Novelle« unter diesem Titel einen Film mit Willi Forst gedreht. Er lief im Januar 1933 in den Berliner Kinos an, und als am 27. Februar der Reichstag in Flammen stand, wurden zunächst die Filmplakate rasch entfernt und seine öffentliche Vorführung kurz darauf untersagt. In einem undatierten Brief an Joseph Roth, vermutlich vom August 1934, schrieb Stefan Zweig, sämtliche im Handel befindliche Exemplare der Einzelausgabe dieser Erzählung – sie hatte inzwischen eine Auflage von insgesamt 170 000 Exemplaren erreicht – seien konfisziert worden, weil unter gleichem Titel ein kommunistisches Pamphlet gegen die Nationalsozialisten verbreitet wurde. In Deutschland wurde ›Brennendes Geheimnis‹ erst wieder 1954 als Titelerzählung eines neu zusammengestellten Bandes gedruckt.

Der österreichische Schriftsteller Franz Theodor Csokor hatte nach der Lektüre von ›Erstes Erlebnis‹ seinem Freund Stefan Zweig gegenüber bekannt, seit Heinrich Manns ›Stürmische Morgen‹ habe ihn »noch kein Werk über die dumpfe, gefährliche Knabenzeit so zutiefst gefesselt«. Wie schwer es sein kann, ihr zu entwachsen, sich aus ihr zu befreien, macht die Erzählung ›Scharlach‹ deutlich. Zur Zeit ihrer Entstehung, im Sommer 1902, studierte ihr Autor Philosophie und Literaturgeschichte, nicht mehr in Wien, sondern für ein Semester in Berlin. Die Bohème des Studentenlebens lernte er dort kennen, projizierte sie in dieser Erzählung aber auf seine Geburtsstadt, in den Gemeindebezirk, in dem er, während seiner Studienzeit dort, in wechselnden »Buden« gewohnt hatte. Möglicherweise fühlte er sich während der ersten Wochen in der so anderen Stadt Berlin, bei dem »Gegensatz zu den Anstandsformen von Wien« (Donald Prater), wie ein Jüngling aus der Provinz – wie sein Bertold Berger. Irgend etwas an ›Scharlach‹ muß Stefan Zweig einige Zeit nach der Niederschrift als zu *privat* angesehen haben. Im Dezember 1903 berichtete er Hermann Hesse: »Eine Novelle ist bei der ›Neuen Freien Presse‹ akzeptiert und wartet seit 1–1½ Jahren auf Abdruck. Und dabei ist das Ganze so wenig für das Publikum.« Mit ein Grund, weswegen er sie nie in

einen seiner von ihm selbst zusammengestellten Erzähl-
bände aufgenommen hat. (Einer Zeitschrift, der ›Öster-
reichischen Rundschau‹, hat er sie 1908 allerdings zum
Abdruck gegeben.) Seine spätere Frau Friderike sah dies
anders. Im Juni 1913 – sie kannten sich fast ein Jahr – las sie
diese Novelle (»mit tausend Augen und mit meiner ganzen Seele«) und urteilte: »Der Anfang, der zweite Teil des
Anfangs, ist vielleicht nicht ganz lebendig genug. Dein
jetziges Tempo würde diese Schwüle vor dem Kampf
besser bewältigen. Aber sieh, um des wundervollen
Schlusses willen (wie einzig, daß er sich den Tod holt an
den geliebten Lippen!) darfst Du die Novelle nicht in Deiner Lade lassen und verraucht sein in den Jahren, die jetzt
schon seit der Veröffentlichung hingegangen sind.«
   Das Autobiographische fließt bei einem Erzähler auf irgendeine Weise immer mit in die Texte ein, bewußt oder
nicht bewußt. In ›Brief einer Unbekannten‹ liegen die Pa-
rallelen zum Autor offen – »deutlicher, sichtbarer, schärfer«. Der Romanschriftsteller R. ist, als er den Brief erhält,
gleich alt wie Stefan Zweig, als er diese Novelle schreibt:
41 Jahre. Zahlreiche äußere Lebensumstände sind beiden
gemeinsam: Die in einer höher gelegenen Etage eines
Mietshauses befindliche Wohnung – die Novelle spielt
1911/12, Stefan Zweig wohnte zu dieser Zeit in Wien im
VIII. Gemeindebezirk in der Kochgasse 8 in der zweiten
Etage –, der Diener – der Stefan Zweigs hieß nicht Johann,
sondern Josef –, die Reiseintensität, die sie ihre Wohnung
eher als »ein pied-à-terre als ein ständiger Wohnsitz« (Donald Prater) empfinden läßt, die sie aber dessen ungeachtet
mit allen Annehmlichkeiten eingerichtet haben – die Beachtung durch die Hausmitbewohner als Personen mit
ungewöhnlichem Beruf und eigenen Lebensgewohnhei-
ten. Über all dies hinaus ist diese Novelle ein kritisches,
aber nicht negatives Spiegelbild des eigenen Charakters
im Rückblick auf frühere Jahre. Möglicherweise verbirgt

sich – wie Donald Prater in seiner Biographie fragend andeutet – dahinter eine Reminiszenz an den Weg, auf dem Stefan Zweig seine spätere Frau Friderike kennengelernt hat: sie hatte ihm, im Juli 1912, wie viele seiner (und in der Novelle auch R.'s) weiblichen Verehrerinnen, ohne ihren Namen voll preiszugeben, geschrieben und ihn zu einer Antwort – »wenn Sie irgend Lust hätten dazu« – animiert. (Friderike war – anders als die Unbekannte – nur ein Jahr jünger als Stefan Zweig.) Und: In der ersten Zeit ihrer Freundschaft erkrankte Friderikes jüngere Tochter aus erster Ehe – auch dies ist anders – im Alter von drei Jahren schwer an Lungenentzündung. Einiges mag dafür sprechen, daß diese reale Beziehung Assoziationen zu dieser Novelle förderte, die dann jedoch ihre eigenen »Linien« suchte; vor allem wohl, daß sich in den von Friderike selbst für die Publikation ausgewählten und zum Teil gekürzten Briefen ihrer beider Korrespondenz kein einziger Hinweis auf sie findet; sie wurde vermutlich *von Friderike* als zu *privat* empfunden, denn einmal heißt es in der Novelle, eigentlich ihre Erfahrung mit Stefan Zweig wiedergebend: »Der Mann, den ich liebte, ist auch immer weggereist.«

».. . er kommt nicht los vom Erotischen und Erotomanischen, das den Seelensucher, den Seelendeuter in ihm magnetisch anzieht«, fand ein Rezensent lange nach Zweigs Tod, 1947, anläßlich der ersten Ausgabe von ›Ungeduld des Herzens‹ nach dem Zweiten Weltkrieg. Er bezeichnete damit ein in seinem Werk immer präsentes Motiv. In der, soweit wir wissen, frühesten veröffentlichten Novelle ›Praterfrühling‹ des Studenten von 1900 wird es allein schon durch die gesellschaftliche Stellung der jungen Frau und ihr »Boudoir« mit den ersten Sätzen eingeführt; in der wenig später entstandenen ›Zwei Einsame‹ wird es im Zusammenhang mit Mitleid über körperliche Benachteiligung gebracht – dies kehrt 1938 in ›Ungeduld

– 371 –

des Herzens‹ wieder. Wie weit eigene Begegnungen und Erlebnisse die Personnage und die Ereignisse dieser beiden Erzählungen bestimmt haben, läßt sich im einzelnen nicht nachvollziehen. Dies letztere trifft nicht ganz auf ›Widerstand der Wirklichkeit‹ zu, eine bisher unveröffentlichte Erzählung aus dem Nachlaß. Konzipiert wurde sie sicher zu der Zeit, in der Stefan Zweig an seinem Hölderlin-Aufsatz für den Band ›Der Kampf mit dem Dämon‹ aus der Reihe ›Baumeister der Welt‹ arbeitete, März 1924: zu deutlich ist die Wahl der Stadt Frankfurt am Main und der Adresse Bockenheimer Landstraße, wo das Haus der Gontards stand, ähnlich deutlich auch der Hinweis, Ludwig habe sich »als Hauslehrer und Nachhelfer« sein Brot verdient, bevor er in die chemische Fabrik des Geheimrat G.! eintrat. »Etwas sicher Sanftes, Beruhigendes und heiter Selbstbewußtes« geht von dem Gesicht von G.'s Frau aus, heißt es hier über die erste Begegnung – »Das ist nun die ungeheure Gewalt, die Hölderlin an dieser Frau erfährt: Beruhigung«, schreibt Stefan Zweig im Hölderlin-Essay über den ersten Eindruck, den Susanne Gontard auf diesen macht. Man darf annehmen, daß Zweig diese Erzählung eine Weile unterbrochen hat. Eine Teilveröffentlichung 1929 unter dem Titel ›Fragment aus einer Novelle‹ in ›Das Buch des Gesamtverbandes schaffender Künstler Österreichs‹ bestätigt wohl diese Vermutung, denn die Rahmenerzählung von der Wiederbegegnung des Paares nach neun Jahren spielt (im hinteren Teil deutlich) 1933: in Heidelberg marschieren »militärisch gewandete Männer ... die in athletischer Starrheit riesige Fahnen steil senkrecht tragen, Totenköpfe, Hakenkreuz, alte Reichsbanner im Winde wehend« ...

Die zunehmende politische Unruhe in Europa nach der Machtergreifung der Faschisten in Italien und der Nationalsozialisten in Deutschland veranlaßte Stefan Zweig 1933 Salzburg zu verlassen, sich umzusehen, wohin er sich zurückziehen könne. »Wenn ich darüber nachdenke, wo Du außerhalb Österreichs am besten hinpaßt, so ist es eben England«, hatte ihm der Jugendfreund Camill Hoffmann geraten. In der Tat gefiel Stefan Zweig die Mentalität der Menschen auf der Insel; er reist zunächst mehrmals, auch mit seiner Frau Friderike, dorthin und übersiedelte im Oktober 1935 endgültig allein nach London. Im Juli 1939 zog er mit Lotte Altmann, seiner späteren zweiten Frau, nach Bath, dem Schauplatz der Novelle ›War er es?‹.

Tiere hatten bis dahin in Stefan Zweigs Erzählungen keine Rolle gespielt – »Zweig hatte wirklich nicht viel vom echten Tierfreund an sich, wenn er auch den Schäferhund Rolf ... recht gern mochte« (Donald Prater). Diese Herr und Hund-Beziehung der zwanziger Jahre in Salzburg fand ihre erzählerische Entsprechung in der zwischen John Charleston Limpley und Ponto vermutlich 1940/41 in ›War er es?‹. Im Oktober 1920 – der Hund war gerade angeschafft worden – vergaß Stefan Zweig in seinen Briefen von einer Vortragsreise durch Deutschland nach Hause ihn bei den Grüßen fast nie: »Grüße mir Haus, Kind und Hund« – »Grüße Suse und Rolf« – und einmal sogar: »Grüße mir Suse, aber nur, wenn sie meinen Sohn Rolf fleißig füttert ...« Diese Nähe zu dem Tier war also tatsächlich ebensowenig vergessen, als die Novelle entstand, wie die zu dem Spaniel Kaspar, dessen »gewalttätige Zudringlichkeit« (An Friderike Zweig) ihn gelegentlich gestört haben muß, der aber dessen ungeachtet in ›Ein Mensch, den man nicht vergißt‹ seinen literarischen Platz gefunden hat.

Zu seinem sechzigsten Geburtstag, 1941 in Petropolis, bekam Stefan Zweig dann »um die Einsamkeit etwas aufzuheitern«, einen Stachelhaarfoxel geschenkt – »ein Tier ist immerhin ein guter Ersatz in Zeiten, da die Menschheit widerwärtig wird«. (29. 11. 1941 an Friderike Zweig) Es

– 373 –

gab aber auch Zeiten, zu denen er sich wohlfühlte unter Menschen, vor allem dann, wenn er sich völlig frei unter ihnen bewegen konnte, ohne daß sie ihn, den Berühmten, erkannten und ansprachen oder irgend etwas von ihm erwarteten. Dann genoß er es geradezu, sie in Muße zu beobachten, ihr Bild und ihr Verhalten wie mit einer imaginären Kamera einzufangen. So war es ihm auch ein großes Vergnügen, einen Freund auf einem Gang durch Paris zu beobachten – gerade so wie jenen Taschendieb in ›Unvermutete Bekanntschaft mit einem Handwerk‹. In seinen ›Erinnerungen an Emile Verhaeren‹ schreibt er: »Eine Straße weit schon erkannte ich ihn ... und es war mir sonderbar neugierige Spannung, ihn nicht gleich zu begrüßen, sondern erst auf seiner Wanderschaft zu belauschen. Bei den Bouquinisten blieb er stehen, blätterte in den Büchern, ging weiter, machte neuerdings halt bei der Landungsbrücke ... jedes Detail interessierte ihn ... Eine halbe Stunde stand er da in dieser merkwürdigen Fanatik des Interesses, das er gleicherweise für Belebtes und Unbelebtes hatte, dann stapfte er wieder weiter über die Brücke zu den Boulevards. Jetzt erst sprach ich ihn an. Er lachte, als ich ihm verriet, daß ich ihn beobachtet hatte ...« Sie wußten beide, wie wichtig es für sie war, den Eindruck jeden Augenblicks zu bewahren, um ihn im richtigen Moment zur Umsetzung ins Literarische, »für das Publikum« bereit zu haben – eines der Geheimnisse des künstlerischen Schaffens.

Knut Beck

Bibliographischer Nachweis

Brennendes Geheimnis. Erstmals in ›Erstes Erlebnis. Vier Geschichten aus Kinderland‹, Leipzig: Insel-Verlag 1911. Erste Einzelveröffentlichung: Leipzig, Insel-Verlag 1913 (=Insel-Bücherei, 22).

Scharlach. Erstmals in ›Österreichische Rundschau‹, Wien, Jg. xv, H. 5, 1. Mai 1908, S. 336–356, und H. 6, 15. Juni 1908, S. 415–432.

Brief einer Unbekannten. Erstmals u. d. T. ›Der Brief einer Unbekannten‹ in ›Neue Freie Presse‹, Wien, 1. Januar 1922. Aufgenommen in ›Amok. Novellen einer Leidenschaft‹, Leipzig: Insel-Verlag 1922. Erste Einzelveröffentlichung: Dresden, Lehmannsche Verlagshandlung 1922 (= Deutsche Dichterhandschriften, Bd. 13). (Faksimile des zweiten Manuskripts).

Praterfrühling. Erstmals in ›Stimmen der Gegenwart. Monatsschrift für moderne Literatur und Kritik‹, Eberswalde, Jg. 1, H. 7, Oktober 1900, S. 121–126, und H. 8, November 1900, S. 146–151.

Zwei Einsame. Erstmals in ›Stimmen der Gegenwart. Monatsschrift für moderne Literatur und Kritik‹, Eberswalde, Jg. 2, H. 11, November 1901, S. 330–332.

Widerstand der Wirklichkeit. Vollständig bisher nicht veröffentlicht. Teildruck nach einer leicht abweichenden Vorlage u. d. T. ›Fragment aus einer Novelle‹, erstmals in ›Das Buch des Gesamtverbandes schaffender Künstler Österreichs‹, Wien, Jg. 1 (1929); dasselbe – mit geringen Abweichungen – u. d. T. ›Fragment einer Novelle‹, herausgegeben von Erich Fitzbauer, im Verlag der Internationalen Stefan-Zweig-Gesellschaft, Wien 1961 (= Zweite Sonderpublikation der Internationalen Stefan Zweig Gesellschaft) als Einzelausgabe mit Lithographien von Hans Fronius in einer einmaligen Auflage von fünfhundert numerierten und signierten Exemplaren. [Textpassage S. 242–248].

War er es? Der deutsche Originaltext ist bisher unveröffentlicht. In portugiesischer Übersetzung von Odilon Galloti und Elias Davidovich erstmals u. d. T. ›Seria ele?‹ in ›As Trés Paixões. Trés Novelas de Stefan Zweig‹, Rio de Janeiro: Guanabara 1949.

Ein Mensch, den man nicht vergißt. Erstmals in englischer Übersetzung u. d. T. ›Anton, Friend of All the World. The Most Unforgettable

– 375 –

Character I Ever Met‹ in ›The Reader's Digest‹, Pleasantville,
New York, Bd. 35, Nr. 210, Oktober 1939, S. 69–72. Ein um den
ersten Absatz verkürzter Abdruck des deutschen Originals konnte
nicht identifiziert werden; ein unbezeichneter Ausschnitt, vermut-
lich aus einer Anthologie, fand sich in Stefan Zweigs Nachlaß;
dieser Wortlaut wurde aufgenommen in ›Das Stefan Zweig
Buch‹, Frankfurt am Main: S. Fischer Verlag 1981, S. 82–86. Dem
Abdruck hier liegt folgende Veröffentlichung zugrunde: ›Das
Beste aus Reader's Digest‹, Stuttgart, H. 1, November 1948,
S. 50–54.

Unvermutete Bekanntschaft mit einem Handwerk. Erstmals in ›Neue
Freie Presse‹, Wien, 20. Mai 1934. Aufgenommen in ›Kaleido-
skop‹, Wien, Leipzig, Zürich: Herbert Reichner Verlag 1937,
S. 7–45.

Stefan Zweig

Brennendes Geheimnis
Erzählung
Fischer Bibliothek. 110 Seiten. Geb.

Brief einer Unbekannten / Die Hochzeit von Lyon
Der Amokläufer
Drei Erzählungen
Fischer Bibliothek. 158 Seiten. Geb.

Erstes Erlebnis
Vier Geschichten aus Kinderland
Fischer Bibliothek. 223 Seiten. Geb.

Phantastische Nacht
Erzählung
Fischer Bibliothek. 94 Seiten. Geb.

Schachnovelle
Fischer Bibliothek
112 Seiten. Pappband. Fadenheftung

Vierundzwanzig Stunden aus
dem Leben einer Frau
Fischer Bibliothek
128 Seiten. Pappband. Fadenheftung

S. Fischer

Stefan Zweig

Amerigo
Die Geschichte
eines historischen
Irrtums. Band 9241

Der Amokläufer
Erzählungen
Band 9239

Angst
Novelle
Band 10494

Auf Reisen
Feuilletons
und Berichte
Band 10164

Balzac
Band 2183

**Begegnungen
mit Büchern**
Aufsätze und Einleitungen aus den
Jahren 1902-1939
Band 2292

**Der begrabene
Leuchter**
Legende
Band 11423

**Ben Jonson's
»Volpone«**
Band 2293

**Brennendes
Geheimnis**
Erzählung
Band 9311

**Brief einer
Unbekannten**
Erzählung
Band 13024

Buchmendel
Erzählungen
Band 11416

**Castellio gegen
Calvin oder Ein
Gewissen gegen
die Gewalt**
Band 2295

Clarissa
Ein Romanentwurf
Band 11150

**Geschichte
eines Unterganges**
Band 11807

Europäisches Erbe
Band 2284

**Das Geheimnis
des künstlerischen
Schaffens**
Essays. Band 11656

**Die Heilung
durch den Geist**
Mesmer,
Mary Baker-Eddy,
Freud
Band 2300

**Die Hochzeit
von Lyon**
und andere
Erzählungen
Band 2281

Joseph Fouché
Bildnis eines politischen Menschen
Band 1915

Magellan
Der Mann
und seine Tat
Band 5356

Fischer Taschenbuch Verlag

Stefan Zweig

Maria Stuart
Band 1714

Marie Antoinette
Bildnis eines mittleren Charakters
Band 2220

Menschen und Schicksale
Aufsätze und Vorträge aus den Jahren 1902-1940
Band 12435

Montaigne
Band 12726

Phantastische Nacht
Erzählungen
Band 5703

Praterfrühling
Erzählungen
Band 9242

Rausch der Verwandlung
Roman aus dem Nachlaß. Band 5874

Schachnovelle
Band 1522

Die schlaflose Welt
Aufsätze und Vorträge aus den Jahren 1909-1941
Band 9243

Sternstunden der Menschheit
Band 595

Tagebücher
Band 9238

Triumph und Tragik des Erasmus von Rotterdam
Band 2279

Über Sigmund Freud
Porträt/
Briefwechsel/
Gedenkworte
Band 9240

Ungeduld des Herzens
Roman
Band 1679

Verwirrung der Gefühle
Erzählungen
Band 5790

Die Welt von Gestern
Erinnerungen eines Europäers
Band 1152

Wondrak/ Der Zwang
Zwei Erzählungen gegen den Krieg
Band 12012

Stefan Zweig Paul Zech Briefe 1910-1942
Band 5911

Fischer Taschenbuch Verlag

fi 191 / 11 b

Erzähler-Bibliothek

Joseph Conrad
Jugend
Ein Bericht
Band 9334

Heimito
von Doderer
*Das letzte
Abenteuer*
Ein ›Ritter-Roman‹
Band 10711

Fjodor M.
Dostojewski
*Traum eines
lächerlichen
Menschen*
Eine phantastische
Erzählung
Bobok
Aufzeichnungen
einer gewissen
Person. Band 12864

Daphne du Maurier
Der Apfelbaum
Erzählung
Band 9307

Ludwig Harig
Der kleine Brixius
Eine Novelle
Band 9313

Abraham B.
Jehoschua
Frühsommer 1970
Erzählung
Band 9326

Michael Köhlmeier
Sunrise
Erzählung
Band 12920

Siegfried Lenz
*So zärtlich
war Suleyken*
Masurische
Geschichten
Band 11739

Antonio Manetti
*Die Geschichte
vom dicken
Holzschnitzer*
Band 11181

Thomas Mann
*Mario und
der Zauberer*
Ein tragisches
Reiseerlebnis
Band 9320
*Der Tod
in Venedig*
Novelle
Band 11266

Walter de la Mare
*Die verlorene
Spur*
Erzählung
Band 11530

M. Marianelli
*Drei, sieben,
siebenundsiebzig
Leben*
Erzählung
Band 11981

Fischer Taschenbuch Verlag

fi 669 / 15 a

Erzähler-Bibliothek

Peter Rühmkorf
*Auf Wiedersehen
in Kenilworth*
Ein Märchen
in 13 Kapiteln
Band 12862

Antoine de
Saint-Exupéry
Nachtflug
Roman
Band 9316

Arthur Schnitzler
*Frau Beate
und ihr Sohn*
Novelle
Band 9318

Anna Seghers
*Wiedereinführung
der Sklaverei
in Guadeloupe*
Erzählung
Band 9321

Isaac Bashevis
Singer
*Die Zerstörung
von Kreschew*
Erzählung
Band 10267

Franz Werfel
*Eine blaßblaue
Frauenschrift*
Erzählung
Band 9308

Edith Wharton
Granatapfelkerne
Erzählung
Band 12863

Oscar Wilde
*Der Fischer
und seine Seele*
Märchen
Band 11320

Carl Zuckmayer
Der Seelenbräu
Erzählung
Band 9306

Stefan Zweig
Angst
Novelle
Band 10494
*Der begrabene
Leuchter*
Legende
Band 11423
*Brennendes
Geheimnis*
Erzählung
Band 9311
*Brief einer
Unbekannten*
Erzählung
Band 13024
*Geschichte
eines Unterganges*
Erzählung
Band 11807
*Wondrak/
Der Zwang*
Zwei Erzählungen
gegen den Krieg
Band 12012

Fischer Taschenbuch Verlag

fi 669 / 10 b

Stefan Zweig
Briefe 1897 – 1914

Herausgegeben von Knut Beck, Jeffrey B. Berlin
und Natascha Weschenbach-Feggeler
589 Seiten. Leinen

»Mit Briefen ist's wohl auch eine Curve im Leben, man liebt
sie zuerst, vergißt, verliert sie dann über dem stärkeren ge-
druckten Wort, aber dann, glaub ich, kommt man wieder
zu ihnen zurück.« (14. September 1912 an Hermann Bahr)
Stefan Zweig gehört neben Thomas Mann zu den konti-
nuierlichsten Briefeschreibern der deutschsprachigen Literatur der Moderne. Um seine »Kunst des Briefes« zu zeigen,
hat sein Freund und Nachlaßverwalter Richard Friedenthal
1978 eine Anthologie der Briefe an Freunde herausgegeben.
»Spontan ... aufrichtig und wirklich«, in der Vereinigung von
»Temperament, Stimmung und Stilkunst« sollten sie nach
Stefan Zweigs Idealvorstellung geschrieben sein. Er empfand
es als ein Glück, einem Freund »von engeren Dingen, vom
Persönlichen, von dem was uns bewegt und innerlich beschäftigt«, zu berichten. Vor allem Briefe ohne Verpflichtung
zu schreiben, gab ihm das Bewußtsein, als Individuum sich
einzubringen in eine Gemeinschaft, im Vertrauen geborgen
zu sein, sich unverstellt geben zu können, seine Eigenheit
offenlegen zu dürfen. Deshalb übermitteln sie, an einen Partner gerichtet, in manchem detaillierter als ein Tagebuchein-
trag Wesentliches von seinem durchaus nicht immer konstan-
ten Denken und Handeln. Diese auf vier Bände geplante Edi-
tion einer breiteren Auswahl aus seinen Briefen will die Ent-
wicklung seiner Individualität und seines künstlerischen Schaffens vom frühesten erhaltenen Schreiben an dokumentieren.

S. Fischer